有爱的青春陪伴者

带我
去你的岛

番大王 ——

著

花山文艺出版社

图书在版编目（ＣＩＰ）数据

带我去你的岛 / 番大王著. -- 石家庄 ：花山文艺
出版社，2021.5
ISBN 978-7-5511-5611-0

Ⅰ. ①带… Ⅱ. ①番… Ⅲ. ①长篇小说－中国－当代
Ⅳ. ①I247.5

中国版本图书馆CIP数据核字(2021)第048255号

书　　名：**带我去你的岛**
DAI WO QU NI DE DAO

著　　者：番大王

策划统筹：张采鑫

特约编辑：不　夏

责任编辑：董　舸

责任校对：卢水淹

美术编辑：胡彤亮

封面设计：周　丽

内文设计：孙欣瑞

封面绘制：焦　纵

出版发行：花山文艺出版社（邮政编码：050061）
　　　　　（河北省石家庄市友谊北大街330号）

销售热线：0311-88643221/29/35/26

传　　真：0311-88643225

印　　刷：长沙鸿发印务实业有限公司

经　　销：新华书店

开　　本：880×1230　1/32

印　　张：9.5

字　　数：324千字

版　　次：2021年5月第1版
　　　　　2021年5月第1次印刷

书　　号：ISBN 978-7-5511-5611-0

定　　价：42.80元

目录

DAIWOQUNIDEDAO

第一章　／小兔岛　001

第二章　／一个吻　023

第三章　／大循环　039

第四章　／回家吧　058

第五章　／他的信　081

第六章　／赶时间　118

第七章　／新邻居　139

目录

DAIWOQUNIDEDAO

第八章　　　/ 交往吧　　158

第九章　　　/ 分手吗　　195

第十章　　　/ 王肥肥　　218

第十一章　　/ 那片海　　248

第十二章　　/ 你的岛　　266

番外一　　　/ 催眠师　　285

番外二　　　/ 她的家　　291

番外三　　　/ 结香花　　294

▼

第一章

/ 小兔岛

王结香左手夹着枕头，右手拽紧被子，双腿哆哆嗦嗦地圈着千纸鹤滑溜溜的脖子。她的四肢被呼呼的大风吹得没了知觉，眯眼向下看，身下的城市灯光已经似萤火虫般远去，吓得她额头上直冒冷汗。

天啊。

这有多高了？她飞到几千米了？

睡前。

王结香过完普普通通的一天，准备上床睡觉时，发现自己的枕头上放着一只千纸鹤。

纸鹤是用口香糖的包装纸折成的，折得不太好，周身的褶皱显示它曾被主人揉作一团。

它的翅膀上有一串歪歪扭扭的字。

王结香俯身细看，读出声："来我的……岛？"

她脸一皱，中指抵着大拇指发力，嫌弃地将它弹下床。

王结香猜测是楼上的小孩折纸，玩腻后将失败品乱丢进来。她并没有去在意它，侧身关好窗，盖上被子，进入梦乡。

半夜，王结香从一阵剧烈的摇晃中醒来，听到床尾有坍塌的声音，手往身旁一撑就坐了起来。

她看到床尾的木板在变细变高，托着她身体的木板飞快地横向延长，在轰隆隆的声响中，床已不再是床的形状。她刚反应过来要往下跳，木板载着她一下子升高，酸涩的超重感让她瞬间蜷缩起来。

月光透过窗，照进房间，王结香看清托着她飞起来的"东西"……这颜色、质感、褶皱，不就是睡前弹下床的那只千纸鹤的放大版吗？

此刻它正对着紧闭的窗户，原地舞动着宽宽的翅膀，仿佛在寻思着如何破窗。

王结香心想：破窗？不会吧……下一秒便被一股力道带向前，伴随着清脆的玻璃破碎声和她的一连串脏话，千纸鹤冲破窗户，咻地飞向天空。

痛！

然而王结香已经顾不上脑袋的闷痛了，她……她在飞啊！

住她楼上的男人在阳台抽烟，另一户亮灯的窗前有位高中少女在书桌前写作业，天台有几个喝得醉醺醺的人在吃烧烤。

他们是为数不多看见千纸鹤和王结香的人。

王结香朝他们挥手尖叫的时候，楼上的男人认出了她，也朝她打招呼；少女停下手中的笔，双手合十，对着天空许下心愿；天台的人们大笑着，对她举起了酒杯。

"救命啊——"

风声吹散了王结香微小的嗓音，清凉的夜重归平静。

夜幕中的千纸鹤舒展翅膀，往更高更远的地方飞。

街区大排档支起的帐篷像一把红色的伞；马路上的汽车像是一条条项链上串着的颜色各异的珠子；高楼大厦深夜不灭的霓虹灯变换着颜色，五彩斑斓。

待到这些都消失不见，逐渐适应了高空的王结香，抱着千纸鹤往下看。她吸着鼻子，一半是哭的，一半是冷的。

她看见一条小溪，潺潺流去；

看见一片漆黑的树林，纸鹤擦着树顶飞过；

还遇到了一群灰色的说不出名字的鸟，路过她飞到别的地方。

是梦吧？虽然身上有几处还痛着。

所见的一切不可思议，又那么真实。

王结香麻木地看向四周，心想：千纸鹤都能飞，还有什么不可能的呢？

所以，千纸鹤要带她去哪里呢？

她麻木了，被迫冷静下来。

"来我的岛……"王结香念叨着。

这听上去仿佛是黑暗势力选中了一拨人，要把他们关在与世隔绝的地方进行大逃杀游戏。想到这里，王结香未雨绸缪地找了找身边有没有能上手的战斗武器。

枕头？被子？好吧，也是有可能捂死敌人的？

王结香胡思乱想间，觉察到千纸鹤有下降的趋势。

她定睛一看，前方还真有一座岛，这是个被海水包裹着，小巧玲珑的圆圆的岛。

岛上有几盏灯，橙黄色的灯光像是一朵朵洒在黑色的岛上的花，也像是撒在巧克力曲奇饼上的坚果。再飞近了，她看得更清楚了，那些是路灯，还有形状各异的小屋，屋前铺着石板路。

千纸鹤挥翅的速度减缓，王结香警惕地四处打量，周围未见人迹。

最终，它平稳地降落在一块竖了木牌子的空地上。

王结香的脚踏到地面的时候，只觉得脚脖子一软，差点跪倒在地，仰头望那星星密布的夜空，不敢相信自己刚刚是从那上面飞下来的。

会飞的千纸鹤固然可怕，但王结香不敢离它太远，不知道这是什么地方，万一有外星人或者猛兽出没，有交通工具在，还能跑得快一点。她研究了一会儿千纸鹤，没看出它身上有什么启动的按钮，尝试跟它打招呼，它没给出任何反应。

她咽了咽口水，只好去看看前面的木牌。

木牌的样式普通，就是在一个木头桩子上面钉了块板。旁边有一粉一黄两盏蘑菇形状的路灯，光一打，也衬得木牌上的字可爱起来。

"小兔岛。"

好像在哪里听过这个词，王结香托着下巴，努力地回想。

未等她思索出结果，木牌后的草丛突然发出窸窣的声音。她汗毛立起，下意识地将手中的枕头往丛中砸去。

似乎是正中发声的物体！

枕头落地，草丛随之没了声响。

王结香自己都不敢相信她有这么好的身手，见那草丛低矮，不像能藏得下人，她取回枕头，小心翼翼地拨开草丛。

呀，草丛中立着一只胖胖的小兔子，它的毛蓬蓬的、白白的，耳朵竖起，眼珠是黑色的，有很漂亮的双眼皮，眼周一圈像打了淡黄色的眼影。

此时的它好像是被她砸傻了，看到人不知道躲，一动不动地坐着，眼神呆滞。

"哎哟，怎么是只小兔兔？"王结香丢了枕头，又怜又爱地用双手将它捧到眼前，"被我砸到了吗？痛不痛呀？"

她用脸颊轻轻地蹭了蹭它的小脑瓜，嘴角挂着老母亲一般慈祥的微笑。

"痛。"传来一个成年男子的说话声。

王结香笑容僵住，眼神向下移，和双眼皮的胖萌小兔尴尬地对视。

一定是它的声音吧，哈哈，没想到它的嗓音还挺粗的哦。

"就是你砸的我。"

兔子说话的同时，毛茸茸的小爪子按到王结香的脸上，完成了指认。

什么叫烫手山芋！什么叫晴天霹雳！

此刻，王结香的手松也不是，托也不是，满脑子都在回荡着"兔子说话兔子说话""嗓音挺粗嗓音挺粗"，以及微妙的"爪爪好软"。

等会儿！

她从混乱的大脑和铺天盖地的信息量中，忽地提取到一股莫名的熟悉感。

于是她挪开脸，望着兔子，面红耳赤地对它道："你再说一遍！"

小胖兔瞪着可爱的圆眼，鼓着腮，轻佻地冷哼一声，语气刻薄："再说一遍也是你砸的我。"

像，太像了。

这声音、这表情、这欠揍的语气。

王结香喊出那位熟人的名字："殷显？"

这下目瞪口呆的换成了兔子，它小嘴一抿，小爪防备地在胸前一并，顿时严肃了起来。

"你是谁？为什么知道我的名字？"

好家伙。

王结香差点被对方噎到背过气。

先不论殷显为什么变成一只兔子，不论他变成了什么，他都不应该认不出她吧。他们曾经在一起足足五年。他变成这个模样，她都能凭一句话听出是他，她和他分开后的这些年，也没有外貌衰老到没法被认出来的程度吧？

"我是王结香。"她没好气地回答，把兔子放到地上，不想再理。

兔子的眼珠转呀转，露出了个深思的表情，看样子仍是没想起来。

王结香深吸一口气："我啊，王结香，和你谈过恋爱，你的前女友。"

兔子还在思考中。

王结香又提醒道："我和你在一起时总吵架，记得吗？"

兔子小幅度地摇摇头。

王结香翻了个白眼："你总骂我是猪，记得吗？"

兔子看着她的眼色，又摇摇头。

王结香跟兔子杠上了，咬咬牙，下定决心使出杀手锏。她捏起自己左右脸颊，这是殷显以前特别爱做的动作。

"你老管我叫肥肥，我讨厌你叫，你还是要叫，记得吗？"她把大脸凑到兔子眼前，面目扭曲，双眸透着杀意，提醒他，"肥肥呀。"

"哦，"兔子轻咳一声，退了一步，"好像是有这么个事儿。"

王结香放松下来。

"这么多年不见,你跟以前一样讨厌," 她嘴角扬起,心情不错地往兔子头顶上一拍, "居然假装不认识我。"

兔子被她拍得眼冒金星——自己和这个女人的力量不在同一个等级,她说的自己虽然不认同,但是也不便反驳。

"我被困在这个地方,一直出不去。" 既然她跟自己相识,拜托她应该没错,小兔子直截了当地切入主题,"你是我这么久以来,唯一见到的生物。你是来救我的吗? "

这个嘛……

王结香沉吟片刻,迎着兔兔饱含期待的眼神,轻松愉快地回答: "不是哦。"

谁规定主角一定要救人?

况且,王结香也没看到剧本标明她是板上钉钉的女主角。如果这是一个拯救受困殷显兔的故事,她是这里的大反派都说不定。

不少人分手了还能做朋友,念在旧情互相帮助,但王结香和殷显不属于这类。

关于他们谈恋爱的那一段,两个当事人都曾表示是一场重大失误。

王结香的原话说: "我脑子进水才会追你。"

当时听闻此言,殷显冷笑连连: "怪我,是我有病,答应和你在一起。"

这个冷笑是他的招牌表情——两片薄唇抿起,眉间充斥着轻蔑不屑,眼神冷得像冰。

殷显从不说气话。王结香总是先发作,又总是被他气到发疯。

"你给我说清楚是什么意思。我们在一起五年,你现在说你后悔了是吗? "王结香气愤地问道。

"没后悔啊。"他保持笑容,嘴上不让一句, "多新鲜,人生有一段与猪共舞的经历。"

"你给我说清楚,谁是猪? "

"谁问谁是。"

那会儿他们在一起,穷得响叮当,挤在十平方米的会漏雨的出租屋里,吃不饱穿不暖。共患难没有使他们的感情变好,相反,两人基本两天一小吵,三天一大吵。

王结香的嘴皮子没殷显利索,跟他吵架一回没赢过。

如今殷显变成了兔子，王结香倒觉得他这个样子比起从前顺眼太多。

就好比此刻小兔子被那句"不是哦"噎个正着，怒目圆睁，由于思路被打断，张着的嘴迟迟没有合拢。

王结香趁机捏了把他的胖脸，心想：做人的时候他算是长得有棱有角吧，这是吃了什么好吃的脸竟圆成了这样？

可惜殷显仍旧是殷显，从震惊中恢复后，他顶着被捏歪的脸，再度对王结香施加了嘲讽。

"想不到你这么没用。不仅不救我，还好意思对我动手动脚。"

王结香轻易地被激怒了。

"什么叫我没用？我是不想救，不是我不能救，这半晌的工夫，我已经把你的情况分析得差不多了。"

兔子撇嘴："我不信。"

王结香所言极是地说道："不外乎这几种办法：第一种，你是兔子，这里叫小兔岛，很明显是你家啊；第二种，你被兔子王看中，绑回来做压寨相公。可我又不会法术，能帮上什么忙？建议你乖乖和兔子王成婚，加入他们家族；第三种，你坏事做多被人诅咒变成兔子，青蛙王子、白雪公主那类的童话看过吧？你把自己看成是这俩故事的结合，你守着小兔岛，等到你的真爱机缘巧合路过，亲你一口，你就能恢复真身，从此和她过上幸福生活。"

兔子伸出兔爪，要摸她额头："你还好吗？脑子没事吗？"

王结香夹住他的爪子，凶巴巴地还击："荒谬的明明是你好吗？当初分手后，几年不见人影，现在又忽然出现了，还变成只兔子向我求救。我说的那些再荒谬能有你本人荒谬？你都变兔子了，尝试用正常的逻辑去思考，有什么是能解释得通的？"

殷显望着王结香双指间夹住的自己的迷你小爪，不得不承认：自己确实更荒谬一筹。

"好吧，那按照你的说法，"他沉下气，认真将她的话捋了一遍，"第一，我是人，不是兔子；第二，我说过的，这座岛上只有你我，没有兔子王和她的亲戚；第三……第三……"

王结香听他没声了，看向他。

小胖兔炯炯有神的目光在她的脸上来回扫视。

她提醒他："第三是说，你等着真命天女的真爱之吻。"

"嗯，"他也提醒她，"你说过你是我的女朋友。"

"前女友。"王结香严谨地纠正。

　　这兔子开始盯着她的嘴是怎么回事？

　　他更逼近她："你确定自己不是我的真爱？"

　　王结香本来要否认，话到嘴边，又有点不甘心，好歹谈了五年吧。虽然他总说她丑，总说她胖，说她是猪脑子，动不动给别人添麻烦……但，关于真爱，倒也不是完全没有可能。

　　"我守着小兔岛这么久，只有你来了。"殷显认真地说。

　　那看来真爱还真是她呢。

　　两人眼神交汇。

　　兔子一个跳跃，朝王结香的双唇撞来。王结香大手一挥，不费吹灰之力将兔子拍飞。

　　"你居然要强吻我？太没风度了，"她站起身，叉着手，冷酷无情地昂起下巴，"我都说了，我不救你。"

　　兔兔耷拉着大眼，变深的双眼皮间暗藏忧郁，一副失魂落魄的可怜样。

　　不发出殷显冷嘲热讽的语调时，小白兔看上去无比无辜乖巧。要不是王结香掐了自己大腿两下，这会儿恐怕已经趴在地上柔声细语哄"兔兔别伤心"了。

　　"别怪我绝情，你还记得分手时自己说过的话吗？"王结香叹了口气。

　　他抬起头，诚实道："不记得。

　　"我不记得和你分手，不记得和你在一起过，说实话，王结香，我根本没印象你是谁。"

　　这话不意外地又把王结香气了个够呛，他又说："你要跟我到小兔岛上走一趟吗？"

　　小兔岛是一座圆形的岛，四面临海。载王结香来的千纸鹤，降落在全岛最北的一块空地上。沿着空地往南走，是一条亮着路灯、铺得整齐的石板路，它将岛上一座座外形不一的住宅连接起来。

　　这是一个特别小的岛，在岛的最北边，找到视野开阔的地方，便能望到岛的最南边。

　　一人一兔并肩走在石板路上，王结香打量着四周。

　　单看景色，感觉这儿和深秋凌晨的街道没有太大的差别，有草有树有路灯有房子。路灯散发着暖光，哪怕是灯光照不到的树丛也找不出任何恐怖之处，如果不是身边有一只会说话的兔子，否则，难以想象她正身处在一个怪异的世界中。

　　不过，确实如兔子所说，岛上见不到别的动物，这一路走来，房子全是熄着灯。

"这儿的房子有你眼熟的吗？"

兔子仰头问王结香，她身后的天空微微露了鱼肚白。

"全是第一次见。"她答得笃定。

"你在哪个阶段认识的我？"

"什么？"王结香没听懂他两个问题间的联系。

兔子走上前一步，看看左又看看右，说道："这岛上的房子都是我曾经住过的。

"我们路过的第一间，是我爸老家的房子，我出生在那儿。小学，因为我爸的工作调动，我们家搬到另一个城市，那栋黄色的就是当时住的公寓。中学二年级，父母闹离婚，我到姥爷家住了两年，后面木头材质的民宅，就是姥爷家。现在我右手边，是我高中待了三年的寄宿式辅导班；左手边，是我第一份工作的住处，当时在汽修厂工作，分配了一间员工宿舍。"

王结香听得瞠目结舌："它们是在不同地方的房子，却聚集到这个岛上？"

"是的。"

她走到他说的员工宿舍前，试着透过窗户看里面。那玻璃不知道是什么材质，纯白色，完全不透光。

"你到房子里看过吗？"她敲了敲玻璃，敲击声不脆，是硬邦邦的，像敲着一块水泥墙。

"没有看过，它们上着锁。"

从兔子简单的五官中，王结香读出一丝苦闷。

他张了张嘴，欲言又止。

"你想说什么？"她问。

他深深地看了她一眼："接近它们时，我有种不舒服的感觉，脑中不时会闪现一些过去的记忆片段。"

"好吧，"王结香带着他走回石板道，"说不定，找到我和你住过的房子，你就能记起我。那是间破破的民房，被周围联排的木屋挡去阳光，民房在小巷的深处，对面有个公用厕所。如果找到它，我们可以试试从屋顶爬进房间，它的屋顶是坏的，以前总漏雨呢。"

才这么大的岛，走到底，仍未看见她口中那个模样的房子。

不知不觉，他们已到达岛的最南面。

一个显眼的小动物的家吸引了王结香的视线，它的屋顶是红色的，非常豪华的两层，看样子是"殷兔子"居住的地方。

等走近了，她发现兔子窝旁边还立了块牌子。

王结香一字一句读道："肥肥之家。"

肥肥？殷显一直管她叫肥肥呀。

她指着牌子，问他："这个肥肥……"

话说一半，被兔子打断："太阳出来了。"

王结香转身，耀眼的阳光，将视野涂成一片白色。

双眼感到莫名的酸胀，她连忙闭紧眼睛，等待这劲缓过去。

再睁眼时，她站在自家的卧室中。

视线正前方，是一面碎掉的窗。

窗外的风嗖嗖地往里灌，傻眼的王结香在风中挠头。

外面的天还黑着，刚才看见的太阳去哪儿了？

是在做梦吗？

卧室中破碎的窗、不翼而飞的床、午夜飞行的经历和小兔岛的一切，感受和记忆都无比清晰。

她拿起手机，拨打了那串烂熟于心的电话号码。

像以往的每一次一样，提示是空号。

所以他的人间蒸发，不是因为躲她，而是他被绑去奇怪的岛上变成兔子了。

"以往影视剧中聪明的女主角遇到类似情况是如何处理的？"王结香开始自言自语。

她一个头两个大。

"应不应该报警？报警后又该怎么对警察说明他目前的情况？"

没等她思索出结果，破洞的窗户那边传来异动。

王结香过去一看，不得了。

那只千纸鹤又来了！它面朝她，在窗外舞着翅膀。

"你是要回来吗？"毕竟它变异之前是她的床铺，她为它让出进屋的位置。

千纸鹤调转方位，尾巴朝她，翅膀挥得更加用力。

看它的意思……王结香问道："你又要载我走？"

王结香连连摆手："我这才刚回来，我不走。"

她的拒绝让千纸鹤的翅膀停住，它飘浮在空中，长尾开始下降，摊平，正在重新恢复它原本的、作为一张床的面貌。

其实，是可以不去他被困的岛的吗？只要她不愿意。

可是，殷显在现实世界仍是失踪状态……

王结香心生烦躁，冲千纸鹤吼道："别变了！你等我一会儿，至少得让我换件厚衣服吧。"

她打开衣柜，取出最暖和的羽绒服，麻溜地穿好，拉上拉链。想起小兔岛的情况，她又跑了趟储物间，从工具箱中取出了一把锤子。

千纸鹤变得只剩下半边翅膀，是写着"来我的岛"的那只翅膀。

王结香把锤子往怀里一揣，两眼一闭，跃出窗户跳到悬空的床上。小床被她压得沉了一沉，床板迅速地坍塌，重组成千纸鹤。

"去吧，你的岛。"

不过第二回，她已经轻车熟路。

王结香双臂缠着千纸鹤的脖子，知道脚该踏在哪里，坐哪个位置舒服。

她脑子想着很多要跟殷显的话，想呀想，悄悄地把眼睛合上了。

熄灯的大地，夜空沉静。

城市中没有人失眠，月亮也睡着。

千纸鹤又一次降落小兔岛，王结香从千纸鹤上下来，打了个大大的哈欠。

她左顾右盼，没看见兔子。

她发现岛上的草丛似乎长高了不少，以及之前离开小兔岛时，分明望见升起的太阳，怎么这会儿又天黑了？离岛到回来并没有花多长时间，她可是一回家就马上出来了。

源源不断的问题，没人能为她解答。

还是先去找殷显吧。

一回头，省得找了，他就站在她背后。

小小只的兔子，抱着一个跟自己差不多高的罐子。

他和她保持着一段距离，一脸严肃地打量着她。

"你现在的外貌不适合皱眉头，"王结香弯下腰，刮了刮他的鼻子，"别告诉我，你又不认得我了。"

兔子是记得她的："其实我有预感你今晚会来。"

结合所见的环境，她问："你在这里等我很久吗？"

"不久，"他说，"四天。"

他将怀中的罐子递给她，放松了眉头，说道："给你的。"

王结香接过一闻，熟悉的气味。

罐子装着胡萝卜汁。

她扁了扁嘴，表情有点怪："你记起来啦？"

"记起什么？"

　　早些年的毛病了，王结香偶尔会夜盲，不严重，是暂时性的，晚上看不太清东西。

　　以前殷显老榨胡萝卜汁给她喝，她不爱喝，他偏要她喝，讨厌得很。

　　"没什么，"王结香盖上罐子，好奇地问，"胡萝卜汁哪儿来的？"

　　他答得自然："岛上有胡萝卜，兔子窝有榨汁机。"

　　王结香不禁想象了一番胡萝卜汁的生产过程：白胖兔哼哧哼哧地拔萝卜，拔完运回窝，再系着围裙，一个萝卜一个萝卜地榨汁。太诡异了吧？

　　她甩甩脑袋，赶走脑内的画面，她提起上次被没问完的问题。

　　"你的窝怎么要叫肥肥之家？"

　　"谁知道呢，"殷显的回答毫无营养，"我来的时候它就叫这个。"

　　王结香好想冲他大声喊：肥肥是我啊！

　　可他不记得她，不记得她的事，所以她没理由凶他，不然会显得莫名其妙。

　　"我要让你想起我。"王结香暗暗下定决心，捏紧了手中的罐子。胡萝卜汁，一如既往地讨厌。

　　她的模样让兔子感到诧异："你的记忆对于我，很重要吗？"

　　"不重要！"

　　王结香重重地哼了声，转身朝岛上的房屋走去。

　　距离木牌最近的屋子位于石板路的起点，是个灰色的土屋，殷显说过，那是他爸的老家，他出生在那儿。

　　砖头垒成了土屋的主体，窗框黄得发灰，玻璃却是纯白色的。

　　王结香走至门边，发现生锈的大铁门是插钥匙打开的，而门把已经拉不动了。

　　她使劲往门上踹了两脚，铁门锈归锈，还挺结实。

　　那就只能试试用锤子砸窗户了，她的手伸进怀里，亮出自备的道具。

　　看出她要做什么，一直对这些屋子有不舒服感觉的殷显尝试阻止："如果屋里关着怪物，把它放出来了怎么办？"

　　王结香找着敲打的角度，听他说话，头也没回。

　　"有怪物？那就打怪物。"

　　随着砰砰砰的落锤声，她头头是道地为他分析。

　　"你呀，平时只知道赚钱，都不看小说、不玩游戏的。你说觉得屋子有古怪，那明摆着它们有隐藏的讯息，正等待我们去发现。"

　　窗玻璃，不是普通的窗玻璃，几锤子下去它一点儿没坏。王结香往窗户角敲打，一块玻璃一块玻璃地试。

兔子叹息声连连。

"别怕啦。有怪物正好，打败它，你就恢复记忆了，游戏电影里都这个套路的。没怪物，那砸开更无所谓，说不定里面有什么吃的玩的，再为你的兔子窝添一些绞肉机打蛋器面包机，让你的受困生活拥有更高的质量。"

王结香讲的话，意在活跃气氛，但殷兔子完全没法被安慰。

她砸得越起劲，他的身体就抖得越厉害。

王结香停下锤窗的动作，走到他身边，把他捧起来，装进自己厚羽绒服的口袋里。口袋是个深深的直袋，装在里面的兔子扒拉在口袋边缘，剩一双眼睛和耳朵露在外面。

她继续说："我力气很大，跑步很在行，遇见坏事，我会跑得很快。"

应了那句"力气大"，只听"啪嗒"一声，坚固的窗玻璃硬生生被王结香用力气锤破了一小角。

这下能看见屋里了，可能是没开灯，看进去黑漆漆的。

"哇哇哇！"破的窗户角正好临近铁门，王结香兴奋地撸起袖子，把胳膊从破洞中伸进。

经过短暂的摸索，她成功地找准门内的把手位置。

向下一按，铁门吱吱呀呀地从里打开了。

"进去看看？"王结香询问殷显的意见。

他闷闷地应道："嗯。"

推开锈迹斑斑的通往殷显幼年老家的门。

她带着他，踏进那片漆黑。

屋外有散发着暖光的路灯，那光却照不进屋子，到了屋内的他们仿佛到达了另一个截然不同的空间。

王结香顺着墙壁向上摸，不一会儿便被她找到电灯的开关。

"啪嗒！"

天花板的日光灯闪了一闪，没精打采地亮了。

映入眼帘的是一居室的三口之家，家里收拾得干净，物品摆放得也十分整洁。漂亮的碎花帘子将房间分割成不同的区域，左手边是餐桌和灶台，右手边是一大一小两张床，角落摆着矮矮的小书桌。

王结香瞥见餐桌正前方的电视机上摆着一对夫妻的结婚照，便走过去看。

"怎么放得这么高？"

她发现自己需要踮着脚才能够到电视机的机顶。

她的手……这是她的手吗?

王结香举着手晃了晃,呆呆地看着那小得跟块饼干似的手。

不得了,她反应过来,低头看向自己身体的其他部位。

她变小了!

羽绒服成了儿童羽绒服,引以为傲的长腿现在短得像两截藕,口袋里的兔子……殷显人呢?

此时门外忽然雷声大作,王结香转头望向窗子。

闪电一波又一波急急地落下,窗户映出一个站在外头的人影。

谁在那儿?她后背发凉,小兔岛上不是只有殷显和她吗?

王结香翻了翻口袋,她的锤子也变成一个可可爱爱的迷你锤。即便是这样,她拎在手里都觉得重。

王结香猫着腰,悄悄地靠近人影。

"《夜雨寄北》,唐,李商隐……"

小孩稚嫩的背诗声将王结香吓了一大跳。

"君问归期未有期,巴山夜雨涨秋池。何、何……"

王结香见小孩挠挠头,低头看了眼书本,继续背道:"何当共剪西窗烛……"

他反复地念着这句,还敲打自己的脑袋。

王结香蹙紧眉头,视线转向男孩的身旁。她看见一口水井,还有片茂盛的野草丛,天边乌云密布却不是黑夜,来时的石板路早已不见踪影……

遇到的怪事太多,不差眼前这些了。

王结香强迫自己冷静。不论她这是到了哪里,当务之急是要找到殷显。他现在是一只兔子,附近又有人类,他乱跑被抓走的话,可能会被做成一道菜。

王结香趴在地板上,倚仗她如今的身材优势,往床底搜寻。

外面又来了人,听声音是个有些年纪的男人,他跟小男孩搭话。

"小朋友,一个人在这里念诗呀?"

男孩文静地回答:"嗯。"

"能不能告诉叔叔,你今年几岁了呀?"

男孩说:"四岁。"

男人不知缘由地笑了笑,声音亲切和蔼:"你叫什么名字?"

"殷显。"

王结香猛地一抬头,脑袋撞上床板,疼得她龇牙咧嘴。

　　殷显？所以，他们进到这个幼年居住房屋，就相当于穿越时空回到他的孩童时期，殷显随之变成他那时的模样？

　　她刚才怎么没想到呢？

　　"你家里大人不在家吗？"男人的问题没完没了。

　　王结香之前没去在意他们，现下仔细一品他们的话，察觉出几分怪异。那男人并不认识小娃娃殷显，他闲着没事扯这么多有的没的做什么？

　　"不在，"四岁的殷显看上去乖乖的，"我没有钥匙进屋，在等他们回家。"

　　"哦，他们都很迟回家吗？"

　　王结香越听越不对劲，腹诽道：殷显父母什么时候回家关你啥事？你要去他家偷东西？

　　殷显咬了咬唇，还是十分诚实地回答："嗯，爸爸妈妈工作忙。"

　　男人的笑容更大，他笑时会一边发出嘶嘶的声音，像嘴角漏了风。

　　"你好聪明啊，这么小就开始学念诗。"

　　小殷显的手藏到身后，否定地摇摇头。

　　"妈妈要我学的。没背好，晚上会被妈妈打手心。"

　　"妈妈对你这么坏啊，"男人撇撇嘴，朝他伸出手，"小朋友，你想不想跟叔叔走呀？"

　　对于他的邀请，小殷显露出困惑的神情。

　　"你不用怕，"男人笑眯眯地主动牵住他的手，"是你爸爸叫我来找你的，他让我带你去他工作的地方。"

　　王结香彻底按捺不住了：这个男的明显是坏人！如果真的和殷显他爸相识，怎么可能之前问那些不着调的问题。

　　听对方提到爸爸，小殷显一下子放松戒心，没有丝毫反抗地被对方扯着走了。

　　未等他俩走远，王结香直接开了门，朝他们跑去。

　　她腿短，但跑步的速度还在。小殷显被男人牵着的手，就是她跑步的终点线，她全速前进，用身体把两人的手从中间撞分开。

　　男人被她的冲击带得一个跟跄，站稳后，他正要对来人发难……

　　"你想干吗？"王结香先发制人，将男人呛了个正着。

　　"这应该我问你吧，"男人揉着手腕，没好气道，"小朋友，是你先撞的我们。"

　　小殷显被王结香护到身后，她双手叉腰，干脆地承认："对，是我撞的你。你要把殷显带去哪里？"

　　男人没回话。

身后的小殷显拍了拍她的肩，见与自己年纪相仿的女孩有些面生，一派天真地问她："你是谁呀？我们认识吗？"

王结香不由得瞪了他一眼。

"小朋友，"男人使了劲拨开她，又把小殷显拽回自己这边，"他要跟我去找他爸爸，你有什么事吗？"

"你才不认识殷显的爸爸。"她刚才听到他们的完整对话了，语气十分笃定。

男人警惕起来："你认识殷显的爸爸？"

小殷显眨着大眼看她。

"反正你不能带他走！"她懒得讲道理了，直接上手拉人。

可现在的王结香，纵使用上浑身的力气，也无法抵抗一个成年男子。男人轻轻松松挡开她，像拎小鸡一样，拎起了没弄清情况的小殷显。

她要跳着才能够到他的腿，根本没可能拽住他。

豆大的雨珠洒向大地。

王结香大声叫喊，那声音淹没在渐大的雨声中。

天黑了。

不远处的树下，停着男人用来运货的人力三轮车，他抱着小殷显往那儿走。

"我要跟你们一起去！"

她扯着男人的腿，别无他法，只能出此下策。

"我认识殷显的爸爸，我爸跟殷显的爸爸一个地方打工，我也要去。"

王结香弄出的动静太大，男人紧张地东张西望，动作越发急躁。

小殷显向她投来迷茫的目光。

"你看到没，他不让我去。"她给他使眼色，不知他看没看懂。

"喂，"坏人的无视让王结香生气，"你凭什么不带我？我也是小孩，我也长得很可爱啊。"

男人让小殷显在后车斗坐好，转身给了王结香一巴掌。

这时，王结香余光瞥见远处走来一位老妇人，打算向她求救。

男人顺着王结香的目光也看见了妇人，心虚地截住王结香。她立刻挣扎，他当机立断将她拦腰抱起，一同丢上了车。

厚厚的雨布一遮，后车斗的两个小孩没法再看到外面。雷声滚滚，雨珠滴滴答答地下落，男人卖力地蹬起三轮。

王结香虽然有一个大人的脑子，但还是落到现在这个境地。不幸中的万幸，她和小殷显没有被绑起来。或许是因为这是一场临时起意的诱拐，男人没准备绳子；也可能是她的出现，打乱了男人的计划，让男人只能匆忙离开。

大概是淋雨又受了惊，王结香挨着小殷显，发现他的胳膊冰冰的，脸色难看。

说实话，面前的他和长大后的殷显长得不像，她第一眼完全没认出他来。他圆溜溜的大眼睛中透出一股柔弱的书卷气，秀气得像个小女孩。要说像，倒比较像在小兔岛看见的那只小白兔。

王结香举起手，尝试地动了动头顶的雨布，它从外面被一些重物压着，其实不算牢固。她一个人逃脱轻而易举，困难的是得把小殷显一起带走。

"看看这个，你这会儿明白他是坏人没有？"她向小殷显展示自己脸上的巴掌印。

"有一点点知道了。"小殷显小声说道。

比起王结香熟络的动作和语调，小殷显看上去分外拘束。他不认识她，一个疯疯癫癫的小女孩和一个疑似认识他爸爸的叔叔，对他而言哪个更可疑还说不定。

"你最开始怎么知道他是坏人的呀？"他怯怯地问。

王结香总不好跟他说：你们说话时我就在你家，凭借这些年看过的社会新闻，我判断他是坏人。

"这人，"她眉头一沉，"我在报纸上看过他是诱拐犯的报道。"

这个谎撒得挺好，王结香沉浸在自己的机智中，却没有把小殷显的年龄因素考虑进去。他未曾见识过人世间的险恶，不知道有些恶魔是披着人皮的狼，连"诱拐犯"这个词对他来说都很陌生。

"你会看报纸？"小殷显关注的重点完全偏了，"那你一定认识很多字吧。我天天背古诗，可我还没法看报纸。"

说到这儿，他表情更沮丧了几分："今天的古诗好难，没背下来，回家我要挨妈妈骂了。"

"小朋友，姐姐正跟你谈论诱拐犯，"王结香揉着太阳穴，换了种简单的说法，"我们遇到大坏蛋了，超级可怕的大坏蛋。你清醒一点！这时候想什么背古诗啊？"

和殷显谈恋爱那会儿，他常常笑着叫她猪脑子。没想到自己有生之年，能碰上这一天，需要她来迁就他的智商。

"哦，"小殷显缩了缩脖子，看着她的眼色说，"那、那我们逃跑，好吗？"

"当然好呀，你总算开窍了。"王结香取出口袋里的迷你锤，欣慰地朝他一笑，"你信我，跟我一起逃跑。"

小殷显见她笑得诡异，以为自己不同意的话，她要用锤子打他。

"嗯。"他立马坐直了，点头如捣蒜。

"你听我口令，我倒数之后，你麻溜掀开雨布，马上跑。我给那坏人一锤头，把他锤晕，然后跟上你。"

她这边计划得唾沫横飞，完全没注意到自己的音量，以及身下人力车逐渐慢下的速度。

"三，二，一！"

小殷显如她所言，使出浑身力气扯开雨布。

大雨劈头盖脸地淋向他们，王结香抬头，见到骑着车的男人双眼木然注视着她。

雨水顺着他的脸颊流下，一道一道，沟壑交错，衬得他的脸像一张裂开的面具。

"跑！"她的胳膊肘重重地将小殷显一推。

小殷显跳下车。

王结香抡起锤子往男人脑袋上砸。

他拿手一挡，她的小不点锤子被接了个正着。

王结香暗骂不好，马上弃锤，回身奋力往车下一跳。

人力车的后挡板拌了脚，她是膝盖先着地的。

跑在前头的小殷显，一边跑，一边往她这里看。她挥手让他走，往四周看了眼，她顿时心头一凉。

寂无人烟的田野，雨水为它蒙上灰色的纱。

此情此景，试问谁人能不感叹一句：真是个毁尸灭迹的好地方。

王结香捂着剧痛的膝盖，坚强地跑了两步，跑着跑着，脚步悬空了。

"你真的在新闻上看到我了？"男人单手揪起她的衣领，强行让她面对他。

王结香欲哭无泪道："大哥，我说我看错了行吗？"

他不作声。

她积极地向他提议："您要不再去抓一抓殷显？"

说话间，王结香的脑内在暴风回忆从前看过的女子防身术。

她正想着是踢他的双腿之间合适，还是戳他的眼球合适。

男人冷笑一声，很不屑小鬼头在这个节骨眼还在耍嘴皮子。

"都来吧！"王结香大喊一声，果断地送了他个套餐。

她短腿一蹬，踩上他的双腿中间，双指用力插向他的眼珠。

男人没料到她还能反抗，一不留神就被两个动作精准击中。

他痛叫一声，松了手。

王结香毫不恋战，拔腿就跑。

她是在农村长大的，是属于山的孩子，这样跑起来，似乎真的回到了她的童年。

童年，有受过伤的身体和心，她未长成的身体，埋着许许多多的痛苦，追赶她的是洪水猛兽。

王结香埋头跑，只顾着跑，跑进酣畅淋漓的大雨，跑进自然。

她越跑越快，在风中雨中，变得轻盈，变成渺小的一个点。

"跑啊，殷显。"她拽过小殷显的手，他们一起跑。

没人知道方向，也不知道要跑去哪里才安全，衣摆沾上溅起的泥点，顺着额头滚落的不知是汗还是雨水。

听到身后追来的脚步声越来越近了，殷显抹了把汗，伸手往右前方一指："那儿！"

雨水冲刷后，露出面貌清明的山间，他们奇迹般地看见了房屋！

被一道大铁门挡开的房屋！

"有门挡着怎么过啊？"王结香脚步不敢停，小殷显比她更快地跑到门前。

大门底下有半臂高的缝隙，只见他双手握住栏杆的最底，脚往前，把身子往门内一送，仿佛荡秋千似的，小殷显消失在了王结香的视野。

"还是你聪明。"她大喜过望，有样学样地随着他，从铁门下的窄小缝隙钻进到另一边。

男人不久便跟到门前，上锁的大门被他晃得吱呀作响。

两个小孩会合后，自然地牵上了手，继续向人多的地方跑去。

渐渐地，小殷显认识路了。

"那边是村口，有个亭子。"

他领着她过去，远远地，已能见到有几个大人在亭子中躲雨。

这说明，他们终于安全了！

王结香和小殷显在亭子的一个角落坐下，两人上气不接下气地对视。本该大哭一场的劫后余生，她却忍不住想笑，气都没喘上来，她一笑，笑声是扑哧扑哧的，怪得很。

她笑，小殷显也跟着笑。

小殷显的头发被雨打湿后变成一缕一缕的，他头发短，脑袋好像是一只沾满露珠小刺猬。这时候多可爱，殷显才四岁，笑起来有虎牙。那一定是乳牙吧？长大就没有了。

她有点想问他：你小时候怎么这么傻啊？

不过她知道他听不懂，便忍住没有问。

亭子里的其他人朝他们俩投来异样的目光，见他们浑身脏兮兮的，以为两个小孩冒着雨出去玩了。

在大人的目光中，小殷显敛住笑容，慢慢恢复了她初见他时的拘谨。

他望着亭外的雨，一脸神游。

"别担心，"王结香拍拍他的肩，"雨停了，我送你回家。"

"回家……"小殷显扁着嘴，喃喃道，"今天的古诗，我还没有背下来。"

又是古诗。

王结香凝视着小孩那双写满忧愁的眼睛，后知后觉地领悟到一些东西：殷显被那个男人骗走，一方面是因为他的天真、轻信陌生人说的话；一方面是因为他今天还没背好那首很难的诗。即便在人力车后座，即便是意识到自己遇到坏人，他心里仍旧放不下那份忧虑——他不知道如何面对快要下班回家的妈妈。

"古诗叫什么名啊？"王结香问道。

小殷显看着王结香说："《夜雨寄北》。"

"你四岁背这个？"王结香惊得嘴巴能塞鸡蛋了。

她印象中，这个是她上初中才学的诗。

好在这首她还记得，要是殷显再背别的，她的知识储备就不一定够了。

"好，夜雨寄北，"她清清嗓子，"诗的第一句是什么来着，你起个头。"

"夜雨寄北，唐，李商隐，"小殷显照着印象，结结巴巴地背给她听，"君问归期未有期，巴山、巴山……"

"巴山夜雨涨秋池。"她替他接下去，一字一句道，"何当共剪西窗烛，却话巴山夜雨时。"

小殷显看王结香的眼神中充满了敬佩。

她沐浴在他的崇拜中，做老师做得更起劲："你跟我念，君问归期未有期，巴山夜雨涨秋池。何当共剪西窗烛，却话巴山夜雨时。"

"……"

小殷显默默指出："你念得一次比一次快呢。"

雨停了。

行人三三两两地离开亭子。

王结香教完最后一遍，小殷显就能流畅地背诵出《夜雨寄北》了。

村中炊烟寥寥，她准备送他回家。

走出亭子时，有一个白白的影子，从树丛蹿到他们跟前。

"是野兔！"小殷显蹲下身，把它从地上抱起来。

"别碰！"王结香大喊一声，却来不及阻止了。如今的她对这玩意儿相当敏感，"殷显被兔子王绑架兔子岛压寨"学说，正是她本人提出的。

小殷显问："你会害怕兔子吗？"说着还把兔子举到王结香跟前。

她皱着的眉，在看到兔子的那一瞬间舒展开，因为她的眼睛瞪圆了："你看到了吗，它脖子上有把钥匙。"

小殷显往她说的脖子一看。

"真的呢！"他拽下钥匙，递给她。

钥匙的落下，仿佛是电影开了慢倍速。

两人的视线聚焦在钥匙上，男孩和女孩的脸，被迅速调暗颜色。

当钥匙，落于王结香掌心的一刹那，整个世界坍塌于虚空之中。

拿到钥匙的瞬间，王结香回到小兔岛。

眼前，是一片无垠星空。

她翻身，看到倒在自己旁边的小白兔，原来他们躺在一片空地上。

她端详兔子的外貌：蓬蓬毛，胖胖脸，黄色眼影。

"是殷显！"

她的声音让兔子缓缓睁开眼。

"哎，"王结香坐起来，迫不及待地问他，"后来你回家，有背出那首古诗吗？"

王结香想着，既然她拿到钥匙，那就表示通关了，那殷显的身上会因她发生些许变化吗？

"什么古诗？"

他平静无波的回答，让王结香的期待落了空。

"我回到你的四岁，教你背的《夜雨寄北》啊。"

"你见到的人不是我，"殷显给王结香讲了他的经过，"进到那个屋子后，我什么也看不见，世界一片漆黑。你消失了，我从你的口袋掉落在地板，我找不到你。整个空间是走不到边界的，连我的喊声都被四周的黑色吞没。之后我找累了，趴在地上睡着，再醒来，就是现在。"

王结香后背发凉："按照你的意思，我们如今还被困在房子内部？"

她急忙确认，巡视周围，却发现他们此刻所在的空地，正是殷显幼年老家原先的位置。

殷显的说法是成立的，他们仍在原位。

幸运的是，那间房子不见了，他们没有被困。

"我跟你说我经历的吧。"王结香长吁一口气，"我在里面的世界，遇到了四岁的你。大雨天，你爸妈没回家，你被锁在门外背诗。有个叔叔和你搭话，骗你跟他走。我试着阻止他，却和你一起被他丢上人力车，后来我俩合力，成功逃跑了。我们穿过一道铁门，跑到村口的亭子。你说还没背会古诗，我就在亭子里教你。出亭子时有只野兔跑来，兔子的脖子挂着钥匙……"

她说了这么多话，他始终沉默不语。

王结香挠挠头："我是不是说得有点乱？"

"不乱，我听懂了。"他说，"你描述的前半段，的确是我小时候经历的事。"

她心中"咯噔"一声："那后半段，你跟坏人走之后发生了什么？"

他黑沉沉的眼珠，仿佛是玻璃制成，空荡荡的，读不出情感。

殷显望着她，声音中透着生分。

"可以不说吗？"

"好。"王结香自觉端正位置，保持他们之间的距离。

他适时地转换话题："你救了，你认为的小时候的我？口口声声说不会救我，还是救了啊。救人的感觉好吗？"

瞧他说的，像是她在多管闲事。

"是啊，我说的不救，"王结香皮笑肉不笑，"我都和你分手了，正好你也不记得我，我们俩跟陌生人没两样。我刚才说的后半段，是恰巧被我碰上，帮小朋友一下是顺便，对我来说像拍拍灰一样容易。"

她昂着下巴，重音强调："请你千万不要误会。"

"至于吗，被激怒成这样，"兔子笑笑，"王结香，你很讨厌我吗？"

"讨厌啊。"她不假思索。

"为什么？"

"因为，"王结香捏紧了拳头，仿佛见到二十九岁的殷显站在自己面前，"因为你太冷漠，没有诚意，没人情味，做人太差、太敷衍。因为你曾经对待我，就像对待暑假结束前夜赶完的作业，像对待卤完猪脚就扔掉的八角香叶。"

他这次并不像往常的每次争吵后，牙尖嘴利地反驳她。

一人一兔，相顾无言。

王结香张开手掌，把那片钥匙递给殷显，说道："这是四岁的你从野兔身上拿到的钥匙，可能是开这里哪个门的。"

她将钥匙丢给他。

"你不要钥匙？"兔子自知惹怒了她，不过他也刚被她骂，不好放下身段，"你说的开门，不去试一试吗？"

"不去。我好困，我想回家睡觉。"

王结香语音刚落，巨型千纸鹤便扇着翅膀从天而降。

自己的话竟然可以随时召唤"交通工具"，王结香甚至没怎么吃惊，立即接受了这个福利。

"看来它是接我走的，"千纸鹤在跟前停下，她爬上去，头也不回地冲兔子挥挥手，"我先回家了。"

眼见千纸鹤要起飞，兔子肯定不会放过绝佳的离开小兔岛的机会。

他一个助跑，精准地跃入王结香的羽绒服口袋。

她是真的困了，靠着千纸鹤的脖子，眼睛一闭，不待千纸鹤飞上天，就已沉入梦乡，呼呼地打起鼾。

口袋中的兔子，兔耳被风吹得乱晃。

他目不转睛地注视着千纸鹤，它飞到了半空，自己逃离囚笼的希望似乎就在眼前了。

然而下一秒，殷显感到自己在垂直下落。

而千纸鹤和王结香，消失于小兔岛的上空。

第二章

/ 一个吻

王结香睡得饱饱的。

早晨的闹铃将她从睡梦中叫醒，她伸了个懒腰，从小床上起来，开始刷牙洗漱。

没想到在小兔岛折腾了那么久，回来还能睡一整个晚上。

就像是她在那里的时间，不被算进她真实世界的时间。

嗯，王结香清晰记得小兔岛发生的一切，她知道那并不是一场梦。

原因很简单——她正心疼地看着自家破了个大窟窿的窗户，思考着要不要打电话叫人修一修。

上午，是她一天中最忙的时候。

王结香经营着一家蛋糕店，一早到店，她就要开始打扫卫生、烤蛋糕、包装蛋糕、布置冷藏柜和其他蛋糕橱窗。

等到员工来上班时，差不多就要开门营业了。

客人一来，蛋糕的订单也来了。

脚不沾地地一直忙到下午，直到蛋糕店的客人减少，王结香才终于闲下来。

她跟店员打了个招呼，到店外面椅子上躺了下来。

"小兔岛这时候几点了？"王结香脑内算了算：时间流速不同，这样计算下来，小兔岛不会又过去好几天吧？

她不过是这么一想。

那该死的天边，该死的千纸鹤竟然又该死地出现了。

"既然不耽误这边的时间，我正好也有空，就当去通关游戏了，我再去一去？"

王结香很好地说服了自己。

她走之前，到店里看了看有没有能带的武器。厨房中有两根隔夜的法棍还没扔，她拿起来掂了掂，挥了挥，觉得用着挺顺手的，就被她揣入了兜里。

踏着千纸鹤的翅膀，掠过阳光彩云，落日的余晖洒在腰间，伴风儿俯冲而下，她便看见了肥肥之家的红屋顶。

这次他没来纸鹤的降落点迎接她。

可能是昨晚王结香走时，两人都有些不开心。

尽管殷显丧失记忆，但是脾气还是从前的脾气。

"喂。"她走到肥肥之家，喊他出来。

殷显不知道是在骑摩托车还是干吗，肥肥之家中传出"嗡嗡嗡"的噪声。

直到那嗡声停歇，他才抱了个熟悉的罐子出来。

想起来是上次装胡萝卜汁的罐子，王结香这才反应过来——他刚刚在家榨汁。

"给。"他故意看别的地方，把罐子往她怀里一塞。

王结香消气只需要睡一觉，殷显比她小心眼，消气至少要好几天。

所以，多谢时间差，他们此刻都已是消气了的状态。

王结香从袋子里取出一根法棍，学着他说："给。"

两人接过对方手中的东西。

王结香打开罐子，一仰脖，咕嘟咕嘟，爽快地干了胡萝卜汁。

殷显小兔嘴一张，尽力豪放地啃了一口法棍。

"嘎嘣"一声后，他吐出法棍，法棍上嵌着半颗兔牙。

现场的气氛又一次尴尬。

王结香摸摸下巴，连忙把目光投向远方，说道："走吧，用上次的钥匙去试试看有没有能开的房子。"

兔子合了嘴，收起牙，跟上她。

一番尝试过后，他们手中的钥匙果然匹配到了能够对应的屋子。

那是一栋黄色的公寓，公寓共三层，唯独 303 的房门有锁孔。

王结香插入钥匙，立马发现它是合适的。

"你什么阶段住在这里？"

她不着急开门，机灵地准备在殷显这儿先讨点信息。

"小学。"

"几岁？"

他不确定，边想边说："七岁？八岁？"

"你仔细想想。"

殷显思索后，说得更精确："当时因为我爸的工作，我们家搬到大的城市，我从旧学校转学是在读二年级的时候，年龄介于七岁到八岁之间，搬进了这个公寓，一直住到小学毕业。"

说起这个，王结香想起昨天发生的事情，如果她以前有多了解一些他的家庭信息，她上次应该就能轻易地和四岁的殷显套上近乎。

"方便告诉我，你爸爸的职业吗？"

"工程师，搞桥梁建筑的。"

"好。"王结香不遮掩，直接问了她最想问的，"游戏通常是一关比一关难，这是第二间房。上次的成年怪叔叔，已经相当不好对付，这次会遇到什么，你能不能提前透露给我，让我有个心理准备？"

兔子摇头："我知道的话，我会告诉你。可是这个阶段的我，并没有碰到类似上次的穷凶极恶的坏人。我猜不到房子里的你会遇到什么事件。"

他如上次一般，表露出了想要阻拦她的态度。

"其实，我们根本不知道房子存在的意义，我们也不知道你进去后，得到钥匙、让房子消失，是否是正确的，不知道它们会导向什么。

"况且，我一开始就对你说过，这些房子让我有不好的感觉。"

王结香听明白了："你不想让我去？"

"对，别去触碰不舒服的东西，与其保持距离。"

她认同他，问道："你有办法如何离开小兔岛吗？"

殷显没说话。

王结香好歹和他相处了那么多年，关于他的性格，她是有了解的："你亲口提出让我试钥匙，一路试钥匙，你也是跟着我的。我想，你心里是有一点希望我打开它们的吧？"

他不置可否。

"好啦，"她潇洒笑道，"这次我自己进去，你在外面等着吧，省得被困。"

王结香打开门，独自迈进纯黑色的空间，为殷显留下一个帅气伟岸的背影。

两分钟后。

门从里面打开，王结香又走出来。

"我想起，我的有些发现要跟你说一下。"

殷显惊讶她的来去自如，打起十二分精神听她要说的话。

"我有我的真实世界，我到点能回去，想睡觉有千纸鹤载我，但你不行。我琢磨着，其实小兔岛啊，就像一个游戏世界。你是主机或是主角，我是受到小兔岛邀请的玩家。所以，你必须在线我们才能玩游戏，而我可以随意地登录和退出。

"既然是一起玩游戏，为了共同的通关任务，主机和其他玩家必定是要一同点击确定，才可以进入副本。"

她叽里呱啦讲了一大堆，他没太听懂。

"所以，你需要……呃……"王结香让出进门的位置，切换大白话，"可能你还是要进来被困一下。你没进来，里面黑漆漆的，什么变化都没有。"

一手抱兔子，一手握法棍的王结香伫立在黑暗中。

她歪着头，仔细听，似乎听见有人在说话，声音从很远的地方传来，听不清说的是什么。

"你听到了吗？"王结香问道。

"嗯。"

她摸着黑，顺着声音传来的方向往前走。

忽然，王结香抱兔子的手一轻，同一时刻，她踢到一块板。

"殷显？"王结香马上喊了一句。

无人应答，看来像上次一样，他已经不在这里了。

她空出的手探向前，碰到一个圆圆的，类似把手的东西。

握住它，向右一转。果然是门，它被打开了。

王结香深吸一口气，迈了进去。

门开启，说话的声音更大。

屋内的过于充足的光线晃得她无法看清东西，她用手挡住眼睛，好一会儿才适应。

一男一女在不远的地方吵架，你一言我一语，还伴随着东西砸到地板的破碎声。

王结香看了看自己的手掌，以及她握着的小号法棍，知道自己这是又一次缩水成了小朋友。

她在哪儿呢？

她抬头环顾四周：收拾得一尘不染的房间、单人床、书柜、写字桌……

王结香走到写字桌旁边，把手放上桌面。桌子是木头的，表面铺了层玻璃板。玻璃和桌子的缝隙间夹着课程表，以及满满一桌子的奖状。

离她最近的那张奖状上写着：

恭喜殷显同学，获得本年度的班级三好学生

看来这是殷显的房间。

那么吵架的人是谁呢？

王结香走到门边，悄悄地把门打开一条缝隙，看向外面。

一个小学生模样的男孩背对着她，坐在饭桌边写作业。他身旁的房间门关着，吵架的声音正是从那里传出来的。

王结香心道古怪：吵架的是殷显父母吗？如果是的话，他怎么能这么淡定地坐在外面听着他们吵？正常情况下，应该去劝一下架吧？

"砰——"

不知什么砸到地板，争吵的房内突然安静下来。

半分钟后，一个女声说："我懒得跟你废话了。殷正铭，如果不是为了殷显，如果不是看他年纪还小，这个婚我跟你离定了。"

男人没有说话。

房间的门从里面打开，王结香下意识地往后一退。

身材高挑的女人走出来，一眼没看写作业的孩子，径直打开大门走了出去，又重重地将门带上。

男孩写字的笔尖因巨大的关门声响顿了顿，而后，他埋着头，继续书写。

不一会儿，房内的殷正铭也走了出来。

他脸上有巴掌印，胡子拉碴的，精神颓靡。他走到饭厅，坐进沙发里，一脸烦躁地打开了电视机。

老式电视机播放着影视剧，演员的笑容很夸张，殷正铭一声不吭地、漠然地盯着。

屋内的气氛诡异，就连藏在殷显房间的王结香都感到压抑。

良久，殷显放下笔，一点点地挪着，转过身。

王结香见到上小学时的殷显眼里充满了惊惶，刘海太长，有些遮眼睛了，嘴唇薄薄的，没什么血色。比起上一次，他又长大不少，不变的是气质，此刻的殷显就像一只台风天被雨打湿的小麻雀。

"爸爸……"面对殷正铭，他小心翼翼地开口，"不用去，找妈妈吗？"

殷正铭拿着遥控器换台，不等电视机画面切换，就不断地按换台键。

屏幕上的画面一卡一卡的。

"跟你说过多少回，小孩不要管大人的事，专心念你的书。"殷正铭吼道。

殷显垂着眼，转向饭桌。

"叫你做的数学题做完了吗？你这性格遗传你妈，屁大点事非要磨磨叽叽、拖拖拉拉地搞半天。"男人念叨着站起来，夺过殷显手中的练习册。

殷正铭眼睛扫了几行，眉头一皱，把册子直接拍向殷显的后脑勺。

"第三道大题又做错了。

"又错了，又错了。

"蠢得我怀疑你是不是我小孩，你怎么这么笨啊？"

册子一下接一下地拍向殷显的脑袋。

殷显直挺挺坐着，也不知道躲，硬生生地挨着。

王结香看得心惊。

她握着"武器"，却难以抉择是否要冲出去帮助殷显。

本打算要是遇到有对殷显不利的人，她就从背后溜过去给他一棍。可是她没想到会遇上现在的情况，那是殷显的父亲，家里的时候不是快刀斩乱麻就能解决的。

殷显在哭，他的嘴紧紧闭着，眼泪一颗一颗地往下掉。

他一定是不想哭的，眼眶被泪水憋得通红，泪水涌出来，他飞快地抬手擦掉。

但仍旧被他爸爸一顿臭骂："哭、哭、哭，整天就知道哭。哭是最没用的，懦弱的人才会一直哭。"

练习册打烂了，他爸还没打过瘾。

殷显坐在椅子上，瘦小的背弓着。他无法停止抽泣，只好将自己的脸缩起来，缩到不被看见的地方。

"你有什么资格哭？我少了你吃还是少了你穿？我是因为爱你，为了锻炼你、培养你，才拼了命监督你学习，才对你要求严格。我辛辛苦苦赚钱，为了这个家，别人有的你全有，你还不满足？你有什么好委屈的？摆出个可怜的样子给谁看啊？"

殷正铭抓起殷显的头发，晃着他，口中喋喋不休。

"天天回家见到你这窝囊样就讨厌，哭哭哭，能不能不要这么脆弱……"

"喂！"王结香一脚端开房间的门，挥动着法棍，一字一句掷地有声，"你再打他，我就报警抓你了。"

她忍不下去了，即便知道自己的行为可能是鲁莽的，自己的帮助可能是自以为是的，但她实在没法眼睁睁地看着小孩子这样被打被骂。

在殷正铭错愕的眼神中，王结香大大方方走上前，将殷显护到身后。

"你是谁？为什么会在我家？"殷正铭问道。

男人高出王结香太多，她仰起下巴，凶神恶煞地叉着腰，瞪着他，气势竟也不输他半分。

"我是……"王结香脸不红、气不喘地瞎编，"隔壁家的女儿。"

"隔壁？"殷正铭上下打量着她，"怎么进来我家的？"

"从窗户，阳台的窗户，"王结香把手中的法棍往他怀中一丢，"我妈叫我送面包到你们家，我要带殷显出去玩。"

说完话，她不管殷正铭同意与否，拽着殷显便往门外走。

"等会儿。"殷正铭喊住人。

王结香死命扯,可殷显不走。

殷正铭打开钱包,抽出五元钱,递给殷显。

"学着别的小孩,每天开心点,去玩、去笑。小区那么多小孩骑自行车,我给你买了自行车,你也去骑。"他放软了语气。

殷显尚未从严厉的呵斥中缓过来,不敢正眼看他。

那唯唯诺诺的神情再度激怒了殷正铭:"真是个怪胎,成天摆着一张臭脸,只会死气沉沉闷在家里。不乐意出去,你就滚去接着做题。"

殷显揪着裤子,头低下去。

"你怎么能这样对小孩说话呢?"王结香推了一把殷正铭,将他推离殷显的身边。

她看向殷显,年幼的、呆滞的、无地自容的殷显。

他低着头,捡起丢在地上的练习册,走回那张放满作业的桌子。

小手掌尽力压着练习册,把它的边角压平,散下的头发遮住他的眼睛,殷显开始修改他爸说他做错的第三道大题。

外面有这么好的太阳,有跑来跑去的孩童欢快地笑闹。

而安安静静的殷显,蜷在饭厅的角落算题。

他的身体是被阳光遗忘的,是堆在书本缝隙间的一小块阴影,任由灰色爬上自己的背脊,生长出青苔。

"走,跟我走。"

王结香抓起殷显的手,强硬地和他十指相扣。

殷显冲她摇摇头,抽出他的手。

王结香的心都碎了。

"你看着我。"她捧起他的脸说道。

四目相对,他的眼角重新涌出泪水。

这不听话的泪意瞬间令殷显局促起来,王结香轻声安慰他:"没事的,没事的。"

"你听我说,殷显。"王结香看着他湿漉漉的眼,理了理他的额发,又替他擦去泪珠,"哭是可以的,是正常的。你不畸形,不是怪胎,不要害怕。"

她抱住他,很认真地告诉他:"你都不知道,你有多好多优秀,从头到脚,从始至终……

"殷显啊,你是最棒的。

"你是这个!"

王结香比出个大拇指，大拇指盖上殷显的脸，为他认证。

"全世界的人都应该喜欢你，像喜欢放假一样喜欢你，像喜欢发钱一样喜欢你。所有不喜欢你的人，那是他们有问题，他们审美缺陷！他们脑子有病！"

殷正铭本来就对王结香没好感，听到她含沙射影骂自己，正好有了理由把她撵出去。

"你这小孩真没教养，先是爬阳台进别人家，现在又教我家孩子说些乱七八糟的话。你爸妈呢？我得带你去……"

王结香朝殷显使个眼色。

这下她拉得动他了，轻轻巧巧一拉，他便从椅子跳到地板。

"殷显！"

殷正铭大喝一声，拦住他们的去路。

王结香踏过殷正铭的脚，腰一弯，躲开他的手臂，拉着殷显奔向大门。

"又是逃跑，"风声拂过耳畔，她好似幻听了，这熟悉的似笑非笑的语气，竟感到是成人殷显正对自己说话，"能不能有点新意，王肥肥？"

王结香回过头。

只有小学生殷显牢牢扣着她的手。

不知不觉，他们跑下三楼，到达了楼下。他累惨了，喘得上气不接下气。

"你刚刚有和我说话吗？"王结香问殷显。

问完她立马后悔了，这个问题太白痴了。

光说年龄就对不上，她听见的声音怎么可能是他所发出。

殷显好不容易缓过神来，瞥见他们紧握的手，不自在地松开了。

王结香有些不死心地问："你不记得我吗？"

她不禁感到挫败：总得在哪里留下一些痕迹吧，这样自己做的一切才有意义。

"四岁时，你有没有见过我？"她没抱太大希望，只是随口一提，"大雨天，我跟你困在人力车后座，我们一起逃跑，在小亭子里背诗。"

殷显的眼中写着大大的茫然。

"……"

王结香好想得到提示啊。

她到这些屋子需要做的事是什么？怎么获得钥匙？获得钥匙之后该做什么呢？

她到达的空间是真实的吗？儿时的殷显是真实的吗？

如果她和他经历的一切，不会影响他的未来，甚至不会被他记住，她又如何去帮到他?

　　因为可以自由地往来小兔岛,连"殷显必须需要王结香"的帮助,这一点也并不充分。

　　跑下楼时听到的两句调笑,让王结香再度想起她面对的人是她最最讨厌的浑蛋前男友……

　　好心当作驴肝肺,搞得她特别想救他似的。

　　"我把你从你家带出来,应该算是任务完成了吧?"

　　王结香摊开手,伸向殷显。

　　既然他不记事,也理应不记仇,她索性将他当成游戏中的NPC互动。任务完成,NPC应该给下一关的钥匙了。

　　殷显静静地看着她,目光由无措转为防备。

　　王结香这才发现,从他们见面,他没有对她说过一句话。

　　殷显翻了翻口袋,真的找到一样东西,放到她的手上。

　　王结香一看,手心多了一张皱巴巴的五元钱纸币。

　　她气极反而想笑,不愧是殷显小时候,未来的损样儿初见雏形。

　　"喂,"她忍不住好奇,"给我这个什么意思?"

　　王结香要还他钱,殷显见她的动作,举起手挡住脸,向后一躲。

　　躲在手后面的殷显支支吾吾地说:"保护费。"

　　末了,他用小到几乎听不见的声音,跟她道谢。

　　"谢谢你,保护我,帮我说好话。"

　　王结香的心里忽然有些不是滋味。

　　她觉得自己太不是人,人家小孩刚从可怕的家里逃脱,一件坏事没做,她对他那么差,还把他想得那么差。

　　"如果真是保护费,就不应该感谢。那不是保护,是带你从一个火坑跳到另一个火坑。"

　　五块钱物归原主,殷显挡脸的手被王结香重新牵住。

　　"走,我们出去玩,天气这么好。"

　　她非常迅速地回归到温柔大姐姐角色中。

　　"有什么想做的事吗?我可以陪你。"

　　"我作业还没做完。"

　　他乖到吓人,简直比绵羊宝宝还绵羊宝宝,出来这么会儿又想起功课了。

　　"除去学习相关的!"

　　殷显思考片刻,摇摇头。

　　王结香觉得有些不可思议道:"不是吧。我像你这么大的时候,一天到晚想做的乱七八糟的事情可多了，可惜大人不让我做。"

殷显看着她的脸，疑惑道："你比我大很多吗？"

"是哦。"王结香踮起脚，揉揉殷显的脑袋。

"那你想做什么？"他让她来选。

"我啊……"王结香一下子就想到了，"请我吃雪糕吧，殷显。"

王结香和殷显一人买了一根雪糕，坐在杂货铺门口吃。

晒着太阳，她快乐得眯起眼，抱着雪糕，一口一口地舔。

"这个真好吃，终于吃到了。我小时候一次没吃过，只是看着别人吃。"她晃起脚丫，比八岁小朋友更像小朋友。

"你为什么不能买啊？"殷显问道。

不断有小孩骑着自行车路过杂货铺，殷显盯着他们看。

"家里穷呗。就算破天荒买雪糕，奶奶也是买给我弟吃，轮不到我，"说到这里，王结香放缓了吃的速度，小小一根雪糕多么珍贵，"我啊，就那么看着我弟舔雪糕，吸着哈喇子。他比我小，我一定是要让着他的。那时我天天祈祷，奶奶下一次会想到我，不光买给弟弟……"

殷显好像没怎么听进她的话，心不在焉地"嗯"了声。

王结香转头看他，他的雪糕化了。

殷显正出神地望着那群骑车的小孩，他们在比赛谁骑得快，一个追着一个，乐得满头大汗。

那个不就是他想做的事吗，这孩子。

她一眼看穿了他，主动提议道："殷显，等我们吃完也去骑自行车吧。"

她记得他爸爸说过，殷显有自行车的，是他自己不骑。

对于王结香的这句话，殷显飞快地做出反应："你想骑呀？"

王结香一口吞了雪糕，丢掉垃圾，拍拍手，说道："对对，我想骑，特别想骑。"

殷显推来他的自行车。

车是崭新的，连塑料膜都没剥。

"给。"他大方地将车把递至她手边。

王结香没客气，直接骑了上去。

小朋友们注意到他们，故意把脚踏踩得吱吱响地从旁边经过，骑远了还要回头看她。因为互不相识，所以没人上来打招呼。

王结香抬头看了那群小朋友一眼，大声说道："OK，本骑车达人接受你们的挑战。"

她一脚踏地借力，一脚踩下脚踏板，流畅地出发了。

殷显眼见着她渐渐跟到小孩们的背后，融入了他们。等到绕小区一圈，她重新出现在他视野时，她已是骑在最前头的人。

她的头发披在身后，被风吹动，无拘无束地大笑着。小孩们拼命追赶她，一个急拐弯，她完成得干净利落，连风也抓不住她的衣角。

比所有小孩更快，她骑完一圈，稳稳地停下车，回到殷显身边。

"来，换你了。"王结香跳下车，顺势将自行车的车把递给他。

殷显点点头。

他跨上车，深吸一口气，踩下脚踏。

"哐当——"

殷显连人带车倒在旁边的草坪上，摔得四脚朝天。

王结香的笑僵在脸上，完全没料到会发生这样的状况，她立刻伸手去拉。

"你有没有事？"她连忙过去查看。

"快来啊！"看热闹的孩子们聚集过来，围着摔倒的殷显捧腹大笑，"哈哈哈，他不会骑车，他摔倒了。"

殷显难为情地低下头。

王结香挥着拳，把小孩全部赶走："喂，你们！摔倒了有什么好笑的？"

小朋友们见她不好惹，识相地踏上自己的自行车。

"连车都不会骑，真笨。"小朋友们冲殷显丢下这一句，他们怕被王结香揍，嘻嘻哈哈地骑车逃跑了。

殷显站起来，拍掉身上蹭到的土，小声说道："我不骑了。"

王结香拉住他："我可以教你的。"

殷显摇头："不要了。"

她叹气道："真不骑？"

他坚定地点头。

"好，"她冲他一笑，上了自行车，"你不骑我骑。"

殷显无语地看着王结香。

她骑着车在他的四周转圈圈。

"看，我好会骑哦。"

他走一步，她跟一步，按着铃吸引他的目光。

"哎，骑车其实很容易，学一学就会，"王结香的头发甩来甩去，表情得意，"但既然你不想骑，我是不会勉强你的。这车，我只好自己骑啦。你走路我骑车，想必你不会介意。"

殷显被她的头发打到好几回，终于忍不住了："你确定要教我？"

"如果我学得很慢，要学很久，你也会教我吗？"

"会啊。"她不假思索。

殷显有些难以理解王结香的话，问道："为什么？我不会骑车，不能陪你玩，而且我的五元钱已经花掉了，也没法买雪糕给你了。你再对我好，有什么用？"

"你当我之前在你家说的话，是为了雪糕啊？"王结香轻抚他复杂的脑袋，语气随意地说，"没为什么，不用非得为什么。我想对你好，我想你过得好，不必你还我一样东西来作为补偿。"

二十八岁的殷显无法信任别人，难以形成亲密关系。关于疲惫、关于难过、关于爱，这类正常的感受表达都令他难以启齿。

面前的殷显八岁。

他被无视、被贬损、被拿来出气，与此同时他被告知，这是爱他的方式。

他仍在困惑，仍在迟疑，是否要去相信来得毫无理由的友善，是否能够示弱，尽管这时他需要别人拉他一把。

王结香能做的太少。她在那个雨天牵起他的手，草草地替他擦去泪，不知道能不能帮上他的忙。如果能帮忙，就已经很好了。

"好啦，如果你不想学的话，我们……"

"我想学。"殷显打断了她的话。

这回不必王结香劝，他自觉地坐上自行车。

"好，"她露出欣慰的微笑，蹦蹦跳跳地走到自行车后面，双手抓着后座，"你最先要学的，是找到平衡感。稳住车把，保持在中间位置，然后你人往前骑。万一感到失去平衡，你要记住脚是够得到地板的，我也是扶着你的。"

殷显骑着倾斜的车，歪歪扭扭地前进。

王结香拉停自行车："先保持车把平衡，你不要急着向前骑。"

经过她的指导，他的姿势稍微进步了一点。

"对对。"

太听她的话，他的新毛病又显露出来。

"殷显，我说别着急，但你也太不急了。你的脚踩越踩越慢，车会肯定往旁边倒呀。

"还是慢了，加快些。"

……

殷显记不清摔倒多少回了，摔到太阳都下了山。

王结香夸他聪明可没白夸，他学东西是比大多数小孩要快。

她记得自己当初学骑自行车，学了得有几个星期。而零基础的殷显只学习一个下午，已经能保持平衡独立骑行一小段路。

王结香活动着酸痛的手臂，望向殷显骑远的背影。

好像到饭点吃饭了，虽然殷显爸爸妈妈很垃圾的样子，但他总得回家吧？她要用什么理由去他家蹭个饭，睡个觉呢？

思考间，回家吃饭的小孩们骑着车路过王结香。

有个亮晶晶的东西晃了下她的眼。

追着那光看过去，她见到有一位骑车的小朋友的车座挂着一把钥匙。

远在天边的夕阳，似乎被钥匙吸走了部分的光芒，天色肉眼可见地变暗。

"那、那不是……"

这熟悉的聚焦感，这不同寻常的气息。

"前面的那小孩，停下，我的钥匙！"

待王结香反应过来，小孩已经骑出了大老远，她跑步追赶，他骑得越发地快。

"上车。"骑着儿童自行车的殷显竟然跟了上来，对她亮出自己的后座。

"……"王结香本想叫他让一让，自己来骑。不过，殷显的后背绷得很紧，明显做好充足的准备要发力骑行。

她不好意思打击他的积极，咬咬牙，上了他的自行车。

没想到，教殷显骑车，最终王结香直接受益。

浪漫情侣单车，我的头靠着你的背，我的手搂着你的腰……这个东西，她在他们恋爱时没享受到，这会儿体验到了。

王结香无可奈何地环着小学生殷显的腰，以防被他这辆儿童车过快的车速甩出去。

"怎么办？停下来马上会摔倒的，我没有办法平衡，"殷显进步神速的车技下，隐藏着慌乱不堪的内心，"我我我……停不下来，只能一直踩。"

王结香此时也顾不得摔不摔的，他们不知不觉已追上了那位后座有钥匙的小朋友。

"殷显，再快点！"

她伸直手臂，去够那把钥匙。

"再快，要摔啦！"

他话音刚落，车身便失去了平衡。

王结香的指尖恰好触到钥匙的那一刻，她摔了下去，钥匙落进她的掌心。

王结香握住钥匙，闭紧眼睛，做好疼痛来袭的心理准备。

摔是摔到地上了，但怎么完全不痛呢？

王结香睁开一只眼。

"哇呀。"

一双四周长白毛的黑色的圆圆的眼睛占据了她的视野。

她挥舞着双手，躲远一些，见到了熟悉的双眼皮和黄色眼影……兔子殷显站在她的脸边，托腮注视着她，做沉思状。

又回小兔岛了。

已经第二次，王结香还是不习惯这过快的转场方式。

"干吗站这么近看我？知不知道你把我吓一大跳。"

"知道，"他贱兮兮地说，"看出来了。"

"公寓消失，所以你的'副本'是不是通关了？"这词他讲得别扭，却没用错。

看来她走之后，兔子没少琢磨她的话。

"是啊。"王结香向他亮出手中的钥匙。

两人大眼瞪小眼。

"呃，"殷显率先开口，"不跟我讲讲在房子里发生了什么吗？"

"哦！"王结香掰着指头给他说，"先见了你家长。"

"他们满意你吗？"

"什么啦，不是那个见！"

如此说来，这是王结香第一次跟殷显的家人见面。

从前她许多次幻想，第一次见他家人要怎样表现自己的文静乖巧体贴。万万没想到，头一回见他爸，她会对他老人家破口大骂。

她叹了口气，将房子里遇到的事详细叙述给殷显听。

"跟上次一样，你说的事是从前发生过的事。可那时的我，没有遇见你。"殷显疏离得像个局外人。

确实，王结香去互动的那段过去，他完全没有参与。

"这个岛、岛上的房子，及被困住的我之间，我依旧没法看到有任何联系。"

王结香抬了抬不存在的眼镜，摆出睿智的表情。

殷显说他看不见，那就该到王聪明侦探结香自由发挥的时刻了。

"我去到的两个房子，一个是你幼年住过的，一个是你童年住过的，共通点是，我都见到了不快乐的你。殷显，说实话，因为看到那些，我才对你有了更深入的了解。

"我们在一起时，我一直很想不通世上为什么会有你这样的人。招人讨厌，讲话不会好好讲；别人做错一件事，你不给任何弥补的机会，将别人全盘否定；自尊、不服输、没风度、没感情、阴阳怪气……"

　　王结香越说越投入，殷显打断她："描述缺点部分是不是太长了一些？"

　　"好，那我省略掉这边，回到你问的联系。"

　　"还是打游戏的比喻。我们在小兔岛的主线任务是解救你出去。我进入副本后，你全程离线，没有得到任何的成长和提升。当我通关副本，房子消失，如果得到经验和奖励的不是你，那只能是我了。"

　　殷显兔眉一皱："你之前还说我是主机呢。"

　　"谁知道，"王结香撇撇嘴，"你也可能只是开副本的工具。"

　　"说实话这些是不是你现想的？"他质疑。

　　"对，我瞎编的。"她承认。

　　早知道王结香不靠谱了，殷显仍旧耐心听完她的结论。

　　"按照你的分析，你得到的经验和奖励是什么？"殷显问道。

　　睿智结香面不改色地说："更了解你之后，我对你的感情会从无到有，发生剧变，成为你的真爱。等所有房子都消失，我给你一个真爱之吻，你被解救成功，从兔进化成人，满血回到人类世界。"

　　兔子显看她的目光深邃起来，双眼皮忽变单眼皮。

　　"原来的我们俩不是真爱吗？"

　　王结香嗤笑："肯定不是啊。"

　　兔子迈开腿，助跑一步。

　　她嘴角在抽动，维持戏剧的表情，眼睁睁地看着他蹦上来，正好撞上她的嘴。

　　王结香甚至被兔子的胡须扎到了。

　　那一瞬，她的脑袋先是想到好好笑，殷显亲嘴要助跑，然后想到殷显这个卑鄙小人，至少要征得我的同意才能亲我啊。

　　然后，王结香才后知后觉地意识到，即便场景时机都不像样，但它也完完全全能算得上是一个吻了。

　　一个不浪漫、操之过急的吻。

　　一个心不甘情不愿的、已完成的吻。

　　这个吻最失败的点在于，殷显没有回归人形。

　　吻毕，他的爪子慌乱地在空中挥舞，想要抓住什么以防止自己一吻之后的垂直掉落。

　　他抓住了她的头发。

　　"好险，差点要摔。"胖兔兔安全地双腿着地，惊魂未定。

　　他抬头一看，一只头发长到脑门的女鬼在恶狠狠地瞪着他。

"殷显你去死吧!"她拎起他的两只耳朵,怒吼道,"我就知道,你始终不够爱我。垃圾!"

兔子在空中扑腾着双腿,晃前晃后。

"也可能是你不够爱我啊,"他同样理直气壮,"你自己刚才说你对我的感情从无到有。"

"可能通关不是需要真爱之吻吧。"王结香叹了口气。

"可能通关像你说的需要修炼成真爱吧。"殷显也叹了口气。

两人同时开口,不约而同地为自己找台阶下。

"哼!"王结香松开手,放他一马。

他们望着她手中的钥匙。

房子,还是得继续去啊。

"再想想,有没有捷径能走?就像是充钱能加快升级,攻略秘籍能快速通关之类的?"王结香问道。

岛上一共五个屋子,现在还剩下三个,看样子房子里全是殷显不愉快的经历,去到不舒服的地方总归是令人心情沉重的。

王结香与殷显面面相觑。

突然,她眼前一亮,拍了一下自己的脑瓜:"我忍不住夸赞自己是个超级无敌小精灵。"

见她兴奋成那样,殷显拉长耳朵,问道:"你想到什么?"

"直接做主线任务呗!你能出岛不就完事了,"王结香得意地说,眼角都快飞到天上去,"我不是有千纸鹤接吗?下次千纸鹤来的时候,我把你带着一起走,你不就能出去了吗。"

他一秒否定:"这个我早试过了,不行。"

"你试过……你什么时候……"她目瞪口呆,仔细地回想着,"难道,上次我回家睡觉你偷偷跟着我?"

殷显没反驳。

王结香瞪了他一眼,说:"哇,你这个人真是有够阴险的。那次不是刚吵完架吗?不是冷冰冰不愿意理我吗?"

他岔开话题道:"我们抓紧时间去找下一间屋子吧,不然一会儿你又该困了。"

第三章

/ 大循环

　　归功于王结香，小兔岛空了一大半，剩的三个房子分别是：初二住的姥爷家、寄宿式高中住的宿舍、汽修厂的员工宿舍。

　　按照之前打开房子的规律，王结香拥有的钥匙，应该是殷显姥爷家的。

　　"不行，没法开，"她十分肯定，把钥匙亮给他看，"它和钥匙孔的形状都不一致。"

　　"钥匙是对的吗？"殷显问。

　　"嗯，如果不对，我拿到钥匙时那个世界不会崩塌。"

　　他们只好到别的屋子去试一试。

　　高中的住处，照样打不开。

　　最后剩下员工宿舍。

　　远远见到熄着灯的小楼，王结香问："那时候你几岁？"

　　"大学毕业不久，差不多二十二岁。"

　　她笑了笑，莫名地开心："那你不久之后会遇到我哦。"

　　殷显好像没有问过太多王结香的事，主要是她一提他们从前交往的事，就变得特别凶。

　　"我几岁遇到你的啊？"殷显问道。

　　"你二十四岁的时候。"王结香冷笑着回答。

　　"那时候你多大？"殷显又问。

　　"十八岁。"

　　他惊讶道："你比我小这么多？"

　　王结香把地板上的一团白兔捧起来，揣进兜里，冲他眨眨眼："是啊，小兔子。"

　　钥匙一进锁孔，王结香立马知道是匹配的。

　　"门开了。"她松了口气，至少不必卡关，"住这里的时候有什么印象特别深的事情吗？"

殷显沉默片刻后，说道："要不然你还是别去了。"

"又这句，"王结香举起左拳捶了捶自己右臂的肱二头肌，"我都通关两个房子了，实力摆着呢。"

不再多做无谓的劝说，他仔细回忆生活在汽修厂期间的事，为她进去前提供最后的信息。

"大学，听从我爸的安排学了机械工程。毕业后，家里已经铺好了路，我作为工程师进到汽修厂，工作轻松，每日朝九晚五。"

王结香预感到这次的房子难度会上升，问道："是什么样的汽修厂？工程师具体干什么啊？"

"是大规模的汽修厂，给企业用车、工程用车、私家车提供技术服务。我当时负责排查问题，指导汽车维修。"

"听上去是蛮好的工作，"她问，"你本身对这方面感兴趣吗？"

兔子没有正面回答。

"这工作虽然安稳、轻松，是个不折不扣的铁饭碗，但我想赚更多的钱，而且我看到了商机，随着时代发展，私家车数量急速增加，汽车用品的需求不断扩大。技术服务这块，因为车型更新快，维修技术难度也不断提升，工人的技能方面无法跟进，厂里维修的返工率、赔偿率都在上升。可是，如果去做汽车用品的销售，那几乎是稳赚不赔的。"

要是光听声音，会觉得这是个雄心勃勃的男人正进行着商业演讲。

看脸的话，仍是发胖的白兔，老老实实地坐在她的口袋里。

王结香费劲地解读他整段话的意思，问道："技术服务不如销售来钱快，所以你想转做销售？"

兔子"嗯"了一声。

"可我家人不同意我这做，因此我跟他们决裂，辞工自己打拼。"

是了，王结香记得她和殷显的初遇，他一个人在大城市闯荡，过得穷困潦倒。

"这我能帮到你什么呀？"王结香一边问，一边忧心忡忡地拉开门。

她和兔子一同进入黑暗。

王结香心中嘀咕：逃跑还顶用吗？

这次的变亮特效相当不一样，黑色是一圈一圈褪去的。

王结香站在原地没动，手揣着兜，当她察觉兔子不见时，低头看了眼口袋。

口袋中不知装了什么，亮闪闪地鼓着，她掏一掏，抓出来一团光。

光落到附近，融化了。

整个空间以她为中心，慢慢被点亮。

"咳咳……"王结香捂住鼻子，被突如其来的烟味呛到。

她用手扇着气，等待着周围彻底亮起来，但眼前好像始终有一层不散的灰色雾气。

吵。

前方人声鼎沸，嬉笑声、咒骂声、电视声、拔高的说话声、哗啦啦的洗牌声……闹作一片。

臭。

过夜的茶香、烟味、油腻的汗味……被吊扇吹出的风一搅，全部混杂到一起。

王结香站在殷显的宿舍门口，渐渐辨清了房间里的全貌。

"工程师的员工宿舍？"她喃喃自语，"怎么员工宿舍比棋牌室还脏乱啊？"

屋子本身是间大屋子，但因为里面的人多，东西杂，看上去异常拥挤。

四张桌子、铁床，都被人占了。一屋子有打牌的、打麻将的、围观的、休息的……他们穿着汽修厂的工作服，王结香甚至没找到殷显在哪儿。

她正找得眼花，忽然被人从后面撞了一下。

她回过头，望见一个高高壮壮的、穿蓝衬衫的中年人。

估计他也是没看路，不小心撞到她。

他扶住她的肩膀，问道："小娃娃哟，你挡在大门口干啥？"

小娃娃？

王结香觉得这称呼奇怪。

来到殷显的成年世界，那她不也应该是相对应的……

王结香低头一瞧，自己的胳膊和腿又变短了，身上的衣服没上一个世界缩水严重，上次是小号，这次是中号。

好吧。

第一次四岁，第二次八岁，第三次……

她抬头问中年大叔："你觉着我像几岁？"

"你？"他眼神上下打量一番，"小学没毕业的样子，十一二岁？我猜是十二岁。"

王结香叹了口气：每切换一个世界，自己大概会增长四岁。

行，十二岁就十二岁吧。

她转换成文文静静的语气问道："叔叔，我来找殷显，你认识他吗？"

"你找阿显啊，认识认识。"他冲屋里吼了一嗓子，"阿显，有人找。"

从最里面的牌桌走出来个理着平头的小伙，王结香定睛一看，正是殷显。

他穿着一件汗衫，下面是工装裤，嘴里叼了根烟，吊儿郎当的样子。

比起他俩刚认识的那会儿，这时的他更胖一些，更精神一些。

以目前的身高，她得稍微仰点头才能对上他的视线。

殷显走过来，跟男人打了声招呼，轻描淡写地瞥了她一眼。

"徐哥，这小孩谁啊？"

大叔摊摊手："不知道啊。她自个儿站门口，说找你。"

王结香眨着眼睛，想着要怎么编一编，能够赖在殷显身边。

殷显掐了烟，俯身，平视她。

王结香突然被他这样看着，竟然感到小小的紧张。

主要是，太久没见这浓眉、薄唇和凌厉的眼。

被他盯着，会有种被钩子钩住的感觉。她乖乖地原地不动，谨慎地回望他。

"不认识。"他收回视线，冷冷地说道。

王结香眼疾手快地扯住他的手臂，大声说："我认识你，殷显，你妈让我来找你。"

她记得他给她说过，他上高中的时候，父母离了婚，他跟的他爸，殷显和他妈妈后来极少联系。

只是王结香不知道，他们联系变少是从父母离婚以后，还是从他汽修厂辞工之后，还是他和家人关系决裂之后。

她的话让他皱了皱眉。

随即，殷显直起腰，丢下她，走回刚才那张麻将桌。

王结香心中一悸，难道她说错话了，他完全不想理她了？

不想理，她也得想办法把他拉出这里。

她厚着脸皮跟过去，穿过嘈杂的人群走到最里面。

殷显正和进门碰上的大叔说话。

"徐哥，你顶我位置玩。我去食堂吃个饭，下午我去厂里看看。"

"哦哦，好啊，"徐哥答应得爽快，"你吃完回来接着打。厂里有人看着啦，哪用你去操那个心。"

"嗯。"他拿起搭在椅背上的工作服。

桌上的牌友瞟到他的动作，连忙出声："你工作服这么脏还穿啊？"

殷显打个哈哈敷衍他："没事，脏惯了。"

徐哥搭腔道："哎，阿显这我就要说你，太不讲究了。"

“换件干净的呗，”有人嘟囔，“反正你是去食堂吃饭，又不去厂里。”

“这边有衣服。”对桌的大哥扔了件新工服给他。

殷显接过，道了声谢。

他穿好工服，转头见到跟过来的王结香，示意她跟自己一起走。

她打着腹稿，准备再说多点，比如她是他妈那边远房亲戚的女儿之类的。

不过殷显没再问了。

他们一路出了乌烟瘴气的宿舍楼，空气顿时没那么难闻了。

殷显的步子大，走在前头。

王结香像根小尾巴似的跟在他背后。

这里不同于先前经历的世界。

小孩殷显所需要的帮助是明显的，她帮他是大人在帮小朋友。而今，小孩是她，长大的他变得复杂，难捉摸，导致在这个地方她完全不知道自己要做什么。

“我妈什么时候来接你？”殷显冷不丁地停下，问了一句。

她一头撞上他的背。

“我想想啊，”王结香看他眼色，试探道，“今晚。”

他抿了抿唇，小声说：“她过得好吗？”

“蛮好呀，”王结香忍不住好奇，“所以，你认为我是你的谁啊？”

他古怪地反问：“你难道不是我妈新家庭的小孩？”

“对对，我是。”

王结香腹诽：编东西还是你会编，比我想的远房亲戚更合理。

“你现在要带我吃饭吗？”王结香问。

王结香听他对徐哥说要去食堂的，那现在他们是在去食堂的路上？

“吃饭我是要自己吃。这边没小孩待的地方，我给你找个皮球吧，你在外面自己拍着玩。”

“……”

好无情的殷显。

她如今是个小姑娘，可爱的小姑娘。

为了避免被甩掉，王结香用打算撒娇唤醒殷显的人性。

她清了清嗓子，揪住他衣角：“大哥哥，不要抛下我。我也要吃饭饭，吃完饭饭你陪人家一起玩啦。”

殷显没抬眼皮：“自己玩，我不玩。”

她手指绕着他衣角，绕啊绕，把他的衣服都被扯宽了，继续撒娇道："你跟人家一起玩嘛，人家一个人无聊。"

殷显冷着脸掰开她的手，依然无动于衷："小时候我都是一个人玩，我玩得非常开心。"

"乱说，两个人玩，你笑得更灿烂。"她马上反驳他，因为她曾经亲眼所见，亲身体会过。

说话间，他们走到邻近宿舍楼的一排办公室。

殷显抬手敲了敲窗，从办公室里走出一位窈窕女郎。

她穿着时髦的碎花裙，披着及腰的黑色长发，身上皮肤白白嫩嫩，像水豆腐似的，晃眼得要命。

见他来了，她笑逐颜开地过来帮他开门，问道："这个点，你不陪他们打麻将，有空来找我？"

女人动作自然地替殷显整了整他被弄乱的工装。

王结香满脑子问号，目光瞥向殷显，他居然没有要躲开的意思，十分配合地原地站着。

"你有皮球吗？或者其他小孩玩的东西？"殷显问。

"不知道啊，我得找找看，你找皮球做什么？"女人问完才发现殷显旁边的小不点。

叉腰的王结香双眼喷火怒视着他们。

"她是谁啊？"两个女的异口同声地问。

"先回答我！"王结香挤到他们中间，将亲亲密密的二人隔开。

他先说："我女朋友。"

他又说："我妈那边的小孩。"

女人弯腰，捏了捏王结香的脸："小朋友，我叫何善，你可以管我叫小善姐姐。"

王结香的脸已经被气歪了，又被捏一下，歪得更厉害。

她按捺着怒气，细品了一番女人的名字。

阴险，和善。

有比这更情侣名的情侣名吗？

还不如一个叫番茄一个叫炒蛋。

怒气蹿上天灵盖，此刻王结香千言万语化作一句——

"殷显你去死吧！"

她过大的音量，令小情侣当场愣住。

王结香哼哧哼哧地喘着气，剧烈起伏着的胸膛使她看上去很需要一个氧气瓶。

被她骂了的当事人，这会儿的表情……

王结香不用看，都知道他是什么表情。

他两片薄唇紧抿，眉宇间充斥着轻蔑不屑，双眸冷得像冰，冷笑一声后，对何善说："皮球不必找了。"

"谁稀罕玩你的皮球啊？"王结香瞪圆眼睛，挺起胸膛。

她虽然个头矮，但企图在气势上把他顶飞。

"怎么，我妈告诉你，我很好说话？"殷显的表情和语气冷飕飕的，"第一次见面，你出言不逊的原因是什么？"

王结香捋高袖子，要不是她太矮，打他要踮脚，这时巴掌已经呼到殷显脸上了。

"你说过我是你的初恋。"王结香气得大吼道。

他嘴角抽了抽，上半张脸严肃，下半张脸赶快用手挡住。

何善没他能憋，扑哧笑出了声。

王结香猛地回身，眼神犀利地凝视她。

"你这个骗子！你以前有女朋友，被我抓到了。"王结香回过头来瞪着殷显。

"那个，小朋友啊……"何善端起大人的架子，准备教育她。

王结香抬手截住何善的话，愤怒地点评："不能原谅。这女人，竟然长得如此漂亮。"

她上上下下打量了何善一番，准确地描述道："皮肤这么白，头发这么多，身材这么好，这么有女人味。"

何善被夸得美美的，用口型问殷显："这小孩什么情况啊？"

"鬼上身吧。"他说。

"殷显！"

王结香左右两边眼角各落下一滴泪："以后你不管是变兔子、变螃蟹、变乌龟，都不要来找我，我再也不理你了。"

说完，她百米冲刺，逃离了这伤心之地。

殷显的目光追过去，只看见一个迅速跑走的背影。

委屈巴巴的王结香在空地拍皮球。

皮球是汽修厂看门的大爷给她的，他看她在传达室门口跳来跳去，便找出个球，让她到没人的地方自己玩。

为什么王结香跳来跳去？

因为，她居然回不去！

之前的两个世界，王结香寸步不离跟着殷显活动，完全不知道有这回事。现如今，她深受情伤，想找个无人的角落自己静静都不可以。

不救殷显是不可能的，她原来不就是这么想的吗？

王结香问自己，他到底是怎么让自己乖乖地进到各个房子干活的？这一切是哪里出了问题？

动摇她的，是千纸鹤翅膀上写的"来我的岛"，是小兔岛的"肥肥之家"，是那只说自己失忆了的可怜兔子，还是那杯熟悉的胡萝卜汁？

"好像都有动摇到。"

气愤的王结香将皮球拍得嘣嘣响。

可恶，其实从第一间房子出来，有想过不再帮他的。

自己对他一直毫无保留地信任，救走被坏人拐跑的他，又教他背诗。而他呢？回到小兔岛，自己只是问问兔子从前发生过什么事，他充满防备地来了句："可以不说吗？"

那时就应该坚定啊，不管失没失忆，讨厌鬼是讨厌鬼这点永远不会变。

哼。

其实也不能全怪自己，是前两个房子的成功来得太轻松。

小兔岛可以选择来或者不来，屋子里的小殷显很柔弱很需要帮忙，要怎么帮他也很明显……顺手的话，帮一帮他不是挺正常的吗？

总归，这个世界不可能救了！

即便殷显下跪求自己，也……

她正想着呢，余光瞥见他的身影。

王结香高冷地单手接住皮球，仰着下巴，等他过来。

殷显目不斜视，大步走向了传达室旁边的电话亭。

是假装打电话吧？王结香这么想着。

下一秒，看见他将电话卡放入卡槽，拿起话筒。

两三分钟后，殷显打完电话。

王结香站在显眼的地方，等他走出电话亭。

这时，空气中突然有一股怪味飘来。

"咳咳……"她丢了皮球，双手捂住鼻子，仍被那突如其来的臭气呛到。

周围迅速被一层不散的灰雾包裹。

远远的，传来鼎沸的人声。电视机在放着一首歌，由于声音杂乱，难以辨认，却仿佛是不久前在哪里听过。

这边她努力回想着，后面来的人不小心撞了她一下。

"小娃娃哟，"那人扶住她的肩膀，"你挡在大门口干啥？"

小娃娃？这称呼奇怪，有一丝诡异的似曾相识。

王结香无法自控地低头，见到自己短短的胳膊和腿……

等一下，熟悉的背景音骤然在耳边炸开。

再抬头，她见到一屋子的人热热闹闹地摸牌洗牌。

殷显叼着烟坐在最里面，她自己站在员工宿舍的门口。

王结香的脊背突然冒出了冷汗。

时间，好像重置了。

"小娃娃？"中年人见她傻愣愣的，又喊了她一声。

"我没想好要不要找他，"王结香揉着晕乎乎的脑袋，给他让了个道，自言自语着，"你让我再心理活动一会儿好吗？"

为什么会发生时间重置？

按照进屋子前的思路，她通关房子，兔子殷显没变化，那只能是她的身上发生了变化。她亲眼见到了他的过去，知晓了他差劲的性格是有来由的，于是心中产生一丝怜惜，他们的感情在通关房子的过程中得到修复和培养。

而这个世界中的成人殷显，他的所作所为，伤害到了她的感情。

所以时间重置了。

没错！肯定是这样！

中年人徐哥望了眼门口的小孩，她还没走，杵在角落一会儿苦着脸，一会儿深思，一会儿无声大笑。

"来啦。"从麻将桌站起身的殷显拍了拍徐哥的肩膀。

徐哥回过神，跟殷显打招呼。

"徐哥，你顶我位置玩，我去食堂吃个饭，下午我去厂里看看。"

"哦哦，好啊，你吃完回来接着打。厂里有人看着啦，哪用你去操那个心。"徐哥说着就接替殷显坐到空出的位置上。

殷显穿好同事递给他的新工作服，向王结香这边走来。

"讨厌鬼！"她瞟着他，心不甘情不愿地噘着嘴，自言自语，"谁要重新读档和你做回真爱呀，我是打算直接删档的。"

他直直朝门外走，眼见着两人就要错身而过。

"哼。"王结香双手叉腰跳出来，挡住他的去路。

殷显压根没看到她，临时的急刹车让他一个趔趄，为了保持身体平衡，他的手往前一推。

宛如被风刮走的落叶，王结香轻飘飘地倒向地板……

"啪"的一声，她的屁股先着地。

她坐地的一刹那，表情是愣住的，随即而来的疼痛感唤醒了年幼身体的本能，她"哇——"地痛哭出声。

殷显眼疾手快捂住她的嘴，把她夹胳膊下，拎到门口。

王结香无语：哥，你这动作有点太利落太熟练了吧。

门口。

她一手捂臀，一手摊开伸向殷显，说道："屁股痛，你赔。"

接下来的台词王结香都已经想好了。

他问她"你想要赔什么"，她就回答"要你对我的下辈子负责"。这一幕将成为标志真爱开始的名场面，特别言情小说，她本人特别满意。

殷显却一言未发。

随即，王结香被他再一次拎起来。

"这是要干什么？"她踢着腿在空中挣扎，"我只是受了点小伤，不至于把我毁尸灭迹吧？"

片刻后，王结香被放下。

眼前是熟悉的办公室，熟悉的窈窕淑女，还有那不变的碎花裙，披肩长发，以及抢眼的美貌。

怎么又是何善？

难道说，为了真爱无法避免，她要和何善决出女主女配吗？

王结香顿时心虚：完了，我都想选何善做女主角啊，这个漂亮妹妹是真的漂亮。

"这个点，你不陪他们打麻将，有空来找我？"何善拨弄着头发，对殷显微笑。

他指了指身旁的王结香，说道："我出门不小心，这小孩被我撞到了，你帮我瞧瞧她身上有没有大碍。"

殷显自然的求助，令王结香有些不是滋味。

第一次是找皮球，第二次是看伤势，他动不动就找何善。

从前他们在一起，他有这么信任过她吗？王结香都记不起来，他有哪次提出要她帮忙过。

何善点点头，准备带小孩回办公室。

王结香往后一退，躲开她的手。

"你们是男女朋友？"王结香低着头问。

"嗯。"何善毫不迟疑地承认，"小朋友你不用害怕，姐姐不是奇怪的人。

你跟我进房间，我给你看看你有没有受伤。"

"真真正正的男女朋友吗？而不是什么有名无实的假情侣吧？"王结香问道。

何善被这奇怪的问题问蒙了，不过她说："是情侣啊。"

王结香先在心里骂殷显一句：骗子！

而后在心里跟何善道了歉：对不住了，小姑娘，但这狗男人他未来的真爱是我啊。

她抬起头，尽力装出最天真无邪的语气，说："好奇怪，我姐姐也说过，她和殷显是情侣。"

何善看向殷显。

他没有任何的眼神闪躲，直截了当地问王结香："你姐姐叫什么？"

"我姐叫……"她铿锵有力地报出自己的大名，"王结香。"

殷显摇头："不认识。"

"应该有什么误会吧。"何善笑着打圆场。

王结香咬咬牙，豁出去了："我听我姐姐说的！

"被家长从小严格要求，殷显四岁就背很难的古诗，背不出来不能进家门。父母工作忙，他很小开始自己上学放学。殷显不会骑自行车，因为始终没人主动教他。他的性格，不可能去拜托会骑车的同龄人带他一起骑，自学的话又怕摔倒被人看见了笑话。

"殷显的爸爸是做桥梁建设的，要去不同的地方搞工程。他跟着他爸，常常转学搬家。高中他父母离婚，他寄宿补习学校。"

何善依旧保持满脸的笑意，问道："小朋友，你真的知道'情侣'的意思吗？你姐姐王结香和殷显会不会是童年的玩伴，或者邻居？"

"不是，也不可能是。我姐姐讲的，殷显没有童年玩伴，上学时没有要好的同学。"为了抛出有利的证据令何善信服，王结香绞尽脑汁，"我想想还有什么，哦。殷显怕蟑螂怕老鼠；他酒量好，即便喝醉了也不会说胡话；他喜欢吃辣，非常喜欢，只是做蛋炒饭的话，绝对不能加辣椒。"

殷显皱着的眉头，在听到她的最后一句时皱得更厉害。

"炒蛋炒饭不加辣椒是常识，有谁会加啊？太反人类了。"殷显掩饰道。

王结香反驳："你爱吃辣味，干吗不能加辣椒？要是加了辣椒，你还要把辣椒挑出来，蛋炒饭是一勺一勺吃的。"

他的话和后来他们吵架时说的一模一样。

她记起自己被倒掉的蛋炒饭，忍不住跟他争辩："我放辣椒酱炒，辣椒酱又没多少辣椒。"

"没多少也是有，辣椒酱的辣椒是剁碎的。"

"你非得一勺子一勺子吃，那吃前先挑出辣椒呗。"

"麻烦。"

假若何善不出声打断，他们还能再吵五分钟。

"殷显，犯不着跟小孩较真啦，她说的不全是瞎掰的嘛。"

他双眸一沉："有意思的是，她说的全是对的。"

何善的表情僵了。

半晌，她才缓过来，自嘲地笑笑，眼中有了释然。

"我知道你打算不在这里干了，迟早会跟我提分手，其实我也早知道我们没法长远的。可你竟然……她说的那些，我一个都不知道……算了，分手吗？"

何善灰心，酷酷地没多做纠缠。

"分吧。"他平静得仿佛早有预谋了。

何善没憋住对他咒骂："你真垃圾。殷显，和你恋爱，谈了像没谈。"

他一言未发。

何善痛快地甩了他一巴掌，转身跑走了。

可惜这里不是现实世界，不然王结香真想请何善坐下来喝杯酒。

谈了像没谈。可不是，自己和殷显谈了五年，她连最最基本的"他爱不爱我"也没搞懂。

"为什么不解释？"她转头盯着殷显，"有误会的话就解释啊。"

他感到挺意外——始作俑者以一种愤怒的目光凝视着他，似乎不满意她自己造成的这个局面。

"没什么好解释的。"殷显的语气不咸不淡，"她说得对，我要辞工，迟早要提。散了就散了吧。"

王结香莫名委屈，委屈得好像她又被他甩了一遍。

"你懂得什么是恋爱吗？你的恋爱里根本没有爱吗？你也会有过舍不得谁吗？你也会发自内心爱一个人，尝试跟她解释，尝试挽留吗？"王结香觉得骂殷显三万次人渣也不为过。

他说："在人间，谁不是过路人。"

"我不同意。"

不论这些异世界存在的原因，是为了解放他不愉快的记忆，还是为了打造他们成为真爱，王结香都有资格堂堂正正地说，在人间，她没把殷显当成过路人，所以，她才会站在这里，站在他的面前。

殷显眸中情绪淡漠，似乎没有多大兴致去坚持自己的话是否正确。

"你摔倒还痛吗？"他突然问道。

王结香没想到他会问这么一句话，有些惊讶："突然关心我，这么好心？应该有很多别的问题，你是要优先问的吧。"

殷显挑挑眉："比如什么别的问题？"

"比如，我是什么人？鬼鬼祟祟出现在员工宿舍是找谁？我怎么知道的关于你的事？我凭什么没经过你同意把你的隐私说出来，拆散你和你女朋友安的什么心？"她滔滔不绝，讲出一连串对自己的合理质疑。

他认同她："还真是有挺多想问的。"

王结香纯属挖坑给自己跳，她问倒是问过瘾了，要怎么编谎话却还没来得及想。

看着目光躲闪的她，殷显眼中闪过一丝迷茫："奇怪，我不认识你，尽管你很可疑，我却也不怎么想怀疑你。"

"出于本能的不怀疑？"王结香来劲了。

游戏玩这么多局，她到这把才知道：副本会自动重置，然后，自己身上居然加了"熟人效果"，自动减少殷显的怀疑？

之前怕生的小孩殷显，她能不费劲地和他变得亲近，难道不是由于她出色的表现和天生亲和力吗？

"本能？应该不是，"他说，"可能是因为你看上去脑子笨笨的。"

"你才笨笨的！"她脸气鼓鼓的。

他抬手揉乱她头发，又问："摔倒疼吗？"

"早不疼了。"

"嗯，"他看了眼表，"不疼的话我走了，我今天还有别的事要做。"

王结香蹦蹦跳跳地跟上他："我知道你要吃饭！我也要去。"

"这你都知道？"淡定的殷显在完全不值得惊讶的地方惊讶到了，"我懂了，你的真实身份是神婆。你拥有一双洞察人心的鬼眼，外表是小孩的身体，内心是两百岁的老奶奶。每天随机找人，说他和自己认识的某人相熟，让他请你吃饭。"

"你是真的会编……"

"那你的版本呢，编好没？"

"我再想想，先让我吃完饭。"

恰逢饭点，食堂排着长队。

工人们穿着统一的深蓝色汽修厂工作服，长相、身高都差不多。王结香看了一圈，她一个记在脑袋里的人都没有。

"你想吃哪种套餐？"

他们排到了队，殷显让她先点。

王结香瞄了眼墙上的菜单，说道："我要香辣烧肉饭。"

殷显向食堂阿姨递出饭卡："两份烧肉饭。"

虽然这个世界的通关比其他世界曲折一丢丢，但是福利蛮好的。

王结香端着她的那份饭，使劲咽口水。

吃饭高峰，食堂内难找空位，他们等了几分钟才等到角落长桌的两人位。

坐长桌的一群工友说说笑笑，有人见殷显走过来，给同伴们使了个眼色。

殷显刚坐上椅子，旁边便幽幽地传来一句：

"干活不会干，饭倒会按时吃。"

同桌的工人们发出一阵哄笑。

"人家还会泡妞呢。"

"哎，你长得丑没人要，在这儿说什么屁话？羡慕是吧，你以为小白脸是谁都能当的？"

他们没指名道姓，声音却大得周围全听得见。

殷显没看他们，拿起筷子吃他的饭。

坐他隔壁的工友被逗得噗噗笑，嘴里的菜汁喷到桌面上，同伴骂他："小心点，你自己身上脏，别人的可是新衣服呢。"

王结香听到这儿才明白，那群人含沙射影，原来是在说殷显。

他的工作服崭新锃亮，年轻的脸与好看的手，也是干干净净的。

其他同桌的工人们的手指指缝有洗不掉的机油，衣服全是脏兮兮的。

"衣服是从宿舍出来前，他们换了件新的让你穿，对吧？"王结香小声对他说。

殷显让她专心吃饭。

工人们很快换了别的话题，背朝着他们，聊得热火朝天。

待王结香吃到半饱，那群人吃完饭离开，长桌终于清静了。

她放下筷子，叹了口气，问道："你是不是在汽修厂受排挤？"

殷显头也没抬："你不是会算命吗，算一算？"

"你别把这事往心里去，"王结香想着词开导他，"你是工程师，和他们工作类型不同。先别提衣服脏不脏，无法判断工作强度，就硬要说衣服，你的工作服也不比他们沾到的油污少。"

他搬开椅子，起身说道："我吃好了。"

"你好快，等等我。"王结香换勺子，一口一口往嘴里塞。

"慢慢吃，别噎着了。"

"那我不吃了。"她见殷显想先走，马上鼓着塞满食物的腮帮子站起来。

殷显示意她不用急："我去买烟，你继续吃吧。"

"行吧，"她只好说，"我吃完马上去找你。"

王结香打着饱嗝走出食堂，回忆着小卖部的位置。

之前拍皮球见到过，在门口的传达室附近。

她慢慢地往那里走，远远地看见电话亭里站了个人。

是殷显，她看背影就认出来了。

现在和她上一次在空地肚子拍皮球的时间，好像差不多，心中忽然毛毛的。

王结香马上安慰自己：不会啦，这次何善已经和殷显分开，自己出手改变了这个世界。

"咳咳……"

不是吧?

她飞快挥手扇风，企图驱散飘来的怪味。

王结香拒绝时间重置!

通关这么难，有退出键可以给她点吗!

"我闻不到我闻不到。"

怪味未退，不散的灰雾紧接着来了。

王结香一跺脚，往它的相反面跑……

鼎沸的人声、电视机放歌的声音、洗牌摸牌的麻将声追着她，纷纷涌向她。

灰雾遮蔽视线，王结香跑得更快，打算将它冲破。

希望就在脚下，成功就在不远的前方!

视野随着她的跑动渐渐清晰，映入眼帘的……正是，乌烟瘴气的员工宿舍。

人们打着牌，搓着麻将，吵吵闹闹。

殷显仍是那个殷显，仍坐在那个位置，仍旧叼着烟。

"小娃娃哟，"她后面的人撞了她一下，扶住她的肩膀，"你挡在大门口干啥?"

王结香真的忍不住要开麦说一说这个叔叔了。

"科学吗，叔叔? 我是跑步，空地双腿自由疾驰。你还撞得上我? 你这绝对是跑着来撞我的啦!"

徐哥眨巴眨巴眼，茫然地望着眼前的小孩："你在说什么，我一句没听懂？"

"没什么，没事，"王结香长吁一口气，"你要进里面对吗？"

她侧身，为他让出道。

徐哥摸着脑袋，搞不清楚状况地绕过她，融入了那片嘈杂中。

按照上一次的剧情，过不久殷显会自己走出来，到食堂吃饭。

王结香走到大门口等他，并强迫自己冷静下来。

为什么又失败了？

她将只见第一次进入员工宿舍称作"一周目"。

一周目，她因为发现何善是殷显的初恋，生气后独自走掉，时间重置。

二周目，她拆散了殷显和何善，跟着他一起去食堂吃饭，殷显被工友针对，他丢下她去电话亭打电话，时间重置。

现在的自己处于三周目。

处于三周目就意味着她二周目推理的"有旁人破坏真爱进程，所以时间重置"是错的。

她双手按着太阳穴，开始新的一轮推理。

小兔岛的第一间房子，她帮助了遇到坏人的四岁殷显。

第二间房子，她帮助了遭遇父母吵架、渴望出去玩却被困在屋里的小学生殷显。

第三间房子里，殷显照样受了委屈，同工厂的汽修工联合排挤他……

工作服！

她眼前一亮：让殷显不要穿干净的那件工作服，说不定能够破解受困的局面？

王结香踮起脚尖往屋内张望，殷显已经跟徐哥打过招呼。他穿上工友递来的新工作服，向她这边走来。

"殷显！"她喊了他名字，跟他招手，以防发生上个周目被他撞飞的惨剧。

他自然又是不认得她的。

殷显俯身，平视她，问道："你认识我？"

"我是你妈新家庭的小孩。你妈让我来找你，她拜托你照顾我，今晚她来接我。"

第三回，王结香终于撒谎撒得像样了。

"哦。"

殷显没有产生疑心，示意她跟上自己。

王结香哪肯走，他的工作服还没换呢。

"呀！"她故作惊讶地指着他的衣服，"这怎么有个黑黑的，你换回原来的工作服穿吧。"

"哪有脏东西？"他低头查看。

"真的脏，真的有，"王结香说着话，偷摸把手往沾满黑灰的墙上蹭了两下，"你看后面！"

殷显没有上当回头，她的手却已经收不住地按上了他的衣服。

冰冻的气氛中，王结香挪开手。

殷显的工装上留下一个胖乎乎的黑色小手掌印。

"呃……"她无力地解释，"我说的对吧，是真脏了……"

绷着脸的殷显一边解开工作服扣子，一边说："等我妈来接你时，我会汇报她的。"

他走回牌桌，将衣服还给之前借他的工友，并道了歉。

人家没在意这一点小污渍，还问他要不要再拿件新的。

殷显摇头，直接穿了他搭在椅背上的自己的工服。

看着这一幕的王结香松了口气，如果殷显再换件全新工作服，那她还要费好多工夫。

出了宿舍楼，见到殷显要去的方向，王结香又不肯走了。

"你要带我去哪儿？"王结香问。

"这边没小孩待的地方，我给你找个皮球吧，你在外面自己拍着玩。"

"不去不去！我不拍皮球！"

她心道，既然何善和殷显的分手不是他受困的因素，也没有那个必要再去拆散他们一次，通关才是正经事。

"我要吃饭，带我吃饭好吗。我好饿好饿，快饿死了。"她央求。

殷显瞄了她一眼："好吧。你等下没得玩无聊，可别来找我。"

王结香点头如捣蒜。

到达员工食堂。

不同于上个周目，王结香是吃过饭的。她不饿，排队点餐时，注意力全集中在角落的那张长桌上。

不知道换了件工作服有没有效果，假如他们还是看殷显不顺眼呢？

所以，她想到的最稳妥的做法是避免殷显坐到那桌。

借口自己不想跟陌生人一起坐，王结香端着饭，和殷显一起站了起码十分钟。

整个食堂除了那张长桌，没有其他的两人空位。

她眼看着好几个人饭碗空了，但他们都坐在原地，愣是不走。

"算了。"王结香心想，耍小聪明没用，该面对的躲也躲不过。

王结香跟殷显后边，坐到长桌的空位上。

说说笑笑的工友中有个眼尖的，先大家一步看到他们。王结香记得就是他最先开口对殷显冷嘲热讽，说出那句：干活不会干，饭倒会按时吃。

她保持高度警惕，筷子扒拉着饭，竖起耳朵。

"你怎么不吃，不是说饿吗？"殷显奇怪地看着她。

"等会儿。"王结香比了个噤声的手势。

"等什么？"

"反正等会儿。"

工友们你一言我一语的，聊得热火朝天。她仔细地听他们的对话，但是其中并没有一句有关于殷显。

良久，几个人吃完饭，站起身。

王结香心中一喜，安全了！好耶，剧情改变了！

"殷工程师，"带头的男人在临走前主动和殷显搭话，"我们先去厂里，你等会儿来看看新送来的车。"

殷显平静地应好。

王结香与殷显一同走出食堂。

他没提要买烟、打电话，带着她直接去了汽修厂。

"你自己说的不拍皮球，那你待这儿吧，不准在厂里乱跑。"

殷显打开他的办公室，搬了张干净的凳子给王结香。

"我要跟着你。"

她不是他想象的熊孩子！她有解救他的任务在身。

"不行。"殷显拒绝她。

外面有人叫他过去。

"你听话点，我忙完买雪糕给你吃。"他说完大步走出办公室，还将门锁上了。

"喂……"王结香盯着紧闭的大门，嘴里嘟囔，"你都没问我要吃什么口味的。"

殷显的办公室是货真价实的办公室。

纯粹是办公使用，桌面堆满看不懂的图纸，以及许多外文书籍。

王结香原本计划找一本书打发打发时间，逛了一圈，她连那些书的书名都看不懂。

她坐在凳子上，百无聊赖地晃着腿，脑子里胡思乱想着。

不知时间过去多久，门终于被打开了。

"殷显！"王结香抬起头喊了一声。

来的却是另一个她从没见过的人。

"你是殷显的妹妹吗？"那人走到饮水机前，接了杯水。

"嗯，"她也没心思多做解释，"殷显去哪儿了？"

"我们一起忙完，他刚出去。"

"出去？"王结香听到这两个字，心头一凉。

她冲出办公室，马不停蹄地朝电话亭的方向赶。

"殷、殷显！"她看见他的背影，他还没到电话亭，急得大喊他的名字。

听到她声音的殷显回过头看了看。

他回过头，分明是看向她的方向，可他好似没看见她。

王结香往前跑，撞上一堵隐形的墙。

是结界。

可结界怎么会出现在这里？

怎么会出现在她曾经能够自由行走的地图里，阻拦住她的去路？

"殷显！别去打电话！"王结香用最大的音量喊道。

可惜，他不仅看不到她，也听不到她的声音了。

殷显转身，目不斜视地进入电话亭。

至此，王结香的三周目宣告失败。

待不散的灰雾三度将身体包裹，耳边又传来了麻将声，她想起兔子念叨了数遍的话——

"这些房子让我有不好的感觉。"

王结香当初怎么就不相信呢？

她兴奋地以为自己忙活了大半天，拍的是部文艺爱情片，类似于"养成小相公""初恋三百遍"之类的类型，被困住后总算了解到它的真面目。

现在被囚于汽修厂，类型是妥妥的恐怖片。

第四章

/ 回家吧

四周目。

王结香出现在员工宿舍门口，照惯例被人撞到。

徐哥："小娃娃哟……"

王结香抬手截断他的话："挡在大门口没干啥，我走错了。"

她转身下楼，打算去电话亭直接剪了电话线。

跑到汽修厂的空地时，结界再度出现。

王结香尝试各种办法，耗了半个多小时，仍旧无法靠近。

远处，吃完饭的殷显从食堂出来。

王结香冲他挥手，想拦住他："殷显！殷显！"

他毫无反应。

她无法靠近他，他听不见她的声音……他身边也出现了看不见的结界。

"别去啊。"王结香拼命捶打结界，眼睁睁看着殷显走进了电话亭。

烟味飘来，她坐在地上咳嗽，随后麻将碰撞的声音在耳边响起。

王结香闭上眼不想面对。

五周目。

王结香睁开眼，又是在员工宿舍的门口。

她完全没了主意。

她开始沮丧、灰心，怀疑这个空间根本没有办法出去。

第五次碰到徐哥，他问王结香找谁，王结香一言不发地走掉了。

无计可施了。

她默默潜伏在殷显的身边，想看看如果没有被自己扰乱，他将是怎样的行动轨迹。

殷显从员工宿舍出来，直接去了食堂。

他买完饭，就近找了个单人的空位坐下了，一个人埋头吃饭。

王结香脑子蒙了，这里不是应该有工友奚落的剧情吗？她上一次明明端着饭等了十分钟，都没有位置……

哦！她恍然大悟。

他俩一起时，要找的是两人的空位，才会去角落的长桌。

去何善办公室跟她对话，工作服触发工友对他的冷嘲热讽，这两者不是原来故事的必定发生的事件。而是她的出现、她的干预让这些剧情发生，让情况变得复杂。

王结香躲在隐蔽的角落，以旁观者的角度，观察这个异世界。

离她最近的地方，坐着一个光头的男人，她的目光无意中瞟过他，而后看向殷显所坐的位置。突然，她眼神锁定到另一张脸，他坐在殷显的右手边。

"天哪，是不是我眼花？"

自己这边的光头男人与殷显身边的光头男人，有着非常相近的五官，像到仿佛是双胞胎兄弟。

开启这个连连看视角后，王结香瞄着瞄着，紧接着便找到了第三张、第四张，甚至第五张，长得一模一样的脸。

在二周目时，她曾粗略地看了几眼食堂的工人们。那时她只是觉得大家穿着统一的衣服，长相身高差不多，看完一圈，她连一张脸都没记住。

没记住的原因很简单。

这里的工人外貌一共就几种类型，而且全部平凡到诡异。

他们宛如被画在背景上的群众演员，不起眼，所以被敷衍地多次复制粘贴。

王结香头皮发麻，感到恐怖的气氛越发浓郁。

见殷显吃好饭，她立即跟上，离开了这怪地方。

他径直走向电话亭。

为了阻止循环，王结香不能让他去打电话。

她失败了。

还是因为结界。

从食堂出来，殷显身旁就有结界了。

王结香啃着手指，迎接时间重置，脑子里慢慢梳理获得的信息。

六周目。

"小娃娃哟，"徐哥尽职尽责地说他的台词，"你挡在大门口干啥？"

这开场白听多了，居然令王结香倍感亲切。

她王结香踮起脚，拍了拍他的肩，走出员工宿舍。

她从上个循环得知，殷显从前这段故事在不被干预的情况下，他去的地方只有员工宿舍、食堂和电话亭。

在食堂他没有和别人产生互动或对话，说明打电话很可能是他这一天本来就计划去做的一件事。

那通关的唯一重点及最终目的，毋庸置疑就是阻止他去电话亭。

要想阻止，那必须得没有结界。

王结香捡了根树枝，在地上写写画画，总结起结界的形成规律。

一周目：接触殷显，能去到空地，已知的结界在汽修厂外，没靠近过电话亭。

二周目：接触殷显，没靠近过电话亭，不知道结界在哪儿。

三周目：接触殷显，结界出现在空地，离电话亭一段距离的地方。

四周目：结界在空地，且殷显身边也有结界。

五周目：与四周目一样。

最先两个周目，自己和殷显的互动是最多的。

三周目，他们有接触，但她更关心周围环境，和他的对话少。

四和五周目，她避开了殷显。

"结界的形成是依据我俩互动的程度吗？"

她掰断树枝，站起来。

为了验证自己的猜想，王结香守着殷显出来。

他去食堂的路上，她跟他问了个路。

"请问，最近的厕所在哪儿？"

殷显给她指了个方向。

王结香假装往那边走了一段路，等听见他走掉的脚步声，她立马掉头跟着他。

殷显吃完饭，王结香像一个看到明星的狗仔，急急忙忙上前堵他。

"哇，这样做真的没结界！"她激动地抓住他的袖子，跳跃着让他看到自己，"喂，喂，你听得见我声音吗？"

殷显讶异："你在厕所遭遇了什么？"

机会难得，王结香眼中精光一闪：他打电话前，自己偷了他的电话卡不就完事了。

她这么想着也这么做了，手诚实地摸到他鼓着的裤子口袋，顺顺利利地拿出钱包。

下一秒，王结香双腿离地。

领子被殷显拎在手中，他嗤笑一声："你太猖狂了吧，在我眼皮子底下偷我东西？"

她尝试着跟他解释来龙去脉。

殷显当她忽悠自己呢，她讲得口干舌燥，他充耳不闻。

钱包被他收回，而"小偷"王结香被他一路提溜着，扔出了汽修厂。

"你这个傻子！"她晃着汽修厂栏杆，对殷显的背影喊叫，"傻子，你有种别打电话啊！"

她越这么说，他偏要去电话亭，分明听得见，却不理会她。

王结香一跺脚，索性往远离汽修厂的方向走。

现下是他扔她出来，汽修厂外面没有结界，她能自由行走。

"我不管你了，气死我了。"王结香叉着手，噘着嘴，快步地走。

可异世界不放过她。

大概走了不到五分钟，烟味和灰雾便追上来了。

七周目。

熟悉的场景，熟悉的徐哥。

"小娃娃，你……"

"我在生气，"王结香脸气圆了一圈，噘得高高的嘴能挂住酱油瓶，"你别搭理我，我要原地生气三分钟。"

三分钟过去。

王结香想通了，这个傻子殷显，她王结香救定了。

她肯定会找到办法通关，快速有效地通关。

等拿到通关钥匙，她会甩甩头发，帅气地抛下渣渣殷显，像他抛下她去打电话那样果断。

经过这么多回，王结香肉身试出来的最关键信息有两点：互动确实能够影响到结界；困住殷显的重点在那通电话。

也就是说，她需要和殷显进行密切的互动，即便那样会触发很多原本不需要的无效剧情，然后她才有机会阻止他打电话。

不过，王结香仍有疑虑，那通电话，殷显是打给谁的呢？电话里说了什么？

她握紧拳头，眸中重燃斗志，好吧，慢慢来，这个周目我会弄清楚的。

殷显走楼梯，偶遇路人小孩王结香，她问他："大哥，厕所在哪儿？"

殷显走到楼下，偶遇玩耍小孩王结香，她说："大哥，我捡的石头不见了，不知道谁偷的，你有没有看到？"

殷显走到食堂门口，偶遇等人小孩王结香，她挥挥手："大哥，好巧又遇到。我等我妈，不多聊啦，哈哈。"

他打完饭，坐下吃，以为终于清静了。

王结香阴魂不散地蹦出来："大哥，饭好不好吃呀？食堂的特色菜是什么？"

他没回答她，但耳边一直飘来她的说话声。

"这里平常人就这么多吗？"

"为什么食堂椅子是塑料的不是木头的？"

"大哥，传达室有皮球，我想拍皮球，你能不能吃完饭跟我一起去借？我胆小怕生，不敢跟传达室叔叔搭话……"

殷显估计也是被烦怕了，出了食堂，领着她直奔传达室。

王结香拿到皮球后，他恶声恶气地勒令她："拍你的球，不准再跟我说话！"

她连声应好。

等到殷显进入电话亭，她运着皮球，悄悄接近了他。

费了这九牛二虎之力，王结香终于偷听到殷显的通话内容。

"爸，我打算辞职。"他背对着她讲电话，语调听不出喜怒。

电话另一头吼了句什么，王结香没太听清。

既然殷显没在看她，她索性拨开头发，将耳朵贴到电话亭外面的玻璃上。

"您生气没用，我已经决定了，只是知会您一声。如今市场上汽车用品的形势大好，我转销售能有更好前景，赚比现在多得多的钱。汽修厂根本不重视技术服务这块，维修难度提升，技工却依旧是从前那波不思进取的老油条，厂里维修的返工率赔偿率成倍上升，按照这个趋势下去，厂子垮掉是迟早的事，我负责这块，再清楚不过。"

听到这儿，王结香真是忍不住要骂自己猪脑子。

殷显这番话她听过呀！进房子前，兔子对她说过的，技术服务不如销售来钱快，这时的他想转做销售，可家人不同意他这么做，他就要跟他们决裂，辞工自己打拼。

他的心结来自于家庭，她怎么进来后就把兔子的话忘光了呢？

殷显的父亲语气严肃，嗓门大得吓人，王结香都被他喝得一僵。

"你还知道自己是技术工？技术工老老实实干的技术活，其他有的没的是你该关心的吗？厂子会垮？那么大的厂子，你死了它也不会垮。况且，你有技术在身，还怕找不到工作？

"去做什么销售，呵，我看你是想钱想疯了，目光短浅！拥有一身技术，却想着点头哈腰求人换座椅、导航仪，帮人贴膜，可笑至极。"

殷显冷着声问他："您是工程师，我就必须是工程师吗？"

另一边的人是无法正常沟通的，一直骂骂咧咧，骂上头了，全然不顾殷显问的是什么问题。

"现在翅膀硬了敢跟我顶嘴是吧？白眼狼，我辛辛苦苦养大你，路我给你铺得平平稳稳。厂长是我老友，他女儿还跟你谈着朋友，你脑子被驴踢了要辞职？我告诉你，不准辞，不准丢我的脸。"

殷显掐断电话前，最后说了一句："总而言之，我不干了。"

世界在重置，王结香闻到呛鼻的烟味。

太多次了，她连咳嗽都懒得咳了。

殷显回过头，两人隔着一面玻璃对视，在这个世界被覆盖之际。

她见到的他，有一张年轻的脸，却有着一双空洞洞的、茫然的眼睛。

为什么？她不明白。

当他站在这个终于能够做主自己人生的节点时，他应该意气风发，可此刻的他却露出失意的表情，佝偻着背，像极了一节被耗尽电量的电池，像一个被剪开的新热水袋。

灰雾逐渐包裹他们。

王结香擦着无法再看清的玻璃，对他说着话，也不知道他来不来得及听见。

"喂！"

"我马上再见你，殷显。"

"咳咳……"

她吸气时被烟味呛到。

眼前是重置后的员工宿舍，王结香深吸一口气，满怀干劲地面对这个全新的八周目。

"小娃娃哟……"

肩膀被身后的人扶住，意味着她可以自由行动了。

"叔叔哟，"王结香转身，抢过他的话，"我是来找人的，这次不用你帮忙啦。"

一改前几个周目偷偷摸摸的龙套路线，如今的她打算登上大舞台，一开始就尽可能多地跟殷显接触，争取戏份。

王结香绕开打牌的人，来到最里面的那张麻将桌旁。

叼烟的殷显看着自己的牌，她站他身边，他头也没抬。

她直接上手，取下他的烟，在烟灰缸里按灭。

他望向她。

"殷显大哥，你好，我是你妈亲戚那边的小孩，你妈让我来找你。我今年十二岁，是个可爱的小学生。"

新开场白，王结香特地融入一些亲和元素。

她自己编的这个身份还没用过呢，顺便试验下好不好用。

殷显不明白她的来意："所以？"

"所以，亲戚一场，今日我父母没空，你妈交代你要好好照顾我。这会儿已经到饭点了，我们应该一起去吃饭。"

同桌的牌友听到小孩说这话，不乐意了："阿显，你可不能开溜，我们三缺一呢。"

"不会三缺一的，"王结香指了指向他们走来的中年男人，"他来打。"

殷显看见徐哥，跟他打了个招呼。

"徐哥，你顶我位置玩，"殷显起身让出椅子，"我去食堂吃个饭，下午我去厂里看看。"

徐哥答应得爽快："哦哦，好啊，你吃完回来接着打。厂里有人看着啦，哪用你去操那个心。"

他应好，回过头去拿搭在椅背上的工作服。

"我帮你拿好啦，"王结香将它抱在怀中，催促他，"我们走吧。"

她的动作和语气太过自来熟，殷显古怪地看了她一眼。

王结香大大方方地回视他。

殷显大概率不会质疑她的身份，之前的周目她有过更反常的表现，他都没有对她刨根问底。

果然，他没问什么。

殷显接过工作服，穿好后，领着王结香下楼。

她打量着他们走的路线，开口问："我猜，你是不是正想着这边没小孩待的地方，所以你打算给我找个皮球，让我在外面自己一个人拍着玩？"

殷显蒙了。

她把他的台词记住，先给说了。

王结香内心捶地狂笑：难得啊，能让嘴毒殷显吃瘪。

"你不想拍皮球吗？"殷显问。

"啊？"她仍旧不按套路出牌，"怎么可能不想拍，拍皮球可是我的最爱。"

王结香表演无实物运皮球，手上动作绚烂。

到达何善的办公室，她比他快一步，抬手敲了敲窗。

何善抬头，见到殷显，还有趴在窗台上探出半个脑袋的王结香。

她笑着走来，帮他们开门，问道："这个点，你不陪他们打麻将，有空来找我？"

殷显问："你有皮球吗？或者其他小孩玩的东西？"

"我得找找看，"何善俯身，看向王结香，"这个小朋友是谁？"

"她说她是我妈亲戚的小孩。"殷显回道。

何善捏了捏她的脸："她叫什么名字呀？"

"我叫王结香！"

王结香主动报上大名，并且配合被捏脸。

"我叫何善，你可以管我叫小善姐姐。"

王结香点头。

"好的，小善姐姐，"她忍不住吹了一波彩虹屁，"你真是个大美女。"

何善被她逗得乐开花。

"殷显，这是你妈妈什么亲戚的小孩呀？她好可爱。"

关于这段王结香还没编好。

殷显的嘴动了动，似乎准备要问她。

"哇！哇！我忽然好想吃雪糕！"她生硬地打断他，眼神眺望远方，"那里好像有卖！我离开一下，你们聊。"

"等会儿。"他叫住她。

王结香心里一虚，咋办咋办，这周目又没了吗？撒远房亲戚的谎会被追问，应该用妈妈新家庭的小孩的，她哪知道他妈妈有什么亲戚……如果说错话，殷显认定她可疑，会不会再次把她丢出汽修厂……

"你身上有钱吗？"

脑内的胡思乱想，被殷显的话打断。

"你说啥？"她没弄清状况。

"我问，你有钱吗？不是说很想吃雪糕？"他掏出钱包，抽出一张纸币给她。

"哦哦。"王结香傻傻地拿了钱。

手中捏着纸钞，她瞥见殷显要把钱包放回口袋。

钱包！

她的双眼一下子被点亮，那时候没偷成功的钱包，就在触手可及的地方。

"我可以借走你的钱包吗？"害怕被他拒绝，她赶忙补充理由，"我保证不乱花钱，你……你钱包是不是还有零钱，我把你零钱先用了。小卖部很经常找不开钱的，要是找不开的话超级麻烦，可能不卖给我……"

殷显沉默地看着她。

王结香嘴没停过，叨叨了一大堆为什么要借钱包。她不擅长撒谎，为了获得别人的信任，话越说越多。

待到她词穷之际，小心翼翼地瞅了瞅殷显。

他将钱包交到她手上，说道："里面没多少钱能让你乱花。"

王结香高兴得一蹦三尺高。

她揣着殷显的钱包，走路带风，迅速逃离了他们的视野。

电话卡!

那该死的她心心念念的电话卡!

王结香从钱包里抽出它，迫不及待地使出最大的劲把它折断。

"什么鬼？"

电话卡没断，她的手倒是掰红了。

殷显的电话卡是用钢板做的吗？

不信邪，她到小卖部跟老板借了把剪刀。

依旧弄不坏!

"这科学吗？"王结香恼火了，却也拿它没办法，"难道，任务物品无法销毁？"

那怎么办？

找个垃圾桶丢了，怕被人捡到还给殷显;

丢到汽修厂外，结界是针对自己的，对殷显没用;

挖坑埋在地里，挖坑会不会太显眼，有风险被人看见，被告发……

王结香思来想去，抽出鞋子的鞋垫，将电话卡放进去。

防止不可控的意外发生，还是自己随身携带着比较稳妥。

王结香谨慎地穿好鞋，跟小卖部老板买了她最爱的牛奶雪糕。

返回的路上，她脑中思索着，如果殷显问卡哪儿去了，她要怎么回答。

何善和殷显在办公室门口说话。

王结香走近了，发现何善脸上的表情不大好。

"你已经决定了？"何善的语气中透着沮丧。

殷显简短地应了声："嗯。"

何善咬着唇，咬到快要出血，声音有了哭腔。

"可是，做工程师不轻松吗？你在我爸工厂，想做什么随心所欲。你不想管，可以一切都不用管。你是学工程的，有文凭，有许多这方面的知识，换别的工作……我不理解，你为什么要做这样的决定，你之前也从来没对我说过。"

他或许想说点什么，或许不想。

何善没有给他说话的空隙，她的情绪像决了的堤，眼泪流下来。

"你知道吗……很多时候，我都会怀疑我是不是真的在和你谈恋爱。你的心情、你的想法我全不知道。厂里的同事对你的了解，他们与你的交流，也许都比我多。说实话，你辞工，是因为不满意我吧？"

她顿了顿，收住泪水，质问道："殷显，你有觉得你对不起我吗？"

王结香思绪万千，不自觉叹了口气，真的想和何善坐下来喝杯酒。

因这微小的响动，她被他们注意到了。

"结香？你什么时候回来的？"何善尴尬地擦干眼泪，勉强对她笑了笑。

"我待这里挺久啦，个子矮，你们没看见我。"

她听得入神，雪糕融化了一手，这会儿想起来，赶紧大舔特舔。

情侣悲伤的摊牌现场，王结香拼命舔雪糕。

他们俩不继续说话了，看着她舔。

"不用理我，不用理我！"

她也知道打扰到别人，舔雪糕又不能停，只能一边舔，一边倒退退场。

雪糕全部吃干净，王结香找了个地方洗洗手。

四下无人，她又想起自己脚底的电话卡。

洗手池旁边有一块草地，把卡埋在这里，只要没有被人看见，它就会消失得神不知鬼不觉。

王结香动作飞快地拔掉几根野草，开始奋力地用脚刨土。

刚挖没一会儿，她便被来人打断了。

"你在干吗？"殷显的声音从身后传来。

"我……我……"剧烈运动加做贼心虚，王结香大口喘着气，瞎编道，"我在寻宝。"

殷显没好气地问："还吃午饭吗？"

"吃。"她匆匆掩了掩土，从草地出来。

王结香将钱包还给殷显，他看都没看，就直接塞进口袋了。

"你和何……小善姐姐，这么快讲完话啦？"

殷显干巴巴地甩出一句："小孩不要管大人的事。"

"哼。"

王结香也懒得跟他多聊，免得他像上次那样，说什么"在人间，谁不是过路人"把她噎到。

两人一路沉默着，到达食堂。

说实话，王结香不太喜欢来这个地方，主要是在她发现背景人好多长得一模一样之后，每次来了见到他们都觉得瘆得慌。

王结香排着队，突发奇想：殷显能否看出周围的异常呢？

她对他耳语道："你看我们斜后方的男的，以及你右手边的桌子，数过去的第三个男的。你对比一下看他们，觉不觉得他们长得很像？"

殷显摇头："不像。"

他看不出来！

王结香心道可惜，如果他能看见，一定能把他吓一大跳。

排队排到他们时，殷显问她吃哪种套餐。

王结香点了没吃过的口味："鱼香肉丝饭。"

他们端着饭，坐到角落的长桌。

他的工作服是脏的，暂时没有需要操心的事。

王结香动起筷子，开开心心地大口吃饭。

"殷工程师，"同桌的工人们离桌前对殷显说，"我们先去厂里，你等会儿来看看新送来的车。"

他应好。

一切进行得顺利，王结香悄悄地动一动脚。

电话卡仍躺在自己的鞋底，硌着她了。

王结香说道："等吃好了，你去工厂，我要跟着你。"

殷显果断拒绝："我得工作，你在空地拍皮球玩。"

"吃饱了不可以马上运动，这是常识。"

"好吧，那你老老实实待在我的办公室。"

王结香不说话了。

他察觉她的低气压，说道："你听话，我再给你买雪糕。"

不提这个还好，他一提王结香便气不打一处来，当时她被他关办公室那么久，他答应买的雪糕没买，去偷偷打电话，人都打没了。

"大人怎么可以这样呢？"她前几个周目积攒的怨气一下子爆发出来，"对已经很乖的小孩，要他更听话更老实。为了自己省事，就让小孩安静地待着，让他自己玩，锁门把他关着。跟小孩说，别管大人的事，来堵住小孩的嘴。哄小孩说会给他奖励，可最后也没有买。你要是真的会买雪糕的话，应该问我喜欢什么口味的雪糕才对！"

他小时候明明讨厌这样对待他的大人们，长大后他却同样成为那种大人。

殷显放下筷子，盯着她看，问道："你家大人常常把你锁屋子里？让你别管他们的事？要你听话？对你食言？"

她叉着腰生气，不理会他。

他微微一笑，松了口："知道了，我带着你。"

王结香还是不理。

他问："你喜欢什么口味的雪糕？"

"牛奶味。"她说。

殷显让王结香待在办公室是有原因的。

他工作的地方有浓重的机油气味，人员混杂，各式各样有问题的车被机器吊起，等待检查。

王结香坐在殷显为她找来的老藤椅上，和周围的环境格格不入，路过的工人纷纷向她投来异样的目光。

殷显穿着全厂统一的深蓝色工作服。

人多了，她很费劲地才能分辨出哪个是他的背影。

大风扇呼呼地吹，机油味闻得脑子昏昏的，王结香打了个哈欠。

多久没睡觉了？

虽然世界会重置，但她的身体状态没有重置，会觉得饿，觉得困。

前面一直悬着心，跑来跑去做这做那，压根不会考虑到睡觉。这会儿有空坐着了，睡意渐渐涌上来。

"不能睡！"王结香给自己的肚子来了一拳。

她瞪圆眼睛，在人群中找寻着殷显的背影。

她托着腮，找着找着，上下眼皮开始打架。

"不能睡……"

迷迷糊糊的王结香做了个梦。

她梦见，她在他们的房子里等殷显回家。

他陪人应酬到很晚，回来时自己已经靠着沙发睡着了。

殷显嘟囔一句"怎么在这儿睡"，一把抱起她，将她抱回了卧房。

她想质问他为什么这么晚回家，但是，被他抱着很舒服，所以，她打算睡醒了再骂他。

"殷显……"

她梦呓着，抬起重重的眼皮。

王结香从眼睛撑开的那条缝里看到一个没开灯的天花板，皎洁的月光从窗子透进来。

"这是哪儿？"

她吓得一激灵，赶忙爬起来找电灯开关。

灯亮了，是个王结香来过的地方——殷显的办公室。

门被人从外面打开，她错愕地转身。

是他。

没出事！没被重置！

王结香冲刺到殷显身边，抓住他袖子，问道："你去哪儿了？"

他晃了晃手里的雪糕，说："你要的牛奶味。"

她夺走雪糕，撕开包装，一手扯住他的袖子，一手拿着雪糕吃，依旧惊魂未定。

"我坐椅子上睡着了？"王结香问道。

殷显说："是啊。"

王结香翻了个白眼，问："为什么不叫醒我？"

"你睡得可香了，不知道梦见什么，脸笑笑的。"他想起来有事问她，"你有没有看见我钱包里的电话卡？"

"你去打电话了？"王结香屏住呼吸。

"嗯，本来想跟我爸打个电话，但钱包里的电话卡没了。"

她拍拍胸口，心想：还好还好。

"你打算跟你爸讲辞工的事？"

他神情古怪地凝视她："你怎么知道？"

"呃，"王结香厚着脸皮撒谎，"我听你对小善姐姐说的……你说不做工程师，要做销售，要辞职。"

殷显挑眉："你是听的，还是猜的？"

"你没跟她说吗？我好像听见了呀，"王结香看他的眼色，小心地开口，"可是，做销售会很辛苦哦。"

她遇见他的时候，他就在做销售啊。

"即便是不擅长说话，不擅长和人打交道，但为了赚钱，也要硬着头皮去套近乎。陪人应酬、跟人称兄道弟、给人送礼物，买卖可能还是不成。没有私人时间，电话随时放在手边，睡到半夜有电话来也要立刻接通。上班忙到没空吃饭，下班也从来不是下班。"王结香一口气说完。

这似乎形容得太具体了，她挠挠头又说："当然，这些我是听别人说的啦。我没做过销售，我才十二岁。"

静默半响后，殷显嗤笑了一声。

"可我不想做着现在的工作，一直到老。

"陪完这个人打牌，又陪另外的人凑麻将。没人在乎你的工作完成得好不好，只要和上层的人搞好关系，就没有什么好担忧的。工作本身，也不能为我带来满足感。"

他顿了顿，眼底黑黑沉沉，写满了烦躁。

"这有什么意义呢？我每天醒来都会这样问自己。

"很荒谬，不是吗？我被安排好走这条路，并在这条路上付出了所有的努力。吃这碗饭足够吃到我老死，到头来，发现自己对这份工作根本没有兴趣。"

王结香愣愣地望着殷显的侧脸。

他揉了揉胀痛的眉心："我这是怎么了，跟小孩说这些话。"

"我认同你。"她脆生生地说。

"认同什么？"殷显有些惊讶。

"我认为你做得没错，你需要跟你爸爸打这个电话！你不想做现在的工作，想做销售，这是你认为对的，是你想做的事，那还是去做吧。人生在世，找到一件想做的事情是很宝贵的。"

说这种正经话，对王结香来说是吃力的。她边想边说，不知道能不能完整地表达自己的意思。

"假如，我是说假如，你的父亲不理解你、不认同你，那你避免不了会因为辜负他的期望感到自责。但是，人生是你自己的呀，你为了不忤逆谁，强迫自己过不快乐的生活，你会一直一直不快乐。所以，尝试跟父亲沟通，即便沟通不成，也坚定地去做想做的事，你的想法没错。"

小孩的语气过于严肃，字正腔圆的，像在写一篇命题作文。

他自嘲地笑笑："真像你说的那样就好了。我根本不知道它是不是对的，是不是我想要的。我并不坚定自己要做什么，不明白将来要面对什么。做销售，是肤浅的想法。可能，我非常有钱的话，就不会睡不着觉，也不会感到空虚了吧。"

肤浅，他这么形容自己的决定。

用词刻薄得，像极了王结香偷听到他爸爸对他说的那声"目光短浅"。

她此刻知道，那时为何在他的眼中看见迷惘。

面对不适的生活、病态的工作环境，他挣扎、他纠结，本能地想挣脱。

当付出了和家庭决裂的代价，挂断父亲电话的那一刻；当他终于拥有选择权，可以独自去面对未来的时候，殷显发现他自己根本不坚定，心中空无一物。

他爸说他的那句目光短浅，某种意义上他是认同的，所以感到茫然，感到失落。

"你的电话卡是我拿的。"

王结香脱了鞋，倒出一张卡，摊开掌心，她将电话卡还到他手上。

她心想：殷显，你太难了，困住你的不是那通电话，那些来自父亲的指责，困住你的其实是你迷失了人生的方向。这无疑需要你自己想清楚，我无能为力啊。

他看上去不怎么意外，好似先前就知道卡在她那里一样。

"那时我的钱包给你，为什么不逃跑？"殷显问。

"你有怀疑过我吗？"王结香明白他又把自己当贼了。

殷显点头："你要钱包的理由奇怪，被问具体是哪个亲戚时表现奇怪，一天下来的行为、说话也奇奇怪怪的。"

烂演技被戳穿，她愤愤地说："你怀疑我是小偷，还把钱包给我，你更奇怪。"

"大概是因为……"他刮了刮她的鼻子，"你的表情很窘迫，很怕被人追问。"

"欸，行吧，你不用管我了，"王结香的脑子里乱得不行，打算赶下次循环前，抓紧睡一觉，"你把我留在这里，让我冷静一下。"

"你有家吗？"殷显问。

"有啊。"

他又问："知道家在哪里吗？"

王结香说出自己真实的家乡名字。

"那里要坐火车去的，你怎么来到这里？被拐卖吗？"

她叹气："我很难跟你解释。"

王结香转身，拒绝跟他继续对话。

殷显替她关了灯，把门带上。

她忍不住心灰意冷：当初为什么自不量力，不听兔子话。帮殷显是帮不了的，还不如提前想一想，下一个周目午饭要吃哪个套餐。

良久。

久到王结香搁下烦恼，再次睡了一觉。

办公室被人打开，灯亮了。

殷显喊王结香起床。

"走吧小孩，去火车站。我请好假了，送你回家。"

王结香以为这个周目失败了，完完全全的大失败。

却是没有。

安然无恙的殷显坐在她身边。

载着他们的绿皮火车缓缓地驶向王结香的家乡，此时天还没亮。

她趴在车窗边，看着倒退的景色。

空旷的道路、行驶的小汽车、一大片黑色的树林、远远的亮灯的民宅……

当火车路过山洞事，她从车玻璃看见殷显的倒影。

一切都显得不那么真实。

她问他："为什么没打电话？"

他说："发现自己没想清楚，等心里确定了再跟他讲。"

王结香捏着手里的车票，将目的地那两个字又确认了好几遍。

"我真的可以回家了？"

他笑了笑，轻声说道："是啊。"

王结香来自西南地区的一个贫穷小山村。爸爸和奶奶都不待见她，唯一疼她的妈妈在生弟弟时难产死了。十八岁的一个夜晚，她偷了奶奶的钱，计划到城里投靠朋友，去和朋友一起打工。奶奶发现后追了出来，在山坡山用石头砸她，她没回头，忍着疼往远的地方逃。

所以她从来没想过自己还能再回去。

那个家会是她几岁时的模样呢？

殷显的二十二岁，她比他小六岁，所以是十六岁？那正是她和家人闹得不可开交的阶段。

王结香心凉了半截，一下子清醒过来，揉皱了车票。

没有妈妈的家，有任何回的必要吗？

殷显不打电话，那她只要安心等着他。他想通了，她就能出去。

她刚才胡思乱想些什么呢？

"喂，我说，你这人真多事，莫名其妙拉我上火车，谁需要你送？谁需要你假好心了？你能不能别管我啊？我认识你吗？"

王结香的语气很冲，讲的话很难听。她巴不得殷显被她气到后，丢下一句"好心当作驴肝肺"直接走人。

她凶狠地瞪他，而他像她真正的长辈。

于他而言，她是奇怪的、疑似小偷的小孩，不管她再正常不过。

他平静地问她："家里的大人是不是对你不好？"

王结香慌张转头，面朝着窗外，没忍住鼻子一酸。

殷显递给她纸巾。

"我没哭……"她喉咙好似被东西哽住，加大音量来掩饰自己。

他没戳穿她，耐心地把纸放在她的掌心。

王结香垂眸。

纸巾洁白、柔软。

这一幕特别熟悉。

关于她和殷显谈恋爱的那一段，王结香曾表示是场重大失误。

可当年确实是她主动追的殷显。

她清晰记得最初对他心动的那天，他买给她的一小包纸巾。

他这个人，不热心肠、不会安慰人，即便帮了人家很大忙，也不会表露出乐意帮忙的样子。

可她老早就知道，殷显是内心比外表善良的好人。

王结香攥着纸，闭紧眼睛，靠在车窗上。

她心里轻声念：回家，回家……

这一觉睡得断断续续，火车到达经停站，王结香被上车的人吵醒。

天亮了。

火车带着他们来到新的一天。

她望向天边，厚厚的云朵盛满阳光。

慢慢地，那光越来越亮，溢出云的边缘倾泻而下，穿破晨雾，照到车厢。

她回身一看。

满车厢里全是橙黄黄、亮晶晶的光。

殷显靠着椅背，在光线中熟睡着。

他有薄而漂亮的嘴唇，头发短短的，脸很年轻。

王结香盯着他看，有种穿越时光的错觉。

这时候他们还没相遇，得等上两年。

两年后，他们会相识，住漏雨的出租屋，吃不新鲜的螃蟹。她会帮他织一件太小的毛衣，他会帮她榨胡萝卜汁。他们会吵架，吵很多次架。

她处在一切的一切发生之前，捧着脸，盯着他。

她的前男友，殷显。

她未来的男友，殷……

"啪——"

王结香的头被突然窜出的手拍了一下。

殷显懒洋洋地睁开半只眼，道："看什么看，小朋友。"

她捂着脑门，龇牙咧嘴地怒视他。

"瞪我，也是小朋友。"他伸手摸她的头，态度恶劣地把她头发弄乱。

"谁是小朋友？有眼不识泰山。"王结香心想，你才二十二岁，我实际岁数比你大。

他故作惊奇："不错啊，看不出还会成语。"

她昂着下巴，语气不屑："成语算什么，我还会背古诗。"

"哪首啊？"

王结香自信道："《夜雨寄北》。"

她从前教过他，那时的他别提多崇拜她了。

殷显不可置信地鼓起掌："赶快背一个我听听。"

她总算听出他的揶揄，生气地跳起来，两手做菜刀状去砍他。

殷显一手便把她的"两把菜刀"都制住了。

"你应该让我的，我是小朋友。"王结香挣扎着，不要脸地说瞎话。

他松了手。

她立刻使劲打他。

"呼呼……"王结香吹着自己的手，殷显啥事没有，她的手却打他打痛了。

她坐在座位上，越想越不服。

不扳回一城的话，王结香实在难咽下这口气。

"你和何善是不是分手了？有没有想象未来会找个什么样的女朋友？"她说完，得意地抖着腿，用余光瞥他。

殷显说："没想过。"

王结香乐呵呵地告知他："非常可能是我这样的哦。"

"那种可能是不会有的，"他加重咬字，"小朋友。"

扳回一城失败，王结香更气了。

殷显抬腕看了看表，火车不久要到站，便问道："你呢，你的未来考虑好了吗？到家后想做什么？"

她想了想自己的十六岁，说："到家帮忙带弟弟，帮忙干农活，过几年去城里打工。我不去家里人也会逼我去，或者要我嫁人。"

他们下了火车，转了两辆巴士，三趟公交车。

一路上放眼望去，入目皆是连绵不绝的绿色山脉。

公交车的终点站旁边是一栋两层的白色砖房，它孤零零地立在那儿，像一颗被遗落在群山深处的珍珠。

王结香兴奋地介绍起砖房："这是我的学校。"

他环顾四周，没有看见民宅，问道："你家呢？"

她为他指了个方向："在那边，我家要走山路，天气好的话走三小时就到了。"

殷显诧异："你每天上学要走这么远？"

"对啊，不过有学上我已经很开心啦，"王结香怀念地看着小小的校舍，"我弟弟出生后，我就不念书了。"

她的话令他沉思了许久。

"能进学校看看吗？"殷显忽然出声。

王结香摇头："你看门是关着的，老师没在，可能他生病了。"

他皱紧眉头："老师生病就全校关门？"

"对啊，天气不好也关门。有时候我走来，学校关着门，我又走回去。我年纪小的时候，我妈妈会送我上学，下雨天她总会背着我。"她打开话匣子，开始东拉西扯地跟他炫耀，"我很爱学习的，语文学得最好，因为我喜欢写作文。以前上学时，我的作文每次都会被老师当作范文念。"

"那你应该继续上学。"他说。

王结香没听清："啊？"

"我说，你应该继续上学，"他长长地叹了口气，而后看向她，眼睛里装着某些深沉的东西，"非师范生可以来你们学校教书吗？"

她不明白他为什么这么问，便直接说道："我们这儿没那么正规，上过高中就可以教书了。"

殷显再度陷入思索。

王结香觉得他状态反常，想说什么似的，却欲言又止。

她不作声地观察他，来来回回的眼神要把他身体看出一个洞。

殷显想着自己的事，完全没有在意她的目光。

突然，她的视线集中到他胸前。

那里若隐若现地浮现出一样东西的轮廓。

是钥匙!

他胸前挂着钥匙!

王结香两眼发直地看着钥匙。

眼见着它的轮廓变深，又转淡。

她伸长胳膊，发狠地拍上殷显的胸脯。

钥匙在那一刹那消失。

王结香的手拍了个空。

"你干吗？"殷显无故被打，低头见到她捶胸顿足地生着闷气。

"笨手，犹豫什么？你犹豫什么？"她右手拍左手手背，悔得肠子都青了，"第一时间去抓呀！"

王结香发泄过后，闷闷地问他："你刚想啥呢？"

"想我的未来，"殷显打量着跟前的校舍，"你说你学校支教没有师范生的要求。"

"你未来……师范生……"王结香瞬间反应过来，"不会吧？你未来想做老师？"

话音一落她又急忙否认："完全不像你会做的事！支教会很穷的，你不是一直想做生意人吗？"

她认识他这么久，他的野心，他对钱权的追求，她再清楚不过了。

"我姥爷是老师，我一直很崇拜他，"殷显抓了抓脑袋，不知道该怎么说下去，"我其实也没想好，没有确定……"

他们站在马路中间说话时，一辆公交车路过学校站，朝他们鸣笛。

王结香回头看了眼公交车，它正面标注的名称吸引了她的注意。

"这公交车的目的地是我们村？"

听她这么说，他赶忙拉她上车："有车坐，那不用走山路了。"

王结香不怎么乐意："好奇怪，我们那儿没通公交车的。"

他俩上车询问司机。

司机倒觉得他们的问题更奇怪："你们是外地来的吧，这条线路开通好几年了。"

王结香感觉不妙，这个开场太诡异了吧。

"回家吧，"殷显或许是误以为她近乡情怯，十分煽情地牵住她的手，"你别怕，我跟你一起。"

不好扫他兴，王结香只好上车。

他们坐在公车的最后一排，车上只有他俩和司机。

一改上车前的活泼，王结香一言不发地盯着窗外的山。

陌生的公交车，变样的山路。

王结香离开了太久。

现在回到这里，心中比起怀念，更多的是不适。

自从妈妈走后，她对于家乡的记忆，只剩惨痛。

看着长长的山道，胸口堵着一口气，让王结香有一种说不出的烦躁。

她对自己说：是假的，看见的一切都不要当真，等钥匙再出现，就能走了。

公交车停在村口。

夕阳西下，吃过了晚饭的人们坐在村口的老树下乘凉。

新建的小卖部，搭的电线杆，让王结香迷失了方向。

她仰望着那棵老树，听着骑着自行车的人叮叮当当响铃路过，不适感越发强烈，她脑子里空空的，手脚冰凉。

"你慢慢想一想回家的路，我买点吃的。"殷显拍拍她的肩，进了小卖部。

王结香心慌，想跟着他进去。

小卖部正好走出来一个人，和她撞了个满怀。

"奶奶。"她下意识地叫了对方。

王结香乡音未变，像回到出走的那夜，兜里揣着偷的钱，簌簌地颤抖着。

奶奶比那时看上去更老了，满脸的皱纹凹陷成一道道填不平的沟壑，小眼睛透着凶巴巴的光，头发全白了。

"你还知道回来啊？"

奶奶抓住她的小辫子，力气大得仿佛要把她的头拽下来，宛如无数次王结香噩梦中所见的一样。

而她也像从前那只贫穷小山村里没了娘的小鸡仔一样，呀呀地哭叫起来。

泪眼蒙眬间，她瞥见殷显跑来的身影。

一番纠缠后，王结香披散着头发，被他护在身后。

奶奶不依不饶地用手揪她，踢打殷显。

王结香扯着殷显的衣角，伸手要他抱。

"烂货，狗杂碎！"奶奶叉着腰，往地上啐了口痰，"我说去哪儿了呢，原来跟男人跑了。"

王结香抖个不停，拽着殷显的衣领，想结束掉这场噩梦。

"救我好不好？"她的手贴上殷显的脖子，那里曾经挂着一把模糊的钥匙，"我想走。"

冰冷的手抚过温热的皮肤，空气中化出一根细绳的轮廓，钥匙重新显了形。

"好，"他说，"我们走。"

奶奶追着他们，破口大骂。

"所以我天天跟你妈说，得生男娃娃哦，男娃娃好。生个女娃娃，小小年纪别的没学，学会在外面勾搭男人了，不要脸。"

王结香被她的话激怒了，收回触碰钥匙的手。

"你不准说我妈！"

"呸，"奶奶耀武扬威地笑着，"你妈就是用来被我说的，我不光说她，我还要叫她一起说你。"

王结香感到她的心被重重捶了一下。

耳朵嗡嗡地响，她嘴巴在动，说着自己都难以置信的话："我妈还在吗？"

"哟？巴不得你妈死是吧？死了正好，你能跟野男人乱来。"

王结香从殷显的怀里跳下地。

她奋力地跑，奋力地冲向她的家。

儿时的老树，难走的土路，最爱去的小溪，山间被她取过名的花花草草。

她拼命地跑，踏过变样的风景。

逐渐地，她认得了，想起了这些原本的模样。

她推开老家的木门，一眼没看打瞌睡的爸爸，直奔厨房。

有人在煮面。

香气袅袅中，总是安静的妈妈，系着破烂的围裙，手里拿着勺，她在尝一口汤。

"妈妈，"王结香跑过去，抱住她的背，抱住她纤弱的腰，"妈妈。"

妈妈转身，温柔的手掌覆着她的脑袋，梳理她乱糟糟的头发。

她抬起头，想看清妈妈的脸。

"妈妈。"

王结香却发现看不清妈妈。

妈妈的脸庞藏在一片虚化的雾中，听不见她的声音。

靠得越近，越觉得她远。

王结香的脸被泪水打湿，不停地呼喊妈妈。

妈妈轻轻地安抚着王结香，从围裙里拿出一样东西，交到王结香手上。

钥匙？

王结香怔了一下。

结界、异世界、千纸鹤、小兔岛、变成兔子的殷显……

钥匙的出现，使这一切猝不及防地回到王结香的脑海。

王结香握住钥匙，却没有先前那么激动了，眼泪吧嗒掉了下来。

离开幻境，也就要离开妈妈……

而后，仔细看钥匙的第二眼，她认出了它。

它与不久前在殷显那里看到的并不是同一把。

这是一个兔子形状的钥匙扣，上面有一把银色钥匙。

王结香如遭雷击——那是她和殷显住过的出租屋的钥匙。

此时，殷显晚她一步赶到她家，关切地问："你没事吧？"

王结香愣愣地看着殷显。

他脖子上，有另一把钥匙。

王结香看看手里的钥匙，又抬头看看隐藏在雾气中的妈妈。

她真傻。

怎么忘记了自己在哪儿？

怎么会以为真的能见到妈妈？

殷显半跪着，替呆傻的王结香擦去眼泪。

"走吧。"他对她说。

她深深地望着他。

他柔声催促："快走吧。"

王结香吸了吸鼻子，握住他胸前的钥匙。

世界的光被收入她手中。

家、厨房、妈妈、殷显，都在视野中淡去。

她跌坐在地板上，合上眼。

第五章

/ 他的信

王结香回到了小兔岛。

终于结束了这段漫长的异世界旅途，她感到茫然无措、身心俱疲。

她尚未在家乡的最后一幕缓过劲来，呆坐着，四周一片死寂，一只白兔子四脚朝天躺在她身边。

它小小的一只，紧闭着眼，瘦得皮包骨头，干燥的鼻子没有了呼吸，胸口没有起伏，飞来的几只苍蝇停在它的尸体上。

噩梦从虚幻跟来这里，痛苦尚未完结。

天边的月亮不见了，岛上的所有植物凋零了。

他们坐在那块原本是员工宿舍的空地上，她能看到周围的路灯全碎了。

好不容易憋住的眼泪又淌下来，王结香扔掉手里的两把钥匙，捧起那团一动不动的兔子。

"妈妈没了……"

"殷显没了……"

她放声大哭，用尽全力地大喊着，巨大的悲伤袭上心头。

热泪尽数落向兔子失去光泽的皮毛。

心碎。

悔恨。

还有无力。

很多时候我们告诉自己，我能行，即便我们明知道自己实际上不行。

王结香十五岁时失去母亲，十八岁独自出去打工。到了城里，她像一粒落入大海的沙子，看不见前路也没有后路。之后她失去工作，失去唯一的朋友，没钱交房租，她在那时候认识殷显，在一起五年。

她知道他有很多缺点，他们不是合适的恋人。可是，她最困难的时候，是殷显陪着她，让她在无情冰冷的钢铁森林中，有了一个落脚的家。

王结香很想让殷显看到她能行，承认她能行。她努力成长，一遍遍挺直胸膛，为的是有朝一日站在他面前，不再被他轻看。

事实证明，她不行。

她从来没有准备好离别。

她没有帮到他，她害了他。

死去的兔子在滴滴答答的泪水中，宛如回光返照，费劲地将眼皮撑开一条缝。

他看向流泪的她，一眼就认出了眼前之人。

"肥肥……"

他的气息微弱，嗓子嘶哑。

他的声音好远，远得叫人听不清。

他继续说："我买兔子了。"

殷显一直记得王结香想养兔子。

他有天下班，在家附近的天桥遇到她。

卖宠物的摊贩有个装兔子的大笼子，王结香蹲在笼子前看兔子。

小姑娘个子小，头发又细又黄，看上去显得营养不良。

寒风吹过，围着厚厚白围巾的她打了个冷战。

她的脸藏在围巾后面，只露出一双笑眯眯的眼睛。

走近了他才听到王结香蹲那儿是在跟兔子说话。

"你们会不会冷？有没有吃饱呀？"

人家一笼兔子没有理她的，她依旧碎碎地扯东扯西，问一些不可能得到答案的问题。

老板生意不好，见她待半天了不怎么耐烦，说道："哎，你要真喜欢就买一只吧。"

她脖子往围巾里缩了缩，站起来，离开了摊位。

再然后，有天晚上他们回家时，王结香盯着黑漆漆的草丛，忽然兴奋地扯他的袖子。

他问她干什么。

她做了个"嘘"的动作，嫌他发出的声音太大。

王结香的表情特别开心，圆眼中闪烁着古怪的光芒。

她凑近他，在他耳边神神秘秘地说："那儿有只兔子。"

"不会吧，"他下意识地不信，"你夜盲，是不是看错了？"

"没有看错，是一只小白兔。"她牵住他，硬要拉他过去看。

王结香踮着脚尖，猫着腰，走到草丛边缘。

"小兔子呀小兔子，你为什么大晚上不回家？"她不敢贸然打扰它，隔着一点距离，捏着声音，极尽温柔地问。

"是受伤了吗？"王结香转过头望向他，神情很是担忧，"它不会动！"

"你凑近点看看？"殷显已经看清楚那东西是什么，憋着笑想多看一会儿她的笑话。

她听了他的，小心翼翼地俯身，待手差点要碰到那只"白兔子"时她才看清。

"塑料袋？"王结香又羞又恼，"谁啊，真没公德心，往草丛乱丢垃圾。"

"谁啊？塑料袋能看成兔子，也就你了。"

殷显不给她留面子，哈哈大笑，使劲地开她玩笑。

她生气地走掉，一晚上没跟他说话。

隔天，他随意地提了句："养只兔子呗。"

出乎意料地，王结香不同意。

"不可以，"她严肃地反对，理由充分，"我们俩的工资养活自己都费劲，哪能养兔子。没人在家，没人照顾它，它要饿着肚子被关在笼子里，多可怜啊。"

他没再多说什么。

后来有次公司搞活动，有些价值低的赠品客户不要，他便拿回家。

王结香从那堆垃圾赠品中，翻出一个兔子形状的钥匙扣。

她高兴坏了，双手握着钥匙扣，在他们的出租屋里转圈圈。

他烦死她，叫她别转了。

她反而拉起他一起转圈圈。

"殷显殷显，"她晃着他的手，好似得到全世界最甜的糖果的小孩子一般欢欣雀跃，"等你赚钱，赚大钱了，我们养只兔子好不好？"

这时的他说了什么呢？

好像是……

"你醒醒！"

一只手用力揉他的脸，玩他的耳朵，拔他的胡子，在他浑身上下搓来搓去。

"醒醒，醒醒。"

噪音和骚扰双管齐下，殷显忍无可忍，只好睁开眼。

双目经历短暂的眩晕后，缓慢地聚上了焦。

他看见自己正躺在他的兔子窝里，房间内的陈设不知为何被人弄得乱七八糟。

"醒啦？"

殷显顺着声音，看向兔子窝的房顶。

那里出现了一张大大的人脸——眼中密布红血丝，托着腮的王结香面无表情地与他对视。

"房顶呢？"殷显问道。

他发现自己的嗓音不再是昏死前的虚弱，已经恢复了正常。

"被我一巴掌拍飞了。"她一本正经地说着奇怪的话，"我发现没有房顶，可以方便我观察你，挺好使的，就没给你安上。"

殷显暂时没空去关心屋顶，他对于自己能够复活的事比较好奇。

"你怎么救活我的，我还以为我必死无疑。"

"救活？"他的用词使她微微的困惑，"说来话长。不过，也不算我救你，你本来就不会死。"

王结香先将殷兔子死里逃生的经历串了一遍。

如同前几个房子一样，王结香和兔子一起进屋，她去异世界多久，他就得被屋子里困多久。王结香在异世界会困会饿，殷显也是一样。不同的是，她到异世界有机会吃饭、睡觉，但殷显受困时，面对的是无尽的黑暗。

他意识到这个屋子和以往不同，她通关花费的时间异常久。

他用尽办法，耗尽力气，脚步不停地行走，黑暗尽头仍是黑暗。

最后没能等到王结香出来，他就被饿晕了。

而后，不知过了多久，他听见她哭到快断气的声音，听见她在喊他。

好像一股力量占据了殷显的身体，他像被烧干到最后一滴的油灯，将话说完的同时，感到生命的燃尽。

"我也以为你死了。事实上，你当时确实死得不能再死，苍蝇都飞来了，"王结香搓搓鼻子，补充道，"哭得快断气不至于好吗！我哭，那是被你可怕的样子吓哭。你千万不要误会，我不是因为你死了内疚难过。"

按照王结香的叙述。

回到小兔岛，她被兔子的惨状吓哭。他突然说话，让她意识到他还有机会抢救一下，于是她带着兔子，淡定地逛了逛小兔岛。

全岛的植物死了，路灯碎得只剩一盏，是"肥肥之家"旁边的那盏。她循着灯光，来到他的兔子窝。

"你房子太小，我没法进去，不知道把你放哪里比较好，所以我拍飞了房顶。"

殷显打断她："依你的说法，小兔岛的一切和我的生命是有联系的?

有个灯没坏，代表我有一线生机？于是我有复活的机会？"

"是，也不全是，"王结香眯了眯眼，压低声音，"关键是，当我拍飞房顶时，你猜我看见了什么？"

"什么？"

"我看见了……"她的手摸过他的脸，"一只新的，和你长得一模一样的兔子。"

那只新兔子躺在肥肥之家的小床上。当王结香掀开房顶是，他惊坐而起，警惕地望向她。

蓬蓬的白毛，胖胖的身体，眼神呆滞，耳朵竖起，眼珠是黑色的，有漂亮的双眼皮，眼周是淡黄色，像打了眼影。

"你是谁？"他问王结香。

他发出了她熟悉的、百分百不会听错的、属于殷显的声音。

王结香讲的话，离奇的走向，让殷显越听越蒙。

"怎么会……和我一样的……你后来是把那只冒牌新兔子赶走，让我回到了我家？"

王结香摇摇头："新兔子说出那句话后，最后的路灯灭了，整个小兔岛陷入黑暗。我匆忙将你护在怀里，可你的身体，就那么在我怀里不见了。"

殷显皱紧眉头："那现在的我……"

"下一瞬，我的视野重新充满亮光。小兔岛的一切恢复了原貌，像电灯被重新按下开关。路灯完好无损，植物生机勃勃，新兔子合眼躺在肥肥之家的床上，"她的笑容冷飕飕的，"因此，现在的你，就是那只新兔子。"

殷显兔子还有想问的话，王结香抬手，拦截他的问题。

"现在该我问你，我为你忙前忙后，但如今，我对你的身份存疑。"

"好，你问。"殷显回道。

思及殷显之前阴阳怪气的表现，她强调："我要求你对我知无不言，言无不尽。"

"行。"

王结香眼神犀利地问："你是殷显吗？"

他斩钉截铁："是。"

"你几岁？"

"……"

殷显陷入漫长的思考中。

"好。你说你不记得我，那你的记忆是从几岁开始断层的？"

他长吁一口气，诚实地回答："我的记忆是碎的。

"假如记忆是一串长长的链条，那么我脑海中的链条被剪子剪过。即便是分明地感受到某一处应该被连上，我将它们拾起，却看不清楚前因和后续。"

殷显顿了顿，望着她的眼睛继续说道："很偶然的情况下，我会从外部获得一块不知道放哪儿的记忆链条碎片。"

王结香突然心跳加速："比如？"

"肥肥，你想养兔子。"他顶着一张可爱到要命的兔子脸，喊她时的语调是独属于殷显的戏谑。

王结香的脑袋闪现奇异的想法：殷显将他的一部分，关在这只兔子的身体里。

他故意看她搞砸、看她乱猜、看她纠结。她对他说尽难听话，失望至极，却依然抵挡不了一只她最最喜欢的兔子的诱惑，殷显指不定躲在哪里笑她。

这确实也符合他一贯的恶劣。

"502 乘 323，等于多少？"

王结香没理会他说的那句话，突然报出一串风马牛不相及的数字。

殷显一头雾水，眨巴着兔眼，缓慢计算着。

她等了三十秒，又问："76 乘 27，等于多少？"

他泄了气："好难。等于多少，你知道吗？"

"我不知道，但你知道。你曾经能飞快算出这些数字，百位数的乘法对你来说轻而易举。我还找着计算器，你就直接报了出答案。"

除去她被他恶作剧的可能，王结香陷入了更深的不安："所以不光是记忆不全，别的部分，你也退化了。"

相比于她的愁容满面，兔子本人倒是轻松得多。

"可能是没休息好，过一段时间会没事的。"

这句话……

这该死的既视感。

殷显每回生病，都爱对她说这句话——没事的，只是没休息好。

他病得越重，越是卖力掩饰，让他去看个医生，比登天还难。

某次殷显受了凉，王结香说熬姜汤给他喝。他不让她熬，说难喝，没必要喝。

第二天去上班，她见他脸红红的，他借口昨晚没睡好。

王结香堵了门要他测体温，测出来 39 度，让他跟领导请假，去看医生挂瓶，他不肯去，推脱上班来不及。她被他气到掉眼泪，他妥协地带了瓶退烧药，说到单位会喝。

结果呢，他烧得不省人事，同事几个扛着他去诊所的。

王结香没见过比殷显更能逞强的人。

她给他撂狠话："你厉害，你能扛，你就不去看医生好了，永远别看。哪次拖出重病，你有了教训才会学乖。"

"我没事，"他死鸭子嘴硬，态度满不在乎，"我身体怎么样心里有数，你别一天到晚的大惊小怪。"

事实证明，王结香没有大惊小怪。

后来殷显几次被送医院，都是因为他不及时就医，把小病拖成大病。

她的气话一语成谶，不过他得了教训，照样学不乖。

"记忆缺失，功能退化，"揉着胀痛的脑袋，王结香对兔子说，"你会不会是生了某种病？这些是生病的症状？"

殷显又一次回到熟悉的模式："我没事。"

"停！"她决定暂且搁下这段，"让我先继续问我的问题吧。"

他应好。

"关于小兔岛，你记得什么？"

刚才他讲他生病了，令殷显急切地想要证明自己正常。

"全记得。"他答道。

"复述你记得的关于小兔岛的全部事情，具体地说。"

殷显配合地开始回忆。

"最初对它的记忆是，我被困在这里，岛上没有其他生物。有天你骑着千纸鹤出现，太阳出来，你便原地消失。我等了你好几天，每天都榨胡萝卜汁，你终于来了。后面的事……"

她点头，示意他继续。

"你进到第一间房子，我在黑暗的房内等你，你通关后，回家睡觉。你再来岛上，我们又去了第二间房和第三间房。第三间房里，你耗费特别长的时间，我失去了意识。再醒来，就是现在，你说我死了，身体是新兔子。"

王结香沉吟片刻。

"首先，两个问题，小兔岛会天亮吗？胡萝卜哪儿来的？"

先前，她喝到胡萝卜汁，以为小兔岛有萝卜，兔子拔萝卜给自己榨了汁。他昏倒时，她也想去拔萝卜的。

可是，不论王结香怎么找，都没能找到。

这个岛！别说萝卜了，其他任何能吃的食物都没有！

她第一个问题就将兔子问倒。

"不会天亮。我在这里时，它永远是黑夜，"他吃力地回想，眼中一片茫然，"那次，天亮后怎么了，我不知道。"

王结香已对他的"不知道"习以为常，便问道："萝卜呢？"

他从小床蹦下来："我给你看样东西。"

殷显走到肥肥之家的兔子专用小厨房，那里有一台袖珍的多功能榨汁机。

兔爪子一只按着榨汁机，一只停在空中。

三瓣兔嘴一张一合，朝着机器，清晰道："我要萝卜。"

下个瞬间，奇迹发生。

一根凭空出现的迷你萝卜被他握在爪中。

王结香下巴惊得快要掉下来："就一根吗？"

"萝卜萝卜萝卜萝卜。"

殷显话音刚落，四根萝卜从他的爪中涌出来，他不得不两手抱着，才没把它们摔地板上。

王结香叹为观止地鼓起掌。

"这个表演我愿意付费观看，"她纯属个人好奇地问，"说别的也会有吗？"

殷显挑眉："你想要什么？"

王结香不太好意思告诉他。

她伸出食指，按上他的袖珍榨汁机，小声说："我要钻戒。"

空气凝固了半分钟。

"怎么不好使啊？"王结香不想放弃，"钻戒钻戒钻戒。"

手心空空如也，她轻咳一声，收回食指。

殷显放下怀中的萝卜，重新将兔爪拍上榨汁机。

他一字一句，冲机器念道："她要钻戒。"

王结香垂眸。

她的掌心，出现了一枚闪闪发光的超大克拉的钻石戒指。

耀眼的钻石之外，镶嵌了一对耳朵，是俏皮的兔子造型。

"好可爱。"

她迫不及待地戴上它。

钻戒的尺寸，恰恰好合适她的无名指。

王结香被收买了！

半晌后。

十根手指戴满钻戒，身上披着华贵丝绸的王结香靠着沙滩椅，面前的桌子摆满山珍海味。她叉起一块龙虾肉放入口中，跟着劲歌舞曲左扭扭右扭扭，心中已然对小兔岛的映像大为改观。

"原来还有这样的打开方式，这个地方太好了。"

除了一些特殊的、太离谱的要求，比如让殷显恢复成人、让殷显离开小兔岛、召唤医生来岛、要一栋豪华别墅……这些榨汁机没法做到，其余的简单的物品，只要殷显开口，就能够出现在岛上。

"你之前只用它榨汁？"王结香不禁替榨汁机惋惜。

"对，"兔子殷显一脸朴实，"胡萝卜汁。"

她真是恨铁不成钢啊。

"你怎么这么实诚呢？就算只榨汁，榨点别的也好啊，像西瓜汁、梨子汁、番茄汁。"

"我觉得你对小兔岛有误解，你始终认为自己被它困住，其实，你可能是这里的造物主。"

王结香把兔子抱到自己的腿上，她带着他，用一个新视角去看这整座岛。

"岛上的所有房子，装满你的过去。

"岛上的一草一木，所有的月亮、风、灯光，它们受你影响，因你存在。

"你在岛上死去，也会在岛上复活。"

被岛困住，无法脱离这一切而所承受的煎熬痛苦，令殷显完全没法接受她的说法。

殷显问道："造物主？谁会愿意制造这样一个囚笼，来让自己受苦？"

黑黝黝的兔眼凝视着她，他问："这个岛上不仅有我，还有你。如果我是造物主，那能够自由来去的你是什么？"

王结香停了刀叉，安静下来，茫然地说："我是什么？"

他从未见到过她露出这样的表情。

王结香大多数时候都很活跃，半句不饶人，像只不停地挥舞钳子的螃蟹。此时她的长睫覆住眼，眉间流露出一些易碎的情绪——是忧愁，或者说是委屈。

"千纸鹤上的'来我的岛'写得歪歪扭扭，我第一次没看出，后来看多了也就看出来了啦，是你的字。小兔岛的肥肥之家，你总管我叫肥肥的；你变成兔子，我最喜欢兔子。还有，你之前对我说的那句'我买兔子了'是什么意思呢？为什么要榨胡萝卜汁给我吃？你是不是记得我有暂时性夜盲？"

她咬紧嘴唇，细细碎碎地说着。

"殷显，你不能老这样欺负我，你不记得我，索性彻彻底底忘掉我。

你骂我猪脑子，骂我烂好人，你不满意我，我全认。分手嘛，我提的，我是确实不打算纠缠你了。"

王结香并着腿，局促地摸了摸自己的膝盖。

"殷显，是你把我带来这里的，你真的讨厌死了。

"你来说说看呀，我是什么？"

殷显变成兔子之后唯一想的，是如何逃出岛，感情的事已经离他很遥远。

他做的所有不值一提的"对她好"，是因为王结香有利用价值。

她为什么帮他？她没有帮他的必要。

殷显第一次意识到，自己不适合这个姑娘。

她忘性大、容易开心、容易满足，别人能够轻易将她激怒，却也很好哄。

自己呢？他能记起的自己，完全是她的反义词。

他原本不存在的良心，在见到她委屈的模样后，闪现了一瞬。

"王结香，"殷显难得地关心起了他遗忘的他们的过去，"我是不是对你不好？

"我是不是不够爱你？"

"我们分手是不是分得不开心？"

她把头垂得更低，闷闷地"嗯"了一声。

"所以，"王结香抬起脑袋，真挚地请求，"作为补偿，我可以摸你吗？"

"你这转折有点生硬吧？"殷显迷惑地用兔爪挠挠头。

她望着他，目光中带着渴望。

"有这么喜欢兔子吗？"他勉勉强强地答应下来，挺了挺小胸膛，进入了营业模式。

王结香双手圈住兔子，迅速拔高、迅速放低，极有效率地来来回回，全方位对觊觎了好久的小胖兔进行抚摸。

"……"殷显双目呆滞，任由他蓬松的毛毛歪掉，柔软的肉肉被人搓圆揉扁。

"可可爱爱！"

她的手捧起小兔的脑瓜，把他脸上的肉肉全部挤作一团。

"小呀小兔子。"

王结香讲话的嗓音甜得要拉出丝，摸得忘乎所以，如入无人之境。

"小兔兔手感好好哦！你为什么这么小这么软呀！"

他顶着被揉变形的脸，艰难地开口："讲真，刚才的委屈是不是你装的？"

"摸摸摸，胖胖兔兔，胖胖脚。"

她假装没听见，提起他两只前爪，带着他左边扭扭，右边扭扭。

殷显无语地说："你差不多了啊。"

王结香摸完兔子，心情大好。

她又开始吃龙虾，喝果汁，回归了正常状态。

她掏出口袋里的两把钥匙，将它们交到他手中。

"一把钥匙是异世界的你身上掉的，一把钥匙是我妈妈给我的。"

兔子觉得离奇："你在那屋子里见到了你妈妈？"

提到妈妈，王结香的神情不自觉变得灰暗："嗯，而且是'你'带我去的。只是，我没法看清我妈妈的脸，听不到她的声音。"

"那不是很奇怪吗？"殷显问。

"是啊，怪的地方又何止这里，"她掰着手指给他算，"会重来、有结界、有长得一模一样的背景人、剪不坏的电话卡。我在里面，一共重来了八遍，说实话，我能出来纯属……"

她停顿半秒，思索合适的用词："纯属，被放过了。"

庞大的信息量是靠比其他房子增加好几十倍的通关难度换取的，王结香的话立即引起了殷显的重视。

"你能把整段经历跟我复述一遍吗？"

八个周目，王结香正想着如何详细地从头说起，突然记起一件差点被她遗忘的事。

"进到屋子，我大约十二岁，你是二十二岁，"她冷冷一笑，"你让我别烦你，自己去拍皮球，你交着一个漂亮女朋友，她叫何善。"

兔子没听出异样："哦，然后呢？"

"然后呢？"王结香给他展示自己沙包大的拳头，"你不说我是你的初恋吗？"

兔子夹着尾巴往后一缩："我不记得了，我失忆了。"

她的拳头逼近，趁火打劫："骗子殷显！这下，你欠我十次摸摸。"

他满头问号。

"十次！"王结香再强调一遍，"你不答应，我再涨价。"

殷显妥协："好吧。"

"嘻嘻，先用一次。"

她立即把他抓过来，高高兴兴地搓兔子。

殷显卑微道："能一边玩我，一边说发生的事吗？"

"好哦。"

王结香由乌烟瘴气的麻将馆，讲到徐哥、工作服、食堂、何善，以及二十二岁的殷显不满于现状，却也看不清自己的未来，被他父亲劈头盖脸一顿痛骂的电话。

她讲啊讲，讲他最后送她回家。钥匙的浮现，是因为他偶然间有了在她家乡支教的想法。他们上了一辆诡异的公交车，线路直达她的家乡。她碰到了她奶奶、她爸爸，甚至还有她死去的妈妈。

八个周目，王结香讲到口干舌燥才说完。

殷显全程没有打断她，冷静得仿佛是在听别人的故事。

殷显听完后，想了想，问道："汽修厂的食堂，有许多长得一模一样的背景人。你说的一模一样，是个什么样子？"

王结香抓抓脖子，觉得比较难形容出他们的特征："很平凡的长相，不认真看不会有印象的那种脸。"

他接过她的话。

"普通的身高和脸形，黑色短发，黑眼珠，男性，皮肤晒得略微发黄，不高不低的鼻子，脖子上挂着汗巾，身穿深蓝色的工作服。"

她点头如捣蒜："对！是你所说的样子，完全一致！"

"如果你问我当时在汽修厂的同事们长什么样，根据以前的印象，我就会这么描述。"

两人视线对上，不约而同地想到了一起。

王结香问道："你想象我妈妈是什么样子呢？"

兔子闭上眼。

良久后，他说："不行，想象不出。"

"我没见过你妈妈，这是一个特定的具体的人物，想象不出脸和声音，最多能勾勒出一个模糊的轮廓，比如，系着围裙的慈爱的中年妇人。"

王结香愣了愣。

"我看到的妈妈也系着围裙。"

那么，他们所得出的结论显而易见。

殷显说："房子内部，将我的精神世界具象化了？"

兔子的猜测，使他们一步步地逼近小兔岛的真相。

按这个说法，很多先前的困惑，都能找到解释。

"你见过我的奶奶和爸爸？"王结香从众多被捋顺的思绪中，捕捉到那不和谐的一缕，"我在异世界见到的他们跟现实世界是一模一样的啊。如果你没见过的话，他们应该和我妈妈一样，是我没法看清的吧？"

兔子坦荡地答道："我不知道。"

又是这句！

她拎起他的两只耳朵，忍无可忍："你别叫殷显了，索性改名笨笨。"

小兔兔没有反驳她。

王结香惊奇："不是吧，你愿意叫笨笨？"

殷显抬抬眼："笨笨比肥肥好听，你是肥肥。"

"都说了，我讨厌被叫肥肥！"她大力在兔兔身上揉捏。

殷显发现她的小动作，问道："你是不是又趁机摸我？"

小兔岛上还剩两间屋子，他们正好获得了两把钥匙。

殷显已得知了员工宿舍发生的所有事，是否继续进房子，是他们不得不面对的选择。

殷显爪子上挂着王结香从她妈妈那里获得的钥匙，仔细端详着它，出声道："这个钥匙扣，有些眼熟。"

王结香吃着好吃的，头也没抬，说道："它是开我们以前住的出租屋的钥匙。"

殷显不解："小兔岛没有那个房子，为什么它会出现？"

王结香很想说不知道，但"不知道"是他的台词。

"还是打游戏的比喻，也许是无意中完成隐藏任务，就奖励了隐藏的钥匙。先放身边吧，也许什么时候能用上。"

她说完又指使殷显干活。

"你去跟榨汁机要一个小兜兜。"

他照做了。

粉色的小兜兜出现在王结香手里，她目测一番，将背带调到最短后说道："你过来。"

他走到她旁边，她把兜兜挂到他身上。

"还是太长。"

王结香又把背带打了两个结，这下正合适了。

白兔子背着粉色小兜，兜里装着两把钥匙。

"哎哟，可爱……"她说着就要伸手去捏他的脸。

殷显一矮腰，躲了过去。

王结香悻悻地抬头，突地，眼睛余光瞥到一样极其反常的东西。

"你看你后面！"

他不上当。

"那是什么啊，好奇怪。"

她表情惊讶，殷显仍旧维持那个矮腰的姿势，不为所动。

"没跟你开玩笑，"王结香索性抱起他，让他的全身转向她说的方向，"真的有，你看。"

小小的小兔岛，视野空旷处，从最北能一路望到最南。

岛上一共有五栋房子，王结香进过三栋，它们在她通关后消失，这使得小兔岛直接空了大半。唯二剩下的屋子是殷显姥爷家，以及他高中时寄宿的地方，但是其中一栋屋子，它的外形和之前不一样了。

本该空掉的一块地，被那房屋多长出的一截占去。

王结香僵硬地问："那个变的，是你姥爷家？"

"不是，是高中的房子。"

他们离开吃了一半的食物，去到那栋房子前。

它原先是个独栋房屋，外墙的漆是果绿色的，部分的墙皮老化，出现斑驳的裂纹。从屋子的正面能够看到三扇窗户，最高的那扇窗户上贴着红色的"辅导"二字。

此刻，整栋房的右侧出现了一栋之前没有的土屋。比起寄宿辅导班，它显得简陋又陈旧，失修的瓦片屋顶，脏脏的木窗，墙壁是龟裂的灰黑色。

土屋挂在绿绿的屋子旁边，活像是植物畸形发育，多长出来的一颗瘤子。之所以用"长出"这个词，是因为新土屋的墙壁和果绿色的外墙是完完全全黏在一起的，肉眼看不出任何粘贴的缝隙。

寄宿班的大门和土屋的大门，合并成了一个，位于俩房子的交界处。

与房屋的情况相同，那大门的左半边，样式属于寄宿班的铁门，右半边属于土屋的木门，仅有的一把门锁出现在铁门上。

王结香指着土屋，大惊失色道："这是我老家啊！"

殷显迅速反应过来："员工宿舍异世界里，你回过的老家？"

"是的。"

他高中寄宿学校和她家乡的房子合并……

王结香走上前，盯着怪异的房门，心念一动。

"这是不是说明，内部的世界跟前一次一样，我遇到你，你能带我去我的家乡。那我说不定还有机会见我妈妈。"

殷显蹙着眉，给她浇了盆凉水："即便是见了，也不是真的你妈妈。如果还像上回一样，你没法看清她，不能和她说话，你会更加失落。"

王结香哽咽着问道："另一把钥匙，是开这个门的吗？"

他从背着的小兜兜里拿出她说的钥匙。

钥匙和锁眼匹配。

可以开。

王结香与兔子面面相觑，他们都很清楚，再进去要面临怎样的风险。

"你多久没合眼了？要进去也得先休息好。"殷显道。

他见到她眼里布满了红血丝。

"我……"

他俩正准备商量商量接下来的对策，小兔岛突然间盛光大作。

这一幕，王结香并不陌生。

这也是小兔岛未解谜团之一。

"太阳又出来了？"她遮着眼问。

"嗯，"兔子交代她，"你回家好好睡觉。"

"那你会不会像上次，要等我很久？"王结香不知道她的话来不来得及被他听到。

兔子的身影浸在一片白光中，她撑着眼，妄想抵挡那束刺目的阳光。

小兔岛的所有都被涂白，阳光愈盛。

渐渐地，她什么也看不清，只有白。

眼皮胀痛难忍，她闭上眼，眼眶溢出了泪水。

王结香用手背用力地擦去眼角的泪珠，再睁眼时，她已经站在自己的蛋糕店后门。

午后的阳光和煦，空气中有好闻的烤面包香味，她走前丢的几根隔夜法棍没被收走。

时间从她离开后便又被按下暂停。

王结香深吸一口气，没憋住，破口大骂："那这样我不是要再上半天班哦！"

这还不是最悲伤的。

"我的戒指去哪儿了？"她摊开手，十根指头空空如也。

她不干啦！

"我的十个大钻戒啊，没捂热啊。"

她双手互相摩挲，加紧感受大钻戒留下的余温。

老老实实上了半天班，王结香累得直不起腰。

思及明天还要再去小兔岛，回来也是要继续工作，她果断通知店员休假一周，往店门口贴了告示。

回到家，王结香打了个寒战。

卧室破了个大窟窿的窗户冷飕飕的漏着风，家里竟然比外面冷。

"这个多久之前破的了，怎么还没修？"

她按到手机里维修公司的电话，通话记录是今天早上的。

床变成千纸鹤，载她破窗去岛，居然才是昨晚的事！

她累了。

"我要回去。"她晃着自己的小床，哀号着。

"我时间没那么宝贵，不用这么有效率把我真实世界时间暂停。"

她埋在床沿，两手呈喇叭状放在嘴边，冲着大约是千纸鹤头的部位吼。

"我要睡觉了，你要是再敢在我睡一半吵醒我，我就把你的头拔了，还把你的翅膀卸掉。"

吼完，她浑身上下的精力，被一点不剩地耗尽。

王结香倒向床，厚被子一盖，不省人事地陷入昏睡。

这一夜，她做了许多乱七八糟的噩梦——

梦见殷显变回人，她向他诉苦，他捂住耳朵说："我不知道，我不记得。"

梦见她仍在员工宿舍，食堂的菜单上写着麻辣兔肉，而她发现小兔子殷显被抓走了。

梦见她妈妈，问妈妈为什么这么多年不来看她。

相比前两个梦，最后一个，反而是最真实的。

醒来，王结香从柜子深处翻出她拥有的唯一一张妈妈的照片。

那是她九岁时的春节，一个爸爸认识的叔叔从城里回来，到他们家喝酒，他用当初相当时髦的相机给他们拍了张照。

她、妈妈、爸爸、奶奶，以及一些叫不出名字的亲戚，围坐一桌。

没照过相的小小的她，一脸紧张地坐在妈妈旁边，眼睛看向她。

大家，包括爸爸、奶奶，都是笑的。

妈妈笑得最好看。

妈妈扶着她的肩膀，样子那么年轻，笑容恬静又美好。

清晨，天空中弥漫着潮湿的水雾。

早早起床的王结香骑上千纸鹤，去往小兔岛。

总是醒很早的小鸟们在枝头吱吱叫，她挥手跟它们问好。

千纸鹤由刚刚亮光的白天重新驶向繁星密布的黑夜。

王结香远远地见到曲奇饼干模样的小兔岛。

这岛，看着不一样了。

她半天没来，岛上多出了一座熠熠生辉的钻石小山，她之前放音乐吃龙虾的临时游玩区域，被扩大了三倍。胡萝卜整齐垒在游玩区周围，像是把游玩区牢牢地保护了起来。

小兔岛的野草长高不少，兔子殷显挎着她系的粉色小兜，在千纸鹤的降落点等她。

王结香冲上去，抱了他个满怀。

殷显惊恐地被她抱在半空中上摸摸下摸摸。

"你的手……硌得慌……"殷显冷冷地说道。

她低头一瞧，乐得不行："我的戒指回来啦。"

"作为回报，拿去，你的礼物。"她把从口袋里掏出的东西放到他脑袋上。

殷显耳朵动了动，头顶暖乎乎的。

"菠萝包？"他闻出气味。

"对，我做的，"她莞尔一笑，"这次不会把你的牙磕掉。"

殷显打开他的小兜兜，取出钥匙，塞呀塞，终于把菠萝包塞了进去。

王结香已经看到他改建的娱乐区。以殷显的个性，如果她不提，他永远不会主动说。她才不跟他客气，自己蹦蹦跶跶跑去那边玩了。

王结香灌下三大杯胡萝卜汁，爽快地抹嘴："满足啊。"

殷显用她以前说他的话来笑她。

"你怎么这么实诚呢？有西瓜汁、梨子汁、番茄汁，你却只喝胡萝卜汁。"

"你管我！"她气势汹汹地拍桌，"再来一杯。"

"好，"兔子启动榨汁机干活，"还要别的吗？"

王结香想了想："要一个小帐篷，要一盏很亮的灯，要两个蛇皮袋，袋里装点你爱吃的。"

他停下榨汁机，转头看她。

"干吗这种眼神看我？"她刮他鼻子，语气轻松平常，"总得准备点什么吧，万一我被困住，你想再被饿死啊？"

殷显仍旧不说话，神情凝重。

"你别这样，我其实是有私心的。"王结香取出她带来的照片，"如果像你说的，屋里是你的精神世界。那你把我妈妈的样子记住，下一个世界，我或许可以再见她一面。"

他无法承诺她，只好说道："那只是猜想。一切如果真能根据我的意志来更改的话，我就不会被困在这里了。"

"我知道……"王结香吸吸鼻子，转移话题，"你高中有什么记得的事吗？"

"读书。"殷显回想着，挤牙膏似的补充了一句，"父母离婚后，我就在寄宿补习学校埋头死读。"

"除了读书？"

他摇头。

他的立场，是没法劝王结香别去的，因为他想逃出小兔岛，即便是他已知那些房子有不妙的感觉，即便是已知他们有可能被困死在里面。

王结香同样明白这些。

她还知道，实际上自己每次进屋前问他的话，对屋里的情况没有帮助。

第一间房，她遇到诱拐犯，出来后殷显不愿对此多说。

第二间房，他没有提过父母有矛盾、他被关家里、没有人教他骑车。

第三间房，他说自己想从技术转销售，和家里闹翻，可这并不是他那个时期真正的症结所在。

殷显说的话，说不到重点。

他好像不太了解自己，或者是他在有意无意地回避重点。

王结香有一定要去的理由。

从她看见她父母、奶奶，得到他们的出租屋钥匙起，她就不可能退了。

虽然现在他们掌握的信息不够清晰，但她隐隐感到，她和这些没被解开的谜团之间有一种关联。

"这是你，所以，你旁边是你妈妈？"殷显认出了照片中的她们。

王结香点点头。

兔爪再朝旁边一划拉，停在她爸爸和奶奶的脸上。

他说："这两个人，我见过。"

王结香瞪大双眼，迫不及待地问："你什么时候见过？在哪儿见到的？"

殷显紧盯着照片里的那两人，陷入沉思。

"有想起来什么吗？"

兔子抬头看了她一眼，突发地抽搐，倒地。

王结香喊他。

她音量非常大，他却好似完全听不到她讲话。

殷显抽搐着，嘴中开始喃喃自语，声音颤抖："调整……呼吸……深呼吸……"

"不管你看到的是什么，停下。"他仿佛是自己对自己下达命令，用词与语气都怪异到极点，"深呼吸，把照片拿开。"

他的语速更缓，清晰地又重复了一遍命令："深呼吸，把照片拿开。"

他按照自己的话做，来回调整三次呼吸后，停止了颤抖。

王结香被他吓坏。

她捡起被他松开的相片，无法理解发生了什么事。

兔子抬头望着她，双眸像一汪漆黑的潭水。

某些时刻，比如现在，王结香难以将这只兔子和殷显本人联系起来。

他眼神里有乞求。

她未曾见过殷显露出这样的神情，他好像永远在占上风，端着欠揍的、漫不经心的表情，目光斜睨着别人，永远不会示弱。

"别再继续了。"他的声音疲惫又脆弱。

她冲他点头。

可是，哪容得他们选呢。

一块庞大的阴影笼罩住他们，那两栋连在一起的房子无声无息地追至他们身后。

王结香回头的瞬间，屋子宛如一辆急速行驶的轿车，直直地朝他们撞来。

没来得及反应，她和兔子就被房屋吞没了。

春风吹过三月的大地，树呀草呀花呀，都重新焕发了生机。

青翠的群山藏在春天的角落里，家乡藏在群山的深处。

王结香今年十六岁，刚刚上高中。

家人都为她读高中的事高兴。奶奶特地拿钱让她爸给她买了辆自行车，妈妈则替结香织了件新毛衣。

毛衣是天蓝色的圆领薄毛衣，这个季节穿着正好。

"结香，结香……"

妈妈的手在她眼前晃了晃，王结香一下子惊醒，她看向妈妈，妈妈笑盈盈地替她理了理毛衣。

"你这孩子，我问你话呢，怎么发起呆了？"

"妈……"她脑子昏昏沉沉的，想不起妈妈的上一句话，"你问我什么？"

"书本带齐了吗？"

"带齐啦。"王结香拍拍自己鼓鼓的书包。

"那快去学校吧，今晚回家，妈给你做好吃的。"

她应了声"哎"，跨上自行车。

王结香一路骑到村口的老树下，丁零丁零按响车铃。

一个戴发箍的少女抛下讲话的伙伴，朝她的车走来。她有着好看的麦色皮肤，微微的龅牙令她有些小小的自卑，不愿意露齿大笑。她是王结香打小的玩伴，名叫姜冰冰。

"我听他们讲，我们学校来了新老师。"姜冰冰说着话，坐上自行车后座。

"啊？"王结香惊讶，"我们学校那么小，有新老师愿意来？"

"是的，听说年纪轻轻的，从城市来这儿的，"姜冰冰小声嘟囔，"不知道长得帅不帅。"

王结香笑嘻嘻地揶揄："是因为春天来了吗，我们冰冰春心萌动。"

姜冰冰骂她讨厌，拿胳膊撞她。

城市……新老师……

王结香脑子闪过某些东西，未能细想，便被她迅速地遗忘了。

到达学校，激动的姜冰冰先一步去了教室。

见到新老师的那一刻，她大失所望——

新老师是女生。

新老师之前在一所重点高中当语文老师，由于能力突出，被领导派到王结香的学校提供教学指导，并不会在这里待太久。

对方身为优秀教师，在这里上的第一堂课，就做了件特别有意思的事。

她往讲台放了一沓信件，让同学们到讲台抽取信件，随机获得一位和自己通信的笔友。

信来自老师之前教课的班级，她让全班学生给农村小朋友写一封信，希望通过这种方式，让农村小孩和城市小孩建立起联系，互相了解，互相帮助。

王结香是班里语文成绩最好的学生，她作文写得好，对语文老师有种特殊的亲切感，所以新老师布置的任务，她下定决心要认认真真完成。

轮到王结香去讲台，她瞄了眼散落一桌子的信。

虽然信是老师带来的，但信的外页还是都写了住址，方便他们回信。她的目光被一行字吸引——其他人的住址都是某公寓某新村，只有那人的住址写的是一个寄宿辅导学校。

王结香的手不自觉地抓住了那封信。

放学回家。

王结香帮忙家里干了会儿活，吃光妈妈煮的特意加了两个荷包蛋的面后，回到房间，打开了信。

你好，展信祝佳：

老师让我们全班给农村小朋友写信，很有缘分你抽到了我的。

信的内容将是：分享城市中有意思的事，分享我的生活趣事。

城市其实不怎么有意思，至于我今天做的最有趣的事，是我解出的一道大题。

（此处绘制了一个占满整页信纸的椭圆曲线数学题）

祝

生活美满！

你的笔友：岛

王结香大约二十秒就把这封信看完了。

她撸起袖子，情不自禁愤怒起来，想找写这信的"岛"打一架。

这人的信也太敷衍了，不带一点感情，没用一点心，明显是为了完成任务，随便糊弄了事。枉费老师跋山涉水把这信带来这儿，真是浪费她的良苦用心。

王结香都不愿因为他多用一张纸，将他的信纸翻面，她唰唰地往纸上写——

你好，展信祝佳：

如果信的内容被要求是分享城市有意思的事，分享我的生活趣事，我会这么写：

第一段，表明自己的身份。

例：我是一个来自城市的小孩，很高兴认识你，成为你的笔友。

第二段，进入正题。

生活在城市的我，常常感到城市不怎么有意思，但一次的经历让我感受到城市的可爱之处。这边可以采用有层次的、欲扬先抑的手法，先列举你认为城市没有意思的原因，再通过叙述，颠覆这个没意思。

第三段，开启新话题。

由城市过渡到个人，你写写你的兴趣爱好、梦想、喜欢的音乐、喜欢的食物……比如，你觉得数学有意思，应该着重它是哪里让你着迷。抄一道数学题会让读者无法弄清你要表达的意思，感受不到你所谓的"趣"在哪里。

我是不是很会写作文？

PS：你的曲线画得好像西瓜。

祝

生活美满！

你的笔友还没取好笔名

王结香写好信，将它装进信封。

明天得去一趟邮局，她向奶奶要了买邮票的钱。

今天因为写信，睡得比平常晚，她摸着黑打了水，到院子刷牙洗脸。

妈妈正在外边晒衣服。

王结香过去帮忙抖平衣物，一件件递给她。

"妈，我晚上可以和你睡吗？"

"不知羞，"妈妈笑她，"越长大脸皮越厚，受不了你。"

"嘿嘿。"王结香知道妈妈是同意了。

她洗漱完毕，兴冲冲地到爸妈房间，把妈妈的枕头被子抱到自己的小房间。

妈妈躺床外面，王结香躺里面。

她翻了个身，牵住妈妈的手，问道："手怎么这么冰？"

"洗衣服碰了凉水，不碍事。"

王结香用她小一点的手，裹住妈妈大一点的手，慢慢地将妈妈的手焐热。

"妈，你身体不好，少碰凉水，衣服放着我自己能洗。"

妈妈抽出手，安抚地拍拍结香的手背："你读书要紧。"

"妈……"王结香闭上眼睛，闻着妈妈头发好闻的气味，有了困意。

"姜冰冰说城里人的家都有洗衣机，我以后到城里读书、工作，也给你买洗衣机。"

"好啊，"妈妈轻声笑，"结香真贴心，是我最乖的贴心小宝。"

"嗯！"王结香也笑起来，又唤道，"妈妈。"

"怎么啦？"

她嘟嘟囔囔地说："明天，还想跟你一起睡，我想睡外面。"

"为什么？"

"心里不太踏实，怕你睡一半偷跑，变没了。"

"傻瓜，妈妈能跑去哪儿啊？"

妈妈给她掖了掖被角，躺得离她更近了些："快睡吧。"

王结香紧紧挨着妈妈，一夜好眠。

第二天。

王结香起了个大早。

上学前，她整理书包。

当她拿起昨晚自己写的信，发现它的颜色变了。

她的信封是黄色的，而手中的信封是白色的。

她再仔细一看，信上的不是她的字，字迹倒像她之前看到的"岛"的字迹。收件地址写的是她家，没贴邮票。

王结香觉得奇怪，拆开信，信中的第一行字便让她皱起眉头："谢谢你的来信？”

　　她将信搁置在一边。

　　"什么呀？我的信昨晚写的，还没寄出去呢，怎么可能会收到回信？"

　　王结香打开抽屉，趴到地板，找寻她写的那封信。

　　房间拢共巴掌大点的地方，她翻来覆去地找，就是不见它的踪影。

　　王结香只好展开桌上的信，继续看下去。

你好，展信祝佳：

　　谢谢你的来信。

　　我是一个来自城市的十七岁男生，很高兴认识你，成为你的笔友。

　　城市没有意思，即便有心想用上欲扬先抑的手法，也找不到可以用来作为论据的"可爱之处"。我的城市生活是学校与补习学校两点一线。马上升入高三，我和周围的学生一样，成天埋在书本中。

　　我不听音乐，没有兴趣爱好，没有未来想做的事。

　　喜欢的食物……我喜欢吃辣，能算是喜欢的食物吗？

　　PS：你的作文写得不错。

　　PPS：关于西瓜，你或许应该多花点精力学习数学？

　　（此处细写了上次那道椭圆曲线数学题的公式和解答）

　　祝

　　生活美满！

你的笔友：岛

　　"我数学不好，这你都能发现？"王结香搓搓鼻子，"岛，真有你的。"

　　不过，按他的回信来看，她昨晚写的信确实寄到了他那儿。

　　好神奇！

　　王结香看了眼墙壁上的钟，离她平时出门还有十五分钟。于是她拔开水笔的笔盖，匆匆忙忙地给他写回信。

你好，展信祝佳：

　　不用谢谢我的来信。

　　学校与补习学校两点一线，一直在读书，那你是不是很少有时间能回家？我是学校和家两点一线，都感觉在家的时间太短。如果我能快点回家的话，每天就能帮妈妈做饭、洗衣服，帮家里种地。

　　我非常喜欢待在妈妈身边，可我也非常喜欢上学。

　　真希望我的一天能有四十八小时。

　　你向我介绍了你，我同样地向你介绍一下我自己。

　　我是一个十六岁的农村女生，我爱听抒情的音乐，最大的兴趣爱好是吃饭和睡觉。我未来想做大富翁，成为大富翁后，我会每天大口大口吃各种美食，吃饱就睡。

至于，喜欢的食物……我没有讨厌的食物！

PS：你的信有比之前的写得认真。

PPS：这次的西瓜也比之前更圆。

祝

生活美满！

你的笔友还没取好笔名

王结香放下笔，抓抓后脖，把写兴趣爱好的那行画掉，改成了最大的兴趣爱好是美食鉴赏和独自冥想。

写得太真情实感了，这样没有深度的作文是拿不到高分的。

到上学时间了，妈妈催王结香出门。

她应了声"来啦"，把信放进原来的信封，地址划掉，修改成"岛"的地址。

"不会又不见吧？"王结香这么想着，将信夹到了她语文书的第一页。书放进书包，她还再次确认信被夹得牢固，没有丢出来的可能。

王结香骑着自行车，脚踏踩得飞快，却还是比平时迟了一会儿接姜冰冰上车。

"呀，"姜冰冰打趣她，"难得啊，上学积极分子没有准点。"

"你放心，我骑得很快的，不会迟到。"

待姜冰冰坐稳，王结香立即出发。

小自行车被她踏得吱吱响，去学校的公交车鸣着笛从她们旁边开过。

公交车排出黑黑的尾气，熏得王结香的脑子卡壳了一瞬。

不知怎的，她忽然有种不太对劲的感觉。

"冰冰，"她问，"你能记起来，我们村是什么时候开通的公交车吗？"

姜冰冰回答得模糊："唔。几年了吧？公交车不是一直有吗？"

"哦。"王结香想到另一件怪怪的事，随口也问了她，"你昨天抽到的笔友怎么样？你有没有写回信？"

"有啊。我抽到一个高二女生，她蛮好奇农村是什么样的，在信里问了好多问题。我昨天在学校就写好回信了，等你啥时候要去邮局，载我一起去呗？"

姜冰冰的信和笔友，似乎没有任何异常之处。

王结香有点难以开口对她说自己的信了。

"你写完信，那个信……还没被回信对吧？"

姜冰冰听不懂王结香的问题，王结香继续补充道："我的意思是，信要去邮局寄的，要贴邮票，然后几天才能到对方那边。对方再寄来他的信，也需要时间。"

"你这不废话吗？信当然要贴邮票，去邮局，不然呢？我们这儿寄到城市，寄半个月很正常的，几天怕是到不了。"

王结香愣愣地点头："好吧。"

姜冰冰嗅到八卦的气息："你干吗了？"

王结香轻轻咳了一声，埋好自己的小秘密。

"没啊。"

她的内心，正上蹿下跳着敲锣打鼓。

殷显没想到自己能这么快收到回信。

教室的窗外落着大雨，空气中弥漫着水汽，湿漉漉的天气叫人昏昏欲睡。下课铃响，前排几个同学不约而同地伏上桌子补觉。

殷显揉了揉疲惫的太阳穴，换了下一节课的书本。

不对劲的触感令他把书翻了个面，那封突然出现的信被夹在他的数学书里，夹得很牢。

他取出信封，此前自己写的收件地址被划掉，换成了他的地址。

这么快的送信、回信效率，不正常得宛如邮局是自家开的，而且那笔友相当会节省纸张。

殷显抖开信纸，开始看它。

"……我未来想做大富翁，成为大富翁后，我会每天大口大口吃各种美食，吃饱就睡……这次的西瓜也比之前更圆……"

读到这儿，他"哧"地笑了一声。

回来上课的同桌向他投来好奇的目光。

"你在看什么好玩的吗？"

"没。"殷显合了信，挡住对方的视线。

因为这是无聊的学习生活中难得的有意思的事，所以他上课时走神又想起信的内容。

应该是一个快乐农村女孩，字里行间，透着一股憨实的傻气。

她还真是热衷于涂涂画画，信里也有被她用笔涂掉的部分，大概是自己也意识到写的内容不够聪明。

不过她涂归涂，不够用力。

更由于她这种涂掉的行为，使他着重地去阅读被涂的字。

殷显弯了弯嘴角，工整地抄下黑板上的方程式，心想，等回到宿舍再给她回信。

放学的时候雨下得更大，操场的积水更深了。殷显卷起校裤，撑着伞往外走。

接孩子的家长将校门口挤得水泄不通，外面停着的车将两头的路都堵了。

被雨水打湿后的整个世界冰冰黏黏，人们脸上的表情烦躁，整条街道不断传来按喇叭的声音。

跟同学们告别后，殷显蹚着脏水抄了近道走。

他不用抬头找寻谁的身影，他知道没人接他放学。

这样的天气，让人心里和胃里都空落落的。

殷显打算回补习学校前，先去餐馆吃一碗热气腾腾的面条，放多多的辣椒。

他加快脚步，与那些焦急等候的目光错身，独自没入雨幕。

一路狂风暴雨，到达面馆时，殷显裤子已经湿透了。

他深叹一口气，收了伞，转身进门，和面馆外躲雨的人猝不及防地对上了视线。

两人对视。

她蹙着眉，表情微窘。

一个手中拿着女式手提包的中年男人站在她和他中间。

殷显看了看她，又看了她身旁的男人，咽下了到嘴边的那声"妈"。

她抿紧嘴唇，匆忙从他那边移开眼，望向大雨倾盆的街。

殷显霎时间冷静下来，握紧伞柄，推门进了面馆。

他爸和他妈离婚，他跟的他爸，而后母子几年没见。

殷显也曾经期待过妈妈会想念自己，像自己想念她一样，还幻想她来找自己，到时要给她看优异的成绩单……却没想到他们的再见会是这样。

大口大口地，他吃掉一整碗面。

很多的辣椒、滚烫的面汤，没能使体温回暖。

殷显出面馆时，他妈早已不在那儿了。

雨没停，他打着伞，忽然不知道要去哪里。

在雨中焦躁地走来走去，身上衣服干了又湿。最终，殷显决定去电话亭，跟他爸打个电话。

单调的嘟声拉成一条紧绷的直线，机械的女声播报着无人接听。

殷显打到第五遍，那边终于被接通。

"喂，怎么了？"

"爸。"

他爸的声音干巴巴的："说呀，什么事。"

殷显想了会儿，问道："我读完高中，之后呢？"

"之后？你会上个好大学，读个工程类专业……"

他打断他爸的话："我是说，读完高中之后就不用再在补习学校寄宿了吧？"

"当然，大学都有宿舍的。"

他爸等了会儿，殷显没说话。

"我忙着呢。你要没别的事，我挂了。"

殷显拿着话筒，刚想要叫住他爸爸，电话另一头就挂断了。

十七岁的殷显，有许多时刻会感觉恨自己。

他破天荒地翘了补习班的晚课，把自己锁在宿舍。

他想做点别的事，无关学习的事，可是做什么呢？

殷显想不到自己有什么兴趣、有什么解压的方式，甚至想不出一首爱听的歌。

全是书、书包、柜子、桌面，找不到别的。

笔筒中有一把用来削铅笔的刀。

殷显看到了它。

他心里憋着一股烦闷的气，指甲在皮肤掐出深深的印。

他没忍住，将那把小刀从笔筒抽出来。

在他准备划向自己皮肤的前一刻，数学书被他的手肘碰掉，里面的信封掉了出来。

殷显瞥向地板。

书包因为大雨湿了大半，信没能幸免地被泡软了一个角。

他捡起那封看上去也很狼狈的信。

里面的信纸变得破破烂烂，部分水笔的字洇开，"那你是不是很少有时间能回家？"这行字花得特别厉害。

殷显放下小刀，找了支笔，心烦气躁地写下四个字——我没有家。

写完，他随便折了折那团烂糟糟的纸，把它塞进信封，更改了信上的地址。

这样，还能被回复吗？

殷显下巴抵着桌面，盯紧信封等待。

瞧着瞧着，信竟凭空消失了。

等信封再次出现时，它湿掉的角已经干透。

那人仍旧用了旧的信纸，纸也被弄干了，破损的几处被细心地贴好透明胶布。

殷显展开信。

这次，她没有写字。

她画了一个大房子，围住他的那句"我没有家"。

那大房子有烟囱、窗户、梯子，门前有石板路，房子外面有太阳、几朵花、一棵树，还有一只蹲在房子旁的小兔，波浪线状的背景大概是小河。

他看着她线条简单的画作，分辨那些圆圈和方块代表的东西。

良久，那张修补过的信纸被殷显折好，放进抽屉。

他写了张新的纸，问她。

岛：你是活人吗？

对方回信回得很快，快得好似握着笔，原地等待着他。

你的笔友还没取好笔名：哈哈，我是活的小仙女。

女生的字胖胖圆圆，最后一个"女"写得飘逸，仿佛跳舞的小人，显摆着把一边的腿翘得老高。

不再用信的格式，他们你一言我一语，像上课传字条一样，飞快地将信丢来丢去。

岛：你那里在下雨吗？

你的笔友还没取好笔名：我这儿一直是晴的呀。太阳特别大，春天山上开了超多的花，天空蓝得不可思议。明天是星期六，我不上课，会和妈妈去小溪边捉鱼。

岛：听上去真好。

你的笔友还没取好笔名：你的城市在下雨？

岛：是，一直下雨。

你的笔友还没取好笔名：那你有被淋到吗？

岛：有。

你的笔友还没取好笔名：你洗热水澡了吗？别感冒了。

收到这行字时，殷显打了个大大的喷嚏。

她说得没错，他确实应该洗个热水澡。

不过，他还想再写一会儿信。

岛：我没事，我很健康，不会感冒的。

你的笔友还没取好笔名：听上去在逞强，要是感冒可不好受。

岛：知道。

你的笔友还没取好笔名：我要睡觉了，明天再写信吧。

岛：好。

殷显干坐着等了二十分钟，那边没有寄来新的信。

他站起身，整了整弄乱的书桌，小刀被他重新放进笔筒。

该去洗澡了……

殷显拉开抽屉，忍不住再看看信纸上的画。

"小仙女。"他念着这三个字，觉得她的身份颇为可信。

周六，王结香起了个大早。

为播种做好准备，他们全家出动，一起到自家的地里耕田。

爸爸戴着草帽走在前面，王结香拿着工具跟在后面。

隔壁邻居婆婆见了他们，打招呼说："老王家来犁地呀？"

"哎，"奶奶笑着应，"你的三个孙子都在呢？"

"是啊，他们有空，让他们忙活，我就清闲了。"

"我真是羡慕你哟。"奶奶瞥了眼自家的女孩，"还是要生男的，男娃娃好，会干活，有力气。"

邻居婆婆一脸骄傲："那可不是，我有福啊，我家媳妇肚子争气。"

王结香胸口闷闷的。

她感到一股泛酸的汹涌着的怒气正噌噌地往脑门上涌。这种不可名状的愤怒非常熟悉，仿佛常年与自己为伴，她几乎是下意识地去处理它，调整呼吸，转移注意，使它平息消解。

王结香弯着腰，勤恳地专注于脚下的土地，耳旁仍旧传来絮絮叨叨的闲聊。

"你家媳妇年轻，长得又俊，让你儿子努努力，再生几个不成问题。"

"唉，我也想让她生，可她哦……"奶奶压低声音，"绣花枕头，长得好，不会下蛋。"

有完没完啊？

王结香擦了把额上的汗，望向天空明晃晃的大太阳。

感觉很不对劲。

她的头晕乎乎，盯着那太阳，觉得喘不上气。

很不对劲，这个世界……

昏沉的脑袋中闪过一瞬的清明，王结香看向两位长辈。

奶奶与隔壁婆婆的对话在这个瞬间生硬地转折。

声音还是原来的声音，话的语调却变了样，之前那种真实的刻薄细碎被磨得平滑。

"生男生女都一样，你看你孙女，多能干。"

"对，我家结香考上高中了，特别有本事。她会读书、会帮家里干活，我最疼我这个孙女。"

王结香愣在原地，不适的怪异感在她体内将她来回地拖拽。

"结香，结香！"妈妈的手她眼前晃了晃，柔声唤着她。

王结香的眼神聚上焦，见到妈妈关切的脸。

"妈？"她缓过劲，打起精神对妈妈笑了笑。

"怎么了？你出好多汗，去树底下休息一会儿。"妈妈递给她一块手帕。

"我没事。"王结香接过手帕，继续弯下腰犁田。

她对自己说：想那么多做什么，大概是太累产生的错觉，没什么不对劲的。

家里的地不大，几个小时就耕好了。

王结香揉着酸痛的腰，收拾好工具带回家。

等吃完午饭，她和妈妈准备去小溪边捉鱼。

不过出门之前，她还有件要做的事。

王结香摊开填满对话的信纸，在最下面写了一行字。

你的笔友还没取好笔名：我去小溪玩了，希望今天你那边天气好。

她本来想再说点什么，想了又想，把最后的逗号改成了句号。

王结香磨磨蹭蹭地出门，眼神不断往书桌瞄，幸运地等到了他速度很快的回信。

岛：今天还是下雨，你玩得开心。

"结香，走啦。"妈妈喊她了。

"马上来。"她折好信，拎上渔网出了门。

离家最近的小溪因为太小，所以没有正式名字。

王结香简单粗暴地管它叫"我家小溪"，将它划分成自己的领地。

我家小溪的水浅而清，周围长满各式各样植物。

妈妈找了一块平整的石头，他们坐在那儿，把脚泡进水里。

劳作一个上午的疲劳，被冰冰凉凉的溪水带走。耳边是潺潺的流水声，鸟儿在山间鸣叫。风吹过树顶，层层叠叠的树叶拥挤着，哗哗作响。

王结香倚着妈妈的肩膀，母女一起闭着眼睛休息。

她能听见妈妈的呼吸声，于是跟着她的呼吸频率，同个步调呼气吸气。

王结香睁开一只眼，打量妈妈的睡颜，心想，妈妈睡着了吗？

妈妈有长长的睫毛，柳叶一样细弯的眉，脸庞温柔文静。

"妈妈呀，"她轻声问，"你为什么这么漂亮？"

妈妈笑道："结香也漂亮。"

她嘟起嘴，不认同："结香不漂亮。"

"漂亮。"妈妈表情认真地看向她，"结香有软软的脸，大眼睛，挺挺的小鼻子，嘴巴也很可爱。结香的心地善良，活泼开朗，又勤劳勇敢。谁说结香不漂亮？结香是最漂亮的。"

小少女皱皱鼻子，扑进妈妈的怀里撒娇。

"我想一直跟妈妈待在一起。"

妈妈抱着她，梳理她的头发："傻姑娘，以后不嫁人了？"

"不嫁。"

"遇到喜欢得不得了的也不嫁？"

王结香点头，神情不屑："我才不要那么喜欢他。"

妈妈叹气："喜欢哪能控制的啊。"

一整个下午，王结香都和妈妈在小溪捉鱼。

妈妈抓到两条大鱼，王结香抓到一条小鱼。这点小收获虽然没把她们带的水桶装满，但也足够今晚吃一顿。

回来的路上，她们看到山坡新开了一丛白色的花。

王结香欢天喜地地跑过去，选了花丛中开得最好看的一朵，摘下它，放进胸前口袋里。

到家后，王结香直奔房间，开始写信。

你的笔友还没取好笔名：我玩得很开心。溪水凉凉的，小鱼儿在脚边游来游去；野果子熟了，我吃了不少。妈妈抓到两条鱼，我抓到一条小鲫鱼，因为太小，所以把它放生了。

对了，我昨天跟你说，山上的花开了，回家时我采了一朵，想送给你，不知道你能否收到。

她用信纸裹住小花，然后将它们小心翼翼地放进信封。

不久后，鼓鼓的信消失了，连带着里头的花。

王结香捧着脸，坐在桌前等待。

这次他回信的时间有些长，妈妈做好鱼，家里开饭，王结香只好离开桌子。

一顿饭吃完，她跑回房间，他的信终于来了。

"怎么鼓着？"王结香带着微微的失落拆开它，"难道花是没法寄的？"

却不是。

信纸中包着一小袋 QQ 糖，水蜜桃味的。

岛：收到了你的花，谢谢你。

王结香没吃过这个呢！

她拆开包装，倒出一颗。

糖果是粉红色的，香香的，弹弹的。

她嚼着它，双手托着脸傻笑。

她只吃了一颗，就没舍得再吃了。

"他爱吃什么？"王结香思考着。

哦！爱吃辣。

门前的菜地里有种辣椒。

王结香一蹦一跳地去菜地里找她的辣椒。

那四株辣椒看上去相当营养不良，长得还没她膝盖高。

"不管啦。"

王结香狠心地把小辣椒通通摘掉，然后洗净、擦干、用纸装好后，开始回信。

你的笔友还没取好笔名：这是我亲手种的辣椒哦，蛮辣的！

他的信，每次那么简短，她写几个字已经跟他的一样长了。

但如果他非常能吃辣，可能认为不那么辣。

王结香唰唰又改成——

我觉得蛮辣的！

他会不会疑惑她的吃辣程度？

告诉他，她算是会吃辣的人？

水笔犹犹豫豫地加上一小行。

你吃的时候要小心放，我觉得蛮辣的！

"哎呀，这样太啰唆了。"王结香用头撞桌子，心烦意乱的她又把那行字划掉了。

险恶的世界正持续地下着大雨，紧闭的门窗将家与风雨交加的外界隔绝开。

安静的宿舍里开着一盏橘黄的桌灯，窄窄的窗台上放着一盆仙人掌，还放着一个装着水的小巧的玻璃碗，碗里浮着一朵白色的、香香的小花。

殷显挠挠脑袋。

他收到了一包辣椒？

他好笑地拆开纸包，仔细数了数，统共七根辣椒：一根歪歪扭扭，两根小小扁扁，三根瘦瘦长长，还有一根圆润壮实。

殷显照例着重看了被她涂掉的字：

你吃的时候要小心放，我觉得蛮辣的！

因为她这句话，他更想多放点辣椒尝尝了。

不过……

殷显单独挑出那根圆润的胖辣椒，左看右看，越瞧越喜欢。

窗台的仙人掌盆栽被殷显捧起，他看看它，又看看辣椒，下了决心。

绿油油的仙人掌被他连根拔起，丢进垃圾桶。

辣椒取代仙人掌，有了新家。

心灵手巧的殷显将辣椒中的籽取出，均匀铺到盆栽的土里。

"好了，以后你乖乖地在这里长大吧。"他还贴心地为它浇浇水。

小瓦盆外没撕的标签写着"仙人掌"三个字，殷显提起笔，改成了"仙女椒"。

仙女椒安了家，悄悄地生长。

殷显十七岁的这个雨季，忽然变得不那么难熬。

他重新拾起书本，参加早自习、晚自习，不错过任何一堂补习课。

放学后，他挤过熙熙攘攘的人群，先去面馆吃一碗面，再回到他的宿舍给他的植物浇水。

笔筒中的小刀，不再有削铅笔外的其他用途。

殷显耐心地等待着仙女椒长成一盆很辣的辣椒。

他每天都在跟"小仙女"通信。

他们有时说得长，有时说得短。

他们没见过面，她却比他的亲人更关心他，愿意花费更多的时间陪伴他。

整个雨季结束前，知道她喜欢吃甜，殷显往信封里放了一根牛奶味的雪糕。

在大山的雨季到来之前，王结香从她的笔友"岛"那里，获得了一根雪糕。

送到她手里时，它还带着从冰柜刚取出来的寒气。

牛奶味的雪糕！

最棒的牛奶味！

王结香一直想吃来着。

镇上的小卖部有卖，可一根卖得太贵了，她家是不可能买的。

你的笔友还没取好笔名：我真的可以吃吗？

岛：可以。

王结香好开心呀。

她将雪糕的包装拆掉，倒在碗里，白白的雪糕像一块奶做的豆腐，散发着冰凉的雾气和醇厚的奶香。

她用力咽了咽口水，仍旧不舍得一人独吞这美味，选择叫妈妈来跟她一起吃。

妈妈在院子里忙着收晒好的茶，回头说：“快下雨了，等等就来。”

于是王结香握着两个勺子，趴在餐桌前，怀抱满心的期待，痴痴地看着雪糕。

“这是什么？”

天降一只手，端走了她的碗。

王结香抬起头，望见奶奶的脸。

老人有着下垂的眼袋，嘴微微往外凸，不悦时整张脸是紧绷着的，一双吊眼直勾勾地盯着人。

王结香不明白，为什么自己会这么害怕奶奶。

她的身子不自觉地往后缩了缩，声音发颤：“是吃的……”

屋外乌云密布，一场暴雨酝酿着。

一道雷电劈下，天地间光亮了一瞬，又暗下去。

碗被摔到桌上，奶奶冷声质问她：“从哪儿来的？”

轰隆隆的惊雷在耳边炸开。

“从、从……”王结香被她喝得六神无主，支支吾吾道，“别人给的呀。”

“别人？谁这么好心？”奶奶抓起她的领子，另一只手直接扇了她一巴掌，“你是不是偷我的钱买的？”

“不是，我没有……妈！”王结香鼻子泛酸，朝院子的方向呼救，“妈妈，救我……”

奶奶往地板啐了口痰，扇着她巴掌，扇一巴掌骂一句：

“小偷。

“烂货。

“撒谎精。

“你不知道啊？你没妈了……”

黑黑的屋子，大雨落下。

没有灯，整个世界都没有灯，山也不说话。

王结香哭起来，哭得越发大声。

她脸肿了，绑着的头发被摔到散开，皮筋不知掉到哪里。

屋里传来男孩的哭声。

他跟着她一起哭。

王结香恨啊。

她披散着头发，脸上有眼泪，有口水，有鼻涕。

她瞪着她奶奶，双眸暗沉沉的。

她嗓音尖厉地冲奶奶喊叫，像被踩到脚的猫："可是弟弟都有雪糕！"

王结香倔着咬紧嘴唇，牙齿在抖，身体在抖。

她瞪着眼睛，眼眶中滚着泪，不肯落下。

"弟弟都有雪糕，每次都有，"她大声叫喊着，"奶奶，我为什么不能有？"

奶奶捧起她的雪糕碗，端去屋里哄哭了的弟弟，轻飘飘地说："因为你是女的。"

这才是真实。

王结香咬着手指，双肩颤抖，无法自抑地大笑起来。

这些，才是真的。

心碎是真的，肿痛的脸是真的，从没吃过雪糕是真的。

殷显这是什么粗制滥造的精神世界啊？

他所想的，全部假得可笑。

王结香的十六岁，王结香的青春都是假的。

她没有上过高中，没有妈妈，没有骑过爸爸买的自行车，没有吃到一次奶奶买的雪糕。

她没有魔法，没有人说她漂亮，没有人给她送糖、送雪糕，也没有成为殷显的笔友。

青春就这么过去。

她什么都没有，什么都没做成。

这是她的青春。

"结香……结香……"

妈妈的声音在左，她招手让结香过去，笑着为结香展示她为结香新织的天蓝色圆领薄毛衣。

弟弟的哭声在右，能给殷显写信的纸笔也在右。

王结香位于两种声音的正中。

她清晰地知道，只要跑过去牵住妈妈的手，妈妈就可以停留，就可以不用走。

那么她还能再回到这个世界的开头，穿着新毛衣上高中，窝在妈妈怀里撒娇，听妈妈的呼吸和唠叨，被妈妈笑话长不大，替她轻柔地掖一掖被角。

可她站起来，往右走。

"结香啊……"她被那声声呼唤牵扯着，一步三回头，疼得活像是从心头剜下了一块肉。

那天小溪旁的对话犹在耳。

她说想一直跟妈妈待在一起，信誓旦旦以后不嫁人，绝对不会喜欢别人喜欢得不得了。

"喜欢哪能控制的啊。"妈妈当时这么说。

王结香擦干眼泪，坐到她的书桌前，拿起纸笔。

她写了非常非常久，涂涂改改，最后只剩一句。

殷显，如果人生能重来一次就好了。太辛苦了，我们别再遇见了。

寄出的信消失后，她走向她弟的床铺。

他这会儿已经不哭了，津津有味地吃着雪糕。奶奶蹲在他旁边，伺候他，帮他擦嘴。

男孩正是调皮的年纪，见姐姐来了，朝她做了个丑丑的鬼脸。

王结香的脸形和眉眼更像她爸，弟弟则像妈妈。

他有长长的睫毛，眉毛秀气，丰满的唇形更是跟妈妈一模一样。

这种相似，非但没有激起王结香的爱，反而令她对他更加厌恶。

那是一种暴殄天物的怪罪。

"烂货。"弟弟学着奶奶这么叫她。

王结香越是生气，他越是扬扬得意。

小恶魔用神似妈妈的美貌的脸做着丑陋的表情，对她讲难听的话。

"把雪糕还我。"王结香伸手去夺他的碗。

"走开，走开，"弟弟扭动身躯，拍打她的手，"雪糕是我的。"

"那是我笔友给我买的，"她冷静地冲他一字一句道，"它是我的。"

奶奶不高兴了，叉着腰站起来说："做姐姐的，会不会让着弟弟？管它是谁的，给你弟弟吃怎么了？"

王结香懒得跟他们废话，使蛮力抢走碗，往地上猛地一砸。

碗摔成碎片。

白色的雪糕落在脏兮兮的地板上。

眼前，瞠目结舌的奶奶、哭闹不休的弟弟，一同消失于这个空间。

王结香脱力地抱着膝盖蹲下。

屋外大雨滂沱，好似在替她声嘶力竭地哭。

"殷显，"王结香望着窗外的雨，自言自语，"如果人生能重来一次就好了……"

信中，在一切涂涂改改之前，重重划掉之前。

她写的是——

殷显，如果人生能重来一次的话，我王结香，还是想遇见你。

我要住在你家隔壁，教你骑自行车，带你出去玩，我们一起养兔子。

再大点儿，我们读同一个学校，我得让你先喜欢上我，把我喜欢你的都还上。

你会督促我好好读书，教我学数学；我教你写作文，提醒你不要弄丢梦想。

高中毕业，我和你一起考大学，成为一个很聪明的、有知识的女生。

然后你一直一直很喜欢很喜欢我。我们长大，结婚，生一个小孩，是女孩，比起小孩，你还是更喜欢我。

我会喝很多很多胡萝卜汁，和你过完很幸福的一生。

桌上出现一个洁白的信封。

王结香深深叹了口气，走过去，将它打开。

内里不再有十七岁殷显的回信，只躺着一把孤零零的钥匙。

"我讨厌死你了。"王结香对自己说。

不知为什么，止住的泪水又涌出来。

王结香用手指揩去眼泪，草草地梳理一下自己的头发。而后，她将信封里的钥匙倒到手心，牢牢地握住。

雨滴停止下落，阳光破开乌云，整个天地的光亮被钥匙吸附。

老宅的画面一帧帧淡去，王结香合上眼，身体被一阵暖意包裹。

第六章

/ 赶时间

回到小兔岛。

这里维持着他们被房子吞没前的模样，桌上散着没来得及收拾的果汁，食物还热乎着，她的十指戴满钻戒。

王结香转头一看，岛上又空了一块。

那两个连体的屋子消失了，只剩下最后一栋木质结构的老屋。

兔子慢悠悠地挪到她身边，用脸碰了碰她。

王结香低头，把他抱起来。

他背的粉色小兜开着，里面的菠萝包已经吃完了，属于"寄宿学校"的钥匙不见了，出租屋钥匙还在。

她将新获得的钥匙也放进他的兜兜里。

两人静静地待着，都没有说话。

走到如今，他们已经能明白彼此在屋里经历了什么，明白对方此刻有多累。

他温顺地伏在她的手心，她的手指轻抚他柔软的毛发。

"我能变回正常吗？"兔子的神情疲惫又失意地问。

他被困住太久，精神状态也越发糟糕。

王结香说："一定能。"

不同于他的悲观，她信心满满，还有闲心开玩笑："浑蛋，给我添这么多麻烦。等你变回人类了，我要狠狠揍你一顿。"

她的表情故作凶狠，可惜，殷显没能被她逗笑。

"我有事情和你讲……"他坐起来，双耳耷拉着。

"你讲。"

他的爪子按上自己的脑门，使劲地搓了搓。

"你怎么了？头晕吗？"王结香想起他们进屋前殷显的反常，再度绷紧神经。

"嗯。"他揉着自己脑袋,断断续续地说,"上次进去前就有了……奇怪的声音,有人在里面跟我说话……"

"有人?哪里?"她后背发毛地左顾右盼。

随即王结香反应过来,殷显说的,是他的脑子里。

他脑子里不断地传来怪声。

王结香屏住呼吸,问:"他说了什么?"

"一些指令。"

很明显,殷显没有照指令的做。他浑身的皮毛竖起,瑟瑟地颤抖,身体仿佛承受着莫大的痛苦。

王结香趴到殷显身旁,耳朵贴着他的兔耳朵。

可她什么都听不见。

"他不停地问我,你身边的人是谁。"殷显看向她,"我要跟他说吗?"

王结香摇头,反过来追问:"你知道他是谁吗?"

她好似在跟那个看不见的人,来回地抢夺殷显。

他看上去更难受了。

王结香弄不清状况,跺着脚干着急。

"殷显!"她灵机一动,"我们一起想办法,你说出来吧,把你听到的原话转述给我。"

他原原本本重复耳朵所听到的话:"放松,去感受、去判断她是不是善良的,对你有没有恶意。殷显,不用和她对话,你来回答我。"

令王结香意外的是,这句话的语调并不咄咄逼人。

它是舒缓的,循循善诱的。

殷显无助地望着王结香,等待她给他答案。

比起那个声音,他更信任她。

"你回答他吧。"王结香两手塞住耳朵,走开几步。

"她是善良的,没有恶意的。"殷显回答。

那边又问了什么,他顿了顿,接着说:"我确定。"

王结香啃着手指,思绪乱成一团。

是因为自己吗?

她给殷显看了她家的照片,然后他开始听到声音了?

这些事物是以一种怎样的关系,联系到一起的?

不一会儿,兔子来找她,说道:"我不懂。"

他紧紧跟在她身后,眸中写着茫然。

这个殷显,全然丧失了平日的精明冷静,像一个迷路的小孩子。

"他让我快点离开小兔岛,我怎么离开呢?"

她握住他软软的没有肉垫的爪子,长叹一口气,同样无计可施。

对面究竟是敌是友?

她做什么才能帮到他?

殷显的兔耳朵动了动,他的眼睛木木地盯着空地,口型根据听到的词汇重复:

"再不走,出不去……"

"游失、噩梦、潜意识……"

王结香蹲下来,听不清他的话:"殷显?"

他好像中邪,身体僵直不动。

她用手指推了推他:"殷显,你别这样,我害怕。"

"藏起来!永远不能给你!"兔子突然清醒,咬字清晰地说出这九个字。

王结香被他吓了一跳,刚想细问,他又迷迷糊糊地呓语起来:"藏好,安全屋……纸……"

一阵突发的抽搐,兔子倒地不起。

殷显,他又倒下了!

这个场景在,上一次进屋前同样发生过。

他刚才说再不走,出不去。

难不成……

王结香瞥向岛上最后的木屋,忍不住骂了句脏话。

屋子没长腿,是地。

小兔岛的整块地,正朝他们这边缩。

事出紧急,王结香将抽搐的兔子提起来,粗鲁地塞进自己的口袋,说道:"安全屋和纸,不能给我是吗,那我去找找。"

她在岛上乱跑,急得像热锅上的蚂蚁。

安全屋,屋子。

小兔岛还有什么屋子?

总归不会是发疯似的冲过来找他们的木屋吧?

剩余的屋子只有一个——肥肥之家。

王结香脚踩风火轮一般,迅速赶到兔子窝。

那房子的屋顶被她拆了,还没装上,也省得她再拆一遍了。

"纸,纸……"

她念念有词,伸手抓出兔子窝里的家具。

一手扒下窗帘,抖一抖。

一手掀了床铺，抖一抖。

她连它的地板都掀了，都没找到任何一张纸。

这个兔子窝有两层。

木屋投下的阴影转瞬追到跟前，王结香抬头看它的时间都没有。

她一拳捶爆兔子窝二层的地板，一路拆到它的一层。

一层的所有家具都是黑色的。

黑色的床、黑色的衣柜、黑色的窗帘、黑色的墙壁和地板。

这啥呀？殷显的秘密基地？

王结香突然有了预感。

她直直地伸手，拿出那张黑色的书桌，用指甲抠开它小小的抽屉，里头掉出一张厚厚的纸。

纸张在被她拿出"肥肥之家"的刹那，化成了正常大小的尺寸。

木屋匀速逼近，王结香的衣摆被它吞了进去。

她往后一退，拔出衣服，理直气壮地冲木屋破口大骂："喂，有点礼貌行吗！你等会儿不会啊，没看我正忙着？我要先看完。"

纸张第一页的标题赫然写着：

患者病例分析报告

患者姓名：殷显

性别：男

她一目十行地往下看，木屋存心阻止她看完接下来的内容，加速朝她碾来。

"纸鹤！我纸鹤呢？"

王结香眼睛黏在纸上，脚步不停地四处乱逃。

分析：该患者多段记忆空白，解离性失忆状态下有自伤行为……

小兔岛已经缩得她没地方躲了，她索性站直了，用尽最后一点时间看。

回避症状与知识能力减退症状反复出现，心理会谈及药物治疗，均无显著效果。

狂风扬起，一页页纸张从她手边飞走，被木屋吞下。

由于颠簸，昏迷的兔子从她的口袋垂直跌落，融入木屋。

王结香的脚被木屋吞了一半时，草草地读到手中那页的最后。

诊断：心因性失忆症，抑郁症……

在王结香被拽进木屋的关键时刻，千纸鹤竟然真的出现了。

它陡然将她托到半空，一整沓纸，王结香只来得及扯住两张。

千纸鹤升天，瞬间到达木屋触及不了的高度。

由高空俯瞰，整座岛的所有土地、建筑荡然无存，唯独剩下那一栋怪屋，漂浮于暗夜的深海之中。

王结香继续读完幸存的那两页纸。

第一张：

治疗方向：

心理会谈分析表明，该患者患病的成因可能与儿童虐待、人际创伤，以及自伤行为有关。

前期治疗应以催眠治疗为主。

通过记忆回溯，寻找确切病因，配合能量植入法，使患者淡化创伤记忆，加强快乐记忆，降低抑郁情绪。

后期确诊病因后，可尝试认知行为治疗、家庭治疗、创伤治疗。

第二张：

第 8 次催眠治疗：

尝试回溯患者幼年四岁的记忆。

催眠师再次构建新向导，为受催眠者带路。

受催眠者仍旧产生排斥反应，拒绝进入更深层次的潜意识催眠。

本次创伤记忆回溯，失败。

两页纸，王结香来来回回读了不下十遍。

她好像懂了很多，又仿佛什么也没懂。

解离性失忆症、抑郁症、自伤，创伤……

潜意识，催眠治疗……

王结香怎么都想不通，那个没心没肺的殷显，和这些字眼会有什么关系?

还有，她去过殷显四岁的时候，帮他带路。

可是，催眠师构建的向导，这说的是谁?

有这个东西存在吗?

小兔岛以及殷显幼年居住过的房子，只有她和殷显啊。

不会是她吧?

但是，自己才不是被构建的，她是有思想、有回忆、有人格的人。

她能坐着千纸鹤来去自如，还能回家上班呢!

王结香一头雾水。

她宁愿相信殷显这垃圾是因为太垃圾了，被人诅咒，所以才会变成兔子等待真爱来解救。

那样她也比较好去救。

精神分析、创伤治疗那些的……拜托，她勉强初中毕业的学历，能帮上什么忙？

王结香俯瞰着木屋向她敞开的大门。

殷显已经被吸进去了。

咋办啊？

不然她现在回家买几本心理学的书恶补一下？

她太难了。

王结香拖久了怕兔子遭遇不测，最终还是决定直接进屋。

她闯入漆黑的宅子，叉开腿，双手叉腰，登场的造型和台词都极其土气：

"殷显，聪明的我来了！"

她话音刚落，身后进门的方位配合地亮起了光。

是夕阳的光。

它透过窗户照进屋子，悄然地填充着整个空间，光线的颜色是稀薄寡淡的橙，暖的色却没有暖的温度。

王结香护住自己的脑袋，瞪直眼睛，以防像上次那样，不记得来这儿的任务。

橙色愈浓。

目光所及之处，都被刷上一层光晕。

叶片发黑的塑料吊扇；淡棕色墙壁有几块墙漆脱落，露出里面的砖块；冷了的饭菜被罩着菜罩；花纹繁复的大柜子上面放着一座老式的钟。

她位于这座老宅的客厅位置，家里静悄悄的，似乎没有人。

王结香拍拍自己安然无恙的小脑瓜，准备探索一下房间。

"铛——铛——"

钟响了，把她吓一跳。

钟表的报时声，一共响了七声。

王结香做贼心虚，总觉得马上要来人，蹑手蹑脚走进了敞开大门的房间。

一进门，她就闻到很浓的药味。

屋里收拾得整洁。

床铺放着一把痒痒挠，以及几件折好的男装。

王结香来到占屋最大面积的书架前，里头摆满了书籍，有一层专门用来放牛皮纸袋的，她随手抽出一本，纸袋的封面写着"教案"。

教案？房间的主人是老师吗？

她记得殷显说过，他的姥爷就是教师，他很崇拜姥爷。

所以这个房间大概是他姥爷的房间。

王结香带上房门，接着去了临近的下一间。

那间是厕所。

王结香趁机照了照镜子。

按每次进屋增加四岁的规律，镜中是二十岁的她，跟她真实的相貌没有太大差别。

"哪里是殷显的房间呢？"她一边走，一边小声说着。

有一个小房间，里面只有简陋的床和换洗衣物，不像；

另一个房间堆满杂物，无法住人……

"找到了！"

开启的下一个房间，书桌的桌面摆着一摞摞学习材料，书本封面写着殷显的大名。

他住过的房子王结香去了那么多个，这里的环境算是最好的。

采光好，屋内明亮宽敞，床头柜摆着一张老人抱着光屁股小殷显的照片，温馨又可爱。

陈设看着不压抑，东西收拾得一丝不苟，没有像他的童年公寓一样贴满奖状。

屋里有收音机，课桌旁有一个旧旧的藤椅，椅子上放着蒲扇与水杯，方便大人坐在这儿跟他说说话，辅导他功课。

看来殷显和他姥爷亲近，是有缘由的。

房间内的摆设都是些寻常人家的物品，不贵重，却样样朴实有细节，让人感到亲切舒服。

王结香坐在殷显的位置上，干巴巴地眨眼。

她一开始担心，自己可疑地出现在别人家，被当作小偷。

但这会儿，整个家走一遍，完全没碰到人，她反而茫然了。

自己应该做些什么啊？

"创伤记忆……"她想起刚看过的病例报告，"这个时期的殷显，遇到了什么伤心事？"

王结香唯一有印象的，是兔子跟她说过：他父母闹离婚，他到姥爷家住了两年。

难道是要阻止他父母离婚？想办法让他搬回父母身边？

王结香晃晃脑袋，打住胡思乱想。

根据"员工宿舍"得出的经验，她应该对自己的推理保持谨慎，先观察一下不被她干预时事情的走向。要是一通瞎分析，很可能会越帮越忙。

王结香拿起手边的书，封面被写了名字——第二中学，初三一班，殷显。

"初三，初中学生七点也差不多放学回家了吧？"

王结香抓抓后脖，打算再在家等他一会儿。

从七点待到七点半，她坐不住了，开门出去外面街道的等。

等啊等，始终不见殷显人影。

王结香决定去他学校。

人生地不熟，她身上没一分钱，只能靠问路走去。

"大姐，"王结香笑脸拦住过路人，"请问，从这儿怎么去第二中学。"

大姐摇头："不知道。"

"叔叔，你知道怎么去第二中学吗？"她又问了一个人。

他如同上个大姐，摇摇头，说："不知道。"

王结香站在路边，有种怪怪的感觉。

难道……

她仔细观察着下一个走来的路人。

果然，第一个被她问路的大姐又出现了。

之前员工宿舍副本遇到过背景人长相普通，脸一模一样。这里，还是殷显的精神世界，他对于路人的构建和对于汽修厂同事的构建，是相同的方式。

王结香耐心地再问了几个人，得到的回答如出一辙——不知道。

夕阳消逝，天彻底黑了。

她无法得知去第二中学的路。

自己走到路口，怕迷路，也怕错过殷显，又返回来。

王结香心里发怵：他会回家吗？

如果他一直不回家，要怎么办？

对他造成伤害的坏事会不会已经发生了？

她不在他身边，别提帮忙了，看都没能看见。

随着时间流失，担忧不断加深。

这种等待殷显的烦闷，是王结香非常熟悉的。

那时两人在一起，他忙着应酬，晚上不回电话、不回家，她就像现在这样，一开始坐家里等，后来到门口等，满脑子都想着可能发生的可怕的事，无计可施地干着急。

"我和他都分手啦，为什么还要操这心？把他从这个房子救出来，然后我就不理他了。让他该看病去看病，潜意识啊催眠啊那些，交给专业的人帮他。"王结香恨恨地撂着狠话，调节心中的焦虑。

时间过得慢吞吞的。

她等人的姿势从直立换成靠墙，再换成蹲着，最后索性坐到地上。

殷显没等来，倒是等来另一个不认识的人。

那人用钥匙开门，进了殷显的姥爷家。

这是谁啊？

她的长相不同于背景人，有鲜明的特征。

王结香和殷显父母在"童年公寓"有过一面之缘，对方也不是殷显的妈妈。

王结香想着找个借口搭话问问吧，打好腹稿后，清了清嗓子，她敲了他家的门。

里头的人很快开了门，问她找谁。

"您好，"王结香语气放松，表情自然，"我想问问，这家的小孩回家了吗？"

女人有些戒备地问："你是？"

她说出自己刚才编好的理由："我是你们邻居，我的妹妹和这家的殷显上的一个班。她今天回家晚，所以我来问问殷显回来没有。"

"哦，小孩上晚自习呢。"女人看了看身后的钟，"这个点差不多回来了，你再等等，不用着急。"

"好的。"

王结香松了口气。

女人准备关门，王结香匆忙挡住门板，想再说点什么。

"你要问多的我也不清楚，"女人截住她的话，"我只是他们家老人的护工。"

王结香皱眉："殷显姥爷的护工？"

"对，我就干到今天。"

"为什么？"

女人叹了口气："老人今天过世了。"

"啊？"

因为震惊，王结香没有保持好"陌生邻居"的形象，瞬间表现出太过度的关切。

"今天？今天的什么时候？殷显知道吗？没去看他吗？"

"唉，姑娘……"护工没回答她，有了赶客之意，"我这也刚从医院回来，饭都没吃，还得收拾下我的东西。"

王结香只好点点头，说道："打扰了，那你忙。"

她走回街道，继续等殷显。

这里创伤记忆，毫无疑问是他姥爷的去世。

不久，背双肩书包的少年殷显出现在王结香的视野里。

此时的他跟她差不多高的个头，穿校服、运动鞋，皮肤白白的，短发看上去很柔顺。他一个人安安静静走在路旁，一看就是十足的好学生，乖乖仔。

殷显路过她，目不斜视。

王结香的目光跟随他。

他开门回家，进去不到一分钟，就面色惨白地跑出来。

护工没回答的问题，她在这里得到了答案：殷显不知道他姥爷走了，他没见到姥爷的最后一面。

王结香也慌。

说实话，她不知道怎么帮他。

门前的街道空荡荡，没有车能拦。

殷显返回去，从木屋的楼梯下推出一辆破旧的自行车。他跨上去踩了几下，失去平衡地摔向马路。

他不会骑车啊？

她想上前扶他，但他没给她这个机会。

他自己爬起来，不管那辆自行车，一股劲地往马路外面跑。

她会骑的！

她原先的计划是第一次不干预殷显，观察情况，可现在……不得不干预了。

她可以载他！

王结香扶起自行车，车胎没多少气，不过使点劲还能骑。

她骑上车，发力追赶殷显。

车轱辘像碾在不实的泡沫地板上一样，开始不可控地下陷、歪斜。

王结香咬咬牙，盯着远去的身影，努力地维持平衡。

"喂！"她骑得大汗淋漓，视线渐渐模糊，"殷显！"

街道的路灯被旋暗，少年执着地奔向扭曲的、无光的远方。

地面将车轮扯住，一口口下咽。

王结香朝他喊："你别跑了，别再跑了，危险。"

她听不清自己的声音。

声音，汗水，全部模糊于稀薄寡淡的、逐渐升起的橙黄光中。

是夕阳的光。

王结香急喘着气，抹掉额头的汗。

在用袖子擦去汗珠的同时，眼前的一切消逝不见了。

她面前是一个花纹繁复的大柜子，上面放着一座老式的钟。

"铛——铛——"

钟表响起报时声。

它不急不缓地响了七声。

夕阳，七点。

时间重置了……

她回到殷显他姥爷家。

王结香调整好呼吸，脑海中的思路渐渐清晰。

——到殷显学校!

——带殷显去医院见他姥爷!

敲定要做的事，她爬起来，分秒必争地开门，冲向楼道，扶起刚才骑的那辆自行车。

只是，她还没弄清去他学校的路啊。

王结香又陷入了上个周目的僵局，想问路，可是街上来来往往的全是背景人。

上次等那么久，见到的唯一不是背景人的是殷显姥爷的护工。

但她不可能为了问个路，再花时间等对方来。

况且，那位护工回家，就说明一切已经太迟了。

"想想，冷静，肯定有办法。"

王结香思考着，怎么能找到不是背景人的路人。

员工宿舍倒是有很多人不是背景人的：徐哥、何善、殷显办公室的同事、小卖部老板、传达室大爷……

想到这儿，她眼前一亮。

殷显有印象的、和他常接触的人在他的精神世界就不是背景人形象。

王结香搜寻着视线范围内的人和建筑，往马路外面骑。

沿街没看到店面，她骑到完全不认识的地方。

忽地，车轮像撞到一面玻璃墙。

有一样无形的东西拦住路，使她没法再向前。

结界。

这东西王结香也不是第一次见，她淡定地换了个方向，继续骑行。

终于，在岔路口，她发现一个外观非常显眼的报刊亭。

"千万要有人啊。"王结香在内心祈祷。

如她预料的，卖报纸的店家不是背景人面孔。

王结香那叫一个激动。

她停好车上前，差点要握住那位大哥的手，来一句"同志，我可算找到你了"。

大哥没有辜负她的期盼，他能正常地和她对话，他还准确地知道去第二中学的路。

"你沿着这条道直直地走到尽头，左手拐弯上坡，大约两百米，有个十字路口，然后你往右拐，接着上坡，再直行一小会儿，你会看到一家银行的大招牌。在那里过马路，街对面的第一个路口，你下坡……"

"好复杂，"王结香听得混乱了，"我记不住呀。"

大哥热心地撕了张纸，给她画了个图。

王结香连声道谢，又问："这大概要骑多远？"

"不远的，十五到二十分钟。"

她借他的手表一看，现在七点四十。

路上的灯全亮起来了，夜幕降临。

王结香看着图骑，大哥画得抽象，她按着那些箭头走，却没法判断该具体骑多远，路口转弯是哪个路口。

他说的"银行大招牌"，她也没看见，路不对了。

没办法，王结香只好打算再找人问问。

她所在的马路挺热闹的，不过店铺里的老板和客人全是背景人。

推着车快步地走，王结香瞥到一块招牌，顿时燃起希望。

"重庆小面！"

她推着车跑向它。

"这个辣辣的面，是殷显爱吃的。"

不得不说，交往五年，她对他有一定的了解。

店里的客人是背景人，服务员不是。

王结香拿着报刊大哥画的图，服务员又给她添了几笔。

面馆离学校很近，这下，她觉得自己肯定会找到了。

王结香费了九牛二虎之力，骑出一身汗，终于到达第二中学的门口。

天黑黑的，校门口静悄悄的。

她敲了敲保安亭的窗户，说道："您好，我是初三一班殷显的家人，能帮我开下门吗？"

保安扫了她一眼，说："家长不能进学校，校门口等。"

王结香面色焦急："那他要几点放学啊？"

"不拖堂八点半，就二十分钟了，你等着吧。"

"不行啊，等不了，"听到时间，她更是急得直跺脚，"他有特殊情况要回家，可不可以帮我叫一下他？"

"什么特殊情况？"

"家里的老人生病，他得去医院见他。"

"好吧。"保安松了口，"那你写个假条，我去他班里找人。"

这个节骨眼了，手续仍旧不能省？

王结香没那力气跟他争辩："我写，我马上写，你先去找。"

她写完假条，保安把殷显找出来。

少年和她保持一段距离，欠扁又冷淡地说道："我不认识她。"

王结香不跟小孩计较。

"我是你姥爷那边的亲戚，你的远房姐姐，"她直接过去，扣住殷显的手，将他带走，"我们快点去医院，你姥爷不行了。"

殷显眸中的怀疑在听到她的最后一句后不复存在。

他愣了愣神，被她拖到自行车那儿。

王结香松了脚踏，一个眼神示意，殷显就老老实实坐到后座。

别看他才初三，长得也挺高大，她载他是很吃力的。

"医院怎么走？"她问。

他没反应。

王结香回头看他。

他眼里空空的，焦虑地啃着手指。

"殷显，"她提高音量，"医院怎么走？最快的路是哪条？"

他为她指了路。

"你帮我看着路，要转弯叫我。"

殷显应好。

路上耽误太久，按上次护工回家的时间算，是来不及了。

王结香大汗淋漓地踩着车，提前做好最坏的打算，默默记住路。

到达医院时，因为用力过猛，王结香整个人双腿虚软，连走路的劲都没了。

她喘不上气，胃里一阵痉挛，便让殷显先走。

"姐姐，姥爷在哪个病房？"

她扶着自行车，喉咙难受，讲话舌头都捋不直了："你没来过他病房吗？"

他摇头。

"医院的门诊大厅知道在哪儿吗？你姥爷哪个科知道吗？"

他点头。

"你去门诊大厅，那里通常有标注，到科室再找护士问床号。"

王结香一边看着殷显跑进医院，一边捶着胸，剧烈地咳嗽。

但凡小时候殷显学了骑车，她也不至于累成这样！

老天保佑来得及，不然还要再骑一遍！

一口气顺过来，她赶忙追着殷显，进到医院的门诊大厅。

没想到。

殷显还在那儿，他旁边站了个身材高挑的女人。

王结香认出女人是殷显的妈妈。

他夺过他妈妈手中的纸。

医生盖了印，那是他姥爷的死亡证明。

殷显捏着纸，好像不识字，或者是好像没看懂一样，几行简单的字，看了一遍又一遍。

他薄薄的唇抿成一条直线，咽了咽口水，轻轻地问："妈，你今天在医院吧，为什么不早点通知我来？"

他妈妈揉了揉眉心，说道："你要上课，通知你来做什么？你能帮上什么忙？"

殷显垂眸，合上纸，低声说："那是姥爷。"

再开口时，他的嗓子哑了："你们不要我，是他照顾我。他住院，你们什么都不让我知道。哪怕一次也好，你们不肯我来，说的也是管好自己，专心学习，小孩帮不上忙。现在他没了……他怎么，突然没了呢……"

他弯着背脊，不可自抑地发抖，像是恐惧，像是感觉到冷。

"你是怪我吗？"他妈妈的咬字分明地区别出"你"和"我"，"你觉得我还不够累吗？"

殷显一声不吭。

他妈妈叹了口气，不再与他多言。

医院的门诊大厅，母子面对面站着，却比陌生人更生分。

王结香意识到，即便是上个周目，殷显独自跑来医院，遇见的他妈妈，他妈妈也会是同样的一番说辞。

他妈妈的话很现实。

殷显是小孩，帮不上忙。

可，这样太没人味了。

王结香想，要能领养殷显就好啦。

她默默地看着他，搓搓鼻子，替他流了点不值钱的眼泪，为十五岁的殷显，为往后的殷显。

时间开始重置。

四周的空间，以少年手里紧握的那张死亡证明为中心，极速地扭曲着。

医院不见了，殷显的妈妈不见了。

支离破碎的空间，只剩王结香和那个小少年。

这一夜，已经离如今的殷显多么遥远。

可还有一个殷显，一部分的殷显，被困在这儿。

他迈不过这道坎，困在黑黑的房子里，心碎无数遍。

"殷显。"

王结香叫他名字。

他望着她，泛红的眼眶强忍着泪。

"下一次，约好了下一次。"

她摸摸少年柔软的头发，跟他保证。

"我一定再快一点，带你见你姥爷。"

王结香站在老宅的客厅，正前方的那座老钟准点报时。

"铛——铛——"

一共响了七声。

时间被拨回夕阳未落的傍晚七点。

王结香推车出门，骑向上个周目探索出的通往第二中学的路。

她身上的汗没了，衣服不黏了，可是疲惫丝毫没有消除。

去殷显的学校要经过好几段上坡路，风吹过她的脸颊，四周明明这么空旷，进入胸腔的空气却稀薄得可怜。

王结香用嘴呼吸着，目视前方。

耳朵能听见自己踩脚踏板的声音、咚咚的心跳声，以及卖力的呼吸声。

来得及吗？

她在心里计算；

七点出门，没走错路，从家去报刊不远的，算五分钟；

报刊到学校，十五分钟，七点二十差不多能到学校；

保安带殷显出来，七点半从学校出发，到医院八点左右。

第一周目，护工回家，她去敲门，当时护工看了钟，对方说殷显过会儿回家。

晚自习下课是八点半，走路回家比她骑车慢一倍，他回家要九点多。所以，护工大约九点到家，那再往前推算，姥爷的去世时间是在八点出头，不到八点半。

时间太紧了。

她推测的还是最晚的去世时间，姥爷可能走得更早。

这么一来，只要路上稍微有点事耽搁，殷显就没办法见他姥爷最后一面。

自行车已经被王结香踩到速度的极限。

下坡她也在狂踩，完全不刹车。夕阳的光一点点褪去，她追赶着光线，汗冒出来，重新打湿她的后背。

抵达二中的保安亭，王结香跳下车，大力敲窗。

"我是初三一班殷显的家人，家里老人重病快过世了，请你帮我喊殷显，我要带他走。"

头上的汗一层层往外涌，她一口气说完整段话，汗珠从额头滴到下巴。

保安呆呆地看着王结香，王结香反应过来："哦对，你还要假条，我现在写给你。你去叫人，求你快点。"

太阳默默地离开陆地，取代它的月亮和星星挂上天幕。

街道亮起路灯，背着书包的殷显出现。

王结香拿着保安亭里的纸巾擦汗，远远看见他，招手让他来。

她的小少年仍旧对她一脸生疏。

王结香知道他的第一句要说什么，没等他问，先一步回答："我是你远房姐姐，姥爷不行了，我载你去医院。"

不必多说别的了。

她骑上自行车，他走过来，静静地坐到后座。

"你抱着我的腰。"

殷显没有立即照做。

"你乖，这样我骑得稳。"

她踩起脚踏，两只细细白白的手臂环上她的腰。

累。

真的累。

脚好像不是自己的了，由酸胀到疼痛，而后失去知觉。

大腿像两根煮过的面条，尽管使着劲，它们依旧软趴趴的。踩呀踩，软软的双腿好像随时要融化，被搅进车轱辘，然后垂落地面。

骑向医院的路上，殷显和王结香没有对话。

她直接把车骑至门诊大厅的大门口。

等殷显从自行车座椅下来，王结香腿一歪，跌坐在地。

殷显伸手扶她，被她一并带着摔倒了。

"姐姐……"

"我能再坚持一下，"她上气不接下气，支撑起自己的身体，仿佛拎起一袋沉沉的水泥，"走，我们一起。"

门诊大厅，没有出现殷显的妈妈。

这是好消息……

殷显姥爷住呼吸科，三楼。

王结香眼冒金星地一边爬楼梯，一边捶着胸，剧烈咳嗽。

到达三楼，护士站静悄悄的，一个值班的人都没有。

稍微缓过劲的王结香，咽了咽口水，望向殷显。

他盯着空空的走廊，表情犹疑地问："姥爷在这儿吗？"

现实中，殷显没有见到姥爷的最后一面。

可这儿不是现实，他的精神世界，他相信的就是合理的。

所以……

"在的。"王结香说。

她朝他伸出手。

他的四岁，有甩不掉的坏人。

"跑啊，殷显。"她拽过小娃娃的手，他们一起跑。

他的八岁，没有要好的朋友。

"走，跟我走。"她强硬地和他十指相扣。

十五岁的殷显，同样选择相信面前的人。

他们双手紧握。

王结香打开临近的一间病房。

像奇迹，像有魔法，病房中出现了声音。

病房内，站着护工和殷显的妈妈，病床上躺着一位瘦骨嶙峋的老人。

他穿着蓝白色病号服，听见开门声，混浊的眼球转向门口。

身旁的小少年走到他的床边。

老人对他笑了下，笑容浅浅的。

殷显的眼眶中盈满泪水。

他顶着红红的鼻子，也轻轻地朝姥爷笑。

木宅子里，殷显的床头柜上摆着一张他和姥爷的合照。

两人面朝镜头，老人笑得开怀，小孩有和他相似的笑眼，露出小虎牙，笑容天真灿烂。

王结香长舒一口气，退到门外。

她在走廊里找了张椅子坐下。

骑了几小时自行车，四肢乏力，好不容易有地方能歇一歇。

她打了个大大的哈欠，背靠墙壁，脑袋像灌了铅一样，想着眯一会儿。

不多久，她的呼吸变得均匀。

耳边传来一个声音。

"肥肥。"

睡意将她牢牢地粘在椅子上，动弹不得。

"最笨的肥肥。"

嘴巴在动，睫毛被泪水湿润，王结香也不懂自己想讲些什么。

那人真讨厌，讨厌极了。

她心里委屈。

他对她好差，骂她笨、猪脑子、充好人，骂得可难听了。

他总是这么凶，语气冷冰冰的。

她已经很委屈啦，要被他抱一抱，哄一哄，要躲他怀里才不难受。

很想他。

而且是每天都想的。

"不分手好不好？"她娇娇地小声嘟囔，"我以后不笨了。"

……

再醒来，是殷显把王结香叫醒的。

"姐姐？"他晃着她的手臂。

王结香抬起昏沉的眼皮，太阳好大。

睡前不是在医院走廊的椅子上吗？

现在……

头顶有一棵大树，她坐在树下的长椅上。

低头一看，她原本的衣服变成了一条黑色长裙。

而殷显的服装也不一样了，他同样是一身的黑。

"我们，在哪儿？"

王结香觉没醒，在自己身上左看右看，一脸的傻。

"殡仪馆，"少年叹了口气，看向人群，"今天姥爷的遗体火化。"

灵堂外围了一圈人，皆是黑色着装。

"全是你……全是我们亲戚？"王结香问。

殷显点头。

他的亲戚，几乎全是背景人。

殷显不认得他们，他们不认得殷显。

背景人挤作一堆，热闹地互相寒暄。

殡仪馆的工作人员从主厅出来，朝外面喊了声："时间到了，主要的亲属进来。"

王结香拍了拍殷显的肩："你去吧。"

他站起来，她跟他的后边，融入了灵堂外的其他背景人，假装成他的亲戚。

主厅的正中摆了个纸棺。

殷显和他妈妈，还有几个舅舅、姨妈围着纸棺跪拜。

工作人员在他们仪式结束后，往纸棺中淋了点东西。

"淋的什么啊？"有人问。

"油。"工作人员答。

纸棺被盖上，推进焚化炉。

"吭——"一道沉沉的下落声。

亲戚们好像这才真正意识到死亡的降临，人群中有了几声啜泣。

主厅中的哭声最是响亮。

没哭的殷显是不折不扣的异类，他面无表情地、定定地站在角落，侧脸看上去太冷静。

哭的人们泪眼蒙眬地安慰着彼此。

殷显朝王结香投来视线。

她也正好在看他，两人目光对上。

殷显出来找她。

"饿了吗？"王结香问他。

他摇头。

"哦，"她说，"我饿了，那你请我吃饭吧。"

殡仪馆附近没吃的。

他们走来走去，只找到一家小卖部，卖些简单的烤丸子、烤香肠、茶叶蛋。

殷显翻了翻兜，零零碎碎凑出五块钱。

"怎么又是五块？"

王结香嘴上嫌弃，毫不手软地夺走了全部的钱。

她要了五串烤丸子，和殷显坐到店前树下的长椅上。

"你也吃呀。"

王结香递一串丸子给他。

她嘴里塞了两个丸子，双颊鼓出两个对称的圆，嚼得有滋有味。

殷显没接。

他眼下有深深的黑影，明显是没有吃东西的心情。

王结香一抬手，丸子沾到他嘴唇。

"丸子被你碰了啊，你得吃掉。"

他接过她硬塞的丸子，咬了一口，又放下。

王结香没看他，自顾自地吃。

"你要有想不通的事情，可以说，我听着。"

殷显转着竹签，沉默了许久。

久到她以为他不打算开口时，他说话了。

"姐姐，"他问，"死是什么？"

王结香想了想，说道："死是去到了另外的地方。"

他望着她，眼中迷茫："那里是什么样的？"

王结香看向天空，语气像梦一样温柔："是我们幻想中，最美好地方的模样。"

殷显深吸一口气，举起手上的竹签，把丸子吃完。

灵堂主厅的人们正往外走。

亲人领到一个小小的骨灰坛子。

走在前面的人打起黑伞，走旁边的人捧着遗像。

老人的遗照是黑白色的，照片上的他神色严肃。

不再有人哭。

人间的悲伤蒸发得干干净净。

殷显的目光投向天空，看云朵自由自在地飘浮着。

王结香去丢烤丸子的竹签，垃圾桶边上挂着一个粉色兜兜。

小兜的样子过于眼熟，她想也没想，直接抓起来。

这是兔子殷显背的包……

她拉开包的拉链。

里面有一把小兔子的钥匙扣！

那把出租屋的钥匙还在。

似有预感，王结香立即回身。

天上的云朵像被剪碎的纸片，纷纷落向少年。

他被裹在云中。

她跑过去，试图扯开一片片棉絮状的白云。

良久，云雾自动散开。

眼前是夜的空寂。

王结香又回到了小兔岛上。

第七章

/ 新邻居

静。

不见兔子的身影，天地间静悄悄的。

那些吃的玩的，以及他送她的钻石小山仍留在原地。

小兔岛恢复了原本的大小，房子都消失了，只余一排排路灯在空荡的石板路上投下寂寥的光。

"你在吗？"王结香在岛上走着，大声地喊，"殷显？"

她翻开草丛搜寻着兔子。

把小岛走了个遍，也没看见他。

岛外，大海无边无际；天空，月与繁星不言不语。

他去哪儿了？

王结香站在"小兔岛"的木牌旁，踮着脚，将全岛巡视一周。

还有一个地方！

肥肥之家。

他的兔子窝依然保持着被破坏过的模样：没有屋顶，家具被翻乱，一层和二层间的隔板有个大洞，是王结香用拳头把它捶烂的。

没有见到殷显。

没有任何有用的东西。

她没看完的病例报告，此时也已不见踪影。

王结香坐在兔子窝前叹气。

她拿下一直拎在手里的粉色小包，将里面的钥匙倒出来。

房子都没了，难道殷显的创伤被治愈，然后，他就不在这里了？

可是，为什么还有一把钥匙？

而且是他们之前住过的出租屋的钥匙。

王结香脑子里想着事，手指摩挲过肥肥之家的外墙，食指指尖触到一个扁扁的凸起物，她余光瞥向那边。

手指碰到的，是肥肥之家的门把手。

它非常袖珍，只有她的拇指盖那么大。

王结香打开肥肥之家的方式是掀房顶，所以，她从来没注意过肥肥之家竟然是有门的。

她俯身看向那道门，两指扭动门把手，没法拧开。

房子的内部，门是一整块的平的褐色门板，没有把手。

"那咋开门啊？"

门上倒是有个钥匙孔。

王结香捡起她持有的那把钥匙，抱着"不会吧"的想法，将钥匙对上锁孔。

钥匙全部没入，完美地契合。

她打了个寒战。

太诡异了，兔子窝的门板是个小小薄薄的木片。那锁身目测过去得比门板更长，但它能开这门。

小兔岛上没有任何的正常可言。

可仔细想来，这个肥肥之家，是最最离谱的。

兔子在这里的床上死而复生；想要什么就来什么的榨汁机被放在这里的厨房；全黑的秘密空间，藏着殷显的病例报告；她将报告拿出房子的瞬间，它的尺寸变成正常大小……

眼前兔子窝一览无余，王结香却迟迟不敢旋开它的门，发怵的感觉在肚里蒸腾。

拉开门，她会去到哪里？

回去和殷显在一起的岁月吗？

那么，她没有信心做好。

因为是关于自己的，没有办法置身事外。

员工宿舍的屋子，她见到妈妈，回来后带了照片给殷显看，害他有不适的反应；他们被连着的双屋吞没，她回到十六岁时的老家，完全忘记自己不在现实世界。

如果里面是他们的过去，她没有信心能帮到他。

千纸鹤不知何时飞来了小兔岛。

王结香忧心忡忡地松开了拿钥匙的手。

她望着纸鹤，它扑打着翅膀，在她的身边等待。

可以选择逃跑的，她有退路不是吗？

可以坐上千纸鹤回家，然后饱餐一顿，睡个好觉。

王结香的手伸出，又放下。

心脏抽疼起来，她痴痴地凝望千纸鹤，它翅膀上写了四个字——来我的岛。

年轻时没有钱，傻傻跟了他。

他们挤在没有暖气的出租屋里，又冷又饿。

他讲故事哄她，哄睡着就不难受了。

殷显哪会讲故事啊，他声音冷硬，说的话一点都不浪漫：等以后有钱，我买个岛。岛上有好吃的，有大房子，然后再买一窝兔子，你无忧无虑住在我的岛……

他说话不算话。

他们分手了，她没有住他的岛。

这么久了，又写的"来我的岛"，是什么意思？

是不是要和好？

是不是啊？

王结香都忍不住骂自己蠢货、猪脑子。

"他都不记得你啦！"

她捏紧拳头，缓缓地冲千纸鹤摇了摇头。

纸鹤知晓它的主人做出怎样的决定，于是变回原身，轻飘飘地落至地面。

千纸鹤是被人用口香糖的包装纸叠的，叠得很差，皱巴巴的，看上去像一团垃圾。

王结香捡起它，放进贴身的口袋。

她深呼吸几回，沉着地把手放到门上。

钥匙捅进锁里被"咔嚓"转动，肥肥之家打开。

门连通的另一个异度空间向她开放。

变换的不是迷你的兔子窝，是她所在的一整个岛。

流动的海水被陆地填占，灰砖平地砌起；路灯被电线杆取代，错综复杂的线路交错，拧作黑色的长线，冷酷地将夜空切割；树的枝干组装成生锈的水管；垃圾散落满地。

无处可逃的海浪灌入岛内，凝结为陡峭的斜坡。

一栋木质房在空地长高，庞大的身躯挡住月的光芒。

王结香扶着墙，侧着身子。

她的四周，一间间低矮的民房密集地堆积。

它们位于斜坡的底部，常年见不到光。

没法晒衣服的居民，在民房之间牵了几根线，令本就狭窄的过道更窄。

空气中弥漫着潮湿气，王结香捂着鼻子，拨开那件挡住她视线的衣服，对面的几间民房竟然亮起了灯。

紧接着。

她听见了炒菜声、孩童的哭闹声、收音机的音乐声……各种气味也随之袭来。

这个在她面前建成的异世界，似被按下按钮，正式地启动。

她害怕！

她紧张得快要尿裤子了。

太真了，一切都太真了。她来城里打工的第一个住处，就是这样子的，它跟记忆中的模样分毫不差。

王结香双手按着太阳穴，头皮发麻。

她转身，背后便是他们曾经的出租屋。

门锁着。

她晃了晃门把，又上脚踹了踹，那门纹丝不动。

"找殷显！开门，开门。"

她着急地拍门。

"殷显，在家吗？"

屋里没有回应。

她有这个屋的钥匙呀，之前用它开了肥肥之家。然后小兔岛变没了，肥肥之家变没了，出租屋的门却锁着。

钥匙会掉到附近的哪里吗？

王结香东张西望，开始到处找钥匙。

她走到临近出租屋的下一间房，发现它的房门没关。

这间房子，她也熟悉。

她还没跟殷显好的时候，住他隔壁，就是这间，后来才住到他家。

难道说，现在是他们俩认识之前？

王结香眉头一皱，索性推开门。

屋内好像没人，她轻车熟路地按亮电灯开关。

猜得没错。

这个小屋里，全是属于她的行李。

她的枕头、床单、餐具，床边摆着几罐花生油……

王结香来城市的第一份工作，是她费了很大的劲才找到的，当时在超市做促销员，卖的就是这个牌子的油。

她进了屋子，关好门，怀念地坐了坐那张小破床。

"是它是它，弹簧可硌人了。"

生动的场景，熟悉的触感，依旧没能给王结香实感。她心中忽上忽下的，取出口袋里的千纸鹤看了看。

得找到殷显才行。

这时候自己有钱买手机了吗？手机放哪儿了？

没手机，找到点钱也行，她可以找个公用电话亭打殷显电话。

王结香这边正翻箱倒柜找着。

门外传来脚步声。

她停下手中的动作，屏息去听。

脚步声渐渐近了，停在她家的门口。

王结香的头转向大门的方向，屋外的人拿钥匙开进房间。

门一开。

她和那人都吓了一大跳。

小姑娘脸色煞白，踉跄地退后一步，难以置信地揉了揉眼睛。

"呼，吓死我啦！"她拍着胸脯，自言自语道，"原来是镜子，我还以为谁和我长一模一样。"

错愕的王结香看向自己身后。

那里有一面大大的全身镜，镜中映出唯一的人影，是站在门口惊魂未定的十八岁的她。

而自己……

目光被陡然拉远了一段距离。

自己正站在门口，呆呆地看着镜子。

她歪脑袋，镜子里的她也歪脑袋。

白色的 T 恤印着超市的名字，小姑娘扎着高高的马尾辫，土气的发卡把刘海夹起。

婴儿肥的脸蛋白白嫩嫩，像剥皮的水煮蛋，不施粉黛，青春无敌。

"我走的时候没关灯吗？"

十八岁的她迷惑地挠挠脖子。

"真马虎，电费很贵的。"

她话多，自己一人也能说个不停。

十八岁的王结香脱了鞋，进到家里。

繁华的街道、绚烂的霓虹、耸入云霄的高楼，都是城市的组成部分。

光鲜的外表之下，却是堆满垃圾的下水道，爬来爬去的蟑螂、老鼠，桥洞下无家可归的人，蜗居贫民窟的打工仔，这些同样是城市的一部分。

十八岁的王结香逃离家乡，来到大城市打工。

她在这儿唯一认识的人是她的童年玩伴，姜冰冰。

王结香拿着一张破字条，几经辗转，找到姜冰冰打工的理发店。两人多年没见，她一下子认出姜冰冰，姜冰冰却不太认得她了。

王结香在理发店门口，坐到人家打烊，下班的姜冰冰和她去了大排档。

几杯酒下肚，姜冰冰跟王结香抱怨起来，说自己天天帮人洗头，手都泡皱了才赚得那么点工资，和八个人挤一间小公寓，屋里都是各种汗味馊味，别人的东西把她的地方占了，腾出睡觉的地方都费劲……

王结香听着听着，听出了她的言外之意——她混得不咋地，没法帮自己。

饭吃完，姜冰冰拿出一百块钱，让王结香去住旅馆，王结香坚持不肯收，而是揣着从奶奶那儿偷的三百块钱，到旅馆问了问。

住旅馆一天三十块，她没舍得花。当晚在桥洞底下对付了一晚上，第二天她狠下心，在城中村租了间小居室。

小屋子破破烂烂的，租金一个月二百五十块钱。房东看她可怜，没要她押金。

家乡是不可能回了，王结香开始找工作，足足找了一个星期，终于在一家超市找到了一个卖油的工作。

白天，她卖力地打工，下班回到她的小房子后，才有了喘气的空当。

王结香对于城市的第一个感受是冬天太冷了。

她住的房子只有一个房间，厕所和浴室全是公用的，烧水、洗头、洗衣服都要靠接在屋外的水龙头，连那个水龙头也是好几个人一起用。

公用浴室的热水有限，而且王结香不太习惯去那儿，不是洗澡她一般都用水龙头出的自来水。冬天洗头，她就蹲在水龙头边用凉水冲，一边洗，一边发出惨叫。

上班同样是冷的。

超市招她是因为有个花生油的产品需要宣传，大冷天的，她守着超市外面支起的临时售货帐篷，一站就得一整天。

卖油的促销员其实有两个。另一个是位姓徐的大姐，她原本就是超市的售货员。

按照领头的安排，两人是轮班在帐篷卖油，但徐大姐说她更熟悉超市内部的情况，所以她来负责超市里面的销售，让王结香到外边去卖。

为了油卖得更好，徐大姐还向她传授了一些卖东西的小技巧：厂家送的赠品可以囤，有的顾客没管你要，你就不用给；碰上比较精明、不好对付的顾客,你可以多给几个赠品,跟他们搞好关系。

王结香听是听进去了。

不过每一次当顾客买了油,她打算藏下赠品时,总会觉得于心有愧,像占了人家便宜,纠结到最后,就算顾客不知道有赠品,她也会给。

作为新手销售员,王结香的卖油业绩挺好的。

她拿着小喇叭,想到什么说什么,自编花生油的宣传标语。

"走过路过不要错过,花生油大促销。

"花生油,美味的花生油,炒菜炸串,油多更香。

"花生油,多多的油,大大的促销。"

她的普通话有很重的口音,路过的人即便不买油,也会被她的叫卖声吸引,朝她投来的目光,有善意的,觉得她好笑;有人翻白眼,替她臊得慌。

王结香并不畏惧别人的眼光,哪管那些脸不脸的,她只知道,能卖油,有工打,她就可以活下去。

徐大姐见大冬天刮着冷风,王结香还能有精力举喇叭喊话,不由得感叹:"年轻就是好啊,站外面一天完全不会累。"

听了这话,王结香嘿嘿一笑,没多说什么。

卖油的销售就这样持续了两个多星期。后来因为一件送赠品的小事,让她与徐大姐间有了矛盾。

那天超市快关门时,王结香正收拾帐篷,有个男顾客找她买油。

她按正常的流程,送他一个赠品——小罐装的花生油。

男顾客叫她再多拿一些送的花生油,他说他是徐大姐的亲戚。

"厂家配的赠品是一个大罐的油送一个小罐的油,所有顾客是一样的。如果再给你,赠品少了,明天有人买油会没得送。"王结香为难地跟他解释。

男人又磨了一会儿,她仍旧不肯松口。

王结香看了眼时间,说道:"你现在不去算钱,今天就买不了油啦,收银台马上关了。"

男人只好离开。

过了一会儿,算完钱的男人和徐大姐一起出来找她。

徐大姐怒气冲冲地质问王结香:"他说了是我亲戚,你怎么不多拿赠品?"

"我这边真没有多余的。"

徐大姐不信她,问道:"我不是有教你囤吗?"

王结香没作声。

徐大姐很是生气地说:"我亲戚大老远来的,我特地叫他找你,瞧你

146

这事弄的。"

"不好意思啊。"王结香向他们道歉。

徐大姐气没消，碎碎念着："这下，他买的油一点儿都没优惠到。小姑娘，不是我说你呀，你出来打工的，怎么这么不会做人呢？你不会销售技巧，我手把手教你的不学，你这行做得久吗？"

王结香实在气闷，顶了她一句："你有囤赠品的话，让你亲戚找你买，你给他赠品呀，为什么要他找我？"

徐大姐的脸黑了。

她理亏，领着亲戚走掉了。

打那次以后，徐大姐再没和王结香说过话，连带着其他和徐大姐要好的售货员，对王结香的态度都变得不冷不热。

王结香几回找徐大姐示好，无一例外碰一鼻子灰。

就算是这样，王结香也没找徐大姐换回原本领导安排的轮班形式，照样每天一个人站外面的小帐篷里。

王结香乐观地想，反正没多大的事，说不定徐大姐气着气着，哪天就自己气消了。

不知是因为风吹多了，还是喊话喊多了，这工作做了一个月，王结香的嗓子疼得特别厉害。

一个新朋友没交到，唯一的旧友鲜有联系，她下班想去买点药，却连药店都不知道在哪儿。

一路难受着回家。

住的地方附近没路灯，王结香夜盲，到了晚上看不清楚。

下坡拐弯再走几步就到家，她凭着微弱的视力往前走，猛地撞到一个人。

他是蹲地上的，那儿有水龙头，估计是在刷牙。

王结香撞上他，踉跄一步，为维持身体平衡，脚往前用力一踩，没踩到地板，而是踩到什么软绵绵的东西。

她惊慌失措之下，又向前踏了几步，这第一步还是软的，第二步才踩到硬的水泥地。

"对、对不起啊！你有事吗？"王结香扶稳墙壁，转头朝那个模糊的人影说话。

影子没回答她，从地上爬起来，进了她家隔壁的屋子。

"嘭——"

关门声好大。

那家的灯亮起来，王结香看得见路了。

她盯着隔壁紧闭的房门看了一小会儿，咽了咽口水，艰难地缓过神。

这邻居怪怪的……

殷显一手捂着自己的肚子，一手按亮了家里的灯，心里想着，这人什么眼神啊？我蹲在外面刷牙，眼看着她下坡过来呢，她却跟没看见我似的，把我踹倒，然后还踩着我的肚子和脸走了过去。

殷显拿毛巾把脸擦干净，瞥向窗户，她还在外面傻站着。

"她是白痴吗？"他皱了皱眉，拉上窗帘。

这评价，殷显不是第一次对她发出。

一个月前。

殷显下班回来，穿过他家旁边的几栋联排的木屋，拐入小巷，再往里走，就到他家了。

他远远地看见一个面生的小姑娘站在木屋下面，看着像未成年，她扎着马尾辫，额头饱满，眼睛又圆又大，身上穿了件写着字的浅紫色帽衫，牛仔裤的颜色洗得发白。

待他走到木屋那儿，她已经上了楼。

"老婆婆，我来帮你吧。"他听见她说。

"好的好的。"老婆婆放下手中重物，向她道谢。

一阵乒乒乓乓声，夹杂着跌跌撞撞的下楼声。

"哎哎……"老婆婆喊着。

小姑娘脚步飞快："您放心，我拿得动。"

"不是不是，欸……"

殷显回过头，见刚才的姑娘肩上扛着一个大柜子，站在楼底。

她放下柜子，拍拍手，擦了擦汗，脸上带着欣慰的笑容等待着老婆婆。

老婆婆走得慢，追过来护住柜子，直叹气。

"你怎么走这么急啊，叫都来不及。我是要搬到楼上的，搬了老半天搬到二层，你这又给我搬下来了。"

小姑娘瞪大眼睛，愣了两三秒才反应过来："哦哦……我再帮你搬上去。"

旁观的殷显没忍住扑哧笑出声："白痴。"

等到两三天后，他碰见她在自家门前的水龙头洗头，才知道她是新搬来的邻居。

"嘶……呜啊……"

她嘴里一边不断发出意义不明的怪叫，一边往头上倒洗发露，唰唰唰地抓头发，泡沫沾到她的衣领，冷水几乎打湿她的半个后背。

她打开水龙头冲掉泡沫，叫声拔高一度，喊着："冰啊冰啊冰啊……冰坏了，呜呜呜……"惨得跟杀猪似的，仿佛喊叫能抵御寒冷，她的手拼命搓头，嘴巴也一刻没停。

这么冷的天，稍微有点常识的人都不会用冷水冲头……

殷显关上门，回到自己房间，确定自己的新邻居脑子不好使。

城中村的隔音差，墙像纸糊的一样。

殷显不能听见新邻居在家中的自言自语。

"我走的时候没关灯吗？真马虎，电费很贵的。"

"等发了工资，得买窗帘啦，不知道窗帘店在哪里。"

"好饿啊，可是不能再吃了，这一口是留着给明天的早餐。"

"唉，我饿得受不了呀。"

……

殷显把棉被盖到头顶，为了不听见她的讲话声。

她一直喊饿，害得他的肚子也"咕咕"地叫起来。

她又说了一句："如果能吃到一碗热腾腾的面条就好了。"

殷显烦躁地翻身，两手捂住耳朵。

一来二去，他已经对她的声音产生辨识度了。

细软的南方口音，语速快，语气词多。比起和人讲话，她自言自语时的咬字更含糊，落在耳边，像只拼命挥动翅膀的小蜜蜂。

早晨，他睡得迷迷糊糊又听到新邻居的声音。

"喂，你这小丫头片子，是不是你拿的我袋子！"对面收破烂的大爷扯着嗓子，劈头盖脸地一顿骂，"赵婶说看到是你，你别不承认啊。你把我辛辛苦苦收的废品偷了，我这么穷，你连我东西都偷，丧尽天良。"

殷显从床上起来，隔着窗户看见新邻居双手合十地向他道歉："对不起，我不知道你要。那个袋子黑色的，里面全是垃圾，我丢垃圾就顺手帮你丢了。"

大爷摆摆手，不听她解释："行了行了，帮我？好意思说帮我吗？不知道是什么就不要动，你认为是垃圾，那是你认为的，我收那些废品花了多少工夫你知道吗？"

"不好意思。"她咽下要说的话，垂丧着脸。

大爷昂着脖子，气焰愈盛："你得赔我钱。"

小姑娘点头："好……赔多少？"

那大爷报出个数字，明显是讹她。

殷显没有继续往下看了。

人家热心，爱做好人，是人家的事。

不关他的事，他不会管。

王结香确定自己生病了。

她从超市回来，喝了很多热水，但嗓子依然很疼。

第二天去上班，她满脸病容，风一吹，站都站不稳。

她扛了一上午，没法再坚持下去，找到徐大姐，说道："我今天人不舒服，下午能不能跟你换一下位置。"

徐大姐翻了个白眼，一口拒绝："病了找领头请假，回家睡觉呗。"

王结香去找了主管，却不是要请病假，是向她申请下午自己在超市里面卖油。

主管感到奇怪："原先的规定不就是你俩轮班吗？有什么需要申请的？"

"徐大姐说她更熟悉超市内部，所以一直是我在帐篷销售。"王结香没有告状的意思，她只是人难受，想待在温暖点的地方，但请假要扣工资，她需要钱，所以没有请假。

即便非她本意，主管依旧是领着她到徐大姐面前，把徐大姐骂了一顿。

王结香如愿获得了一个待在室内的下午。

不过在那之后，她在超市被同事排挤得更严重了。

花生油的销售期过了，超市没有继续留王结香做售货员，王结香重新踏上了找工作的路。

她是初中毕业，没有特长，也没有拿得出手的工作经验，而且她瘦干干的，需要力气的活别人也不要她。

来城市两个月，连个说得上话的人都没有，她找不到工作，没人帮她介绍工作。

王结香游走在陌生的街道，觉得自己是一颗沙子，被冰冷的浪潮带入大海。她的喜怒哀乐，包括她的存在，被汪洋吞没。

对于这个硕大的城市，她渺小得像是透明的。

真的走投无路，她又去找姜冰冰。

姜冰冰打工的理发店外面贴着一张招聘信息。

"诚招女洗头工，年龄二十四岁以下，工资面议。"

王结香眼中重新燃起希望，揭下招聘信息进了店里。

见过店长，王结香被直接录用。

姜冰冰拉着她的手，高兴坏了："你咋不早点跟我说你要找工作呢？"

王结香笑得尴尬，刚来城里，她死乞白赖见了姜冰冰一面，姜冰冰连电话都没留下，她要怎么联系对方呢？

"结香，以后互相照应啊，我们还像之前在家里那么好，你有不懂的问我。"

从前的那个好姐妹好朋友似乎一下子回来了，姜冰冰态度亲切，一脸的热络。

王结香心里暖暖的，大声应她："嗯！"

洗头工，可不仅仅是字面意义上的只负责洗头。

她们相当于理发店里打杂的。

洗头、按摩、擦头发、吹干头发、洗脏毛巾、叠毛巾、擦玻璃、扫地，这些是一天最基本的活儿。

客人来，她们还负责端茶送水，推荐美发项目；客人等急了，她们要过去陪聊天，安抚情绪；理发师傅需要帮忙打下手时，她们得随叫随到。

一双手整日沾着水，干了变湿，湿了又干，泡得起皱。

王结香的腰弯着，从早到晚就没直起来过。

她对有工能打是心怀感激的。这份工作比卖油要忙，吃饭没个准点，常常拖班。它的优点是，她终于有认识的人能讲讲话，理发店开在室内，不像帐篷那样冷。

成为洗发妹一周，王结香的外形便已完全被她的同事们同化。

头发由黑色染成浅亚麻色，及腰长直发被剪短，烫成了过肩的羊毛卷。

她原来的衣服被姜冰冰嫌弃老旧土气，姜冰冰带着她去地摊买了几件新衣服。

新衣服款式新潮，可是质量不过关，裤子洗一次就掉色，毛衣没穿几天开了线。

"地摊衣服便宜，坏了直接扔，再买新的呗。"姜冰冰说得潇洒，王结香嘴上应着是，可不会真舍得把衣服丢了。

外形改造成功，王结香也逐渐开始熟悉理发店的工作。

王结香是店里的新员工，年龄小，长得水灵，不仅老顾客到店里喜欢找她洗头，店员闲着也爱跟她搭话。

"妹妹你好可怜，一个人来城市打工？"

"未来有没有什么规划？怎么不去读书？"

"年纪这么小，应该读书才有出路。"

"你们乡下有什么好玩的好吃的？你长得不像乡下妹子，你不黑不壮啊。"

"你这么漂亮，交男朋友没有？"

"谈过几次恋爱？有人追你不？"

……

王结香是爱说话的人，在工作时倒变得话少了。

她不喜欢他们看她的眼神，里面有轻飘飘的东西；不喜欢他们的语气，那些若有若无的试探、居高临下的疑问……她最不喜欢的，是他们讲着话，还要突如其来地弄个身体接触。

"妹妹，多吃点饭，瘦成竹竿啦。"王结香抱着毛巾路过走廊，男店员跟她擦身而过。他说着话，手搂过她的腰，重重地捏了一下。

她丢下毛巾，恼怒地转头瞪他："你干吗啊？"

男店员仍旧嘻嘻哈哈。

"哎哟，你好凶，开个玩笑不行吗？"

"不行。"王结香板着脸，非常严肃地要跟他把事情讲清楚。

她越这样，他越故意惹她。

"我好怕，你是不是要打我？"他轻佻地用手肘撞了撞她的胳膊。

王结香捏紧拳头，不打算再忍。

姜冰冰及时出现，把她拉到一边，说道："你去打扫卫生，不用管毛巾了，交给我来。"

王结香的脸色因为羞愤涨得通红："你看没看见，他刚才掐我腰。"

姜冰冰平静地说："我看见了。"

王结香从姜冰冰的眸中读出了她的意思——他欺负了你，那又怎么样呢？

王结香胸腔燃起的怒火被一盆冷水浇灭，拳头从紧到松。

她跋山涉水逃出家，为了不被看轻，为了受到重视，为了过自由自在的生活。

是她天真了。

随心所欲是需要资本的，别提生活，拿不到这个月的工资，她连活都没得活。

所以，被欺负了，那又怎么样呢？

按照姜冰冰的话，王结香把地扫了。

她埋着头，扫得认认真真，一根头发丝都没放过。

店长生日，理发店破天荒提早下班，同事们相约到大排档吃烧烤喝啤酒。

王结香合群地去了。

这顿有人请客。

她吃了一顿免费的晚饭，与大家一起笑笑闹闹，将自己吃得十成饱。

王结香在回家路上，经过天桥，意外遇到卖兔子的摊贩。

她最喜欢兔子呢。

这无疑是她一天中最开心的时刻。

她快步跑过去，蹲在笼子前看兔子。

冬天风大，冷风吹过，她和兔子都冻得发抖。她望着可爱的它们，话匣子一下子打开了。

"嘿，兔子，你们同样是从很远地方来的吧？"

兔子们立着耳朵听她说话，兔眼定定地与她对视。

"就算到大大的城市，也是被关在小小的笼子里。身不由己，对吧？"

王结香长长地叹了口气。

兔子默默聚集到笼子前。

它们在听，她说得更起劲。

"冬天真的好冷，你们会不会冷？

"我想像你们一样，长出厚厚的白毛。

"你们今天有没有吃饱呀？要吃得多一点哦。"

憋了一天的情绪，一股脑地往外倒。

她好想摸摸它们，摸一摸有肉垫的软软小爪。

可惜不能，兔子被关在笼子里面，她在笼子外面。

他们都不自由。

她眨巴眨巴眼，双眼发涩，心中空空的，仿佛破了个洞。

"哎，"老板瞧她待半天，不耐烦了，"你要真喜欢就买一只吧。"

王结香冲他摇摇头。

脖子往围巾里缩了缩，她站起来，离开了摊位。

在家门口，王结香被房东大婶堵住。

"姑娘，押金我没收你的，房租你不能再迟给了吧？"

王结香没弄清楚情况："啊？这个月的房租，我交过了呀。"

"我是说下个月的房租，"房东大婶顿了顿，见她还是蒙的，继续解释，"我们城里租房，租金都是要提前交一个月的，这钱你月初就该给我了。"

"能不能月底补给您？"

这会儿王结香的兜里哪里有钱，别说两百五十块钱，就是连五十块也拿不出来。

"我之前的工作没了,现在新找了个工作,没到月底店里不发工资的……"

他们说话间,她隔壁邻居回到家。

房东大婶跟他打了个招呼:"小殷,这么晚才回来呀?"

邻居朝房东大婶点点头,进屋。

王结香站在墙边,想着钱的事,无精打采地低着头。

"刚才说到哪儿?"房东大婶转头看她,"你现在能把房租给我吗?"

王结香搓着手,轻轻地说:"实在抱歉,我现在没有这么多钱……"

"好吧,最迟是月底,下不为例。"房东大婶叉着手,表情不太甘愿,"我这儿虽然设施比较简单,但地段好,不愁人租的。我丑话说前头啊,要是你月底再拖延不交租金,别怪我把房子租给别人。"

"月底我一定交!"王结香感激地鞠躬,"谢谢您,谢谢您。"

她决心好好工作。

至于那些微妙的不舒服,能忍则忍,无所谓了。

王结香下定的决心,在第二天就破功。

事情发生在关店之前。

时间晚了,店里客人少,大部分的店员手上闲下来,聚在里间休息,有的人玩手机,有的人抽烟。

王结香在收晒好的毛巾,这活她自己一个人能搞定,就让姜冰冰先去坐着。

店员们讲着一些没营养的话题,王结香会注意到那边,是因为听见姜冰冰喊了句:"滚一边啊,你烦死了!"

她转头看向里间,见到有个男店员把头靠在姜冰冰的肩上。

那男的像块牛皮糖,姜冰冰躲开,他又黏上去。他算是店里比较有资历的理发师了,上次掐王结香腰的也是他,别人都叫他浩哥。

"冰冰啊,哥哥好累,你来给哥哥按摩一下吧。"

姜冰冰推开浩哥的胳膊,嗔怒:"我按摩要收钱的,你给我钱吗?"

"给呀,"浩哥油腔滑调地回道,"你揉得我舒服了就给。"

旁边的店员挤眉弄眼:"浩哥,哪种的舒服啊?"

几个人眼神对一对,会心一笑。

浩哥斜了眼说话的人,将姜冰冰的手抓过来,放到自己腿上,说道:"你们这群男的是真的坏。冰冰,别听他们的,坐过来帮我按摩。"

"别了吧。"姜冰冰脸色不大好。她想抽出自己的手,无奈被攥得太紧,无法脱身。

王结香走进里间,二话没说把水温调到最低,拿起花洒,直接淋向姜冰冰周围的那些男人。

男店员们被浇了个猝不及防。

他们从椅子上跳起来,四处躲闪,嘴里骂着脏话。

正在剪头发的店长冲进来,夺过王结香手中的花洒。

浩哥最恼火,抹了把湿漉漉的脸,冲上来就要打王结香。

人家拳头要落下来,她完全不躲,梗着脖子瞪着眼珠和人对抗。

"行了行了,"店长把他们隔开,"外面还有客人,你们怎么回事?"

"谁知道啊,疯婆娘一个,我招她惹她了?"浩哥踹翻椅子,满脸怒气,"不行,她必须给我道歉。"

"你做了什么,你说了什么,这里这么多双眼睛看着,该道歉的是你。"王结香挺直背脊,堂堂正正地和他对峙。

浩哥接过别人递来的纸巾,一边擦着身上的水珠,一边气急败坏地说:"疯母狗冲上来就咬人,我倒想听听,我怎么你了?"

"你摸姜冰冰了,她不乐意,你就耍流氓,全部人都看见了。"她的眼瞳黑白分明,声音清亮。

她说完话,目光扫向在场的所有人。

人们下意识地躲避她的视线。

店长看向姜冰冰。

姜冰冰明显是被这突发状况吓坏了,一言不发地站在角落里。

店长权衡之后,对王结香说:"我知道你们是老乡,你跟她要好,但你也不能在我店里找事。"

"我没找事,是他,他们,"王结香的手指一一把刚才参与的男人点出来,"这些人,他们说话轻浮,动手动脚。

"我们打工,付出劳动做完分内的活,获得报酬。你打的工是理发的工,我们打的工是洗头的工,没理由我们就要低人一等,无端受欺负。店长,难道不是这样吗?"

她第一次在理发店里这么大声说话,也是到城市以后第一次勇敢地说出自己的心里话。

此刻的王结香,什么都不怕,就算被那几个恼羞成怒的男人当场活活打死,她也不怕。

店里的客人、被淋的男店员,还有其他的店员,全部看着店长。

王结香占理，不让她，店长下不来台。

"你们不许再调戏店里的姑娘，以后注意点。"他转向王结香指的人，教训了几句。

那天之后，店里没人敢惹王结香。

见识过她那天的举动，大家知道她不好欺负。

以浩哥为首的理发师们尽量不跟她接触。客人来了，要洗头、要调染发剂、插电吹风的事，他们喊的全是姜冰冰。

姜冰冰忙得像个陀螺，而王结香常常是做完了杂事，就无聊地站着。

傍晚是理发店营业的高峰时段，有客人来，王结香主动过去帮忙。

浩哥对身旁的王结香视若无睹，对客人说："你稍等一会儿啊，我们的洗头工忙着。"

"我来洗吧……"王结香手拿毛巾，做好了准备工作。

他没看她，只说："姜冰冰洗。"

王结香还想说话，他探头朝里间喊："冰冰啊，你快点，这儿有新客人。"

"好的好的。"姜冰冰擦干手，急急忙忙地跑出来。

王结香拦住她，对她耳语道："前一个客人要擦干头发不是吗？你忙你那边的，这个我洗。"

"不用。"姜冰冰对她的态度莫名地冷淡。

说实话，用水淋了男店员那事，王结香一点不后悔，但是，她似乎又觉得自己做错了。

下班后，王结香执着地跟着姜冰冰，要和她谈谈。

姜冰冰蹲在巷子口，烟抽了一根又一根。

王结香说了很多话，问了她很多问题，她都只是听着。

烟雾缭绕的，两位好友的脸庞之间总是隔了些什么，看不清对方的眼神。

姜冰冰抽完最后一口烟时，终于说话了。

也是那晚，她对王结香说的唯一一句话。

她说："在社会难免会吃苦，大家都一样，有的苦要忍，生活才会好过。"

理发店的工作熬至月底，到了发工资的日期。

店长发的钱装在信封里，姜冰冰早上就收到了。一直到关店，王结香都没拿到信封，忍不住去找店长问。

店长嚼着口香糖，一脸坦然地说："你是试工知道吗，正式工才有工资的。"

王结香皱起眉头："我不是被录用了吗，怎么会是试工呢？况且，就算是试工，你提前没有说过，我不知情。"

他抓了抓后脖，转移话题："你这个月闯那么多祸，我不让你贴钱给我已经对你很照顾了。"

"我闯什么祸了？"她猜想他要旧事重提，可之前店长明明是维护她的，怎么能现在翻旧账，"如果是因为上次我泼他们水，你让他们现在泼回来，可以吗？"

王结香哪遇到过这种事，慌神之下，早已不见那天的威风，满脑子里循环着一句话：拿不到工资，完蛋了……

她愿意道歉，甚至下跪，只要能有钱拿。

"结香啊，我知道你是乡下来的，但你也太不会说话了。"

店里的店员都在，店长让他们来做证。

"我们店的老顾客，赵姐，她要给染的头发补色，你说她皮肤黑，不适合亮色。然后她听你的，直接不染了。染发在我们理发店什么价格你知道的吧？这单该不该你赔？

"一个男客人要剪头发，你来一句'您头发这么少，再剪要没了'，后来他洗个头发就走了。

"还有前几天，女学生要来拉直头发，你帮她吹了头发，一边吹一边说'你是自然卷，拉直只能维持几个星期，又卷回去了'，她听完觉得不合算，不拉直了。"

店长吐出口香糖，手指在计算器上按了几下。

"我算算这些生意原来能赚多少啊。"

王结香盯着计算器不断上增的数字，双眼蓄满泪水："我说的是……实话，我不知道要赔。"

她的话轻飘飘的，没力量。

像店长说的，一笔一笔算清楚，她得倒贴钱了。

王结香求助地望向周围的同事。

他们事不关己地揣着手，表情写着"看笑话"。

没人替她说话，包括姜冰冰。

店长把计算器递给她，说道："喏，你看这个数字，我对你够好了。这是我店里的规矩，你觉得不服，你可以不干。"

王结香的脊梁弯下去。

"冰冰，"店长找出证人，"你在我的店工作久，你也知道店里早就有这规矩吧？"

　　她怀抱最后一丝希望，看着姜冰冰。

　　姜冰冰轻轻地点了点头。

　　那大概是一年里最冷的一天，王结香从理发店出来，两个口袋空空。

　　王结香只想回到家，蒙上被子大哭了一场。

　　夜空落下鹅毛大雪。

　　她茫然地看着陌生的纯白的街，脑子钝钝的。

　　胸腔中憋着一股闷气，叫她难以呼吸。

　　纵使拼命地活，日子还是没法过。

第八章

/ 交往吧

王结香刚到家，房门便被敲响。

打开门，外面站着房东大婶。

不用对方多费口舌，王结香回屋子就收拾自己的东西，准备退租。

月底了，她的房租只交到这个月，房东一早跟她说过的"丑话"，她是记得的。

王结香来时一个背包，走时还是一个背包，穿上最厚的一件大衣，把钥匙交还房东，并跟她道了歉。

房东大婶叹着气，拍了拍她的手。

王结香一路走，走过上坡，离开城中村，到了大马路。

她其实没地方去。

雪下得好大，脚踩着雪地，每一步都有"咯吱咯吱"细密的碎裂声。

望着一片宽阔的天地，望着大楼亮起的万家灯火，王结香手插口袋，漫无目的地瞎逛。

街对面有一排店面，它们没有店名，大方地敞开着门。粉红色的光从里渗向外层，浸透塑料帘布。王结香被光线吸引，经过店前。

街道是红的，墙壁是红的，交错的粉红集结在一起，揉成一摊烂熟的鲜红。

路过的王结香，像行走于人们的身体内部。光是火热的，视线中弥漫着触不到的血。香水味、汗味、烟味像一团团暴露在外的脏器，赤裸着、蠕动着、吞咽着。

王结香不敢看店的里面，她懂的事情不多，却也不是什么都不懂。

口袋中的手攥得紧紧的，她盯住地板，快步地离开，好似再多看一眼就会惹起那红光的注意，被它吞吃入腹。

终于经过那块区域，不适的感觉却依旧尾随着她。

王结香越走越慢，脑海中想着一些事。

未来怎么办、今晚住哪里、钱从哪儿来、雪要下多久……她忍不住回头，看向那片暧昧的粉红。

王结香不聪明，甚至很多时候蠢得吓人，此时她的脑子又糊涂了。

打断了她胡思乱想的，是她的肚子。

肚子叫了一声。

王结香看到附近有一个小超市，咽了咽口水，不知不觉地去向那里。

日光灯照得超市亮堂堂的，它尚未停止营业，门口的长方形红毯上写着"欢迎光临"。

她在小超市外的台阶坐下，打算在这里待上一会儿。

从超市出来的小朋友投了一元钱硬币，坐着门口的摇摇车玩。

摇摇车是个卡通老虎的形状，钱投进去，车底的两个小灯就亮了。

小朋友握着假方向盘，小老虎开始摇呀摇，放起歌来——

"天上的星星不说话，地上的娃娃想妈妈……天上的眼睛眨呀眨，妈妈的心啊鲁冰花……"

王结香的目光投向冬日的夜空。

天上有没有星星？

妈妈会在天空看着她吗？

雪花飞扬，纷乱的纯白色碎片迷住眼。

童声继续欢快地唱着——

"家乡的茶园开满花，妈妈的心肝在天涯。夜夜想起妈妈的话，闪闪的泪光，鲁冰花……"

无家可归的小孩子，从前是谁的乖宝宝心头肉。

自从失去妈妈，花朵凋零，歌声与泪水落了锁。

没有妈妈，她长大了；没有妈妈，也就再没有家了。

听着这首《鲁冰花》，对着闪烁彩光的摇摇车，王结香放声大哭。

小朋友被她的哭声吓到，抛下还在放歌的小老虎，跑进超市找妈妈。

王结香坐上摇摇车，挤进儿童座位，抱住自己的膝盖，蜷作一团。

歌停了，她眼泪不止。

身边有个人影，想着大概是刚才的小朋友，王结香缩着肩，不愿意抬头，不愿意离开摇摇车。

那人把一包纸巾递到她面前。

王结香哭得更狠了，一抽一抽地接不上气，艰难地睁开泪眼，看向纸巾的主人。

是个面生的年轻男人。

他一手拎着购物袋，一手拿着那包纸，可能刚从小超市出来。

男人穿着灰色的羽绒服，眉眼的轮廓深邃，薄嘴唇。

他的面上没有关切、好奇，他的眼神是安静的。

他很高，立在雪地，挡住雪又挡住风。

她没有接过他的纸。

男人耐心地拆开包装，将纸放进她的掌心，而后转身离去。

王结香垂眸，那张纸，柔软洁白，有香气。

握在手中，像握住了一小把白云。

男人走远，背影成了雪夜中的一个黑黑的小点，眼见着他马上要消失在视线范围内，王结香跳下摇摇车，大步大步地跑向他。

她是在离他还有十几米的时候，被他察觉的。

王结香摔了个大跟头。

雪厚，摔着不疼，她抖抖身上的雪，爬起来接着追。

她一起身，就见到他回过头了。

他注视着自己。

王结香局促地别开眼，一动不敢动。

待男人继续往前，她保持着这十几米的距离，继续亦步亦趋地跟着他。

不过，走着走着，她意识到不对劲了。

这条路，分明是她去往出租屋的路。

穿过联排木房，下坡，她跟他跟得越来越近。

男人似乎默认了她的悄悄跟随，除了最初发现她时回头瞧了瞧，就再没有看她。

到他家时，两人都有了重大发现。

王结香发现男人是住她隔壁的邻居。

男人发现隔壁那户的门上贴着红色的"招租"字条。

"你不是回自己家？"殷显转身，问那位杵在黑暗处手扒拉着墙壁偷看他的小姑娘，见她摇了摇头。

不是回自己家……

那就是跟着他回家了。

所以，在超市门口哭那么惨，是因为被房东赶出来？

殷显按亮家里的电灯。

不知是畏光还是别的原因，她突然缩到墙后。他瞥向墙角，她的身子被藏起来了，只看见她的鞋尖。

殷显拎着东西，便先进门把它们卸下。

他又烧了点热水，脱掉外套。

做完这些，门口的小姑娘仍旧没过来，他透过窗户看，她仍站墙角那儿。

雪下得挺大的。

殷显泡了两碗方便面，把门打开。

他不习惯做这种的事，也比较放不开，不知道该对人家说什么好。

面能吃了，他吃掉自己的那碗。

他抱出家里的备用薄被，在地板打了个地铺，如果她要进来，他能帮的也就这么多。

殷显做完这些，想着应该上床睡觉了。

他按掉电灯开关，记起那姑娘的眼睛在黑的地方好像看不清东西，于是开了个小的床头灯。

门敞着，外面下雪刮风。

他的手脚严实地裹在被子里。

辛苦工作了一天，疲劳的身体很快有了睡意。

在殷显就要睡着之前，他听见门被"吱呀"推开，然后轻轻地合上。

他闭着眼睛，没有和她说话。

过了一会儿，有"呼噜呼噜"吃面条的声音，还有蹑手蹑脚走路的声音。

门关上了，不冷了，棉被暖和，殷显沉入了梦乡。

床头灯被"啪嗒"关掉，小姑娘盖着薄被，在地板上静静地睡着了。

第二天。

闹钟响的第一声，殷显按掉了它。

下床洗漱的时候，他看向睡在地板上的人，才想起昨晚的事。

她进来睡觉了。

她黄黄的长发打着卷，白白的脸看上去仿佛软软的面团，闭着眼，面朝床的方向，侧躺的身体缩成一个紧巴巴的圆，外面盖着薄的被子，没有脱掉大衣。

破破烂烂、可可怜怜，却保持着警惕，像是准备好了随时要走一样。殷显觉得这人真像一只流浪的小狗。

他出门之前，她还在睡。

小房间被她的打鼾声填满。

"呼噜呼噜"的，让人联想到宠物猪被摸得舒服，鼻子发出的哼哼声，很规律，不吵人。

162

自己不在家，殷显思索了一下要不要喊她起来。

最终，他选择轻轻地把门带上。

中午吃饭的时间，殷显多带了一份饭回家。

看到被子床单叠得整整齐齐地放在椅子上。

她不在，她的鞋和背包也不在。

殷显一个人吃完了两份饭，将被褥堆进柜子，把房门反锁。

他以为不会再见到她。

晚上下班。

今天难得不用陪客户，殷显回家正赶上菜市场收摊，趁着便宜买了一把青菜和几个鸡蛋，打算回家煮面条。

下坡转弯时，他瞥见自家门口蹲着个小人。

她一见有人过来，便抬起脑袋。

待殷显走到跟前了，确认是他，她开开心心地跑过来接过了他手中的菜。

"你吃饭了吗？"小姑娘问。

"没有啊。"他说。

"好巧哦，我也没吃。"她脸皮厚厚的，跟在旁边，等他开门。

昨天还非常拘谨，今天为什么突然不怕他了？

殷显按亮大灯的开关，进到屋中。

小姑娘脱了鞋，一起进来。

他回头看她的时候，她在低头瞅着塑料袋里面的菜。察觉到视线，她抬眸，朝他羞涩地笑了一下。

王结香在昨天进这个屋子前，就已经做好了发生一切事情的心理准备。

一夜过去，她想的事情全部没有成真，所以这次是真的遇见了好人。

她想在他这儿住下来。

好心的大哥在洗青菜，他的话少，严肃的脸让她依旧有些害怕。

王结香大着胆子，先开口和他说话："大哥，你叫什么名字？"

他关掉水龙头，对她说："殷显。"

"阴险？"王结香没反应过来，"哪个阴险？"

他没回答，端起洗菜篮，径直回了房间。

她怕被关在门外，匆匆追过去。

他擦干手，拿出旧报纸和笔，写下了他的名字。

在工工整整的"殷显"旁边，王结香也一笔一画写下自己的名字。

"王结香？"他读道。

"对对，"她点点头，"殷显大哥，我以后可以叫你显大哥吗？"

"……"他似乎不太喜欢。

王结香试探地换了换："或者，显哥？"

他开了简易煤气灶的火，开始烧水煮面，微不可闻地"嗯"了一声。

"显哥，谢谢你昨天的收留。我有个特别重要的问题要问你，"王结香不拐弯抹角，选择直奔主题，"我可以暂时住下来吗？"

殷显一个"不"字就要脱口而出时，她迅速地出声，打断了他。

"我会负责煮饭、洗衣服、打扫卫生，以及其他所有你要我干的家务活。等我找到工作，有了工资，我和你一起分摊房租。"

见到他要开口，王结香心里没底，又抢了话："很多打工的人都是合租一个房子，城市的房租贵，这样省钱。我领到工资，还会把买菜的钱还给你。我用我的人头保证，不给你添麻烦！"

她还拍拍自己的头，忐忑不安地盯着他看，说："显哥，你觉得可以吗？"

"好，"殷显问她，"你要放辣椒吗？"

王结香沉浸在那个淡淡的"好"字里，乐得红光满面，没听到他后面那句，问道："啊？什么？"

"面煮好了，要不要加辣？"

他利落地盛出两碗面，旋开辣椒酱。

"要呀，我吃辣的。"王结香傻子一样鼓起掌。

殷显端起面条，放到小桌子上。她因为太高兴，忍不住在丁点大的房间内，手舞足蹈地转了个圈圈。

这一转，差点撞到装着面汤的锅。

殷显扶稳锅的把手，深深地望了她一眼。

王结香立刻老实，乖乖到小桌子前坐好，双手拢成拳并在胸前，她耐心地等待大哥分给自己筷子。

"我家只有一双筷子，你可以用之前吃泡面的那个塑料叉吗？"

殷显的话提醒了王结香，她说："我的包包里有筷子。"

王结香的包内装着她的全部家当。

吃完晚饭，王结香将自己的床单和棉被铺到昨天睡的地板上，加上殷显先前的薄被褥，她能睡得稍微暖和一点了。

小家没有多余的空间，于是她把自己的一套睡衣、几件衣服裤子和殷显的衣服一起，收进了布衣柜。

牙刷、牙杯、用了一半的洗发露和沐浴露……

王结香从包里一件件拿出她的东西,他家立刻被她的物品占据了一小块地方。

这个画面让王结香感到安全,好像东西摆着,自己也不容易被赶走。

她喜欢把物件挨着殷显的放,杯子放他的旁边,鞋子放他的旁边。

王结香带来的两瓶花生油没开封过,她问殷显放哪儿。

他环顾四周,十平方米的房子,住了两个人,挤得连两瓶油放哪儿都要考虑一番。

"我来放吧。"他接过油,整理了柜子,将它们塞进去。

殷显随口一问:"你自己住,为什么买两罐油?"

"我第一份工是卖油,当时买的。"

王结香到城里几个月,打工遭遇的种种辛酸无人可诉,皆是嚼碎了往肚子里咽。

她想起卖油,想起了自己如何被超市同事排挤;又想到第二份工作,在理发店洗头的她同样不招人待见,最后还拿不到工钱。

殷显放好油,回头看到王结香的脸,被她吓一跳。

她在哭。

不是昨晚见到的号啕大哭,她揪着被角,哭得没声音,眼泪从圆圆的眼睛里滚下来,大颗大颗的泪水,像断了线的珍珠。

"你不要看我。"她扯起棉被遮着脸,奶声奶气地说。

殷显依言,不再看她。

王结香憋着一肚子的话等着他问。

他抖抖被子,背对着她,关灯睡下。

王结香用手抹抹眼泪,也躺了下去。

他没有理她,也不知道睡着没有。

人家大概嫌弃她碍眼吧。

她对着那个黑乎乎的背影,小声道:"我下次不哭了,不要讨厌我。"

殷显很快地回答:"没讨厌你。"

王结香闭上了眼,声音含糊:"真的吗?"

他叹了口气。

床铺发出"嘎吱"声,殷显翻了个身,似乎是面朝着她。

"说吧,为什么哭?"

王结香的脖子往棉被里缩了缩,只露出半个脑袋。什么也看不清的黑夜,她和他见不到彼此脸上的表情。

不论是这个场景，还是这个男人，都令她感觉安全。

于是，王结香开口，向他叙述了自己的打工经历。

殷显全程没有打断她。

屋里只有她的声音，讲一会儿，停一会儿，一直说到，店长说她是试工，不会说话惹了麻烦，一整月的工资打水漂，下班回家房东来敲门……王结香终于讲完了自己的故事。

殷显也听得明白。

他原以为王结香哭，是哭钱拿不回来，后来听到结尾听出了，她更多的悲伤是因为朋友。

为什么会这样呢，她认为自己没做错事，却不招人喜欢，被昔日的朋友疏远。

地板上的人蜷成一团，紧挨着床铺，像只没人要的小狗。

殷显没有选择安慰她，而是冷冷地说："人情就是这样淡薄的，你老乡不想丢了工作，不想惹上麻烦，这么对你也很正常。你自己想做好人，自己要帮她，那你活该。"

王结香被这句话刺痛了。

之前的她沉浸在不甘的情绪里，他将她一下子拉回现实，从头至脚浇得凉了个透。

——想做好人，那你活该。

付出好意，也希望别人能理解自己的好意。可是，别人没有接受好意的义务，没有回报的义务。到头来，想做好人的成了最蠢的人，自己选的，那就自己承受后果吧。

王结香不愿意做蠢人。

如今自己的蠢样，连自己也唾弃。

她陷入深深的自厌自责，开始自我反思。

两人没再对话。

殷显睡得快，王结香脑子里想着事，失眠了一整夜。

第二天早上，殷显起床喊王结香时，她才刚睡着不久。

"我今早不上班，下午我上班，晚上不回来。"

殷显的语速过快，王结香努力睁开被眼屎糊住的眼睛，艰难地理解。

他不管她醒没醒，把要说的说完。

"你换个衣服，我们出门一趟。"

王结香彻底清醒，是因为听见殷显带上门那"砰"的一声。

她顶着乱糟糟的头发，坐起身。

殷显站在门口等，王结香没赖床，五分钟便换好了衣服出来。

他让她走前面。

王结香一头雾水："我们这是去哪儿呀？"

"理发店。"他说。

早晨的理发店一般没什么生意，店里稀疏地坐了两个客人，其余的店员闲着。

王结香和殷显在店的外面。

她透过玻璃门看见几张熟悉的面孔，不由得心中发怵。

"不必跟来，你外边等我。"殷显转头对她说。

他压根没打算让她进去。

他正要迈开步子，袖子被身后的人拉住。

王结香冲他摇摇头："别去啦。"

她的眼神怯怯的，大眼睛耷拉着，又加了一只手扯他，说："你要跟他们打架吗？会受伤的。"

"别担心，没事。"殷显那张严肃的脸难得露出笑容，安抚地拍拍她的手。

王结香依旧不肯松开他。

她望向店里的男人，他们虽然没殷显高和壮，但他们人多，而且理发店里能伤人的工具多着呢。

这一耽搁，店员们也注意到门口的两个人。

没等王结香说服殷显走掉，有人去叫店长了。

"结香呀，"店长推门出来，表情亲切自然得跟没事人一样，"你怎么又来我们店了？"

王结香上次被他欺负，他要她倒贴钱的嘴脸仍旧历历在目，见了他完全摆不出好脸色。

殷显抓过她的手，把她挡在他的后边，说道："店长，你好。"

他隔开二人，伸手与店长问候。

店长没握他的手："你是？"

殷显和王结香同时开口——

"她哥。"

"我男朋友。"

店长盯着他们。

王结香抢过话，双手轻轻地牵过殷显的右手，说道："是男朋友，我管他叫显哥。"

她不敢看他的神情，头低垂着。

"哦，好的。所以……"店长笑了笑，明知故问，"你们来这儿有什么事吗？"

殷显回头，掏出一张纸币塞到王结香的口袋中。

"你去对面的早餐店，选点爱吃的，把早餐吃了，然后给我们打包一份过来，我跟你们店长聊聊。"

她不乐意。

他语气放软："乖，快去吧。"

王结香终于听了话。

早餐店人多，王结香要了一袋包子，等了好久才等到。

她快马加鞭赶回理发店时，店长和殷显都不再站店门口。她隔着玻璃，看见他和店长坐在里间，两人没动手，正常地说着话。

姜冰冰给她开门了，问她要不要进店里坐坐。

还没等王结香的回答，谈完话的店长送殷显出来了。

殷显冲王结香眨眨眼，王结香没明白他的意思。

他接过她拎着的包子，将袋子递给店长，说："谢谢店长。你们辛苦了，店里的大家一起吃早餐啊。"

店长收下这个小恩惠，哈哈一笑："客气客气，下次理发来我们店，给你打折。"

"好的，我下次一定来。"

王结香和殷显接触的时间短，不过，面前这个健谈又笑容满面的男人与她认知中的殷显，很不一样。

她见着他的时候，他都是板着脸的，话少得像哑巴。

王结香默默地观察他此刻的模样，有些走神。

"回家吧。"殷显搂着她的肩，嘴角的笑容尚未散去。

"好。"王结香被他带着走。

两人走出一段路，他放开她。

她的目光瞥向他，熟悉的人回来了。

他眉目间一派冷淡，扯扯领子，骂了句脏话后说道："那个狗屁店长真不是个东西。"

殷显拿出口袋里的钱，尽数递给王结香。

"数一下对不对。"

她瞪圆眼睛，面上是直白的惊喜："你竟然要回来了，我还以为……"

他挑眉："以为什么？"

"哎，显哥，谢谢你，真的谢谢。"

王结香又蹦又跳，无比激动，不知该向他怎样道谢才好。

殷显倒是冷静："你快点数钱。"

"哦，哦！"她深呼吸，指头折着钱，一张一张数，来来回回数了三遍，"没错，是一开始说好的工资，一毛钱没少。"

王结香开心得不行。

如果殷显不是这副生人勿近的模样，她可能会忍不住跑上前用力抱抱他。

他点点头，不顾她的兴奋劲，先走一步。

小尾巴王结香屁颠屁颠地跟上去，说道："显哥，我请你吃早餐好吗？"

"嗯，"他没回头，问道，"吃面？"

"好呀！"

王结香大声应道："加辣椒的面！"

王结香一直很好奇钱是怎么要回来的，后来才了解到，殷显有多么能说会道。

他当时在做卖保险的工作，一旦戴上那副"职业"的面具，他是典型的见人说人话见鬼说鬼话。

殷显最擅长软硬兼施，打个巴掌给个枣，且他胆大，即便没能力兑现，仍敢夸夸其谈地给人开空头支票。要是他存了心想骗人，很少有人能逃得过。

而关于他为什么进入这个行业，又另有一番渊源。

大学毕业，殷显在汽修厂打过工，从那儿辞职后，自己创业，不仅没把生意做起来，还把积蓄赔了个精光。失败的教训让他发现了自身的短板，他不了解市场，没有人脉，最重要的是，他完全不会和人打交道。

关于这一点，没人能带他上路，他只能依靠工作经验摸索。

通过卖保险的工作进入销售业，借着这份工作他开始学销售技巧、学怎么做生意，锻炼打交道能力。

职业选择方面，王结香和殷显的选择是背道而驰的。

两次的打工经验，让王结香更向往那种不靠人际交流，只要付出劳动就能获得收益的工作。

待业一阵子以后，她找到了工作，是在一家小型的海鲜工厂打工。

货车不定时会往厂里送海鲜，那些刚打捞上的海鲜，得按照大小、种类来分区。不新鲜的海鲜会被淘汰，挑拣出来后，它们有的廉价处理，有的直接扔掉。顾客订的单子到货，王结香也负责打电话通知，还要帮忙打包、搬货。

这是一份相当依靠体力的工作。最初厂长看王结香瘦瘦小小的，铲海鲜的铲子都怀疑她拿不动，她说自己在乡下干过农活，力气不比其他打工的男人小。

厂长不再找理由推托，反正工作量是固定的，她说能行，他没理由不让她干。

王结香自此过上了比殷显起得更早，比他回家更晚的生活。

之前她自己承诺，住下来会做家务，她说到做到。除了晚饭，她回来得太迟，需要殷显自己做，其余的日常杂事，她一人承包了。

殷显起床时，王结香已经在外头勤快地晒起衣服。

城中村不像普通的居民楼，这里没有阳台，晒衣服要拉绳子晒。

先在两个屋子之间绑上绳子、晒上衣服的人，便占据了那块空间，邻里们对此心照不宣。偏偏左右两侧的房屋挨得紧密，过道狭窄，能晒衣服的地方小得可怜，因此门前那块最便利的位置是每日必须争抢的。

王结香撑着晃晃悠悠的晾衣杆，想一次性把好几件衣服挂上去，殷显开门出来，一把接过她没挂好的衣服，伸长手臂，稳稳地把衣架勾到晾衣绳上。

晾好衣服，他们同时间刷牙洗脸，两人并排蹲着，轮流使用水龙头。王结香洗脸洗得比殷显还快，毛巾沾了水，朝脸上来回"唰唰"擦两下，就完了事。

他帮她拧毛巾，她先一步回屋煮早饭。

早饭他们一般吃的是稀饭配榨菜或者白萝卜，偶尔会在稀饭中加一些绿豆、红豆、黑豆，三种豆子一起加。

王结香最不爱吃黑豆，有了黑豆，整锅粥被染成黑色。早晨煮饭时间短，她每次都煮不熟，黑豆入口是生的，殷显常常嚼着嚼着，表情一顿。

中午和晚上，海鲜工厂有盒饭。

晚上下班，殷显自己先吃饭。

只要他闻到空气中飘来一股浓重的海鲜味，那必是回家的王结香到了附近。

她不光身上带着海鲜味，偶尔还会真的带点海鲜回来，鱼呀，螺呀，牡蛎，呀……最经常带的是螃蟹。

厂里被淘汰的螃蟹里，那些品相不好，或者个头太小的螃蟹，煮一煮是能吃的，王结香隔三岔五会捡一些拿回家。

头一回，她带东西回来，是偷偷地带。

当晚，王结香是厂里最迟下班的。清理垃圾时，她见到不要的梭子蟹中有在动弹的，觉得丢掉浪费，就用塑料袋装了一只带走。

王结香到家，殷显没睡，她兴奋地向他展示自己"偷"的螃蟹。

听她说完这个螃蟹的来历，殷显坚决不碰它。

"你自己吃。"

王结香明显地失落："为什么呀，你螃蟹过敏？不爱吃螃蟹？"

他摇头。

"那为什么不吃，我特地拿给你吃的。"她从袋子里掏出螃蟹。

它被她抓在手里，模样十分温顺。

殷显对着一脸委屈的王结香，叹了口气："贪小便宜不是好习惯，即便是要扔的海鲜，你带走也是不遵守公司规定。况且，它是人家丢了的东西，脏脏的，你捡垃圾回家……"

"我明天跟厂长道歉。"她努着嘴，把螃蟹放回塑料袋，忍不住为自己辩解了几句，"只是，它其实是能吃的东西，我没想太多，想到能做个夜宵，所以带回来。

"虽然是垃圾堆里捡的，刷一刷就干干净净了……欸，我明白你的意思，我把它养起来吧。"

殷显的后半句话"你捡着垃圾回家，被同事看到会丢面子"，不再符合时宜，就忍着没说出口了。

她见他没话要说，灰溜溜地提着塑料袋走了。

王结香往自己的水桶装了水，将螃蟹放进去，然后到公共浴室洗完澡，又洗了衣服。

殷显总是不记得关灯，屋里开着大灯，浪费电，好处是在门外洗衣服的她，眼睛能看得见。

王结香终于洗去一身的海鲜味，进房间时，躺床上的殷显正好翻了个身。

她提着水桶，把它放在自己地铺旁边。

王结香没看殷显，直接关灯睡下了。

天冷，她手脚冰凉，地板也凉。

她背对着他的床铺，觉得他是嫌弃她，还有她的螃蟹了。

等月底发了工资搬走吧，王结香想着。

第二天上班，王结香找了厂长，对他坦白了昨晚的事。

"那些筛掉的海鲜，你想要的话，随便装回家。"厂长大方得很，完全没把她犯的错误当一回事。

临下班了，他甚至主动对王结香说："扔的鱼虾全部可以拿。"

王结香向他道谢。

她要回殷显家的，不愿意被他讨厌，于是两手空空地下了班。

自从两人住一屋，王结香拐过下坡的小巷，可以模模糊糊地看得清楚路，家里的顶灯始终开着。

灯光不算亮，小小一盏，橙黄色的。

殷显蹲在水龙头旁边刷牙。

浓重的海腥味，令他瞬间注意到她。

他们眼神对上，他先开了口："晚上粥多煮了，你喝点再睡觉。"

王结香应好。

她知道自己身上有不好闻的味道，快速绕过他，回房间取了换洗衣服，先去洗澡。

出浴后，王结香披着毛巾，先回房间，打算给螃蟹换换水。

螃蟹不见了。

装螃蟹的水桶被洗净，搁在原位。

但螃蟹，不见了。

大概是死了，被殷显扔了。

本来就是断腿的奄奄一息的一只破螃蟹，养在自来水里，经过一天撑不住死掉，非常正常。

王结香撇撇嘴，克制地不往有恶意的方面想。

她洗衣服的时候，有偷偷往屋外的垃圾桶瞅了一眼。

桶里刚换的袋子，垃圾被倒过。

王结香心里的滋味说不上来，憋了一口气，刷衣服刷得格外用力。

她回房间，准备睡觉前，看见小桌子上放的锅时，才想起殷显好像说他多煮了粥。

她揭开锅盖，闻到香香的鲜甜味，再用锅铲搅一搅，看到了螃蟹腿。

这是一锅海鲜粥。

加了螃蟹煮的海鲜粥。

他吃那只螃蟹了？

他不是说垃圾堆捡的，很脏，不吃吗？

她回头望向殷显，他闭着眼，呼吸声均匀。

王结香露出微笑。

她盛了碗粥，轻声地咀嚼、吞咽。

好吃，香喷喷的，而且暖和极了。

她一边喝粥，一边用喃喃自语："特别好，这个人真的特别好……"

"你说什么？"听见她讲话，殷显睁开眼睛。

"咳……"王结香被呛了一下，擦着嘴，语无伦次地回话，"我、我是夸，海鲜粥！它特别好，我的意思是好吃。"

"哦。"他的眼睛重新闭上。

王结香心中失落，睡啦？不多问点儿吗？

什么时候开始喜欢殷显，王结香说不出具体是在哪个时刻。

因为什么喜欢殷显呢？也没有仔细地去思考过原因。

寒冬依旧漫长，王结香已经在殷显家住了快两个月。

周围的邻居见两人这些日子亲亲密密地同住在一间屋里，都默认他们是一对情侣。

早上，附近的大妈和大爷看到殷显和王结香在门口拉绳子晒衣服，总会忍不住感叹一句："小年轻可真恩爱啊。"

起初听见这样的话，王结香害臊得手脚不知往哪里放，想要立刻跟人解释这个误会。

她的眼神会悄悄瞥向殷显，只等他皱一皱眉，或者露出其他不适的表情。

意外的是，他看上去并没有因为这话不高兴，也没有高兴。

殷显该做什么照做，不与邻居搭腔，好像人家讲的不是他们。

王结香见状，便咽下了到嘴边的话。

类似的误会发生多次，默不作声地由着人家误会，她的脸皮慢慢地变得厚了起来。

工作一周，休息半天，王结香难得能和殷显一同吃晚饭。

她买菜回来，正好和收破烂的邻居大爷碰上，对方问："买什么好吃的给男朋友吃呀？"

她微笑道："买了点儿猪肉，晚上做红烧肉给他吃。"

大爷点点头。

自己默认了他口中殷显的"男朋友"身份，挎着菜篮子的王结香脚步轻快。

她做了件小小的坏事——在殷显不知道的时候，占了他的便宜。

但王结香不得不承认，其实她很喜欢人家把他俩看成是一对。

起锅烧油，在锅中加入足量的干辣椒，炒出香味后倒进焯过水的猪肉。

王结香开着大门做菜，将小锅颠得风生水起，任谁看了，都会觉得她是这屋的女主人。

回家的殷显隔着大老远就闻到菜香味。

城中村的灯一盏一盏错落地亮着，正是全家人坐下吃晚饭的时间点。

是哪户人家炒的菜？

做了什么菜这么香呢？

饥肠辘辘的殷显加快步伐往家里走，香气越来越浓。

拐过下坡，他看见自己的家。

他家的灯也亮着。

它是万家灯火中的一盏。

王结香背对着他，举着锅，在认认真真地将菜装盘。

原来是他家飘出的饭菜香。

王结香听见他的脚步声，转过头看向他，弯起眉眼，笑得温柔。她的长发简单地用皮筋扎着，穿着宽松的睡衣。

"你回来啦。洗个手，我们吃饭。"她说话带着特有的南方口音，放松状态时，咬字含糊而轻。

殷显不自觉地跟着她，放软了讲话的语气："好，你煮了什么？"

"青菜、红烧肉、米饭。"王结香顿了一下，着重地强调，"红烧肉加了辣椒哦，会辣辣的。"

殷显听她的话，去洗手，准备吃饭。

水龙头的水哗哗地流，他心中涌起好奇，她是怎么知道自己爱吃辣的呢？

住城中村，不方便的事非常多，洗澡是其中之一。

简陋的公共浴室用挡板隔出两间，内里各有一个淋浴喷头，热水每天限量供应。两间浴室的房门上，用红油漆鲜明标注了"男""女"两个大字。遇上晚饭后的洗澡高峰，女浴室外通常会排长队。

王结香一直不习惯在那儿洗澡。

她不喜欢和人挤，以前只洗头的话，她宁愿蹲自家门口，用凉水冲。

自从在海鲜工厂打工开始，王结香不得不每天洗澡，来去除身上的鱼腥味。所幸她下班晚，等她洗澡时，公共浴室基本没人了。不过，这时的热水也大概率没有了。

冬天逐渐进入尾声。

雪不下了，积雪在道路上结成冰，尚未解冻。

这天，王结香和往常一样，下班回家，拿干净的衣物和浴巾，烧一壶热水倒进水桶，去公共浴室洗澡。

殷显这会儿忙着，她没有打扰他。

他坐在饭桌前，筷子搁着，吃了一半的汤泡饭已经冷掉。

销售这种工作，不存在真正的下班。即便殷显人不在公司，也有做不完的事情，客户要找他，他就得随叫随到。

殷显一手举着电话，一手记笔记，时不时地回应着电话另一端的人。

对方的嗓门大，没开免提，路过的王结香都隐约地听见了那头激昂的语调。

他注意到她，她挥挥手，算是和他打招呼：我回家了。

水烧完，王结香抱着自己的衣服出去，蹑手蹑脚地将门带上。

浴室空无一人。

王结香脱掉身上衣物，打开淋浴喷头前，往头上倒了洗发露。

这么做是因为现在虽然没热水，但刚打开喷头，水管出来的水不是最冰的，她可以勉强洗一小会儿，等水完全变冰，再用桶里的热水。

为了最大程度的不洗冷水澡，王结香绞尽脑汁。

一阵洗洗搓搓，她洗完澡，裹好浴巾，闻了闻自己的手臂。

好闻的香皂味道，没有鱼味了。

"啪嗒"一声，隔壁的喷头好像没关紧，滴了一滴水。

王结香下意识地望向男女浴室间的隔板，这时候，她觉察了一件奇怪的事。

隔板是歪的。

起先以为自己眼花看错了，她的目光绕着那块隔板巡视了一周。

在视线触及隔板顶端的瞬间，她吓得惊声尖叫。

她瞥见了四根抓拉着隔板的手指，以及半张男人的脸，他的眼睛一眨不眨地盯住她的身体。

王结香的喊叫没有吓跑那人，他仍在看她。

她当机立断，抓起地上的洗发露瓶子，使劲地砸向隔板。

瓶子精准命中他，那半张脸才消失。

"变态！你死定了！"

男浴室传来仓皇的乒乓声，那人大约是不慎踢翻了塑料盆。

眼下没有趁手的武器，王结香只好拎起自己的桶，气势汹汹地杀到隔壁抓坏人。

她推开浴室门，他比她快一步从男浴室逃出。

王结香拎着水桶，快速地追上去。

"抓变态！"她嗓子尖细，喊出了最大的音量。

"大家抓住他！死变态！偷看女孩洗澡！"

愤怒的王结香一路从公共浴室追至城中村的拐弯处。

这里没灯，深沉的夜色仿佛在她的眼前盖了层纱，她看不清路了，跑步的速度变慢。

黑影和她拉开一段距离。

情急之下，王结香丢出手中的水桶。

"哐当——"

它直直落向地面，砸了个空。

"怎么了？"是殷显的声音。

她回过头，他站在身后。

熟悉的人声让殷显迅速地从家里冲出来。他找到王结香的时候，她浑身只裹了一条浴巾，头发湿漉漉地滴着水。

异常的响动、衣衫不整的年轻姑娘，已经吸引了许多邻居在探头探脑地看热闹。

"有变态！他偷看我洗澡！"她大喘着气，指着黑影远去的方向，一脸羞愤。

殷显上前一步，挨着她。他个子大，瞬间把她的身体给挡住，说道："人跑远了，先回去。"

王结香被气糊涂了，这才意识到自己是怎样追出来的——没穿鞋，只围着薄浴巾。

她之前憋着一股怒气，没感觉到冷，这会儿鸡皮疙瘩已经起了一身。

她眯着眼，艰难地分辨着回去的路。

她的目光没有聚焦，殷显反应过来她看不清。

"抓好浴巾。"他说。

她依言照做。

下一秒，王结香双腿离地，她被殷显凌空抱起。

他抱着她，回到房间，直直地走向他的床，将她往床上一放。

"衣服穿好。"殷显只留下这几个字，没看她一眼，转身离开。

"衣服！"王结香忽然出声，他停住脚步，"衣服在浴室，我没拿。"

"我去拿。"他说。

"那个坏人还能抓到吗？"

"我去看。"

……

过了十五分钟。

拎着水桶抱着衣服的殷显回来了。

他敲敲门，她让他进来。

王结香换好了睡衣，仍旧坐在他的床上。

"跑没影了，估计没法抓了。"殷显所告知的结果不出意料。

"好可怕呀……"王结香双手抱膝，楚楚可怜的大眼睛忽闪忽闪。

她对着他，流露强烈的需要保护的气息，与先前包着浴巾高举水桶追坏人的勇猛女子判若两人。

"今天碰见了这种事，要是一个人睡觉，我一定会做噩梦的。"

殷显沉默。

其实他们家一共这么大的地方，比别人的房间还小，她也算不上是一个人睡觉吧。

所以他问："你想怎样？"

他问到她心坎了，她早就想好解决办法。

她伸长手臂，从自己的地铺抓起她的枕头，放在殷显的枕头旁边。

他看着她。

她温柔地拍了拍她的枕头，又拍了拍他的。

殷显默不作声立在床边，对她的举动没有任何反应。

王结香吸吸鼻子，牵住了他的小拇指。

她不敢看他。

她把他的小拇指抓得紧紧的，生怕被他甩掉。

他没甩掉，锁好门，关了灯，他们并排躺着。

王结香不想睡。

她的心咚咚地跳着，好吵，不知道殷显有没有听到。

她想再跟他说一会儿话，聊什么都好。

"你电话打完了？"王结香随便找了话题。

电话……

殷显忽地坐起身。

他是挂了电话跑过去的。

他赶忙下床去找手机。

王结香以为殷显嫌她她话多，后悔和她一起睡。

她灵活地翻身，按住他枕头，问道："你去哪儿？"

"我要打个电话，你先睡。"他披好衣服，将她刚打开的床头灯重新按灭。

"你等下会回来？"王结香抱着他的枕头，挪到床沿，警惕地发问。

"你先睡。"殷显没明确回答。

"你要睡我旁边，不然我不睡。"

她的态度黏黏的，比牛皮糖还黏。

他只好说："知道了。"

殷显打完电话回屋，身上带着外头的冷气，借着月光，看向他的床。

王结香睡了。

她侧躺着，睡姿规矩，只占了一小块地。

唯有手臂不老实，压着他的枕头角。

殷显弯弯嘴角，上床睡觉。

其实，有一件事她不知道。

对门那位收破烂的大爷，每次见殷显回家，都会和他寒暄几句。

"哎，回来啦？"

"嗯。"

看他提着一份盒饭，大爷说："又自己吃晚饭呀？你女朋友呢？"

殷显回答他："她还没下班。"

天亮了，王结香睁开眼。

首先映入眼帘的便是殷显的侧脸。

他昨晚躺她旁边了！

王结香的脸上笑开了花，她目不转睛地端详着他，不舍得起床。

哎呀，这个男人，真是越看越顺眼。

高挺的鼻梁，淡色的薄唇，眉毛的形状怎么生得这么好呢……

她偷偷举起一只手，用指尖轻轻地描他的眉。

"痒。"闭着眼的殷显突然开口。

王结香做贼心虚，立即把手收回被子里，紧张地合上双眼，维持同个姿势不动。

过了五分钟，他提醒她："该起床了。"

"哦！"

王结香掀开被子。

下床前，她转头看他，他也在看着她。

她不知哪儿来的勇气，凑过去，重重地亲了一口他的脸。

他本来是半梦半醒的状态，被她亲到后，眼睛一下子瞪大。

王结香"扑哧"笑出了声。

殷显抿着嘴角，竟也在笑。

就这样，没有你侬我侬地互诉爱意，省略成为男女朋友的确认过程，他们心照不宣地在一起了。

交往，朴实地为他俩的生活带来了便利。

王结香的地铺被收进柜子，不用再睡冰凉凉的地板，也为家里腾出了空间，不必每回吃饭时将家具移来移去。

她和殷显换衣服，可以当着对方的面，另一个人没必要出门避嫌。

住的地方鱼龙混杂，加之上次公共浴室的偷看事件，殷显开始等王结香下班后，跟她一起去浴室洗澡。

他先洗完，会提着桶在外面等，如果她的热水不够，他可以回家烧热水提来。

两个人依偎着睡觉，屋里好像也变得暖和了。

冬天的冰雪悄然融化，继而，春天来到大地。

气温的回升，使得小动物们纷纷爬出洞，恢复了活力。

早上起床，王结香和殷显蹲在水龙头边刷牙。她眼尖，捕捉到有只灰扑扑的小身影沿着水沟快速地跑过去。

"呀，那儿有老鼠。"她马上把看见的东西告诉他。

"咳咳！"漱着口的殷显被呛到，嘴边的牙膏还没来得及擦，紧张得徐徐后退，"老鼠？哪里？"

王结香瞅了眼自己被抓紧的衣角，以及待在她旁边如临大敌的殷显，问道："显哥，你……怕老鼠？"

她轻易地看出了。

殷显目视远方，不愿意承认。

"难办哦，我们这片超多老鼠的。你不会真的怕老鼠吧？"她语气中带着兴味。

他不搭理她，先一步回房间。

不得了。

扑克脸、世界第一酷、天不怕地不怕的社会人，她显哥，居然会怕区区的小老鼠！

王结香不可能放过这么有意思的事。

牙也不刷了，她连忙追过去，继续缠着殷显："这里不光有老鼠，还有蚊子、苍蝇、蟑螂。"

提到蟑螂时，他表情再度僵硬了。

她绘声绘色地描述着："这个蟑螂嘛！城中村的蟑螂也多得不得了，我见过好多回了。说起来，这里的蟑螂比起我们那儿，简直是小巫见大巫。

我们那里的蟑螂油光锃亮，肌肉壮硕，大的能有小孩的手掌大，你拿拖鞋拍它，搞不好它会'咻'地飞起来，扑到你脸上……"

殷显后背一抖。

他回过头，食指与拇指精准地一捏，封住她喋喋不休的两瓣嘴。

王结香挣扎着发出"唔唔"声。

"不准说了。"

她的嘴被他控制，只好点点头。

殷显松开手。

"哎，"王结香打了个响指，"那不讲蟑螂，讲讲老鼠怎么样。"

"……"

他脚下生风，以最快速度逃开。

王结香真正获得"殷显怕老鼠"的证据，是在那年的夏天。

城市迎来雨季。

天阴阴的，淅淅沥沥的雨下得没完没了。

他们廉价的出租屋暴露出了大大小小的毛病。

墙壁和家里的角落渐渐地浮现大片大片发潮的黄斑，夹杂着黑黑的霉点。

天花板的好几处都在漏雨，他们和房东反映过。

房东说是房顶要修，得花大价钱，可能是不舍得那钱，跟房东说后的好几个星期，也不见她又维修的师傅来修。

无计可施的王结香在漏水的地方摆上脸盆和水桶。

完全保持干燥太难了，只能用这个办法，尽量不让雨水浸透地板，防止它像墙壁一样生霉。

大半夜的，王结香爬上爬下，拎起满了的水桶，出门倒水。

殷显被她吵醒。

待她盖好被子躺下来，他说："要不，我们自己出钱找人修吧。"

"哪儿来的钱啊。"

家里经济拮据，他俩有多少存款，她再清楚不过。

后半夜，雨下得更大了。

床尾的脸盆接着水，伸展不开手脚的王结香被殷显抱在怀里。

她的心里不踏实，生怕自己不小心踹到水盆，弄湿一整床的棉被。

这样的雨天，不干的衣服已经攒了一大堆。

棉被可不能湿，没地方晒，晒了也不干。

隔天起床，没怎么睡的王结香顶着大大的黑眼圈，腰酸又背痛。

殷显拉开窗帘，跟她说："雨停了。"

走到门外一看。

雨是停了，但他们门前的路被淹了。

城中村处于低洼，排水系统又设计得一塌糊涂。

一夜的大雨，就让门外的水沟堵了。

对门的邻居大爷起床后，叫苦不迭。

他家的房子地势低，水直接漫进了家里。

年过半百的大爷眼眶含泪的叹息道："钱啊，我的钱。"

他收集的废报纸、旧纸皮被泡坏了，通通不能卖钱了。

王结香看得也直叹气。

他们俩都不怎么有胃口，早饭剩下半锅。

趁这会儿没下雨，他们带好雨具，出门上班。

王结香对着天空，心中祈祷："希望今天不下雨。"

祈祷没被老天听见。

天晴了一个上午，下午突地转阴。

海鲜工厂外电闪雷鸣，下起大暴雨。

厂长接到电话，说是大雨封路，送海鲜的货车今天来不了工厂，于是他通知员工做完手头的事就可以下班。

说是这么说，可雨下这么大，再想回家的人也得等雨小点再离开工厂。

同事们放慢做事的速度，唯有王结香使出十二分的精力，打算做完自己的工作，赶紧回家。

王结香出了工厂，快马加鞭地往家的方向跑。

狂风暴雨中，她撑着伞，依旧被淋得透心凉。

完蛋，看这雨，家里的地板肯定进水了……

城中村宛如浸泡在一片汪洋之中，黄色的脏水漂浮着瓶瓶罐罐和小动物尸体，还有一些分不清是什么的垃圾。

出门时，没到脚踝的积水，现下已经到了她的大腿。

情况比王结香想象的还要糟。

她抹了把脸上的水珠，毫不犹豫地蹚进脏水里，走回她的家。

家门大开着，殷显竟比她更早一步回来。

淹了。

家淹了！

进的水足有膝盖深。

脸盆、水桶、地毯、扫把、锅碗、佐料、抽纸、插电板……几乎是家里的所有东西都被泡在水里。

粗略一看，也知道家中损失惨重。

殷显的裤子挽得高高的，他抱起床头柜，茫然四顾。

床头柜该放哪里？他能跑去哪里？

这儿是他唯一的家，它被毁成了这样。

"显哥，扔床上吧。"王结香喊道。

两人对视一眼。

她快步上前，加入他，一同抢救家里的财产。

只有床，以及衣柜的顶部是比较高的。

这两个地方没被淹，没浮起来，可以放东西。

王结香负责捞轻的小玩意儿，殷显负责搬大的重的，零零碎碎的破烂堆了一床。

太穷了，家中根本没什么是特别值钱的。

可是，这样一看，什么都不舍得丢。

他们仔细地打捞着，直到筋疲力尽。

屋外依旧是大雨倾盆。

两个人气喘吁吁地挤在床上，守护着他们满床的杂物。

雨再持续下下去，床也要被淹。

王结香恹恹的，半只手臂垂在床外。

她指尖敲打着床腿，凝视着逐渐漫上来的水。

旁边的殷显和她一样，盯着水面发呆。

蓦地，他的眼睛睁大，大喊道："老鼠！"

他拽起她的手臂，带着她往床里躲。

殷显的肩膀磕到不锈钢的衣帽架，疼得"嘶"地倒抽一口冷气。

他大幅度的动作把王结香吓得不轻，她直起腰，帮他揉肩。

"哇，你有没有事？"

"没事。"殷显脸色煞白地摇摇头，比起身体的疼痛，他更恐惧另外的事，"你再坐进来点，水里的大老鼠在游泳。"

即使王结香不怕老鼠，他这番话仍是蛮惊悚的。

她屏住呼吸，望向他刚才看的那个方位。

"你别去。"殷显阻止她。

他说得晚了，王结香已经探出脑袋。

殷显双手捂住脸，不敢看那画面。

的的确确，是有个黑色的生物在混浊的水里动来动去。

不过……

王结香长舒一口气，忍俊不禁："是鱼啦。"

殷显的手死死地遮着脸，不肯信。

"它有腿。"

"腿？"她扯了扯他的胳膊，叫他过来看，"这分明是鱼的样子。"

"真的？"

他将信将疑地挪开了一根手指，露出一只眼睛。

"嗯，人家游泳游得贼好，肯定做鱼不止一天两天了。"王结香双手支着下巴，趴在床边看鱼。

瞧清楚"黑色生物"真面目的殷显，彻底移开了手掌。

看这流畅的泳姿，高超的潜水功力，确实不是他认为的老鼠。

王结香惊奇地盯着鱼，看得完全挪不开眼，问道："它怎么会出现在这儿？"

殷显的惊讶不比她少。

两人挨着彼此，摆着相同的支着下巴的姿势。

四只眼睛专注地盯着水中的它。

黑黑的胖胖的鱼，不知道从哪里来，不知道怎么误入了他们的家。它的尾巴和躯干灵活摆动着，它的腿贴着身体两侧，游得优哉游哉。

"这条鱼还真的有手有脚，我看到了，"王结香转头，询问殷显，"它是鱼吗？"

"应该是娃娃鱼，"他在课本见过，"它是两栖动物，不属于鱼类。"

"啊？不是鱼类，那为什么要叫娃娃鱼？"

"因为外形像鱼。"

她问着没营养的问题，他知无不言地回答她。

外面的世界风雨交加，他们穷苦的年轻的人生，随时会被大水冲垮。

所幸，他们拥有一个避身的屋檐，一位说话的伙伴，一条不是鱼的鱼，这些一起组成了家的模样，令可怕的世界，不再无可救药的可怕。

待雨停，他们舀干家里的水，开始修理坏掉的电器。

一星期后，城中村各处的积水都退了下去。

王结香一遍一遍地拖地，擦墙。

殷显提着一包一包的塑料袋，去扔进水后没法用的东西。

又过一阵子，出了大太阳，他们开始洗衣服、洗被子、洗枕头，将门口晾得满满当当。

终于把家里能晒的全晒个遍，夏日的热力也消耗得差不多了。

出租屋墙上的霉印始终没有消失。

王结香和殷显时而谈起那天所见的娃娃鱼，依旧觉得神奇。

到了秋天，他们已经住在一起大半年了。

这对年轻小情侣的相处模式与最初相比，有了不小的改变。

从前的殷显话少，闷得像个哑巴。慢慢地，王结香发现，他不是不会说，而是不跟她计较。真要较起真来，殷显阴阳怪气的两三句话就能把她噎到发疯。

出现这样的变化，一部分是他本性如此，一部分是被她影响。

她的话实在是太多了。

之前她把他当厉害的大哥，怯怯地不敢冒犯，怕招他讨厌。现在成为情侣，她没有这层顾虑了。

王结香面对殷显，直白地剖开了自己。所有的情绪不论好坏，她全部第一时间展现给他。她捧着一颗真心，爱他爱得风风火火、坦坦荡荡。

而同吃同住，高密度的交流，也使得两人之间渐渐有了摩擦。

小的摩擦，比如王结香绑头发的皮筋不放在一个固定的地方，她脱下来，转眼就忘了。他在家里踩到皮筋，帮她收起来，她还是没记性，这儿丢一根，那儿丢两根的。早晨急着出门要扎头发，她问殷显有没有看到她皮筋，他冷哼一声，没帮她找。

殷显也有马虎的时候，王结香交代过他，要把鞋收到鞋架。一是，门口那么大点地方，几双鞋没放好，就显得乱七八糟；二是，为了保持家里干净，不要弄混室内的拖鞋和室外的拖鞋。

他好多回没注意，趿拉着家里的拖鞋出去丢垃圾，或者穿去公共浴室洗澡。等他回到屋里，拖鞋又把地板弄脏，搞得王结香是又要刷鞋，又要拖地。某次殷显没换拖鞋，被她逮个正着，她又叉着腰对他吼："你自己做卫生。"

殷显理亏，乖乖出去洗鞋，她检查洗干净了才肯让他进门。

而大的摩擦，其实比上述的两件事更小。

有天晚上，王结香做蛋炒饭吃。

出锅前，她想到殷显爱吃辣，加了三大勺辣椒酱拌进饭里。

两人坐在餐桌前，王结香用筷子吃炒饭，自然地挑出了夹在饭中的辣椒籽和辣椒皮。

见她这个举动，殷显蹙起眉头，问道："蛋炒饭为什么要加辣椒？"

"为什么不能？"王结香回答得随意，"想吃辣，就加辣椒啦。"

她仍在拨弄着自己碗里的饭。

殷显看她那么费事，忍不住说："蛋炒饭是一勺子一勺子吃的。像你现在这样多麻烦，加完辣椒还要把辣椒挑出来。"

其实是因为王结香知道他爱吃辣，所以加的辣椒酱。

殷显怎么能因为加辣椒的事怪她？

王结香不大服气，嘴里嘟嘟囔囔："挑就挑呗，反正没多少辣椒……"

他放下勺子，和她一样拿起筷子，挑出碗里小块小块的辣椒，仿佛是验证他刚才的话，有辣椒的蛋炒饭吃起来有多麻烦。

本来这事到这儿差不多可以翻篇，王结香下不来台阶，又说道："哼，嫌麻烦你就别吃呀。"

听她这么说，殷显停了筷子，说："嗯，那倒了吧。"

蛋炒饭一口没动，殷显离开饭桌。

王结香心想，哪能啊，他晚上回家肚子那么饿，怎么可能真不吃饭了？

事实证明，殷显有能耐。

他像往常一样，洗澡、刷牙、上床睡觉，仿佛已经吃过了晚饭。

王结香面上由着他，随便他吃不吃，其实已经默默地替他挑掉了碗里的辣椒。

她没把他的蛋炒饭收起来，一直摆在桌上。

只等他喊一声饿，她会立刻屁颠屁颠地去帮他热饭。

可惜殷显没有。

隔天一早，他出门上班，倒垃圾时将那碗隔夜的饭倒进了垃圾桶。

撞见这一幕的王结香，顿时更委屈了。

他宁愿饿肚子、宁愿倒掉，也坚决不吃。

只不过蛋炒饭里加了辣椒，有这么罪大恶极吗？

原先屁大点儿事，一步步升级，两人陷入了冷战。

不住一起的情侣，冷战顶多不约会、不打电话、不发短信。

他们是同居，冷战带来的窒息感贯穿生活的每一个角落。

吃饭，两个人一前一后分开时间吃，即便是坐同个桌上，也都不跟对方讲话；洗衣服，各洗各的；晒衣服，刻意地牵两条绳，一人晒一条；殷显依旧会等王结香下班再去公共浴室洗澡，两人一前一后地提着桶，走向浴室，从浴室回家，皆是一路无言；最窒息的要数睡觉，他们躺在一张床上，背对彼此。

王结香拼命地挤在里面，贴着墙睡，殷显躺外面，随时快滚下去。

没有一个人能睡得舒服，床的中间空出大大的空间，留给冰凉的空气。

冷战的最初，他们免不了会讲几句话：

"吃饭了。"

"挪开点，拿衣服。"

"今天下班晚。"

惜字如金的氛围，让这样无法避免的日常对话，也变得越来越少。

甚至有些习惯让对方做的事，他们尝试着开始自己完成。

王结香打不开的罐头，不再递给殷显。她试着使用各种办法，拧罐头盖拧得面红耳赤，最终选择不吃了。

殷显的衣服纽扣掉了，他自己找出针线包，选了一根细的针和与之不匹配的粗线，光是穿针他就穿了半小时。

冷战一星期，他们都已忘记最初不开心的源头。

这个星期，另一方的态度、做的事，是更令他们生气的。

王结香拧不开罐头，殷显等着她服软。

殷显穿不过线，王结香看他怎么解决，他却没找她。

冷战的第二个星期，两人光是待在一起，见到对方那张毫无表情的脸，便不由得胸闷气短。

家，这个以往让人感觉最幸福、最放松的人间天堂，现在成了魔鬼的意志训练营。

再这样互相折磨下去，非得活活憋死。

王结香率先爆发了："住到这个月的月底，我搬走。"

那天是周五，月底是这周日，她可以休息半天。

"我搬吧。"殷显说。

看吧，他一样有这个想法。

她难过极了，不愿意跟他你让我让你的装好人，索性点点头。

周天，殷显比往日早了许多去上班，没吃早饭。

王结香起床，家里空空的。

他不跟她说一声就出门，她也逐渐习以为常。

王结香的心情挺平静的。

她煮自己的早餐，吃得饱饱的，刷好碗，将脚上的拖鞋收到架子，换上工作鞋。

走出家门前，她习惯性的动作是转头摆好殷显的鞋。

可是今天，他自己把鞋放好了。

阳光洒进屋子，她的指尖顿住，视线触及鞋架那双整齐摆放的室内拖鞋。

王结香忽地鼻子一酸。

说了那么多次不听，分开的这次倒是记得清楚。

"蛋炒饭加辣椒有什么嘛，鞋放不好有什么嘛。"

她自言自语着，情绪快要无法收拾。

王结香抹了抹眼角的泪花，站起来深吸一口气，关上家门。

殷显下班到家，王结香已经做好了晚饭。

她盛出两碗米饭，摆了他的筷子，双手托腮，坐在饭桌前等待。

殷显没有走过去。

"你吃吧，"他说，"我得收拾行李，晚了出去不方便。"

王结香的身子僵住。

耳边传来他开柜子，搬动重物的声音。

他有一个超大的箱子，他一件一件地往里装东西。

她挪走多余的碗，拿起筷子，开始吃饭。

"闹钟你用吗？"殷显在收床头柜的物品，问道。

她没说话，筷子执着地把盘中的肉一分为二。

于是他没拿闹钟，留下给她。

突地，外面一阵传来噼里啪啦的滴水声。

王结香抬起头，目光瞥向窗户，上面沾了几滴雨水。

她转身看他，声音中掩不住的欣喜地说道："下雨了！"

殷显叠着衣服，身边的行李箱基本装满。

王结香以为他没听见，又重复了一遍："你看，下雨了。"

他把衣服放进行李箱，轻声说："我知道。"

"下雨还走啊？"王结香嗓子干巴巴的，"不然，别走了吧。"

他不接话。

两人再度陷入了那种冰冷的、可怕的沉默。

他依然机械地忙碌地收拾着，她盯着他的后背发呆。

良久，殷显全部整理完毕。

他拉上行李箱的拉链，直起腰。

双方终于对上视线。

王结香的表情呆呆愣愣。

殷显一脸平静地与她道别："你保重。"

他拖动箱子，迈开脚步。

王结香猛然站起来，椅子划过地板，发出难听的"吱呀"声。

她眼眶红了，发狂地冲到他身边，要夺走他手中的行李箱："不要你走。"

她掰他的手指，掰不动就一根一根地掰。

殷显叹气："我们商量好的，我搬走……"

王结香抬眸，恶狠狠地瞪了他一眼："谁跟你说好！"

他清楚她的脾气，情绪上来就犯倔，别人说什么都听不进去。

"你冷静一下吧。"殷显不愿意和她起冲突，自己松了手，"明天我来拿行李。"

王结香死死地拽着箱子，摇头摇得像拨浪鼓一样，说道："不行，我明天不在家。"

"嗯，不用你，我拿了行李就走。"

"不要！"她眼神飘忽，找了一些很烂的借口，"我不在，你乱拿我东西怎么办？"

殷显冷着声音："我不会。"

她飞快地顶嘴："谁知道你会不会。"

他不做争辩，直接离开。

王结香气得直跺脚，丢下手中的大行李箱，她向他跑去。

殷显拉开房门之前，被王结香抱住了。

她扑到他背上，就那样死皮赖脸地挂着。

他的手没有撑住她。

凭王结香的细胳膊细腿，这个悬在半空中的姿势，她坚持不了多久。

王结香闻到殷显衣服上熟悉的皂荚香，好几个星期没有闻了。

她使劲地嗅着，一把鼻涕一把眼泪的，尽数抹到他的肩膀。

"殷显讨厌，讨厌殷显。"她呜呜咽咽，嘴里胡言乱语。

缺德殷显这时候还回道："我讨厌，我走了。"

"不可以！"她反应激烈，手腕一下子失去力气，骨碌碌地从他背上滑落。

殷显旋开房门。

王结香瞄准了他去拿鞋，率先抓走一只，不知左脚还是右脚的。

他准备过来抢，她抢起胳膊，踮起脚尖，把那只鞋直直地甩了出去，然后它稳稳地降落在收破烂大爷家的屋顶。

殷显看着王结香。

她鼓着腮帮子，睁着圆圆的大眼睛。

眼角的泪痕，也不妨碍她满脸的倔强。

她不会放松警惕，谨慎地将他打开的大门重新关上。

殷显头疼。

看样子，他们免不了要进行一番分手的对话。

他回房间，拉出两把椅子，他坐一张，让她坐另一张。

王结香抱着手，指甲抠着胳膊的肉。

殷显看出她的痛苦，他也不想继续带给她痛苦。

"你难受，那长痛不如短痛。分手是很平常的事，过不下去就分开，没什么大不了，我俩好聚好散。

"往远了看，不合适的人本就是分开更好。你的人生将有很多过客，我只是过客的其中之一。"

他一句句往她心上捅刀子，神色淡淡，语速不紧不慢。

王结香分辨不出他是真心这么想，还是说的气话，被他说急眼了，吼着说："你幼稚！讲得那么深奥，其实只是因为我炒蛋炒饭放辣椒。"

他指的哪是那件事，"不适合"只是说他们处理矛盾的方式。

不过，这并不妨碍殷显被她噎住。

王结香看上去太理直气壮了。

"行吧，我幼稚。"抛下这句话，殷显竟然又要走。

她眼疾手快，扑到他的后背，故技重施。

这回他连站都没站稳，身体一歪，被她带到了地上。

王结香手脚并用地黏着殷显，抱住他，压着他。

她的双腿从背后圈住他的腰，双手拢住他的两手手腕，扣在他胸前。

怎么又成这样了？殷显服了她。

他又好气又好笑地问："你觉得凭你的力气拦得住我？"

"拦不住。"王结香承认。

她没道理，索性也不讲道理。

"我不管。你要走，把我一起带走。"

她头一埋，手收得更紧。

她的声音软软的，整个人像块烦人的、又揭不下来的狗皮膏药。

"我离不开殷显，绝对不要离开。

"不要做过客，你对于我特别特别重要。你已经是我的男朋友了，休想我会放跑你，我要和你一辈子在一起。"

王结香敏锐地观察到，殷显因为她的话，耳根渐渐变红。

她没法看见他此刻的表情，就又说了一遍作为测试："王结香绝对不要离开殷显。"

他的红从耳根往脸颊蔓延，耳朵红得好似被火烫着。

"你……"他不晓得说她什么了。

"我，王结香，此生是不会离开殷显的。你要没听清，我就再说十遍。"

哪里需要再重复？

她说话的回音在自动地循环回放。

直白的表达，也使她的意思清晰得不能更清晰。

"好了别说了。"殷显赶紧说道。

她不怕羞，他替她害臊。

王结香忽然有预感，她感觉殷显不会走了。

她尝试解除一点力量，松开他的一只手臂。

殷显没有趁机甩开她走人，依旧一动不动由她压着。

事实上，她自作聪明的试探本就是多此一举。如他之前所言，他要真想走，她使出全力也是不可能拦住的。

得到殷显的"肯定"，王结香的表现越发活跃。

她坐起来，左脸颊贴住殷显的右脸颊。

他的脸红红的、烫烫的。

王结香高高兴兴地说："就要说，就要说。"

她闭上眼睛，手比喇叭，对着他红到爆炸的耳朵说："我们不要吵架，哪里都不要去。你也不要说那些难听的话，我会伤心。

"我好喜欢好喜欢显哥的!

"你怎么可以不知道？

"我离不开你。"

殷显并未回以甜言蜜语，但是，原本态度坚决要走的他，最终没有离开王结香。

他们忙前忙后，将行李归位。

殷显热饭，王结香站在旁边看着他。

殷显吃饭，王结香坐在凳子上看着他。

他吃完饭，王结香牵起他的手，一起去公共浴室洗澡。

到睡觉的点，她钻进他的被子，撑着下巴看他闭上眼睛的睡颜。

殷显终于出言制止："你明天不打算工作了？"

"我知道，"王结香趴在他的胸膛上，手搭着他的腰，轻声说着，"看着你比较踏实嘛。你那么久没和我说话，那么久没有抱我睡觉，那么久我都没办法亲亲你……"

他睁开眼，看向她。

那双波澜不惊的黑眸瞥来，王结香的心一虚，猜测自己八成又要挨骂了。

"好啦，我正经做人，我乖乖睡觉。"她支起上身，往旁边一滚，回归该躺的位置。

她拉起小棉被，保持听话的好宝宝睡觉姿势，对殷显说："关灯吧，晚安。"

殷显坐起。

王结香感到身边的床垫向下一陷。

她眨了眨眼。

他的脸凑近，越来越近。

冰冰凉凉的唇，还有属于殷显的好闻的气味，温柔地覆过来。

他亲了她。

第一个吻落在嘴角。

王结香屏住呼吸，瞪大眼睛。

第二个吻直接地印在她唇上。

她脑子有烟花噼啪噼啪地在绽放，身体被奇怪的魔法封住，无法动弹，心脏却在加速地跳动，一路跳到屋顶，跳到高高的月亮上去。

第二个吻结束，玩弄心跳的迷人男子殷显，回身关了灯。

房间填满黑暗。

王结香听到旁边窸窸窣窣的声音，他躺下睡觉了。

哎呀，怎么突然对她这样啦？

难道是因为自己之前的那句——那么久我都没办法亲亲你？

王结香无声地咧嘴傻笑。

她忍不住，摸了摸自己的嘴唇，心里甜甜蜜蜜的。

这段冷战至此画上了句号，两个小情侣的感情比闹矛盾前时更好了。

不过，日常的拌嘴依旧少不了。

殷显这个人不知道什么原因，特别讨厌看医生。明明生了病，人难受得不行，但不论王结香怎么劝，他就是不肯上医院。

所以，常常是他生了病，王结香比他更着急。

"没事的，只是没休息好。"殷显每次都这么说。

他要真没事，她也不会小题大做。

问题是，殷显太爱逞强，他说着"没事没事"，很容易把小病拖成了大病。

她能被他生生地急哭。

王结香恨不得自己是个大力士，一使劲就把殷显举起来，再用力一甩，将他稳稳地丢进医院。

她问："你是不是怕打针？怕吃药？怕医院有病毒？你担心医生医术不行？担心被医院骗钱？"

殷显频频摇头。

王结香又问："那还有什么特别的原因吗？难道是你心里有什么过不去的坎儿，特别讨厌去医院？"

"没，你别瞎担心……"他还有半句没说完，被咳嗽声打断。

王结香帮他拍背顺气，无奈极了。

殷显拒绝看病的次数多了，于是王结香暗下决心：下一次我生病，我也死活赖着不去看，我连药都不吃！非得让殷显也尝尝这种坐立难安、挖心挠肺的滋味。

他着急他的，到时她头一昂，嘴一噘，用他拒绝看病的那一套来拒绝他。

以其人之道还治其人之身，她要噎得他哑口无言，回不了嘴。

王结香梦寐以求的"机会"在她没有准备好的时候到来。

某天她下班回家。

路上太黑看不清路，她走着走着，一步踩空，从城中村的上坡一路往下滚。

膝盖磕到别人家修在坡中间的水池，她疼得龇牙咧嘴，手撑着那水池的边缘，总算勉勉强强地站了起来。

"哗啦——"

不知是被她的膝盖撞坏，还是被她的体重压垮，水池的砖塌了。

水池的主人听到响动，出来骂骂咧咧地讨说法。

王结香又是鞠躬又是道歉，将钱包里的钱全赔给了他。

待她一瘸一拐地回到家，开门的殷显看见她脸上的擦伤、裤子上的血迹和明显的低落的神色，表情瞬间严肃了，问道："发生什么事？"

王结香一五一十地将刚才的情况告诉他。

他转身拿了钱包和家里钥匙，说："去市里的医院，得看看你身上的伤。"

她刚赔水池花了一大笔钱，哪肯再去医院。

"只是看着严重，其实根本没事，现在都不痛了，"王结香边说边拦住殷显，拽着他回屋里，"你来帮帮我，抹点药水之类的。"

他像是没听见她的话，打开衣柜帮她找了条围巾："夜里冷，你衣服够不够厚？"

"我不出去，不去医院……"

直到说出这一句，微妙的既视感才令王结香想起自己曾经暗暗下过的决心。

"我好得很，你操什么心？你生病不到医院看，我摔倒凭什么去？我要跟你一样，管你说啥，我不可能去。"她模仿着殷显阴阳怪气的语调，将当时他那股不配合的劲儿重现得惟妙惟肖。

可惜被模仿者无心欣赏她的精彩表演。

他面无表情地替她围上厚围巾，她仍念着"不去不去"。他也懒得和她废话，一把拎起她，扛到肩上。

王结香晃着腿，捶他的后背："殷显，哪有你这样的！"

她想做的事被他先做了，力气大了不起啊？

他尚有余力空出一只手关门锁门，真就这样扛着她，要强行带她看医生。

"醒醒，殷显，你不是最讨厌医院吗？"

王结香严重怀疑，面前这个一门心思上医院的殷显是不是被鬼附身了。

他步子迈得大，走路带风："嗯，讨厌。"

"你终于承认了！"她逮着提问的机会，穷追不舍，"为什么讨厌，有理由吗？"

殷显沉默了几秒，讲了别的："只有膝盖特别疼吗？其他部位会不会舒服？"

"你转移话题！"王结香敏锐地察觉到了。

看来他是真的不想和她说。

她长吁一口气，回答了他的话："你过度紧张了啦，我不疼的，那阵子的疼完全缓过来了，休息下就好。"

王结香的的确确是这个意思，但她有模仿殷显的前科，说的是大实话也非常像殷显式的逞强发言。

因此，他压根没搭理她。

"显哥，打个商量，医院就算了吧。你不放心，我们到诊所看看好吗，真的不严重。"

王结香就差举起三根手指对天发誓了。

他一口否定："不行。"

"好吧，那再商量下，这儿是大马路了，很多人看我们，把我放下来行不？"

"不行，腿受伤，你不能走。"

王结香扼腕：为什么他说啥就是啥？自己先前举起殷显丢进医院的想法，果然是正确的，力气大可真好使！

排半小时队，终于见了医生。

医生对她的伤势一番查看，说道："膝盖淤青了，抹点红花油，其余的擦伤用碘酒处理一下，没大碍的。"

王结香转身面对殷显，口型道：我刚说什么来着。

意外的是，他听到检查结果，并未松一口气，说道："医生，能帮忙检查一下她的眼睛吗？"

原来，他还担忧别的事。

殷显盯着她的眼睛，具体地描述着："她晚上看不清楚，并非那种彻底无法视物的状态，感觉她是对于距离没有准确的概念，光不够强烈就看不见。这样是正常的吗？她白天的视力倒是没有问题。"

"晚上看不清，白天看得清？"医生翻开她的眼皮，用光照了照她的眼底，"你的描述，比较像夜盲症，但这个要做具体的眼部检查才能确定。"

王结香一直以为，自己只是比别人更怕黑而已，这怎么还是一种病呢。

"夜盲症？"被医生一说，她有点害怕了，问道，"医生啊……这个病能治吗？"

医生关了灯，一边低头帮她写病历，一边说："还不确定是不是夜盲症，现在太晚了，你们明天去眼科挂个号吧。夜盲症，比较难说能不能根治，如果先天性的就基本无法治愈。"

王结香耳朵嗡嗡响，光听见"无法治愈"四个大字了。

她的视线投向殷显，觉得自己跟他是一对快要阴阳相隔的爱侣。

越看他，她的眼睛耷拉得越厉害。

她没有妈妈了，世上对她最好的人是他，要有个万一，她不能拖累他，让他年纪轻轻就沉浸在失去伴侣的痛苦中，无法自拔……

"走了。"殷显起身，冷酷无情地打破了王结香的悲伤幻想，"收好医生开的药，回家。"

出了医院。

他走在前面，她走后面。

王结香的小脑瓜中思绪万千。

医院门诊外有一排阶梯，她失魂落魄的，没太留意脚下，竟又差点踩空。

殷显及时扶住她。

"亮的道都不会走。"他点着她脑门，语气凶凶的。

王结香扁扁嘴。

她左顾右盼，记得要看路了。

他不动声色地握住她的手。

殷显的手掌比王结香的大好多，他的手不像殷显这个人那样冷冷的，他的手很厚实很暖和。

夜晚的街道幽暗静谧，她被他牵着走，头缩进围巾。

围巾也是他叫她围上的。

相比于平时那个叽叽喳喳的小麻雀，此刻王结香安静得过分。

尽量往有路灯的地方走，他们牵着的手被他揣进了外套的大兜。

他问："很担心治不好？"

她点点头。

王结香满心期待殷显接下来会说点什么好听的安慰自己。

不想，眨眼间他又恢复了往日的刻薄。

"担心会不会瞎，不如担心你的猪脑子。"

这人怎么这样子，不安慰就算了，还人身攻击。

王结香抬起头，愤愤道："结香很聪明，才不是猪脑子。"

殷显有理有据地说："是猪脑子啊。先前摔倒那事，别人家的水池违章搭建，硌着你了，你不要他赔医药费就不错了，你还向他道歉，给他的水池赔钱。你不是猪脑子，谁是猪脑子？"

"人家的水池是固定住的，它没撞我，是我撞的它。弄坏了水池，我当然得赔呀。"

"对，猪脑子就是这样的，"殷显皮笑肉不笑，"遇事只考虑别人，不考虑自己。别人的水池是无辜水池，你摔了是你活该。"

王结香不知是什么神奇的脑回路，听他这么说，嘿嘿地笑起来，有些不好意思地问："你其中有一句是不是在偷偷夸我啊？"

"没夸，"殷显冷着脸，又喊了她一遍，"猪脑子。"

第九章

/ 分手吗

第二天，王结香和殷显都向单位请了假。

他陪她去医院的眼科挂号，做了详细的眼部检查。

最后的诊断结果出来，是暂时性夜盲症，无家族遗传史，视网膜杆状细胞无病变，后天缺乏维生素 A，建议均衡饮食，食疗补充维生素 A。

听完医生的病情分析，王结香的脸上总算有了笑容。

她挽着殷显的胳膊走出医院，扬起头，对他灿烂一笑："哈哈，我没事啦。"

"高兴得太早，"殷显揉乱她的额发，"要补充维生素。"

难得他们都没上班，回家路上一起拐去菜市场买菜。

殷显看到摊贩在卖黄花鱼，问王结香要不要吃。

她摇头，在他耳边小声道："海鲜我可以带回来，不要买。"

王结香只吃从厂里拣出来的品相不佳的海鲜，因为是免费的。

他们又走几步，看到猪肉摊。

"我去买点肉，今晚炖胡萝卜排骨汤。"殷显说完刚要迈开步子。

王结香扯住他："不久前吃过肉了，这个月不可以吃肉了。"

肉贵，他们一个月买肉的次数，她都有在默默地计算。

殷显问："所以，不吃肉，你有什么想吃的？"

"炒鸡蛋、醋熘白菜……"

他打断她："怪不得医生说你没有均衡饮食。"

再这样下去，他们买的仍旧是平时的那几样食材，殷显剥夺了王结香选择菜的权利。

他拽着她，去猪肉摊买了排骨和猪肝，再回到之前的海鲜摊，买下一条长得漂漂亮亮、活蹦乱跳的黄花鱼。

王结香让殷显别买了，他又去蔬菜摊一把青菜和一大袋胡萝卜。

殷显两手拎得满满当当，对自己的购物成果相当满意。

他们哪天吃饭有这么丰盛过，太浪费钱了。

她接过一个轻的袋子，表情气鼓鼓的："跟我唱反调你就开心了，是吧？"

他睨着她，点点头："对的。"

自王结香被诊断出有夜盲症后，晚上下班的点，殷显总会到城中村的上坡接她。

因为这病，有天她又闹了笑话。

别人丢在草丛的塑料袋，王结香将它错认成了兔子。

之前殷显把娃娃鱼看成老鼠，被她笑话了多久他可记得，这回轮到她看走眼，殷显自然也是使劲地开她玩笑。

格外喜欢兔子的王结香，反应很大地生了他的气，一晚上没跟他说话。

第二天天，殷显跟她说："养只兔子呗。"

出乎意料地，王结香不同意。

她说他们没钱，也没时间养好一只兔子。

她说得在理。

殷显能替家里改善一两顿伙食，可那也仍旧无法改变他们贫穷的事实。

他俩这个水平的工资，在大城市只够日常的开销。

医生建议食疗补充维生素 A，偏偏王结香不爱吃胡萝卜。就算只是煲汤加了点胡萝卜，她都吃得愁眉苦脸。殷显想着买个榨汁机，王结香是爱喝果汁的，胡萝卜榨汁说不定她可以接受。

他到超市看中一款合适的榨汁机，又看了看它的价格，灰溜溜地离去。

没钱买。

近来殷显越发频繁地开始考虑是不是该换一份工作。

做保险的目的是学销售技巧，为以后做生意提供经验，他本来就没打算在这行长久地干下去。

最近几个月，业务不好做，他拿到手的工资少得可怜。而维持客户，认识新客户，又需要他投入金钱，去送人礼物，陪人应酬。

关于未来的路怎么走，王结香没有跟他探讨过，殷显也没有主动将自己的想法告诉她。

她天天去海鲜厂做体力活，贫穷不怕，吃苦不怕，有爱饮水饱，好像能和他在一起就万事大吉。

可是，殷显没有办法停止焦虑，钱来得太慢了。

这些年锻炼的社交技巧，是否已经纯熟？该不该换个环境试试手？

殷显换工作的想法萦绕在心头，晚上睡不着，成宿成宿地失眠。

半夜，王结香翻了个身，旁边的被窝冰冰凉凉。

她迷迷糊糊睁开眼，坐起来按亮床头灯。

家里的门开了道缝，她光脚走过去，看见殷显蹲在外面，手里夹着一根烟。

他的背影有种说不出的孤独感，一手扶着头，一手夹着烟，烟是燃的，但他没抽。

殷显正盯着对面的什么吗？落进王结香眼里的仅仅是一片没有意义的漆黑，她什么都看不出。

她静静地看着他，很难描述心里的感觉。

似乎因为他的孤独，她也不由自主地孤独起来。

她不知道他是抽烟的，像是她始终不知道他为什么特别讨厌医院。

她不知道他在烦恼的事，不知道能不能帮到他。

殷显从来不向她求助。

他们每天待在一起，有很多时间，可以说无数的话。

即便她看得出他疲惫，他也从不与她倾诉。是他的性格如此？或者，她不是合适的倾诉对象？他不曾对她说过爱、说过想念、说过烦恼、说过累，更别提求助。

王结香心中涌起古怪的低落，转身走回床铺。

走到半路，她忽然反悔了。

她脚步故意在地板踩出声音，预留出时间，慢悠悠地到达门口，装作刚醒的样子，王结香打了个大大的哈欠，推开门。

殷显的烟已经掐了。

"怎么醒了啊？"他问。

她声音含糊："你没在，就醒了。"

"刚刚出去上了个厕所。"殷显冲她笑了笑。

"进屋吧，外面冷。"

两人躺回床上，他关了灯。

王结香转过身，背对他。等了一会儿，确定殷显没打算要和她说话，她便也打消了问他的念头。

"抱抱我。"她对他说。

殷显翻了个身，搂住她的腰。

王结香抓住他的手，心想：这是吹了多久的风呀，手这么冰。

她闭上眼睛，尽力地焐热他。

这个月发工资的那天，殷显拎了一台榨汁机回家。

他说是单位里的榨汁机，放了大半年没人用，领导问他要不要，他就给拿回来了。

王结香乐得合不拢嘴。

"这么好的榨汁机没人用啊！"

她脸上写着"暴殄天物"四个大字，非常乐意地将它迎进家门。

毕竟它曾是公用的东西，王结香用了好多洗洁精，里里外外地清洗，拿布把它擦得亮到反光，一边擦，还一边感叹："真的没人用，榨汁机好干净的。"

殷显取了几根萝卜，教她怎么榨汁。

第一杯胡萝卜汁制作完成，他递给她杯子。

王结香相当给面子，一仰头，将它一饮而尽。

"哇——"她吐着舌头，整张脸皱起来。

"怎么这个表情？"殷显蹙着眉问，"不好喝吗？"

她诚实道："不是我喜欢的味道。"

王结香勤快地把杯子中的胡萝卜残渣洗尽，并未对榨汁机失去兴趣，提议道："不如，我们榨点别的喝吧。"

"不行，你得喝胡萝卜汁。"殷显夺过她的杯子，按下启动按钮，继续往机器内放胡萝卜。

"为什么？"王结香不甘心地看着杯子。

胡萝卜被咔咔搅碎，转眼间又装了小半杯。

"这个机器只能榨胡萝卜。"殷显面不改色地撒谎。

王结香看向榨汁机的目光，一下子变为了嫌弃。

"这么破，怪不得你们单位没人用它。"

就这样，榨胡萝卜汁成了殷显每日必做的固定事件。

一开始，他使着手段逼王结香喝。

比如言语威胁：你不喝今天就不一起睡；你不喝今天就不跟你说话；你不喝今天不接你回家……

比如身体诱惑：你喝了今天随便抱我，我不推开你；你喝了今晚可以枕着我的手臂睡；你喝了就亲你一口……

言语威胁，不够狠的，可能会激起王结香的反叛心理。

她抵死不从，胡萝卜汁最终进了他的口。

身体诱惑，这个倒是好使，几乎没有失手过。

　　唯一难办的是，久而久之，王结香会开始跟殷显讨价还价，要求更多的、更过分的好处。

　　殷显哪是那种跟她有商有量的人，他已经在思考怎么对付她了。

　　某天王结香不肯喝胡萝卜汁，除非殷显一整天叫她"心肝小宝贝"。

　　他没答应她的条件。

　　王结香双手捂住嘴，以"断胡萝卜汁"作为要挟。

　　"既然你这么坚决，不喝就不喝吧。"他淡淡一笑，举着榨汁机出了屋。

　　他当着她的面，把榨好的胡萝卜汁全部倒进了门前的水沟。

　　"你你……"王结香指着他，手指发抖，"胡萝卜是钱买的，榨汁机又耗了电！我们电费每个月多贵啊！你太浪费了！"

　　殷显耸耸肩："你不喝，我有什么办法？"

　　她郑重警告他："下不为例，明天别榨了！"

　　第二天，殷显照常早起。

　　王结香被胡萝卜粉碎的"咔咔"声吵醒，没好气地对他说："你知道我不喝对吧，你榨了自己喝。"

　　殷显按停电源键，只回了她一个字："哦。"

　　她眼睁睁看他拿起榨汁机，竟然再度朝家门外走去。

　　丧心病狂的殷显啊！

　　"你别倒！"王结香尖声阻止他，"我的杯子呢？我要喝！"

　　"行，喝吧喝吧，"恶魔殷显飞快地为她满上一整杯胡萝卜汁，"不够还有。"

　　成功试出了让王结香乖乖摄入维生素A的方法，殷显每天省了不少事。

　　还真别说，这胡萝卜汁吧，起初王结香喝不惯，喝到后面她接受了那味道，越喝越爱喝。

　　她不光早上喝，上班还得装一个保温杯，带去工厂喝。

　　同事问她喝什么喝得这么开心。

　　王结香回答他们："美味的胡萝卜汁，我男朋友亲手榨的。"

　　天天喝胡萝卜汁，王结香竟能渐渐地品出每杯味道的不同。

　　有的甜味浓一点，有的淡一点，还有的味道是涩的。

　　她更爱喝甜的胡萝卜汁，于是她买了一包白糖带回家。

　　白糖的包装外壳是纸，放在灶台不方便保存，王结香翻箱倒柜想找一个能够装它的容器。

　　她从家中大柜子的最顶层掏出了一个被塞在角落的铁罐。

铁罐的外包装写着"奶酥酱"，那个"酱"字的下半部分因为磨损已经看得不太清晰。

王结香晃了晃罐子，居然挺有重量的。

打开它，整个罐子被许许多多折起来的纸填满。

王结香随意抖开了其中的一张纸，那是张信纸。

信上的字迹陌生，不属于殷显。

岛，展信祝佳：

夏天真是烦闷，太阳好大，我的窗户坏了打不开。待在屋子里一上午，趿拉着鞋走来走去无所事事，所以又来给你写信。

你在寄宿学校过得好吗？你那儿有电扇吗？

前两回你的信提到童年，我放不下心，最近总是频频想起。

我的童年过得也不怎么开心。

记忆中也是这样热的夏天，小伙伴之间流行吃一种"鼻屎糖"，说白了就是酸味的黑色圆丸梅子糖。我看他们咂吧着糖，吃得津津有味，不禁馋得口水直流，可是不管怎么求我妈，她都不肯给我买。

有次小伙伴大方地倒了几颗鼻屎糖给我，我攥在手心里不舍得吃。等到了家，糖被热化了，我摊平手掌使劲地舔。这一幕恰巧被我妈看见，她骂我没出息，脱掉我裤子，她狠狠打了我一顿。

打那儿之后，我越发惦记着鼻屎糖。走进小卖部，我表面上看文具，实际上在偷瞄卖鼻屎糖的零食柜。趁着老板没注意，我悄摸地顺了一盒鼻屎糖，藏进裤子口袋。我成功走出了小卖部，老板没叫住我，揣着那烫手山芋，我不敢去学校，也不敢回家。跑到学校后门，那儿有个被树荫遮蔽的小巷。我颤抖的手拆开鼻屎糖的包装，见四下无人，不管不顾地仰起头，将它一股脑地倒进我的嘴里。

你一定想不到，它是什么味道的，我敢说那是我吃过最难吃的食物。

明明一小颗吃起来是酸酸甜甜的，一整盒嚼起来却真的像在嚼鼻屎，又干又臭，酸气冲天。

回忆起我的童年，大抵也是这样的滋味吧。我囫囵吞枣地将它过完，期盼早早地与它摆脱干系，它却在我肚子生了根，长久地因它而感到身体弥漫着骚臭恶心的气味。

岛，我感到我们能成为朋友，是因为我们身上有相似的部分。

PS: 给你寄的书希望你会喜欢。

祝

生活美满！

你的笔友：阿儒

王结香看完了第一张纸，再也没法停下来。

她接着打开第二张、第三张、第四张……最后，所有的信纸都被她展开看了一遍。

这里的信纸，是笔名叫"岛"的人收到的来自他笔友们的信。

他们在信里，聊心情、聊生活、聊童年、聊他们对于事情的看法、聊对于爱情亲情友情的定义、聊他们的梦想、聊看过的书和最爱的电影、聊上个月的一件憾事……

"岛"是如何回信的，王结香无从得知。

但从信中充沛的情感表达，他们必定是互相坦诚地在通过信件交流着。

经由信里零零散散提及的信息，她的脑海中拼凑出一个高中少年的模样——他成绩优秀，生活乏味，学校与寄宿学校两点一线，有着不快乐的童年。

那是殷显不曾与她分享过的，有关他的过去。

王结香按照信的折痕，将它们恢复成原样。她把铁罐摆在显眼的地方，开始准备今晚要吃的菜。

鸡蛋打发。

洗白菜、切白菜。

剥蒜、剁蒜。

她做这一切这么熟练。

他们在一起快一年了，她知道做每道菜殷显爱吃什么样的口味，要放多少辣、多少盐。

王结香回到平日的状态中，心情稍微地平静下来。

殷显下班回家。

他一进门，王结香便冲过去，给了他一个大大的拥抱。

"今天工作顺利吗？"

殷显冲她笑了笑，脸上的倦容被微笑高明地掩了下去。

"顺利。"

他洗干净手，做好了吃晚饭的准备，坐到桌前。

每周难得的一天，他俩能一起吃晚饭。

见殷显没察觉，王结香主动跟他说了铁罐的事。

"对了，今天我买了白糖，想要装罐子里，在家只找到一个奶酥酱的罐子，被你放柜子上面的。"

殷显顺着她的目光，瞥了眼那个铁罐。

"嗯，"他点点头，表情没变，"它还能用吗？比较久的罐子了，你要洗干净。不能用的话，我吃完饭再给你找找别的。"

王结香也不拐弯抹角了，直接说她想说的。

"罐子里有信。"

"信？"殷显想了一会儿才想起来，"我高中时流行交笔友，是当时写的信。那个没事，你随便找个文件袋收起来就好。"

她盛出两碗米饭，他们开始吃饭。

王结香道："其实，我看了信……"

"哦，"他舀了一勺子白菜到她碗里，"你看那个干啥啊？"

王结香抿抿嘴，问了另外的问题。

"显哥，你笔名叫岛呀？"

"对。"

她看向他："为什么起这个名字？"

殷显筷子没停，语气稀松平常，给出的回答有些没头没脑。

"因为，我一直是一个人。"

饭后，殷显去洗碗。

王结香把铁罐放回原位。

她忍不住打开床头柜，去看看他的烟和打火机还在不在。

殷显把它们夹在几张报纸的中间，他大概以为她不会发现。而王结香自从第一次撞见他抽烟之后，就已经找出了它们的藏身地。

烟少了半盒。

是昨天，还是前天，哪一个她睡着的夜晚，他又爬起来，独自坐门口抽烟。

王结香确实地感受到有某一种缺失，存在于她和殷显之间。

他们同吃同住同睡，说彼此是自己世上最亲密的人，也毫不为过。

他们的感情真的很好啊，虽然不时小吵小闹气气对方拌拌嘴，但那些隔天王结香就把它们抛在脑后了。

跟殷显交往以来，这个城市对她有了意义，未来变得值得期待，她有了无与伦比的快乐。

只是，会有一些时刻，她突然感觉两人的距离被拉远，当她追过去，却看见他用一道墙将她挡开。

是错觉吧？

那种距离感，那道无形的墙，只要当作错觉处理，那么他们依旧亲密无间。

直至今天以前，王结香正是那样做的。

这天睡前。

殷显背对王结香躺着，她挪过去，抱住他。

"显哥，"用浓浓的撒娇口吻，她对他说，"跟我讲讲你以前的事好不好，我想知道我认识你之前，你的人生是什么样子。"

殷显干巴巴地拒绝了她："没什么好讲的。"

王结香不依不饶，像平时一样积极又话多。

"挑你想讲的，你讲什么都好，我都愿意听。

"我遇见你太晚啦。你的幼年、童年、少年、青年，那些时期我都没有参与过。那时候的你是什么模样？你的性格和现在一样吗？有没有发生什么特别的事？跟我说说吧。"

她抛出这样多的问题，他一个都没回答，只是淡淡地说："以前的，全部已经过去了。"

王结香咽了咽口水，小声嘟囔："过去了也可以回忆啊。怎么可以因为我遇见你比较晚，你就都不告诉我？"

她接连被打击，却兴致未减，飞快地又出了新主意："不然你讲讲最近发生的事情！今天碰上什么样的客户，谈了几个业务……"

殷显打断她，拍拍她搭着他身上的手："好晚了，睡觉吧。"

漆黑的房间陷入一片静默。

王结香再没眼力见儿也看出了，他不愿意说。

她收回抱着他的那只手，躺回自己那边。

王结香眼睛睁着，借着窗外的月光，望向殷显的后背，只能看见一个模模糊糊的隆起。

这个形状，让她想起殷显的笔名——岛。

他说，他一直是一个人。

他在她触手可及的距离，仍是独立于她的一座岛。

换作平常，王结香一定在此刻就会停下脑中的胡思乱想，捶捶自己的胸口，问问自己为什么要把事情想得这么消极？

不过，今天和平常不一样。

她今天看到殷显旧时的信了。

看了第一封信，她就再也停不下来，她很嫉妒。

她嫉妒他的笔友。

殷显能无保留地与他们交流，谈他的心情，谈他的童年。他跟他们讲了烦恼的事，讲起他亲近的姥爷。

她嫉妒他和笔友的相处形式；嫉妒信的字里行间，透出的轻松随意的氛围；嫉妒他们从不吝惜情感的表达，不畏惧细致的故事叙述，哪怕是那是一件旁人眼中的"错事"，他们信任对方是能够理解，能够感同身受的。

王结香嫉妒得发疯啊。

她想不通，能够存在于陌生人间的交流，为什么不能存在于他和她之间？

如果将殷显的心灵看作一座岛，王结香多么想去他的岛上，尽自己的全力去填补他们感情中缺失的部分。可惜，她越走近就越是清晰地认识到，凭她一个人的力量根本无法做到。

填补，也是要先去岛上，再修复缝隙。

即便她带着诚意前去，即便她看到进岛的大门近在眼前，而那座岛，也就是殷显的那颗心，至今都没有对她开放，她不拥有访问的权限。

最近的王结香不对劲。

她会盯着一个地方，突然开始走神，眼神放空，殷显都碰见好几次了。

第一次，王结香在煮粥，殷显闻到焦味过来，发现她撑着头坐在椅子上发呆。

第二次，他接她下班，拐弯之后她人没了。殷显返回找她，她低着头，看着地板的砖往前走，全然没有察觉自己走错路。

前两次，他以为她身体不舒服，王结香总回答他说没有。

第三次，殷显半夜醒来，旁边没人。

他打开灯，看见王结香抱着膝盖坐在床的角落。

"你怎么不睡觉啊？"

灯光和他的声音将王结香从恍惚拽回现实。她看向他，松散的神情突然紧绷。

"你去哪儿？"她惊恐地问。

"我没去哪儿，"殷显不解她为何露出这样的表情，"你做噩梦了？"

王结香摇摇头，重新躺下。

在殷显入睡之际，她冷不丁地说了句："显哥，你喜欢我吗？"

他转过身，哄小孩似的抚了几下她的后背。

"喜欢吗？"王结香的声音听上去毫无睡意。

殷显叹了口气。

让殷显没想到的是，王结香竟然把这种状态带到工作中去了。

这天，不该是早下班的日子，她提早回家了。

殷显听到开门声，吃了一惊。

王结香戴着忘记脱下来的海鲜厂的工作帽，神色颓废。

他问她出了什么事。

王结香手揪着背包带，结结巴巴地说："今天分类海鲜，我把好的海鲜和淘汰的两堆弄混了，没检查就给了顾客，被顾客投诉。老板说我心不在焉，让我回家休息。"

殷显没安慰她，眸子冷着，看上去一脸的不近人情："你确实心不在焉。走路想心事，晚上不睡觉。这样的状态，能上好班，做好工作？"

王结香的嘴扁扁的，逐渐抿成一条直线。

沉默半晌，她重新开了口："显哥，你是不是讨厌我了……我之前问你喜不喜欢我，你没回答。"

殷显蹙紧眉头："现在我在和你谈你的工作。"

"嗯，"她垂着眼，闷闷地说，"你在和我谈工作，我知道。可是我最近就一直想不通啊。我更早的时候，想和你谈感情，你不愿意和我谈。"

"王结香。"

他罕见地连名带姓喊她，她的肩膀一抖。

"你是不用吃饭不用有地方住，靠爱情就能活下去是吧？如果被辞退，你再去哪里找工作？你明白工作多难找，自己都说过自己是初中文凭，农村户口，年纪轻，又是个女生，稍微好点的单位都进不去。找海鲜厂这个工作也找了好一阵子的，你很感激老板录用你，人家相信你，给你工打，现在你反而懈怠了是吗？"

王结香眼睛酸酸的，他说中她的痛点，让她心里掩藏的自卑全部跑出来了。

她这阵子冥思苦想，为什么她一而再再而三地主动询问，殷显仍旧不跟她分享他的想法。

如今他的这番话，叫她自个儿得出了答案。

"对，我是初中文凭，年纪轻，农村人。所以你感觉我很蠢，所以很多事你不愿意说……觉得说了我也听不懂。"

殷显的太阳穴隐隐作痛："你怎么扯到那边，我们说的是一回事吗？我不愿意说什么了？"

她红着眼睛控诉道："简单的'你爱不爱我，喜不喜欢我'都从来没有直接回答过，你以前的事、你心里藏的事，你宁可自己烦恼，也不说出来让我共同分担。"

王结香憋回快要夺眶而出的泪水，努力使嗓音保持冷静。

"假如你没有不愿意回答，是我误会你。那么，显哥，你认为我们为什么要在一起？我这会儿就想问这个。"

他抬了抬眼，盯住她，吐字流畅而清晰："因为能让彼此的生活方便。要是现在和我在一起令你生活不便，不如别在一起。"

王结香深吸一口气，好像屋里的氧气突然变得稀薄，但她这般用力地吸气，反倒使得缺氧的痛苦一路烧到肺里。

她被他的话伤了心。

"方便？哪里方便？有人帮忙打扫卫生，家务方便？有人一起做饭，吃饭方便？或者是有人住一起，房租便宜？"

她说这些话的时候，不见他来打断。

王结香的表情一点点暗了下去，眼里打转的泪水不知什么时候干掉了，嗓子也哑了。

"啊，我忘了，是我，我一开始这么说的，我们一开始约好的，我带给你方便。我还要谢谢你的好心收留。"

他不说话，任由她一直说，任由她的情绪越发失控。

"我以为在一起这些日子，会有些别的什么吧。比如喜欢、在意之类的……原来没有。"

王结香表露的情感越激烈，殷显的反应就越是抵触。

他抱手站在一边，依然是微微地皱着眉，完全没有要跟她沟通的意思。

待她的话说到头，屋内陷入静默，他们俩面对面杵着，竟沦落至无话可说的境地。

王结香觉着可笑，殷显这副置身事外的模样，仿佛是人类在看一只发疯的狗。

她也不认为自己有错。

工作是重要，但她的工作她可以自己负责。

他们的感情于她而言，比工作更重要得多。

她无理取闹吗？她不认。

再在这个房子里待下去，再跟木头一般的殷显干耗着，王结香担心自己会窒息而死。

她想要答案。

想知道他为什么讨厌医院、想知道他到底爱不爱自己、想知道他独自徘徊的深夜在思考些什么。

关于两人的关系，她要一个确切的、具体的答案。

因此，即便他们的感情凝固于这个冻到冰点、岌岌可危的边缘，王结香也没有给出缓和的空间和余地。

她上前，继续推了它一把，问道："你刚才说'别在一起'，意思是分手对吗？"

殷显静静地看着她。

王结香等了五分钟。

她等他开口，等了足足五分钟。

她再也无法忍受，鞋也没穿就冲向出租屋的大门，夺门而出。

深秋的季节，王结香光着脚跑到大街上。

她没有目的地，四处乱逛，大口大口地呼吸，眼泪在家里憋得好好的，这会儿一股脑地淌下来，打湿她的整张脸。

本以为，他至少会喊住她……

王结香不甘心，回头看了眼家的方向。

天要黑了，她马上看不清路了。

簇拥的黑色渐渐地往视野中挤，家的方向静悄悄，不见走动的人影。

王结香这下真觉得自己傻，特别傻。

他是真的不爱她。

她转身，抹着眼泪地往大马路走，问自己："看清他了吧？你还爱他吗？"

毋庸置疑，她是爱他的。

可这爱放至当下的心境，她又开始恨他。

殷显不在乎她的爱，不在乎失去她的爱。

自从妈妈没了，王结香数次感到自己无家可归，她离开弟弟奶奶爸爸，从乡下跑到城市。殷显不仅是她的爱人，他给了她家。

她有多爱他、多在意他、多依赖他，此刻就有多恨他。

她想起他们第一次闹大的矛盾，他收拾行李要走，动作那么干脆，就代表他对他们的家毫无留恋。

王结香好生气。

她的脑子里将殷显的坏尽数过了一遍——

阴阳怪气、讲话不会好好讲、擅长冷暴力、自尊心强，从没看见过他服软、没风度、没感情、常年板着脸……

城市华灯初上。

下班的人潮熙熙攘攘，一个没穿鞋的年轻漂亮的女生在街上走，分外显眼。

注意到她的人已经觉得她不太正常，她还旁若无人地掉着眼泪，更令路人有意地避开她。

王结香自己都不知道走了多远，肚子饿得咕咕叫。

殷显的缺点多如牛毛，她数了一路。

王结香记不得她回头多少次，如果殷显有追来，那所有缺点都可以一笔勾销。

他没有。

于是她继续走，继续数。

街边的店铺正是生意最好的时候，王结香闻到一阵香味，脚步不自觉地被吸引过去。

那家店在卖啤酒烤鸭。

橱窗中旋转的鸭子被烤得金灿灿的，流着肥油。

王结香坐在店前的台阶上，非常非常想吃烤鸭。

她没带钱。

她身后也没有殷显。

她闻着烤鸭的香气，忍不住幻想，要是能吃上烤鸭有多幸福，买上半只烤鸭回家，切好端上桌，配着颗粒饱满的白米饭，和殷显一起吃。

王结香一边幻想，一边骂自己没出息。

数他的坏无法让她清醒，王结香开始数殷显的好。

他为她做过什么好事？她却又故意地朝恶意的方面揣测。

榨胡萝卜汁——机器是公司不要的，胡萝卜汁是她不爱喝的。

带她看医生——那时他骂她猪脑子，吼她路都不会走。

接她下班、等她洗澡——殷显说过，他是怕她又给他添麻烦。

把她带回来的螃蟹煮海鲜粥——他嫌弃那只螃蟹，粥是随手煮的。

收留她住他的家、帮她要回工资、给号啕大哭的她递了纸……王结香想不出恶意的。

其实她不得不承认，她受了殷显许许多多的帮助。

其实她还记得，被允许搬到他床上睡的那个晚上，她有多高兴。

其实，她不想分手。

仅仅是因为她付出很多，爱得很多，所以希望他也在意她，回馈以爱。

他凭什么呢？

他不爱她，有什么错呢？

王结香的眼泪像断了线的珍珠，直到哭得意识不到自己在哭时，有人从后面拍拍她的肩，她错愕地转身。

是围着围裙的啤酒鸭店家。

店家为难地对王结香说："姑娘，你去别的地方坐着吧，你这样我没法做生意。"

王结香连忙站起来，向对方鞠躬道歉，而后匆忙地迈开脚步准备离开。

"哎，姑娘。"店家叫住王结香。

店家估计是看她只身一人，哭得梨花带雨，又没有穿鞋，赶走她心中过意不去，便问道："你想吃啤酒鸭吗？"

……

王结香得到了一个用饭盒装着的鸭腿。

她没有吃掉它。

她找着回家的路，她想回家。

王结香不是回去找殷显和好的，她是回去找他吵架的。

她主动和他在一起，分手也要她主动吗？又不是她想分，应该是谁想分谁主动。

王结香相信一句话：不见棺材不落泪。

如果不亲眼所见最坏的结果，如果不被明明白白告知，她便永不会罢休。

她成功说服了自己，踏上回家的路。

王结香已经很长一段时间都不必独自一人走城中村下坡那条黑黑的路。走到殷显以往等她的位置，她不由自主地打量周围。

不知道去哪儿找她的话，他应该等在这儿，这是她回家的必经之路。

再一次，她失望了，附近没人。

她无精打采地继续走，走到下坡的拐弯处，家里没有开着大灯。

殷显总是开着灯等她的，他是不是不在家？

王结香想到这儿，三步并作两步，跑到家门口用力地拍门，内心更期待没人应门。

敲了大概七八声，屋里传来脚步声，门从里面被打开，殷显在家。

两人打量着彼此，眼中都有惊讶。

殷显惊讶王结香这般狼狈，她脸上沾了灰，发丝凌乱，眼睛又红又肿，光着的一双脚黑乎乎的。

王结香惊讶殷显的干净整洁，他换了睡衣，头发是湿的，明显是刚刚洗过澡，家里飘出诱人的饭香。

她跑出去，下落不明，他居然有心思在家做饭，刚才花了一会儿时间才开门，大概是他正吃着饭。

果不其然，殷显侧身让出道，对她说的第一句话是："饭和菜煮好了，你要不要吃？"

王结香的脸一阵青一阵白。

她瞠目结舌地开口，语调都变了："你觉得我还吃得下去吗？"

没男朋友，没家了，他们要分手了，王结香心中简直是世界末日了。

看他的反应，仿佛她不是离家出走，她只是去对面上了个厕所回来。

殷显点点头，表示理解。

他保持大门的敞开，意思似乎是让她随意，然后自己吃饭去了。

王结香第一次有了"这人是不是不太正常"的想法。

她跟着他进屋，看到他把她昨天带回家的那条鱼炖了，一边吃一边挑出鱼刺。

若是王结香今晚不回来，估计殷显吃完饭会自己收拾饭桌、洗碗，然后躺下去睡觉。他连大灯也不记得为她留，如此迅速地恢复了自己一个人居住时的模式。

王结香脑中的弦彻彻底底地崩断了。

她能听见那一声嘶哑、高亢、怪异刺耳的噪音，像一个乐器被粗暴地拉坏了。

她愣愣地说着："你懂得怎么跟亲近的人相处吗？

"懂得怎么去爱她关心她尊重她保护她吗？

"懂得人是不可以被随意伤害的吗？"

此时此刻殷显的表现，完全是毫不在意她的模样。

可是，王结香内心深处是不相信的。

她真的不相信啊，所以她还站在这里，不要脸皮不要自尊，没人找她，她也自己回来。

她从他身上，结结实实地接收过、感受过爱意，即便他没有亲口说"我爱你"，即便他很多行为让她伤透了心。

可究竟是哪里出了问题？

王结香已经忍不住地开始思考，会不会始终是她自作多情呢？

"我说了分手。你如果不想分，至少挽留一下；如果你想分，请你直接说出来。"

她对着殷显的后背说话，像对着一块石头、一面墙壁。

她看不清他的表情。

不过他的表情她也早已看腻。

不外乎是蹙着眉冷着脸，或者索性面无表情。

殷显放下筷子，转头看向她，脸上有微笑，双眸中有淡淡的释然。

他说："所有人迟早都是要走的。

"你也是，走了也好。"

殷显是怎么想的，王结香根本无法想象。

他发自内心地觉得没人爱自己，没人在乎自己。

他发自内心地觉得别人离了他会过得更好。

他总是平静地拎起行李就能够告别。

他总是不会遗憾、不会伤心。

"走了也好？"她反问他，"我走去哪儿？

"大晚上我跑出去，我去哪里？你觉得我没你了会过得很好是吗？你觉得我失去你，完全不会难过是吗？我说过的，我要一辈子和你在一起，你觉得我是说着玩的？你说看看吧，我走去哪儿？"

殷显在想她的话，那双总是睨着的眼睛渐渐地蒙上一层迷茫，让他看上去有点钝、有点呆。

"我不知道。"

殷显侧着脑袋，不怎么有自信地、一字一句地提取脑海中混乱的记忆。

"你喜欢兔子、你爱吃牛奶味雪糕、爱喝胡萝卜汁、你总是生气、你很想妈妈，其余的都不知道，"他真心实意地询问她，"要我去哪里找？"

他这一番话，前言不搭后语的，让怒气冲天的王结香顿时傻了眼。

这都是是哪里来的结论？

她被他带到了恍惚的状态中，突然产生某种抽离感，先前明明非常难过非常痛心，现在心情缓和了大半，好似从一个旁观者的角度，匆忙地看了一眼紧紧束缚住她的情绪。再回到这个场景中，她仍是气着的，却又觉得问题并不那么严重了。

她还记得自己要说的话，殷显讲的头一句，她就想好反驳了。

"你不知道就对了，因为我没地方去。"

殷显没说话。

王结香瞪着他，示意他回应。

他回了个："哦。"

她这才肯往下说："你不知道去哪里找，也不能不找；我没地方去，也不一定回来……我自己回来多没面子。"

她瞪他，他又接："好。"

行吧，王结香算是想明白了。

鼓励殷显开口、刺激殷显做出反应来达成她的目的，他压根不接招儿，还不如表达自己的需求更省事。

她想要干吗，就直接追着要他做。

相比于问"能不能跟我讲讲以前的事"，还不如使用祈使句。

王结香道："我要知道你以前的事！"

假如到了这个节骨眼，殷显还不明白她近来伤心的原因，还是过往的那副拒绝交谈的样子，王结香就真的想分手了。

所幸，殷显做出了改变。

"哪个事？"他问道没有立即拒绝她。

道理是那个道理，可王结香的心里别扭也挥之不去。

要她一个个问，他一个个回答，这样不像情侣谈心，像访谈节目。

她烦闷地鼓起腮帮子："非要我主动提问，你就不能自己自由发挥，说一说吗？"

殷显支着下巴，神情凝重地深思着。

王结香服了。

她手里还拿着啤酒鸭腿的饭盒。

窗外，夜深了。

王结香等着等着，身体被暂时关闭的感官全回来了：肚子饿、脚痛、腿酸、后背黏黏的……

不然随便问个了事吧。

王结香挠挠后脖，问道："今天先说一个，诚实回答！你的初恋是谁？"

刚刚他的胡话里，谁爱喝胡萝卜汁？谁爱吃牛奶味的雪糕？

殷显是把前女友的口味记成她的了吧？

"初恋……"殷显表情严肃、态度严谨地说出了那人的大名，"王结香。"

王结香见他一脸正经，不由得眉头紧皱。

哪知他会说出她的名字，她扑哧笑出了声，苦大仇深的脸瞬时解冻。

殷显也笑了。

她盯着他的笑脸，走神了一瞬。

她脑中猛然浮现另一个名字：何善。

何善是谁？她想着想着，还是记不起来。

然后很快地，她把这个问题连带这个名字都忘记了。

她将饭盒交给殷显，真是累坏了，是时候整理一下他们目前的关系了。

"我可以回来吗？"她问。

他说："是你自己要走啊。"

"我还可以和你做情侣吗？"她问。

他说："是你要分手啊。"

她撤下全身的力气，挺直的腰背像是被抽掉了骨头，真实地表露出疲惫，她最后问："那吃饭吗？"

他说："好哦。"

第二次的大吵，比第一次的原因严重太多，他们却没有像第一次那样长时间的冷战，就仿佛是殷显说的那样，王结香单方面的不悦引起了矛盾。

而她偏偏是个好了伤疤忘了痛，有恋爱谈就万事大吉的人，没出息得很。

所以只要给点阳光，王结香又灿烂起来了。

几天后殷显待的保险公司做活动，一些价值低的客户不要的赠品有剩余，被他带回了家。

王结香从那堆垃圾赠品中，翻出一个兔子形状的钥匙扣。

它是金属材质的，银色的圆环连着一小段简易的链条，链条的尽头挂着一只拇指盖大小的兔子。

那是漆成米白色的一整只兔子，它有长耳朵小脑袋、胖胖的身子、圆圆的短尾巴，头上还别着一根胡萝卜。不论是钥匙扣的做工还是涂色，看上去都非常劣质。胡萝卜已经掉了一半的漆，露出后面金属的底色，兔子的形状也有些歪歪扭扭的。

不过这并不影响王结香对它的喜欢。

她双手捏着钥匙扣，将心爱的它看了又看，摸了又摸。

"兔子兔子，我最喜欢的兔子。"她在他们的出租屋里转起圈圈。

殷显猜测和兔子有关的东西会让她高兴，没想到她能高兴成这样。

"你转得我的头都晕了。"

王结香转着圈圈来到他身边，把他从凳子上扯起来，和他一起转圈。

"殷显殷显！"她晃着他的手，"等你赚钱，赚大钱了，我们养只兔子好不好？"

殷显弯弯嘴角，不假思索地应了："好。"

在那之后不久，王结香得知了殷显夜不能寐的缘由——

他打算换工作。

殷显从保险公司辞职，进入了一家做灯具的大型私营公司打工。

那家公司是他经过多番对比后选中的，王结香料想这份工作对他来说有别的意义。

以前做保险有绩效，现今他赚的是固定工资，一个月下来，工资将近少了一半。

她没有因为钱少去干预他的选择，他做事有他的道理。

王结香也有她自己的事情要忙活。

住在城中村，一年中最难熬的便是梅雨季和冬季。

冬天，出租屋没暖气，公共浴室没热水，雪下得大了会把他们家路堵了，家附近的下坡会结冰，变成一个超大型的滑滑梯。

趁麻烦的冬天还没来，王结香提前做好迎接它的准备——她打算为殷显织一件暖和的毛衣。

织毛衣的手法是跟着海鲜厂里的大姐学的。她手笨，脑子笨，人家大姐都教烦了，还是时不时出错。

关于这一点，她完全没遗传到她妈妈。

王结香记得她妈妈织东西织得特别好，她爸爸的围巾、她奶奶的拖鞋、她的帽子和手套、装零钱的小兜全是她妈织的。

小时候王结香看妈妈织毛衣，觉得妈妈是魔法师，棒针裹着毛线，毛线绕着妈妈细瘦的手指，指头再灵巧地一勾一挑，立即变出一个个漂亮的结，它们再组成细密规则的网。

妈妈是那么熟练，她缠着妈妈讲话，也不耽误妈妈手上织东西。

"妈妈，我想要毛衣上有朵小花。"

妈妈抬头看她，好笑地问："多大的小花啊？"

她伸出两只手，左手拇指抵右手拇指，食指对着食指，比画出大小。

"这么大的小花呀，"妈妈笑着点点头，"行，结香要小花，妈妈给你织上小花。"

等到王结香长大，成为一名织毛衣初学者时，才知道在一件毛衣中添一朵小花的难度。

她也想殷显的毛衣有小花！

因为织得不太好，常常要拆拆改改，王结香刻意不在殷显面前织。原以为能赶上冬天前把毛衣送给他，没想到工程实在浩大，直到城市悄无声息地入了冬，也还没织完。

这个冬天，海鲜厂生意不景气，订单少得可怜。

月底，老板跟他们说这个月工资不能按时发。

王结香像其他工人一样，眉头紧锁，若有所思。

她想的一些大的问题，比如，再这样下去自己会不会被裁员？工厂会不会倒闭？

她想到一些小问题，比如，工厂的午餐晚餐老板还会包吗？会不会要她自己带饭？

月底，王结香和殷显的钱包已经基本空了，就等着发工资。

工厂的情况，让他们家彻底揭不开锅了。

王结香为了省点钱，一份饭分两份吃，这导致她晚上常常是空腹睡觉的。

她躺在硬硬的木板床上，出租屋的墙好像是纸糊的，外头寒风一吹，冻得哆哆嗦嗦地发抖。

王结香翻来覆去，又冷又饿，难以入睡。

殷显晓得她不舒服。

他把自己的棉被盖到她的被子上，尽量让她不那么冷。

"不行，我们棉被全是单人被。我睡到半夜，把你被子稍微扯走，你得冻死。"

王结香往床的里面移，不盖他的棉被。

殷显挤向她，执着地又把被子盖上了。

这样你盖我移的，来回几次，他一直在掀动他的被子，估计不用等半夜，现在就要着凉了。

王结香想了想，铺开自己的棉被，和他的单人被合一起。

"你抱我，抱紧点。"她说着，不留给殷显推脱的空间，就钻进了他的怀里，说是要他抱，倒是她先抱了他个满怀。

殷显却也没想推开她。

她的身体冰冰的，他抱着像抱了根冰棒。

她细细的胳膊，薄薄的肩，好像比刚遇到那会儿更瘦了。

殷显让她的头枕着他手臂，调整成一个能够护住她的姿势，搂着她，轻拍她的后背，哄她睡。

艰难的酷寒的冬夜，他们互相取暖，一同吃力地熬着。

"殷显啊。"

他们在一起一年多，王结香不再叫他显哥，更多时候直呼其名。

"嗯？"他应道。

她手脚冰凉，撒娇的声音都有气无力："我睡不着，你给我讲睡前故事好不好？"

"怎么讲？"

"讲童话。"

为避免殷显没有方向，王结香还贴心补充了一下她想听的童话是什么样子。

"在很久很久以前，有一对幸福的公主和王子……差不多这种的，用你的幻想去描述，你所能想象的最美好的两个人的故事。"

殷显思考了半分钟，开口道："在未来，我给你买了大房子。"

"什么呀，大房子？"她忍着笑打断他，"听上去好不浪漫，不像童话。"

"你想要什么？"

"我啊……"

反正幻想不用花钱，王结香的脑海中闪过许许多多她平时想要却得不到的东西。但如果要说，她最最最想要的，那必然是……

"想要去你的岛，住下来。"

不知他听没听懂她的所指。

根据她的需求，殷显修改了刚才的童话开头："在未来，我送了你一座大大的岛。"

靠着他的胸膛，王结香满意地继续听。

"哇！好耶，那岛上有什么？"

"岛上有数不尽的你最喜欢的兔子。你只要招招手，软软的兔子们就争先恐后跳入你的怀抱。岛的中心，是一座属于你的城堡，热水暖气用之不尽，美味的饮料食物全天无限量供应。"

"那么好啊？"

她抬起脑袋，看着他，笑得合不拢嘴。

"可这是你的岛吗？全是兔子，你在哪里呀？"

"我也在岛上的。"

殷显抓起王结香的手，让她摸他的另一只手。

他的另一只手比着 V，立在耳边。

王结香摸出来这是他的"兔耳朵"，乐呵呵地傻笑。

他编的专属于她的童话，将她哄得特别特别开心。

这个寒冬夜晚的饿啊冷啊贫穷啊，都被快乐驱散了。

她的心静下来，在殷显的声音中闭上眼睛。

他接着给她讲岛上有什么好吃的好玩的，讲那个岛该怎么去，讲他们在岛内如何进行奇妙的探险。

讲呀讲，讲到王结香的呼吸声变得均匀，完全沉入梦境，他才停。

她最后记得的，是殷显要为那座岛取个名字。

是很可爱的名字。

梦里她还在想，该叫什么名字呢?

分明是简单的问题，可她绞尽脑汁。

究竟是什么名字?

第十章

/ 王肥肥

过年前，王结香领到了她的工资，以及五十元的过年费。

海鲜工厂的生意依旧不见起色，老板让她年后不用再来上班了。

早些时候，她已经对此做好心理准备，倒是教她织毛衣的大姐蛮舍不得她的。

"怎么就见不着你了呢，你的毛衣都还没织好。"

王结香抱了抱大姐，反过来安慰对方："快织好了，只差一朵小花。即使不在这儿工作，我还是能来看你，我们有机会再见的。"

说到那朵小花，本来王结香是想像她妈妈织给她的那件毛衣一样，织的中间换其他颜色的毛线，将花朵直接织在毛衣里。

但那样，不仅步骤复杂，而且殷显可能会不喜欢穿有小花的毛衣。

最后，她决定的方案是，直接把花另外织出来，再缝到毛衣上。

"你想好之后去哪里打工了吗？"大姐对王结香家里的状况稍有了解，失去这份工作，她的日子一定过得更加艰难。

"我看到家附近有餐馆在招洗碗工，写着日结工资……"王结香确实没有找到一条更合适的出路，也没再讲下去了。

第一场雪正好在除夕夜落下。

彼时的王结香正戴着塑胶手套，蹲在餐厅的后厨，耳边人声鼎沸。她刷着堆积如山的碗。

殷显在灯具公司加班，赶着看资料，核对方案。桌边那碗泡好的方便面不知放了多久，他端起来，匆匆地喝了几口冷掉的汤。

新年的倒计时过后，城市的上空绽开大朵大朵的烟花。

王结香从后厨的窗子看向天空的时候，殷显也在从办公楼向外看，他们这才发现下雪了。

银色纷飞的大雪中，绚烂的烟花冲上天空。

烟花升至顶点，爆裂成四散的晶莹的星子，而后，伴随着沉寂的下落轨迹，灰烬跟随雪花撒向人间。

他们看着夜空，看着旁人热热闹闹过除夕，不约而同地想到了彼此的脸。

殷显带着微笑，低下头回到工作。

王结香吸吸鼻子，卖力地刷起剩余的碗。

大年初一的早晨。

殷显终于从王结香那儿收到了他的新毛衣。

毛衣的颜色是特别的烟波蓝。

它被叠得整整齐齐地放在他的枕头旁边。

毛衣上面放了一张字条，王结香的字体胖胖圆圆的——

送给最爱的殷显：这是我亲手织的毛衣，祝你新年快乐。

他读完那行字，坐起身，将毛衣拿到眼前，展开来细细地看。

圆领长袖的毛衣，摸起来很软很舒服。

他抚过毛衣的每一寸，针脚规则又平整，难以想象这是她手工织的。

他手指触到毛衣下摆的边沿，感觉到一块小小的凸起。将下摆翻过来，他看见了一朵黄白色的球状毛绒小花。

王结香恰好走回房间，见他在看自己织的毛衣，顿时不好意思了："要是，你不喜欢那个花，可以剪掉的。"

她局促地挠了挠头，不得不承认，把一朵立体的花加在毛衣的里面，是有点不伦不类。

"这是什么花？"他问。

王结香笑而不语。

等下次有机会，他们亲眼见着那花儿了，她再告诉他。

"快穿上试试吧。"她说。

殷显应好。

他没脱睡衣，直接把毛衣套到外面。

她看他穿得费劲，过来帮他。

这毛衣，穿是穿进去了，不过不太合身。本该是宽松的款式，它却紧巴巴地裹在他身上，领口太小，袖子又短了一截。

"是因为我里面穿衣服了。"殷显脱掉新毛衣，解开自己的睡衣。

等他再一次套上毛衣，之前那些问题仍然存在。

王结香叹气："不行啦，袖子短太多了，你脱下来吧，我再重新加工，改大一点儿。"

她在心里骂自己笨蛋，考虑这个考虑那个，最重要的尺寸反而没量好。

"不用，"殷显扯着袖子，强行制造出尺寸差不多的假象，"没大碍，穿一穿洗一洗，就大了。"

"唉，这哪能穿啊？"她闷闷不乐地走过去，动手替他脱毛衣。

"可以穿。"

他抱住她，抱起来晃了晃。

王结香抬眼看他。

殷显摸摸她的头，轻声说："谢谢。"

她眨巴眨巴眼，脸上的笑意回来了一些，问道："好吧，花呢？花要不要剪？"

他摇头。

王结香的心落回肚子，她回抱他，也将他左右晃了晃。

整个冬天，殷显基本天天在穿那件毛衣。

他把它穿在大衣的里面，或者把它套在衬衫的外面。

慢慢地，他养成一个习惯，加班时、烦闷时、失去干劲时，都会翻开毛衣的下摆，看那朵藏在衣服里的小花。

毛衣却不像殷显说的，穿一穿洗一洗会变大。

越洗，它因为缩水，变得越小，直到后来他完全穿不上它。

脱掉暖和的毛衣，换上轻便的春装，他们牵着对方的手，齐心地迈向了春天。

殷显突出的能力、刻苦的表现，公司众人有目共睹。

新一年的春天，他被领导提拔，晋升为工程师，工资一下子翻了三番。

海鲜厂的大姐和王结香仍旧保持联系，大姐的女儿在百货商店里卖衣服，告诉大姐卖化妆品的专柜在招人，大姐又把这个消息告诉了王结香。

"我这把年纪，这个长相，是卖不了化妆品了。你去面试，说不定可以。"

大姐的话让王结香十分心动，在商场卖东西，环境好，赚的钱多，工作时间规律。

她现在做的刷碗，只有生意好的时候店家才会要她上班，工作时间和收入都不稳定。

"我不化妆，保养、牌子那些的全部不懂，人家会收我吗？"

大姐瞧了瞧她素净的小脸，心里也没个准。

"你想想吧，反正有这么个工作机会。"

晚上殷显回家，王结香和他商量了一下，他认为她可以去面试看看。

殷显说:"你有过卖油的经验,还卖得挺好的,卖化妆品同样是卖东西。"

她扁扁嘴:"卖这两个东西哪里一样啊?况且,和人打交道的方面,我没有信心。"

王结香之前的经历,殷显听她说过。

他清晰地知道,她更向往付出体力就能拿到报酬的工作,她的性格不属于精明能算的,跟人打交道太容易被占便宜。

越是鼓励她一定能胜任那份工作,她可能会越发没有自信,适得其反。

于是他说:"不去面试,你在餐馆工作;面试失败,你也是回餐馆工作。面试成功是最好的结果,但是不好的结果,你也没有任何损失。"

王结香瞬间被殷显说服了。

第二天,她向餐馆请了几小时假,去百货公司面试。

王结香一进入百货商店,就开始尿急。通明的灯光,大块的白色大理石瓷砖,走近化妆品专柜,飘来一股闻上去就很贵的香气……

她来城市有些年头了,到百货商店却是第一次。

负责面试的,是个身材苗条的女经理。

没有专门的面试场所,她就站在化妆品的销售区和王结香面对面地交谈。

女经理问的问题,无关她的背景、学历,以及其他个人信息,而是先假设一些销售中出现的状况,问王结香该如何处理。

当王结香给出回答后,女经理没点头也没摇头,不对王结香的回答内容予以评价,继续问下一个问题。

这种不明确表露认可或否定态度的面试官,多少会让面试者感到不适,开始质疑自己说的话,陷入犹豫和紧张。

王结香能够自如地应对,归功于她的男朋友殷显。

平日里她和殷显闹了矛盾,常常是她自说自话,他立在一旁面无表情地听。因此王结香已经练就了不需要太多反馈的说话模式。她不知道他是怎么想的,只管认真地去表达自己的观点就行。

面对板着脸的女经理,王结香全程维持良好的心态和平和的笑容。

问完最后一个问题,女经理让王结香留下手机号,面试结果会用短信通知她。王结香没买手机,写了殷显的号码。

三天后的中午。

王结香在餐馆刷碗,老板娘喊她,说她男朋友找。

王结香摘下手套，觉得奇怪，这个点殷显不该在他公司吗？

她跑出去看，大堂站着的还真是他。

殷显似乎是一路跑过来的，额头上有一层薄汗。

"发生什么事了吗？"她的心脏扑通扑通地狂跳。

他将自己的手机递给她，说道："你明天去百货公司上班。"

王结香瞪大眼睛。

她接过手机，仔仔细细地读了一遍那条通知她录取的短信，连说了两个"真好"。

她沾着泡沫的围裙还没解，就握着殷显的手，蹦蹦跳跳地说："我今天下班和餐厅老板说辞职的事。"

他笑道："傻瓜，不用等下班。"

王结香愣了愣："好，那我洗完碗跟他说。"

"不用洗碗了，"他拉住她，"我们现在找他们说。"

她是个实心眼的，事情不做完不安心。

"那怎么行，后厨堆着好多碗，谁洗啊？"

殷显带着王结香找到餐馆老板，他明显不乐意，同样是王结香这个说法。

"我今天的碗没人洗了，你现在走，白天算白干，工钱我没法给你。"

殷显反握王结香的手。

她的手冰凉，指头被水泡得起皱。

"今天的工钱不要了。"殷显的表情酷的，说的话也酷。

王结香跟着殷显走出餐馆。

他对她说："今天的工钱我付给你。我请了半天假，带你去买高跟鞋、化妆品，那些你全没有，明天要打扮好看点去上班。"

王结香觉着殷显好像王子哦！

童话里那种长相帅气、高大威猛的王子。他把一身灰的她从角落拽出来，邀请她去华丽的晚宴。

中午的太阳好大。

餐馆外的世界一片光明。

他们的未来，一片光明。

经过两个星期的培训，王结香正式开始在百货公司做化妆品销售。

作为一个新手柜姐，她有许许多多的不足。

各种产品的名称、功效、适用的顾客人群、公司的促销活动，她仍在熟悉中。

化妆品柜台要求员工穿正装、化全妆、盘头发、穿高跟鞋。除了衣服王结香能穿得清楚,其余的都得慢慢练习。

虽然和殷显在一起,她讲话的口音有被他带得标准了一些,但城市里的人仍能轻易就听出她不是本地人。口音的方面,公司并没有硬性要求。只是,王结香观察身边的同事,他们招待顾客时,讲话会刻意说得字正腔圆,让顾客听清,且有部分的顾客对本地口音的导购有天然的好感,所以她也想学习把话说得更清楚,进一步改变口音。

天天早上,殷显睁开眼,就能看到对镜"梳妆打扮"的王结香。

她拿着说话的腔调,口中念念有词。

"护肤步骤,第一步,爽肤水;第二步,眼霜,没有眼霜……也没有精华……然后是乳液或面霜,好的,面霜在这里。化妆,先上隔离霜,下一步,粉底液,不对,粉底液之前要遮瑕……"

她一边背书似的回忆学到的内容,一边挑选着瓶瓶罐罐,这个挤一点,那个抹一点地往自己的脸上层层叠加。

殷显洗完脸刷完牙回房间,她还在忙活。

她手中握着一个脏兮兮的海绵,将它迅速地往脸上按压,把原本白净的脸蛋涂成惨白的墙壁色。

等他吃完早饭,王结香终于涂好口红,完成了她的美妆部分。

拙劣的化妆技术使她看上去老了起码五岁,接下来她要绑头发。

殷显穿鞋,准备出门,王结香顶着盘好的头发跑过来,让他看自己的后脑勺。

"你帮我瞅瞅,后面的头发是不是没有平整?我摸着鼓鼓的。"

"平是够平了,"他将了将她的领口,捡出几根碎发,"后脖子有几根头发落在外面。"

王结香二话不说,解开皮筋,放下头发重新绑。

殷显见她实在是太折腾了,于是问:"需要绑得那么整齐吗?"

"对啊。"

不知该说王结香学东西学得慢,还是殷显学东西学得快。她每天在他面前重复化妆和绑头发的步骤,她自己还没熟练呢,殷显就已经看会了。

这天,殷显休息。

王结香坐在镜子前打扮,他支着下巴坐在她旁边饶有兴致地观看。

王结香张着嘴涂口红,觉得自己的姿势丑丑的,羞涩地瞟了殷显一眼:"哎呀,你盯着我,我手不稳,涂不好了。"

她话音刚落，口红便涂出了嘴唇边缘。她抽了张纸，擦掉重画。

碍事的殷显仍旧杵着不动。

王结香又一次要赶他走的时候，他开了口："我会了，我帮你。"

"真的？"

她将信将疑地把口红递给他。

殷显捏着她的下巴，转过她的头，旋开口红，屏住呼吸，给她淡色的、软得像花瓣的小嘴，均匀而完美地涂上了一抹明艳的红。

王结香垂眸，便见他紧盯着自己的唇。

殷显的薄唇浓眉近在咫尺。

他凌厉的眼正专注地望着她，眼神像藏着小钩子，牢牢地勾住她。

王结香情不自禁地咽了咽口水，感觉自己的腿在微微地发软。

"你……"他的上身拉远了一段距离，端详她的脸。

她的双颊通红，不明所以："我？"

王结香认为，殷显要夸她了，夸她可爱，夸她漂亮，因为他的目光就是那样说的。

"你太瘦了。"他说。

"啊？"她没反应过来。

"太瘦了。"殷显又重复了一遍。

他站起来，将口红放到桌上，摇摇头走掉了。

王结香无语，抽了张纸，看向镜子。

她照着镜子，看到自己利落的唇线，饱满的色泽，不由得发出感叹："我的嘴好美！"

他为什么这么会画？

震惊之下，她朝他的背影喊："殷显，你是不是在家偷偷练习涂口红啊？"

换工作之后，王结香在家的时间一下子多了起来。

一周她休息一天，二四六上早班，一三上晚班，周五上全天。这意味着一个星期她能有四天回家吃晚饭。

家里使用厨房更多的人，由殷显变为了王结香。

他们一起吃饭的次数比起从前却没有增加，殷显基本没有按点下班过，加班已经加成了习惯。

晋升为工程师的第三个月，发工资的日子，他买了一台小冰箱回家。

崭新的冰箱被放在破破的出租屋里，分外显眼。

王结香心疼钱，绕着冰箱左看看右看看，嘴里唠叨："这玩意儿很费电的，菜我们每天买新的就好，用不着它的。"

殷显接通冰箱电源，调节冰箱温度，语气毫不在意："电费用不了多少，冰箱也不贵。"

王结香当他睁着眼睛说瞎话："怎么可能不贵呀？"

"跟榨汁机比，它不贵。"

之前他卖保险，赚那么点钱，也能买得下榨汁机。按他现在的工资，冰箱对于他们家，确实是不贵。

"榨汁机？"她困惑地挠挠头，"你说的是我每天用来榨胡萝卜汁的那台榨汁机？"

殷显这才反应过来，他说了漏嘴。

"那不是你公司没人要，你拿回家的吗？"

他轻轻咳了一声，试图逃避这个话题。

王结香敏锐地察觉了真相。

"哦——"她恍然大悟，"所以榨汁机是你买的。"

殷显下意识地否认："没那回事。"

"为什么不承认呢？你想让我喝到胡萝卜汁，特地买了榨汁机，是不是？"王结香眯起她圆圆的大眼睛，笑容中有种笃定，以及一种俏皮的得意。

她的眼神仿佛在说：哈哈，我已经发现了你在爱我，我很确定。

殷显本能地有些不适应，甚至有意识地去排斥她的亲昵。

就好像之前的某次，他差点忍不住亲她，但在望见她饱含期待的双眸时，他选择了退后，与她保持距离。

"别乱猜，"他的声音瞬间冷了几个度，"不承认，因为不是。你觉得我那么闲吗？你喝胡萝卜汁关我什么事？"

"又来了，阴阳怪气的腔调又来了，"王结香发出"啧啧"声，相当看不惯他这个样子，"不是就不是呗。"

她满不在乎地耸耸肩，即便榨汁机没有殷显的心意，榨出来的胡萝卜汁她也照喝不误。

王结香对殷显的内心戏一无所知，注意力重新回到小冰箱。

"冰箱总归是你买的，你买它做什么用？"

殷显如实答："有了冰箱可以多存点菜。"

"存点菜？"

王结香哪壶不开提哪壶的恶趣味冒出来。

226

他不爱听，她偏要说。

"好感动，我猜，殷显是不是为了把我养胖所以想多买菜给我吃？哎呀，可就算那是事实，他也不会承认的。"

殷显说"是"与"不是"的路，都被她堵死。

而他买小冰箱的真正目的，同样被她猜得十足地精准。

王结香赢了他一筹，虽然她自己不知道。

殷显也不知道他自己输在哪里。

他不知道为什么想养胖她，不知道为什么关心她喝不喝胡萝卜汁，不知道为什么他松不开嘴，不愿意承认关心她。

慢慢地，王结香有了可观的工资，存下钱，买的第一样贵的东西是手机。

有手机，她就可以随时随地联系到殷显了。

别看王结香时常嚷嚷着要殷显省钱，发起短信来，她完全不考虑话费。只要她有空了，或者是在家没事干了，就会给他发短信——

"在做什么？忙吗？"

"午饭时间到！我吃了鸡腿饭，还加了个卤蛋。工作狂，你也差不多时间要吃饭了！"

"想你啦，殷显。"

"我下班回家了，你有没有什么想吃的？"

"今天有加班吗？你要能八点前回来，我等你吃饭。预告一下，晚餐有你爱吃的辣椒炒牛肉哦。"

对于王结香毫无节制的短信轰炸，殷显通常只回有必要回的。

比如上述的内容，他全看完了，回复的只有她发的最后一条。

"有，不用等。"

短信刚发出去不久，他的手机又响了。

"好吧，那你加班晚了自己先吃点东西。回家前喊我，我热饭。"

殷显按灭手机屏幕，继续工作。

买手机不过两个月，王结香打字的速度突飞猛进。有这样的进步，不是她有多聪明，主要的原因是她废话太多。

百货公司的工作算得上清闲，化妆品柜台一般碰不上顾客爆满的情况。

王结香会在店里没客人，而且手头的事情都做完后去跟其他柜姐学学化妆技巧，一来二去，她跟隔壁卖香水的售货员倩倩混熟了。

中午吃午饭的时间，倩倩总会找王结香一起吃。

根据倩倩的观察，王结香吃饭前都要掏出手机打字。

"又发短信呢？"她问。

"是啊。"王结香打完字，点击发送，把手机收回兜里。

倩倩嗅到八卦的气息："看你整天手机不离身，跟谁发短信发得这么频繁呀？"

王结香咬了口卤蛋，冲她眨眨眼："我男朋友。"

"咦？你有男朋友？"倩倩打量着她的脸，表情惊讶，"你看上去年龄很小呢。"

"我二十岁啦，十八岁和我男朋友认识，然后在一起，已经两年了。"

"所以，你刚来城里没多久就认识他了？"倩倩知道一点王结香的背景，顿时涌起强烈的好奇，"怎么认识的啊，快给我讲讲你们的爱情故事。"

"爱情故事"这个词令王结香心生愉悦。

她吞下剩下的半颗卤蛋，清清嗓子，对倩倩娓娓道来。

"那是两年前的一个冬天，我没钱交房租，房东让我搬走。我无处可去，是他对我伸出了援手……"

待午饭吃完，王结香的经历也分享完了。

她收拾收拾盒饭，准备回去干活，倩倩还沉浸在她故事的余韵中，意犹未尽。

"能听出你很爱他，你的叙述中，他好得像个菩萨。"

"你真主动呢，感觉什么事都是你主动的，换我的话我可受不了这样性格的男生。"

倩倩说这话，王结香不服。

"他有主动对我好的。"

倩倩挑眉问道："好在哪里？"

王结香列举了许多殷显为自己做的事，买冰箱囤菜让她多吃东西，榨胡萝卜汁让她喝，带她去看病，等她下班，陪她去公共浴室……

听她说了一大串，倩倩并没有改变观点："唔……越听你说，觉得他像你的长辈，引导你，教育你，管你生不生病，吃不吃饭那些的。"

王结香鼓着腮帮子，立即反驳了倩倩："那不然两个人住在一起，除了日常生活，还有什么别的好关心的？"

倩倩想着词去描述她感受到的那种古怪："就是，年轻的情侣，年轻人的爱情，相处应该要多一点浪漫和激情吧，我像你这个年纪谈恋爱时，两个人缠缠绵绵爱得死去活来的。你讲的东西是很生活化的，你男朋友是有对你好，不过，一切有点太平静，太冷淡了。"

这个观点比较主观臆断，倩倩看王结香的面色不大好，马上反应过来自己说多了。

"你瞧我，怎么代入自己身上了，"倩倩笑笑，有意地转换一个轻松且适合八卦的话题，"你们年轻，又同住，你吃得消吗？你们……生活方面，和不和谐？"

王结香没听清她中间的词："啥生活？"

倩倩推了推王结香的胳膊："那个的生活啊。"她笑得神秘兮兮的，刻意地压低了音量，"关于那个，他总得主动了吧？"

王结香没明白她干吗突然挤眉弄眼、怪腔怪调的。

"我们的生活很和谐啊，我过得蛮开心。"

见王结香一脸的骄傲与坦荡，倩倩知道她是没有明白自己的意思。

倩倩附在王结香耳边，手遮着嘴，把之前自己问句的意思完整地表达出来。

这一下，王结香听得清清楚楚。

倩倩移开手，她的脸瞬间红了。

她的表情，仿佛这些事她是第一次听。

倩倩等待她的回答。

"没有过。"王结香说。

"不会吧？"倩倩吃惊地张大嘴，"你们住一起两年了。"

"可是……"王结香于事无补地解释，"我们有天天睡在一起的。"

"一个被窝吗？"

"是啊。"

"那你们都没有发生……"再聊下去，估计不好收场，倩倩咽下嘴边的话，"可能是他为人正直，或者你们在一起时你年龄太小。"

她越帮着圆场，王结香越心虚。

王结香道："在一起是十八岁，现在二十岁啦。那个，正常的情侣会有吗？同居两年的情侣。"

倩倩点点头。

王结香陷入了深思……

王结香有心事了。

这天，殷显刚回家，便发现了她的不对劲。

"你今天回家很迟吗，怎么没卸妆？"

王结香摸摸自己的脸，说道："妆？卸了啊，只是涂了点口红。"

他没拆穿她，见桌上摆着两双碗筷，径直去饭桌吃晚饭。

每次殷显都会叫她先吃，她还是会等他一起吃饭。

吃饭时，王结香同样是心不在焉的。

殷显一手夹菜，一手扶碗，嘴里嚼着菜，眼睛瞥着她。

"殷显！"她的手猛然伸过来，把他的手从碗沿拽走，握在两手之中。

他不明所以地停止了咀嚼。

王结香与他对视，语气严肃地问："我们是男女朋友吗？不会你还当我是住在一起的舍友吧？"

"……"

殷显觉得她很无聊，没有搭理她。

洗完澡，两人从浴室回来。

殷显坐在床沿擦头发，王结香冷不丁地坐到他的腿上。

他拿下毛巾，见她不知何时换上了夏天的睡衣，口红依然没擦掉，反而描得更红。

"殷显。"她揽住他的脖子。

"什么事？"

王结香用手指圈着自己的发丝，绕来绕去。

"帮我擦头发吧。"她娇滴滴地说，附加一个媚眼。

殷显的表情毫无波澜，说道："行，坐一边。"

"不要不要，"她的腿晃呀晃，细着嗓子，任性地撒娇，"人家要坐在这里。"

"为什么？"

她用手指在他胸膛画圈："离你太远，心会冷。"

"穿夏天睡衣当然冷。"

王结香被殷显起身的力量带到，重心不稳地倒向床，摔得四脚朝天。

他没看她，直接站起来，到衣柜拿出厚的睡衣。

那件睡衣是土黄色的，上面有只洗得秃了头的大猴子。因为睡衣够厚够暖和，她常常穿。不过今天，王结香是完完全全不想穿它的。

不顾她的喜恶，殷显强行帮她穿好，替她扣上扣子，扣子"贴心"地一路扣到最上面一粒。

王结香盘腿坐在床上生闷气，瞪着殷显。

他站在她旁边，不声不吭地往她头上扔了条大大的毛巾。

"你干吗？"她愤怒地握拳。

他答："擦头发。"

殷显的手盖住她的头,开始左左右右、迅速而暴力地揉搓。

待他拿下毛巾,顶着爆炸头的王结香也蔫毛了。

"喂!"她叉着腰站直,大声对他吼,"毛巾沾到我口红了!我不好看了!"

殷显立刻低头去查看毛巾。

计策大失败,王结香彻底放弃。

她穿着大猴子睡衣躺进被窝,背对殷显,躺在床的最里面。

他洗完毛巾进屋子,关灯睡觉。

黑暗中。

她问:"说实话,你是不是把我当兄弟?"

他昏昏欲睡,发音含糊地答:"哪种兄弟?帮我打架的,还是陪我喝酒的?你那小身板,当我兄弟都不够格。"

王结香爬起来,用力地踹了殷显一脚。

"王结香!"他皮糙肉厚,一点不痛,只是被她搅得睡意全无,有一点恼怒。

王结香重重地哼了一声,躺回自己的位置,盖了被子睡觉。

第二天。

化妆柜台的生意不错,王结香带着笑容忙活了一个上午,倩倩没有找到机会和她搭话。

吃饭时间。

没等坐下呢,倩倩就迫不及待地问她:"怎么样了怎么样了?"

其实也不用问了。

私人时间,王结香的心情全部写在脸上。

"你们两年没有,肯定有大问题的,你昨晚的失败我一早就猜到,"倩倩十足地热心,"来来,跟我说说!我有经验呀,我来给你出谋划策。"

王结香叹了口气,将昨天家里发生的事一五一十地跟她说了。

倩倩支着下巴,表情像听患者描述病情的医生。

末了,王结香也像患者一样,双手攥成拳,紧张地等待她的分析。

"状况大概是这样,你怎么看的?"

倩倩先不说结论,问些旁的问题:"他身边还有别的女的吗?"

"我不知道,你的意思是……"

倩倩点头。

王结香果断地否认了她的猜测:"不可能,他上班非常忙,天天加班,忙到常常没空吃饭。"

"天天加班，没空吃饭？"揪住王结香话中的两个词，倩倩重点重复了一遍，"你确定你们是相爱的？"

"嗯。"

"要不……"倩倩语出惊人，"带他去医院看看吧？"

王结香不解："看什么？"

"男科呀。"倩倩由自己的经验得出的结论，"如果不是外面有人，那可能是过劳了，导致身体不大行。"

王结香脑子迷糊了。

倩倩煞有介事地拍了拍她的肩，说道："不要觉得年轻就一定健康，多关心关心男朋友，有病要治病。"

晚上。

殷显回家。

王结香坐在桌边想事情。

她今天没像昨天一样折腾些乱七八糟的，让他省了不少的心。

但该来的总会来的。

睡前，他关掉床头灯。

王结香拖着棉被挤到殷显身边。

"说吧。"他知道不让她说，她是没法好好睡觉的。

"你……"她咬一咬牙，直接讲了，"你哪天休息啊？去医院一趟好不好？"

"为什么？"

具体的王结香不好意思说，犹豫一会儿，才吞吞吐吐道："我和同事聊感情的事……然后，或许……我们应该去看病。"

殷显听出是别人跟她说了什么，导致她这两天不正常。

"你耳根子太软了。"他说。

王结香不置可否。

幸好黑夜里他看不见她的神情，她也不用顾忌脸皮。

"那，去还是不去？"

他反问她："你觉得我该看什么方面的病？"

她静了半分钟，小声说："对我的身体没有兴趣的病。"

殷显那边没声音。

王结香忽然觉得黑夜又不好了，她想看他此刻的表情。

她知道他没睡着。

良久后，他开口说："我没病，我身体很好，各方面都很好。"

"哦。"王结香闷闷地应。

她似乎不打算再讲点什么了，于是殷显终止了话题："睡觉吧，明天还要上班。"

王结香发现，她和殷显的很多问题，落到最后，总会变成一个问题——他爱不爱我？

她可以不假思索地回答倩倩："嗯，我们是相爱的。"

但她有些时候无法说服自己。

她内心是摇摆不定的，有时候对他们的爱情自信满满，觉得它坚固无比，有时候却又相反。

第二天，和往常一样，王结香穿着高跟鞋，露出八颗牙齿的微笑，挺直腰板站在柜台前，心中的她却是无精打采的。

脑子里装着理不清的事，她吃力地思考着。

一天了，殷显的手机好久没有这么安静。

这异常，让他花费更多时间，去按亮手机屏幕，查看时间，查看收件箱。

到了王结香下班回家的时间点，她的短信依旧没来。

殷显心中烦躁，编辑了一个问号发送过去。

过了大概半小时，在他忍不住想去外面打个电话的时候，王结香终于回复了。

"我一整天在想。"

收到回复，殷显顿时松了口气。

王结香没想好怎么说。

她握着手机，苦着脸，觉得既尴尬又自卑。

和殷显以往慢吞吞的回复速度不同，他相当快速地回了她的上一条信息。

"想什么？"

王结香点开屏幕，看到这三个字，悔得想把手机摔出去。

跟他说干吗呢？这下怎么办？

他回得这么快，是不是正在那边等着她回复？

她屏住一口气，飞快地在屏幕上打下一行的字。

"想你什么时候跟我……"

王结香破罐子破摔地把信息发了出去。

她发完将手机丢到一边，把头埋进双手，灰心丧气。

大约是她发送信息的后十秒，手机响起短信提示音。

王结香哪敢碰那烫手山芋，心想，按照殷显的性格肯定又要推托，搞不好自己要被骂一顿。

她愁眉苦脸离开手机，给自己做晚饭去。

王结香吃完晚饭，差不多冷静了，回来看手机。

殷显的回复很简单，只有两个字。

"今晚。"

……

总而言之，王结香感谢倩倩。

在灯具公司工作满一年，殷显又一次升职，当上了主管。

王结香觉得他这工作真是换对了。

殷显有能力、有野心，在新的职场混得如鱼得水。

他的事业一直保持着良性的循环：由于出色的表现，被领导赏识，获得更多机遇，再通过完美地完成多项任务，既展现了自己的能力，又让领导对他更加信任，继续委以重任。

他们一起经历的第三个冬天，殷显看中一套市中心的公寓。

对于搬家，王结香自然是没有异议的。城中村的条件差，离她和殷显上班的地方都远，以他们现在的工资，他们完全租得起市中心那套房子。换了房子，可以拥有更好的生活质量，他每天上下班花的时间短一些，能早点吃上饭，多点休息时间。

综合各个方面来看，从城中村搬走已经成了板上钉钉的事。

殷显的所有东西勉强装了两个行李箱，王结香的行李从刚搬进殷显的家时的一个背包，发展到现在多到需要找搬家公司租车了。

她把自己的行李一包一包递给殷显，放上面包车。两人合力忙活了好一阵，出租屋终于空旷了，只剩下一些家具没搬。

殷显固定好行李，回过头，见王结香正笨手笨脚地找角度扛床头柜，立刻出声阻拦："那些不用搬了，再买新的。"

"啊？"她抚摸着床头柜，依依不舍，"为什么不搬？它是你买的，我们能搬走的呀。新家的地方大，不怕挤，即使不用它做床头柜，也可以摆在哪里做个柜子，用来存点东西。"

"不用搬。"殷显将她拽走。

"你啥意思？这就全搬完了？"王结香盯着家里的一样样家具，挣扎道，

"那鞋柜呢，我们吃饭的桌子呢，用来洗菜的小板凳呢……"

"都不搬，那些家具不值多少钱，而且都泡过水了。"

她甩开他的手，冲上去抱搁在角落的小冰箱："冰箱总得搬吧，这是你买给我的，它还很新呢！"

"走啦，"他过去扯起她，"新家有双开门的大冰箱。"

"有大冰箱也不能丢了小冰箱，留着万一我们再搬家，还需要小冰箱……"

王结香绞尽脑汁找理由，想说服殷显。

看她的样子，还要再在这间小破屋里磨蹭半天，他直接将她横抱而起。

王结香怕摔，赶紧伸手环着他的脖颈。

快要出门的时候，她眼疾手快地抓住摆在柜子上的榨汁机。

殷显淡淡地瞥了她一眼。

王结香态度坚决地说："这个绝对要带！"

他说："又不是不让你榨汁，给你买新的，功能更多的。"

"我就要它！"她像护犊子一样把它死死地护在怀里。

不让她带走榨汁机，她估计当场大哭。

殷显只好顺了她的意。

一路走向面包车，他打开车门，稳稳地将她放在前座，说道："你在车里等我，看着我们的东西，我找房东还完钥匙，马上来。"

王结香摸了摸裤兜，猛然直起身子，冲他的背影喊："殷显，我的钥匙呢？"

他没回头，朝她晃了晃手中的两串钥匙。

"钥匙扣！"她摇下车窗，大声吼，"我的钥匙扣！那是我最喜欢的兔子钥匙扣！"

殷显转过弯，已然走远了。

等他回来车里，王结香一脸不悦地打开车门。

"去哪儿？"他握住她的手腕。

"找房东，拿回我的钥匙扣。"

殷显从口袋掏出新家的钥匙，塞进她的手里。

王结香摊开手一看，她的兔子钥匙扣串着两把新钥匙。

她抬眸看向他，开心极了，眼睛亮闪闪的，笑容甜甜的。

"你没丢呀？"

殷显睁着眼说瞎话："丢了，破钥匙扣，掉漆掉得如今没半点像兔子了，像只黑老鼠，偏偏有人当宝贝。"

"掉漆了也是我最喜欢的兔子。"

她坐回车座，系好安全带，将榨汁机抱进怀里，说道："还有榨汁机，是我最喜欢的人送我的，那就是全世界最好的榨汁机。两样都是我的宝贝，我永远不会丢掉它们。"

殷显微不可见地弯了弯嘴角，发动面包车。

隔壁的大爷刚好收完破烂回家，和他们打招呼道："哟，你们搬走啦？"

王结香探出脑袋说："是呀，大爷，您以后保重啊。"

大爷笑着朝她挥挥手："好的好的，再见。"

他俩也说："再见。"

面包车开上上坡，他们到达大马路上，远离了城中村的地界。

王结香不舍地盯着后方，迟迟不肯转过头。

殷显劝她道："在市中心住上一段时间，你就完全不会想回这里了。"

"嗯。"她仍旧移不开眼。

他帮助她清醒，帮助她走出那种莫名的伤感。

"城中村的屋子灌风漏雨，下雪被雪埋，下雨被雨淹；衣服没地方晒，没有太阳，屋子里到处发霉；各种违章搭建，垃圾乱丢，蟑螂老鼠横行；路灯坏了，一直到我们搬走都还没修好；共用的水龙头，公用的厕所浴室，不仅环境差，还有可能碰上变态偷窥；住户没有友善的，好比先前碰到的收破烂大爷，你刚搬来这儿住，被他讹了钱，你不记得了？"

王结香奇怪地看他："那件事，你怎么知道的？"

印象中，那时她住在他隔壁，还不认识他。

殷显语气平淡："你没见过我，但我见过你。"

王结香睁大双眼，这事她可是第一次听到。

"哇，难道我不认识你的时候，你就看上我了？"

"不是看上，是看出……"

"哦？看出？"她屏息，期待他要说什么。

殷显顿了顿，说道："看出你特别白痴。"

"喂——"王结香气鼓鼓地瞪他。

他们吵吵闹闹间，车已经开出了好远。

她再回头，已经看不到城中村外围的马路了。

王结香回忆着殷显的一番话，心想：他说得有道理。

搬出城中村是好事，未来他们的生活一定会越过越好。

新公寓位于市中心的好地段。

周围有各种饭馆、商店，交通十分便利，即便是夜晚，这儿也依旧灯火通明。

公寓有电梯，将行李搬上去倒是不怎么费劲。

王结香只听殷显描述过这套房子，这也是她头一次进他们的新家。

太漂亮，太新了。

颜色高级的木地板，崭新的墙纸，餐桌和椅子是配套的，沙发大得能当床用，天花板上挂着一个漂亮的花瓣款式的吊灯，外沿有一圈水滴状的小灯作为装饰。

她现在的感觉就好像和之前去百货商店面试见到那亮堂的商场时一样，不由得有些局促。

"怎么不把东西放下？"

殷显看她拎着个布袋子，站在客厅中发呆。

王结香傻傻呆呆地问："放哪里呀？"

"你想放哪里就放哪里。"

"哦。"

她好不容易挪了两步路，低头看看自己脏脏的运动鞋，又不自在了。

"殷显，我们应该脱了鞋进吧，家里地板被踩脏了。"

他搬着东西，没空搭理她："不知道拖鞋在哪个行李袋里，反正搬完都要做卫生的。"

殷显再搬一趟东西上来时，瞥见王结香的背影。

她把鞋脱在门口，穿着袜子，踮着脚尖在家里走。

她小心翼翼地抬起行李箱，轻拿又轻放，似乎生怕磕着碰着家里的其他东西。

做贼的，恐怕都赶不上她的胆战心惊、步步谨慎。

"王结香，"殷显上前，牵起她的手，"先别整理了，我带你看看新家。"

她被他扯着，眼睁睁地看他穿着外面的鞋，在家里肆无忌惮地踩来踩去。

"这儿是客厅，等下个月，我会在这里摆一台电视。"

王结香点点头。

"那边是餐厅，厨房在旁边。"

他拽着她走。

"左手边，这是厕所。"他按亮厕所的灯。

厕所里，马桶、淋浴、浴缸、洗手台、大镜子，应有尽有。

王结香默默地看，殷显带她走向右手边。

"这是书房，现在书架还是空的。"

从书房出来，他们去到卧室。

"我们的房间，那边留了一大块地方，我要给你放个梳妆台。"

卧室的推拉门打开，有个大大的阳台。

"阳台的阳光充足，晚上站这儿还能看夜景。那边是洗衣池，还有洗衣机，洗衣机等会儿我教你用。我们以后可以尽情洗衣服晒衣服，晒满整个阳台。"

殷显转身，王结香的视线固定在他指着的晾衣杆上。

夕阳的光照在她的侧脸，她说不出话，早已热泪盈眶。

他替她抹掉了眼角的泪水。

她终于缓过神，看向他。

"嗯！"王结香握拳，气势十足地重复了他的话，"晒满一整个阳台！"

这句话好像是有点傻气。

在新家宽敞的阳台，他们相视而笑。

钱为生活带来了便利，但殷显并没有得到更好的休息。

晋升主管之后，他开始接触到灯具公司的大客户，逐渐有了另一种形式的加班——陪领导和客户应酬。

之前的加班，王结香能大概知道他回家的时间，应酬则不同，有时明明说好的一起吃饭，她等了又等，过了加班的时间，他依然没有回来。

九点。

王结香等得有点饿了，查看她的发件箱，她八点半发的短信，成功发出了，但殷显没有回复。

她点进收件箱看了看。

六点时，她问："今天能按时下班吗？我做了红烧排骨。"

六点二十，他回："嗯。"

王结香猜想他是有会议或者拖班了，打算再等会儿。

十点。

她饿得肚子疼，吃了两片面包，忍不住给殷显又发了短信。

"是不是在开会？不方便回信息吗？看到短信的话，随便给我回复一下好吗？"

十一点。

时间过得好慢，手机没响，殷显没回家。

王结香握着手机在家里走来走去，再编辑短信时，她都觉得自己烦人，他要是忙着，这样一直吵他是不是不太好。

她纠结十五分钟，还是发出了信息："我担心你，没出什么事吧？收到短信速回。"

十二点。

过了十二点，公司不该有人了，殷显最晚现在也该回来了。

她看准十二点一到，立马给他打了电话，电话通的，但没人接。

"没事的，总归他现在得从公司出来，那一会儿就到家了。"

王结香安慰着自己，重新热了热饭菜。

她脑子里想象他当下从公司出发，接下来，他路过的每一条街道，等的每一个路灯，她全部都幻想一遍。

凌晨一点。

手机没电了，王结香一边充着电，一边开始不停地给殷显打电话。手机里传来漫长的嘟嘟声，她祈祷着电话下秒钟被接起，但等来的始终是"您所拨打的电话暂时无法接通"。

会不会出什么事了？

王结香控制不住地往各个方面想。

他上班上到一半，突然昏倒，被送医院了？

他手机被人偷了，在到处找那个小偷，不愿意回家？

手机掉下水道，他没办法拿出来也没法走开，在原地想各种办法？

加班太困，不小心在公司睡着了？

回家路上遇到坏人，路见不平拔刀相助了？

……

凌晨两点。

拨过去的电话少说也有几十通了，王结香急得像热锅上的蚂蚁。

她笃定殷显出了什么事，在家门口留下字条，打算步行去他公司看看。

他们家的地段好，深夜出来，外面还有大排档在营业，四处有路灯和一些商铺的灯光。

王结香揣着手机朝殷显的公司走，外面下着小雨，她穿得太薄了，觉得冷飕飕的。

越走，街上人越少，偶尔会遇上醉汉，或者没回家的一伙青少年。她刻意地绕开他们走，左顾右盼找寻着街上有没有殷显的身影。

到达他的公司，那栋楼已经全暗了。

王结香想着上楼看看，大门锁着。

"殷显！殷显！"她在楼下喊了几声。

她盯着楼上黑漆漆的窗户，心里瘆得慌。

王结香不甘心这么回家，又拨了几通电话。

最后一次拨打，他的手机那边传来了不一样的提示音：您好，您所拨打的电话已关机。

凌晨三点。

王结香回到家，门口的字条还贴着，打开门，家里的灯没开。

她拿了把伞，锁上门，去小区门口等他。

她心中已经预想了各种坏的事情发生，手机如果响了，可能要比不响更令她害怕——那或许是医院来的电话。

凌晨三点半，一辆出租车停在小区门口。

殷显刚下车，就看见有个人影朝他跑过来。

王结香一走近，就闻到他身上浓重的酒气。

王结香拽着殷显到路灯下，慌乱地摸着他的脸，检查他身上的各处。

"你怎么了？出什么事了？"

"没事。"他开口，酒味更浓，但他说话的语调是冷静的。

王结香咬紧嘴唇，积攒了一整个晚上的担忧全部化成了怒火。

她的手在发抖，瞪着他，恶声恶气地冲他吼道："没事？你没什么事这么晚回来啊！我被你吓死了！"

殷显过来牵她的手，她用力地拍开他。

"说说，去干吗了？为什么不接电话？把人急死你就开心了是吗？"

过大的音量引起了小区保安的注意。

殷显揉了揉胀痛的太阳穴，眼神示意她旁边有人："回家吧。"

王结香也不想在公共场合吵架，让她和殷显丢人。

在保安过来前，她迈开步子，走向了他们家的单元楼。

两人一前一后进了电梯，她抱着手，站得离他一步远。

殷显按下电梯键。

一路沉默地回到家，他瞥见大门上贴着字条，没等看清楚，王结香就过去将它撕下。

她掏钥匙开门，对了半天的钥匙孔才对上。

她进屋，打开玄关的灯，关了门。

殷显仍旧没跟她说话，换好拖鞋，径直去了厕所。

王结香跟着他后面，追过去，还是问刚才那个问题："你整个晚上干吗去了？"

厕所的门在她面前关上，里头的水龙头被打开。

殷显的声音被水流声冲得模模糊糊的。

"谈生意。"他说。

王结香要听解释,她苦等一晚上,一晚上的如坐针毡、担惊受怕,怎么可能就被这三个字打发。

"谈生意也不至于这么多个小时不接电话吧,完全没时间吗?不记得我在等你吗?为什么这么晚回来?"

水流声越发大了,她站在门外足足等了五分钟。

"没理由吗?不打算说吗?"

"啪——"

水龙头被按掉,而后她听到他的回答:"走得急,手机忘单位了。"

他说完这句话,打开浴室的花洒,水流声再一次响起。

在殷显没回家前,王结香多想他能接通手机跟他对话,此时他在家里,她却忽然感到没话说。

她一声不吭站在厕所门口,站了许久。

久到大概殷显以为她已经不在门口时,王结香听到厕所里传来呕吐声,夹在哗哗的水声中的、压抑过的呕吐声。

听到那声音的瞬间,她僵硬的挺直的脊背,被一下子袭来的恍惚抽空了力气。

王结香忽然从愤怒和委屈的情绪中被抽离出来,她意识到殷显很不舒服,所以他一回家就去了厕所。

她下意识地抬手,要旋开门把进厕所看看。

门把没被旋开。

门里落了锁。

开门的声音,使得他停下了呕吐。

两人隔着一道门,都没有说话,只剩水声流淌。

其实王结香真的是很生气。

她回到家时,就已经打定主意,不管殷显怎么解释,她总归要找他的碴儿。

最后在这一刻,她忽然发现,她宁愿听他蹩脚的、漫不经心的解释,帮他收拾脏掉的、吐满秽物的地板,都好过被关在门外。

谈生意啊,应酬啊,难以推辞因此回家晚了。

她都能理解的,没理由不体谅。

"你吃饭没有?"她低声问他。

殷显这次回得快:"吃了,你睡觉吧。"

按照平常的脾气，王结香肯定不依不饶地驳他：睡觉？我以为你在外面遇到意外了，过四点你要没回来，我就去警察局报警了。我惊魂未定，你觉得我现在睡得着吗？

可此刻，她心中空落落的，连发脾气的心情也没了。

照他的话做，王结香离开厕所门口，走向卧室。

双腿由于长时间的站立有些发酸，她进到卧室，坐在床边缓了会儿，才想起今晚的菜都没吃，要放冰箱。

红烧排骨和电饭锅里的饭，明天可以热了吃，像青菜这样的隔夜就不能吃了。

王结香没什么胃口，但不想浪费，拿起筷子吃了几口青菜。

她嚼了几口凉掉的青菜，竟然嚼出了苦味，实在是难以下咽。

她倒掉那盘菜，又叹了些气，洗完碗，其余的菜裹上保鲜膜，擦桌子，洗好明天早饭的米。

她忙完这些，透过窗子看向外面，天际微微露了白。

厕所的水声停了，不过殷显没出来。

再过不到两小时，她要起床，开始化妆。这个让她感觉度日如年的夜晚，就这么过去了。

王结香关掉餐厅的灯，回了房间。

她几乎是沾了枕头就睡了。

闹钟响的时候，王结香打了个大大的哈欠爬起来，眼睛干干涩涩的，后背酸痛。

殷显躺在她旁边，没被闹钟吵醒。

王结香去卫生间刷牙。

厕所内不论地板、水池、浴缸，全都是干净，乃至干爽的。

他每天使用过它们之后，都会习惯清理浴缸和洗手池，把地板擦干。

今天不是工作日，殷显不需要早到公司，王结香给他留了饭和一锅醒酒汤。

等到她吃午饭的时候，看手机，收件箱有一封他发来的短信。

"以后我晚回，你不用担心，先吃饭，先睡觉。"

他回复的是她昨天发的那条信息——

"我担心你，没出什么事吧？收到短信速回。"

王结香想了想，没头绪该写点什么。

她点进发件箱，她发给他的短信密密麻麻，短信内容少的只有几句话，

242

多的像篇小作文。

而收件箱里出现最多的是"嗯""加班""别等""知道",他刚才发的这条算是字非常多的了。

这便是他们日常的相处模式。

"好。"

她编辑完回复,准备发送,又添上一句:"好。你酒醒了吗?有头晕吗?"

她看着屏幕,最终又删掉加的话。

只回了"好"。

殷显买车了。

买车以来,他和王结香就开始商量着休息了要去哪里自驾游。

最初计划的是去周边的山上逛逛,但王结香不大想去。

"天下没有哪座山能比我家乡的山更好看。"

殷显问她想去哪儿,她说想看海。

于是,他们说好了,等有空,他开车一起去海边玩。

上一次殷显迟回家的事,后来他没解释,王结香也没有再问。

不过之后,殷显再去应酬,没有忘带过手机。

同样,王结香不像上一次那样,因为他没回家狂打电话,或者是到小区门口苦等。

殷显当上主管,能够接触更多的人脉,对他来说是好事,想明白这个,王结香平静了许多。

在他忙于事业时,她愿意做他的支持者,去给予他理解和关心,而不是向他索要,增加他的负担。

殷显应酬晚归,她就自己吃饭,自己先睡,总会给他留灯。

当然,这样懂事的王结香,实际上非常不"王结香"。

说归那么说,想通归想通。她吃饭能硬塞,睡觉硬睡是睡不着的。

王结香想着,如果殷显觉得现在的相处状态令他更轻松,她就把自己的嘴闭紧了,为殷显节省时间——每次回来向她解释的时间、看短信的时间、和她交谈的时间。

可是,担心是无法避免的。

殷显没回家,她没法睡着。

她躺在被窝,数着时间,等听到他到家开门的声音时,才会安心去睡。

她依旧想要跟他说话,想要知道他在做什么,她不发短信,是忍住了才不发的。

王结香明白，应该信任殷显。

他心里是有分寸的。

虽然他晚回家，但喝了酒的次数不算多，且从来没有喝到不省人事。

他喝醉的状态，王结香只见过一次。

人们说，喝醉的人会胡言乱语，打人，又哭又笑，这些殷显全没有。

那天，她等他到凌晨两点，家门从外面打开。

王结香听着殷显进门的声音，她给他留了晚饭的，不知道他要不要吃。

她想着如果他先去洗澡了，那代表他不吃饭，她得起来把饭收到冰箱。

意外的是，殷显没去餐厅，没去浴室，他直接回了房间。

门被打开，王结香闭上眼，开始装睡。

殷显站在床边，她睡的那侧的床头灯被打开。

他喊了她的名字，声音轻轻的，这个音量，不像要叫醒她。

殷显在做什么呀？

王结香思考着要不要装作被吵醒，下一瞬，她感到自己的头发被他摸了。

他先是理了理她的额发，又将她散落于腮边的发丝别到耳后。他做完这些，捏住了一小股她的长发，手指玩着她的发尾。

王结香被他摸得痒痒的，没憋住，睁眼看向殷显。

他背弓着，安静地蹲坐在床侧，这么大个子的人，硬要挤在那个角落。

他双手攥着她的一缕头发，动作迟缓而轻柔，来来回回地摸着，姿态仿佛一个专心致志在玩编绳游戏的小朋友。

"殷显？"王结香疑惑地喊他。

他似乎没有听见。

她将自己的头发从他手里扯出来，他才望向她。

他的眼睛看上去有些湿湿的。

她坐起来，他仰起头，眼神一直跟着她。

王结香感知到，殷显有话要说。

她在他身上闻到比以往都要浓的酒气。

他的眼底分明有着不寻常的东西，湿漉的、闪烁的、软软的。

他凝视她的脸，问道："小姑娘，你的头发怎么长了？"

"可不是长了嘛，"王结香叹了口气，"这些年，你看着我留长的。"

殷显点点头，又说："真不容易，你终于长胖了。"

她知道他是喝醉了，寻常的他不会跟她说这种话的。

明知不该和他较真，王结香依然顶了他一句："瞎说，哪里胖了？我不胖。"

他伸手摸她的脸。

他的手冰，她的脸热，他的手掌贴着她的下巴边缘抚过她脸颊的肉。

王结香只好承认一部分："好吧，只有脸，那不是胖，是婴儿肥。"

殷显笑起来："嗯，肥肥，你是肥肥。"

他接她的话，飞快地抓住了这个字眼，一连对着她叫了好几声，似乎十分顺口。

王结香叉着腰，一脸严肃地教育他："我哪儿肥了？殷显，我警告你，你别乱叫啊。"

"肥——肥——"

他的语气像逗弄小孩，那两个字拖了长音，带着怜爱，带着亲昵。

王结香掀了被子，捏拳头摆出要揍他的模样："你才肥肥呢！我不要叫这个，你想给我取外号，那我要叫香宝宝，仙仙，美美。"

殷显摇摇头："肥肥是你，你是肥肥，王肥肥。"

这怎么连姓都带上了？王结香推开殷显，穿拖鞋走出房间，打算给他做点醒酒的东西喝。

他追在她后边，一路跟到厨房。

王结香按捺着怒火，往锅里倒水，殷显仍不知死活地往她的边上凑。

"肥肥，你为什么不理我？肥肥在做什么？肥肥，你为什么不让我叫你肥肥呢？"

这一连串的"肥"，成功把王结香气炸了。

她生气地并拢手掌，从水龙头掬了一捧自来水，泼到殷显的脸上。

他被淋个正着，动作和声音一时僵住了。

"……"

这一泼，殷显眼神逐渐恢复了往日的清明。

王结香心虚，想开溜。

他手臂一拦，挡住她的去路，将她困在厨房的墙角。

殷显的身子俯向她，眼神牢牢地盯着她。

王结香还蛮怕被他这样看着的。

"是、是你自己不好，要给我取难听的外号！"

她踮起脚，试图让自己的气势高一点。

见殷显面无表情，王结香脚尖着地，立马赔上笑脸："哎哟，不然我给你擦一擦？"

她顺手拿起摆在水池边上的抹布，擦起他的脸，边擦边说："你看，我这不是帮你弄干了吗。"

殷显弯弯嘴角，跟她道谢："好，谢谢你，你真会擦……"

"哈哈，不用不用。"

王结香擦得起劲，听他道谢都笑破肚皮了。

"可以了，我觉得擦得差不多了，肥肥。"

她停下动作，崩溃地看向他："你怎么还叫我肥肥？"

"我去洗澡，你早点睡。"

殷显丢下这句话，转身离开，徒留王结香一头雾水地站在原地。

"喂！"她冲他的背影喊，"你酒醒了还记得醉酒时的事？不对，殷显，你的酒到底醒没醒？"

第二天。

王结香前一天晚上带着问题入睡，被叫醒的那一刻，她获得了问题的答案。

"起床了，肥肥。"

殷显比她睡得晚，起得早，早餐他也做好了。

王结香刚醒，脑袋迷迷糊糊的，应了他一声："哦。"

直到她刷牙洗脸完，坐到饭厅，见到殷显的脸，突然如梦初醒。

"你早晨是不是喊我肥肥了？"

他气定神闲地"嗯"了一声。

"立刻改掉！"王结香一拍桌子，中气十足地吼他，"不准叫这个！我不喜欢！"

他冷哼："就要叫。"

她隔着桌子要抓他。

殷显吊儿郎当地晃来晃去，像个不倒翁。

就这样，他们又重新如从前的日子一般，时不时地吵吵闹闹，拌两句嘴。

"肥肥"这个外号，王结香一点都不喜欢，殷显叫了，就会引发她的激烈反抗。

从前，他们吵生活里的柴米油盐，以及一切不和谐的鸡毛蒜皮的小事。

如今，再吵那些对于他们过于劳心费神。

如果是需要大篇幅争吵，长时间的冷战，他们恐怕连和好的工夫都没有。

由于王结香在百货专柜工作，两人每周的休息时间总是碰不到一起。

早晨，上班时间对得上的时候，他们会一起吃饭。只是，都赶着出门，一顿早餐的工夫，也交流不了两三句话。

到晚上，她下班，他要是没应酬没加班，早回家了，他们能坐下来吃个晚饭，睡前有心情的话，讲一会儿话。

碰上他要应酬，回家就已经很迟，为了不影响第二天上班，能早点睡就早点睡。

殷显太忙了。

他的车买了半年，说是要一起去自驾游，至今没时间去。

一年又要过去。

王结香主动跟他提："你今年的年假没有休，明年之前得把它休掉，要不浪费了。我们百货商店最近是淡季，我也可以休假。这样，我们能一块休息，我们不出去玩，也能一起在家好好休息。"

她说得有道理，殷显应下这件事，回头跟公司申请了休年假。

上头很快给他批假。

回家，他告诉王结香这个好消息，她高兴得手舞足蹈，当场扑过去，在他脸上亲了两大口。

"去看海吧。"殷显对她说。

"好哦！"待高兴劲过去，王结香又有了担忧，"我也去申请休假，班排出来，我就不能改了。你不会临时有事，忽然变卦吧？"

殷显笃定道："不会。"

她兴奋地喊"耶"，开始计划去旅游的事。

他看她翻箱倒柜的，问她在干吗，她回答他："你和我的泳衣、泳镜、泳帽，我全部都买好了。之前收柜子里，得把它们找出来。"

"你什么时候买的？我怎么不知道。"

"我们百货商店换季打折的时候呀，我偷偷买了，怕跟你说了，你觉得我特别想出去玩，就没说。"

说话间，她已经找到了那些被堆放在柜子深处的游泳套装。

王结香可不就是特别想出去玩吗。

未成年以前，她没出过山，一直待在农村。到城市这么些年，她埋头打工，哪里都没去玩过。

旅游是城市的人们司空见惯的事，她却是这辈子的第一次。

王结香找出她买的分体式小花泳衣，屁颠屁颠换上了，到殷显的面前搔首弄姿地臭美。

"肥肥啊，你会游泳吗？"他问。

王结香这会儿心情好，喊她外号，她也乐意应他。

"我家乡的山里有小溪，以前我妈会带我去溪边玩，我偶尔在里面扑腾几下……游得不大好，所以我还准备了这个！"

王结香从游泳套装的袋子里翻出一个没充气的游泳圈，当着殷显的面把它吹起来。

她换好泳衣，套上泳圈，一本正经地在空中挥舞手臂，模拟游泳。

她快乐得仿佛他们已经身处海滩，听得到海浪声涌来，闻到了自由的海风。

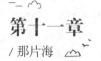

第十一章

/ 那片海

开车去邻近的城市看海，路上要花三小时。

王结香准备了一堆零食，带去旅游的行李装满了一个超大的行李箱。

殷显拿她没办法："我们就去四天，你的东西像要去两年。"

"有备无患嘛！"她撕开零食包装，往他的嘴里塞薯片。

殷显吃了她的薯片，没再多说别的，帮她把行李箱搬上车。

"你多加件外套，这样出门会冷。"

王结香嘻嘻笑："我不怕冷。"

十一月，快要入冬的季节。

车开在马路上，周围的行道树叶枯了大半，冷风刮过，带下几片叶子。

王结香上车以来，嘴没停过。

她吃东西，还要喂殷显吃，跟他讲她看了那个城市有哪些好玩的好吃的，讲她上班时发生的趣事。

车里叽叽喳喳的，充满了她的声音。

他看出她今天特别开心，兴致高亢得仿佛出去春游的小朋友。

"你自己吃，我不吃了。"殷显的脸向后躲，不碰她递到嘴边的甜食。

"啊——"王结香伸长手臂，不愿放弃，"你尝一口啦，这个果冻是另外的口味，很好吃的。"

殷显勉勉强强地又咬了一口，说道："你吃饱了，等到酒店，我们去餐馆好吃的，你就吃不下了。"

她吃掉被他咬过的果冻，把零食的垃圾收到塑料袋里："有道理。"

由于王结香的话实在太多，为了转移她的注意力，殷显给她布置了玩手机的任务。

他把自己的手机给她，让她玩手机里的贪吃蛇。

王结香小朋友对于玩游戏也是特别着迷的，贪吃蛇没玩两把，她就被挑起兴致了，抱着手机缩在车座椅，灵活地操作按键，玩得全神贯注。

车里终于安静下来，殷显放了首歌。

"哎呀，手机卡了。"王结香按键没反应，手机卡顿了几秒，有短信进来。

她瞟了眼消息提示，把手机还给殷显。

"是你公司来的短信。"

他没接过手机。

"没事，不用管，你继续玩吧。"

王结香回到贪吃蛇的界面，重新开始游戏。

不一会儿，她再次停下。

手机响起来电的提示音，单调的铃声完全盖过了车内播放的抒情音乐。

"是你公司的电话。"

他一眼没看手机，说道："不接。"

王结香明白她不该表现得太高兴，那样仿佛她和他的工作站在了对立面，而一直以来，她试图对他工作表示理解。可是，当殷显拒绝公司找他时，她的欣喜连掩藏都掩藏不住。

他们由着手机铃声响，响到它自动挂断。

太阳晒进车里，王结香舒服地窝在座椅上，随着音响哼起歌。

开到目的地，他们办好宾馆入住，一起散步去附近的海鲜酒家。

王结香翻开菜单，首先一目十行地查看价目表。

殷显试图制止她："肥肥。"

"好贵啊，"王结香已经看完了，转头对他耳语，"之前我在海鲜工厂打工，这些……"

他夺走了她手里的菜单："别管价格，你想吃什么，报出名字就可以。"

殷显这句话说得真是阔气，王结香同样摆出阔气的表情，一拍桌子，回答他："好的，先来一盘炒粉。"

他看着菜单，目光瞥向炒粉，不出所料，它被写在菜单的最下角，价格仅高于米饭。

最终还是殷显点的菜。

这个餐馆的特色菜，他全要了一份。

等待上菜的时间，他说他去个洗手间。

王结香正好要洗手，殷显前脚走，她后脚跟了过去。

她洗完手，走出来，瞥见他的背影，他站在走廊尽头打电话。

王结香没去叫他，自己先回了座位。

一桌子的菜上齐了，殷显还没有回来，她无聊地坐着干等。

他的电话打得实在太久，回来时，他们的海鲜汤都放得有些凉了。

见他过来，她扬起笑脸，帮他搬出椅子。

殷显看向王结香空空的碗，问她："你怎么不先吃？"

"我不饿呀。"

她喊来服务员，叫他帮忙他们热一热汤，脸上没有半点不悦的神情。

殷显坐下，仍旧在意："你不用等我，先吃。"

她低声道："在家里，我也总是先吃了……"

王结香往他碗里夹了一只虾，深吸一口气："我真的不饿，车上吃了很多零食呢，等一等没事。"

"维持旅游的好心情"这件事，他俩心照不宣，谁都不想扫兴。

奈何现在根本不是到海边玩的季节，水温低，根本没法下海。

第二天的风大，即便是到海边走走也太冷了。

殷显提议他们去附近的美食街逛一逛，王结香立刻同意了。

他俩少有机会一起逛街。

美食街没什么特色，好像每个城市都拥有一条类似的商业街，不过他们逛得很起劲。

贪吃的王结香碰到卖小吃的摊贩，总要过去瞅两眼。

路上的精品店，她也一家不会错过。

她相中一个卡通的兔子发卡，拿起来，在自己的头上比画。

"殷显，你看我，我好看吗？"

他摇头："幼稚。"

王结香气鼓鼓地放下了它。

她走出那家店，不见殷显跟出来，回头找他，发现他在收银台排队。

他买了那个兔子发卡，王结香喜滋滋地把它别在头发上。

走了一小段路，这次是殷显的目光被吸引了。

有个小摊，招牌上写着：制作你专属的姓名手机挂坠。

他们走近摊位一看，不是什么稀奇的玩意儿。塑料的彩色方块上，刻着不同的字，买的人把自己的名字挑出来，摊主用根绳子帮你把它们串在一起，手机挂坠就制作完成了。

王结香看殷显蛮感兴趣的，问他："你想找你的名字还是我的名字？"

"你的。"

于是她埋头开始找。

"王"和"香"一下子被她找到，她正找着"结"字，殷显忽然出声：

"我找齐了。"

她看向他的手心，那里躺着两个"肥"字。

"老板，帮我做个挂坠，"殷显又转头对王结香说，"做好送给你。"

"送你个大头鬼，我不要！"

她抓过他的手，把两个塑料方块还给老板，将殷显从摊位扯走。

美食街快走到底的地方，围了一群人，王结香远远地看到了"姻缘桥"三个字。

"哇，那里有个特别的桥！"她牵着殷显上前看。

远远算不上特别，只是个非常刻意的人造景点。

一棵大树，被绕着一圈圈的红绳，树枝上挂了些红丝带，以及写着愿望的牌子。树的后面有一座简陋的桥，步子大的人，跨个四五步就能通过。

有"姻缘"二字作为卖点，桥的四周聚集了不少的小情侣。

王结香好奇："他们在那里做什么？"

"看到那个小摊了吗，姻缘牌卖五元，给你挂树上十元。"

"走，"她扯他过去凑热闹，"我们也去看看。"

殷显对这种东西毫无兴趣，那边的树下又吵又挤。

王结香没注意到他的表情，蹦蹦跳跳地把他拉向姻缘桥。

没等他们走到树下，便被桥边做拍照生意的人缠住了。

"先生小姐，要不要合照，姻缘桥牵姻缘呀。你们这么般配，拍出来效果一定好看的。"

王结香摆摆手："不照，我很少拍照，拍不好看的。"

她一回话，做生意的见有机会，更加卖力地推销，一路紧跟他们不放："我们是专业照相的，你长这么漂亮，脸蛋这么小，一定上相。照一个吧，你男朋友也是帅哥呢。你们是来这边玩吗？出来玩留个纪念，我们的姻缘桥许姻缘很灵。情侣合照有优惠的，我们本来十元，看你们俊男美女的，收你们五元。"

殷显加快步子，想要离开，王结香却被他隐隐地说动了。

王结香拽了拽殷显的袖子："只要五块钱，好像不贵呢。"

殷显看着她眼中流露的期待，欲言又止。

后来还是依她的意了。

他们站在人来人往的桥边，背景是写着"姻缘桥"三个字的石碑，还有那道短窄的破桥。

路过的行人朝他们投来目光，摄影师举着相机，让他们挽手，让他们微笑。

照片到手，王结香支付了二十五元——五元是照相费，二十元是洗照片的费用。

照片照得不好，她问殷显要看吗，他摇摇头。

王结香这才感受到他不乐意。

他不乐意，但他全程没说。

照片上，王结香挽着殷显的手臂，身体向他倾斜，笑容灿烂得能看见牙龈，她拍照的次数屈指可数，这算是她拍过最好看的一张照片。

被她挽着的他，比她站得靠后，除了手臂，身体的其余部分僵直着。她是歪向他的，他却站得笔直，两人之间空出一段距离。

殷显没有笑，他的眼睛没看镜头，冷着一双眸子。

姻缘这两个大大的喜庆的红字在他们的身后显得格外的突兀。

那张照片被王结香塞进口袋，她自己也没再看它第二遍。

他们走回美食街。

殷显低头，见她若有所思的模样，提议道："还去姻缘树吗，刚才没去。"

王结香盯着他的眼，静默了几秒。她察觉到自己无法流畅地回答他的问题，因为她开始思考他期望做的事是什么。

这样的思考，充斥着她的日常生活，存在于他们相处的每时每刻。

他想做什么，他开心吗，不开心吗……他从来不会主动说。

如果她猜不到，那就是猜不到了。

旅行到了第三天。

两人的兴致都没有刚来时的高了，却没人去捅破那层窗户纸。

王结香醒来的时候，殷显坐在桌前办公。

秋日的太阳照进房间，他微微蹙着眉，翻着手里的文件。

风吹过白色的窗帘，屋里不冷不热，他刚泡好的茶散发着清香。

是个很好的天气，一切都很好。

"今天去海边走走吧。"王结香说道。

他们吃过了午饭出去的，即便是这样风和日丽的天气，沙滩仍旧没什么人。

王结香尽管穿了厚外套，海风吹来，还是打了个寒战。

浪花敲打着岸边的岩石，留下层层的白色的泡沫。

海是深蓝色的，宁静而宽广的海面往天空的尽头处无尽地延伸。

天上飘着稀薄的云，偶尔有海鸟飞过，发出几声嘎嘎的鸣叫。

他们找了个石阶坐下。

王结香拉开她的背包，翻出带来的零食。

殷显听到撕塑料包装的声音，惊讶地看她："午饭没吃饱吗？你还吃得下？"

她点头："多吃一点，等会儿要下水游泳的。"

说话间，她已经撕开了小香肠的包装吃了一根，又撕开一根递到他嘴边。

殷显没吃。

"水很凉的，不能下水。"

她努努嘴，不怎么在意："好吧，那你在岸上看着我。"

她伸手指了一个大概的范围，说道："我会从这里，游到那里。"

他态度明确地阻止："你也不能游。"

王结香拉下外套的拉链，给他看自己小花泳衣的肩带。

"我不怕冷，泳衣我已经穿里面了。"

"不行，会生病。"他不容商量地重新拉上她的拉链。

"你有没有听说过冬泳啊？冬泳冬泳，冬天都可以游泳的，秋天为什么就不行了？"她扁着嘴狡辩，当着他的面，愤愤地一口气吃下了一整包的小香肠。

殷显站起来："你想游回酒店游吧，酒店有泳池。"

"不要，那不游了，"王结香拽他的手，将他扯回自己身边，"海没有看过瘾，怎么可以回去。"

一定要把这片海看过瘾的。

好不容易有假期，期待这么久，开车来这么远的路，才看到了它。

王结香睁大双眼，使劲地看，希望殷显也要看。

总要有什么是能让他放松，能让他高兴的吧，如果没有，这样一趟旅行，等于什么事都没有做成。

"哇，海好美啊。海上跃动的发光的波浪，动听的海浪声，清新的海风，这里只有我们，这样的美景被我们霸占了！怪不得有那么多的诗歌电影绘画称赞海的美丽。"

突发的眉飞色舞，夸张的惊叹，她的表情仿佛是见到了外星人。

殷显的目光和她望向同一片海。

他看见的只是海，平淡的、呆滞的、无人光顾的海。

"天空和海全是蓝色的，但天空的蓝更浅。

"每个地方的海是一个颜色的吗？每个季节的海是一个颜色的吗？

"海中央，那些沉沉浮浮的光点，真漂亮呀。我猜是天上的仙女，往海面洒下了一把星星。

"正在唱歌的鸟儿，身体雪白，翅膀灰黑色的鸟儿，它是海鸥吗？"

王结香独自一人说个不停，极力地向殷显描绘她眼见的一切，所想象的一切。

她回过头，发现他在回手机的短信。

又是公司的事。

她原本刻意拔高的语调，刻意要求互动的问句，在见到这一幕之后，彻底地冻住，变得生硬。

王结香收回视线，闭了嘴，静静地看她的海。

许久之后。

海边起风了，他说："回去吧，坐这儿太冷了。"

她一动不动，执着地凝视着那片什么都没有的海面，她问："等夏天再来看海好吗？"

殷显起身，牵住她的手，要把她一起拉起来。

"嗯，到时候有空的话再来。"

她的手很凉，手指细细瘦瘦的，还说不怕冷。

他望着她的侧脸。

王结香皱了皱眉，突然对他说："那时候我们还会在一起吗？"

海风呜呜的，海浪哗啦啦涌向沙滩，海鸟盘旋于上空，喋喋不休地鸣叫。

这片海突然变得好吵。

唯独听不见殷显的声音。

她看向他，一字一句地问他："殷显，你爱我吗？"

上一次问这个问题，是好久好久以前，殷显记得她甜腻腻的语调，又怯又娇——"显哥，你喜欢我吗？"

她脾气像小孩子，心中有很多的不安，得不到糖果就要撒泼吵闹。

不记得从什么时候起，王结香不再是那个模样。

她的眼里没有其他的情绪，询问，也只是询问而已。

即便是得不到回答，她也不会闹。

"我们回去吧，"王结香站起来，替他找了台阶下，"风大，是挺冷的。"

第四天。

旅行结束，他们退房，开车回家。

殷显帮王结香把行李搬到车上，那个大箱子比起来时轻了大半，零食全被她吃光了。

车开出去一段路，王结香猛地伸手摸自己的头发。

没找到那样东西，她翻下副驾驶的镜子，在自己的头顶继续找。

他不明白她为什么忽然着急，问道："你怎么了？"

王结香打开随身的小包，长叹一口气："发卡……"

"什么发卡？"

"兔子发卡，是你送我的。"她倒出包里的小玩意儿，声音闷闷的。

殷显想起来，他们确实有在美食街买了一个兔子形状的卡通发卡，王结香这两天总戴在头上。

"没有，"她把东西装回包里，仔细回忆了一下，"好像放在酒店的浴室了。"

他安慰她："算了，别想了，不值多少钱的。"

王结香垂下眸，盯着她的包发呆。

殷显放慢车速："要是你想回去，我们调头……"

王结香摇头："不用了。"

"回去也不远，我们才开了十分钟。"他打了转向灯。

"真的不用了，"她的眉眼间有了疲态，"回家吧，我累啦。"

车又开出去一段。

路上，经过他们昨天待过的海滩。

她大力夸奖"好美"的海，近在咫尺。

殷显转头看她。

王结香靠着车窗，闭着眼。

她睡着了吗？

他不知道。

总归，他没有喊她。

殷显的事业蒸蒸日上，不久，他又一次升职，直接进入了公司的管理层。

这样的好事，少不了要请公司同事和下属吃饭，他们让殷显把女朋友一起喊来。

殷显推托不过，便跟王结香打了电话。

她在上班，电话没接。

下午的时候她回短信问他发生什么事。

殷显告诉她自己升职了，问她晚上要不要跟自己的同事们一起吃饭。

"我不认识他们，到时候说错话丢你的脸，我不想去。你跟他们去吃饭吧，等你回家给你做好吃的。"

她发的这条信息殷显没有回复。

不回复的意思就是知道了。

在一起这么久，有的东西不用说，他们都明白对方的意思。

下班回家，王结香路过蛋糕店，想买一个蛋糕庆祝殷显升职。

摆在橱窗里的蛋糕各个造型精致完美，只要付钱就可以把它们拎回家。

王结香选中了一个蛋糕，打开钱包准备付钱，钱都数好拿在手上了，她又忽然觉着这样一个庆祝的礼物有些太轻易，缺少了心意。

想要有心意，那得是自己亲手做的。

"请问，"她突发奇想，找到店里的服务员询问，"你们店里可以自己做蛋糕吗？"

服务员摇头，说道："我们店只买成品的蛋糕，你要是想要改蛋糕上面的字，我们是可以帮你定做的。"

王结香向他道了谢，买了两个肉松面包当明天的早饭。

算完肉松面包的钱，服务员说："如果你家有烤箱的话，可以自己在家做。不然，好像别的蛋糕店有这种服务，你可以再去问问。"

烤箱，家里自然是没有的。

王结香因为他的话，又走了别的几家蛋糕店。

最后还真被王结香找到一家店能自己做蛋糕，而且今天就能做。

店老板是个和蔼的老奶奶，蛋糕店是她和她的老伴共同经营的。她可以提供材料、蛋糕模具、烤箱，并且指导王结香做蛋糕，做出来的蛋糕和卖的蛋糕同一个价格。

做饭炒菜，对于王结香不在话下。

做蛋糕，她是第一次。

学着老奶奶的操作，王结香做出的第一个蛋糕胚是失败的。

出炉时，蛋糕蓬蓬松松，很快地它塌陷回缩，变成质地紧实的一块大饼。

老奶奶判断她的蛋黄糊没有搅拌均匀。

王结香一边吃着失败品，一边制作起了新的蛋糕胚。

"嗯？"她尝着手里的蛋糕，越嚼越觉得它的味道不错，"虽然不够松软，但它是好吃的，我是不是有做蛋糕的天分！"

老奶奶见她自得其乐的模样，也笑着给予她鼓励："是呀，你学得很快，第一次能做蛋糕能做成这样，真的挺有天分呢。"

仿佛印证她俩的话，第二次蛋糕出炉，它烤得恰到好处，色泽漂亮，闻起来香甜诱人。

王结香细致地为它抹奶油，裱花。

做完这些，她在蛋糕的正中央郑重地写上：祝殷显，升职快乐！

她提着自己的小蛋糕从蛋糕店出来，老奶奶也差不多要关店了。王结香和老奶奶道别，心中无比地满足。

即便是为它付出了一晚上的时间，她也感觉超级值得：这个蛋糕一定比她烤坏的上一个更好吃！

她小心翼翼地把它提回家，一路上哼着小曲。

殷显回来得不算晚。

王结香刚洗完衣服就听到开门的声音，马上从阳台跑回房间，连手上的毛巾都没来得及放下。

殷显正换着拖鞋，玄关放着一个大大的浅紫色的蛋糕盒。

王结香看着那盒子，掩不住失落地问："你买蛋糕了？"

他低着头，没注意到她的表情，说道："他们买的，太大了，没吃完，叫我带回来。"

"哦，"她搓搓手，小声道，"我也……给你准备了蛋糕。"

他将蛋糕盒递给她："那不正好，你不是爱吃蛋糕吗，多吃点。"

王结香眨眨眼："就我吃？你不吃了？"

"我吃饱了。"

殷显说完就去洗澡。

她把蛋糕盒拿到厨房拆开。

里面是一个造型华丽的水果蛋糕，夹层有芒果和布丁，才吃了不到四分之一。

王结香叹了口气，将她做的小蛋糕放进了冰箱。

冰箱能够将食物保鲜，可是，蛋糕的保质期依旧不超过两天。

两天后，她做的蛋糕和殷显带回家的蛋糕，一起进了垃圾桶。

两天他都没有回家吃饭，王结香也没有吃蛋糕的胃口。

这次升职之后，殷显不在家吃饭是常态。以往是迟回家通知她，现在是偶尔回家吃饭才通知她。

王结香买菜，只需要买自己吃的。

下班了自己煮菜，吃完，都不用给他留。

殷显回来得越来越晚了。

他向来不会跟王结香说自己工作上的事，也从不喊累。

她不知道他每天喝多少酒，不知道他整天忙什么。她知道的是他衬衫上有酒味烟味香水味，知道他在吃胃药，知道他失眠。

从有一天起，王结香无法装聋作哑，再对这些东西视而不见，开始变得唠叨。

"应酬能推的就推，早点回家。

"别喝那么多，要按时吃饭。

"你再这样饭不吃，酒死命喝，在发达之前你就先把自己喝死了。

"你几点回家？不规律作息，身体会垮的知道吗？"

她天天念，见到他念，见不到他发短信念。

这些话，她说烦了，殷显也听烦了。

可惜不管用。

他继续不惜命地工作，该几点回还是几点回。

有一次他通宵没回家，王结香彻底爆发，和殷显大吵一架。

吵完之后，她拿出纸笔要他立字为据。

"定个最晚回来的时间，每天不能超过那个时间回家。"

殷显没法下笔，说道："那哪有个准，每天不一定的。"

"就是因为不一定，所以要写。我在家等你，我不安心。"

他依旧是不当回事的口吻："没什么不安心的，你睡你的觉。"

王结香扯着自己的头发，承受不住地崩溃了。

她冲他大吼："我睡不着！殷显，我睡不着！"

她待在家里，担惊受怕地跟着闹钟数时间，不断猜测他今晚做了什么。

他回家她要装睡，装作睡得特别熟。

他失眠，她也会失眠。

"你凭什么认为我能睡我的觉？你劳累你的，我安心我的是吗？可以这样清清楚楚分开的是吗？"

殷显被她的话堵得哑口无言。

经过商议，两人达成共识。

他最晚的回家时间不得迟于凌晨三点。

这纸她费劲要来的协议，履行不超过一周，便被他打破了。

这天三点半，殷显到家门口，钥匙入孔，左旋右旋纹丝不动。

门被王结香反锁了。

她搬着椅子坐在门口，和殷显隔着一道门。

王结香要听解释。

不管他是打电话解释，发短信解释，拍着门解释，她都要一个解释。

殷显意识到门是被反锁的，拔出了钥匙。

他在门口待了五分钟，抽完一根烟，而后，他起身，按了电梯下楼。

殷显在外面的旅馆睡了一晚上。

第二天。

没超过三点回家，他的钥匙开进了家门。

料想会看到一个歇斯底里的王结香，却没有。

她穿着她最爱穿的那件土黄色猴子睡衣在看电视，见他进屋还问了句好："你回来了？"

殷显没有应她。

他们的关系早过了假装相安无事，粉饰太平的阶段。他知道她不高兴，特别不高兴，没什么好装作不知道的。

他洗漱完出来，王结香关掉了电视。

茶几上放着两个杯子，是她买的情侣杯，一黑一白。

她泡了蜂蜜水，有他的份。

王结香盘腿坐在沙发。

她看着殷显，眼睛亮亮的，脸上带着笑。

他想回房间，被她叫住。

"我们总要聊一聊的，殷显，"她咬字轻，语调缓，每个字说得慢吞吞的，带了些打闹般的埋怨，"你天天跟别人说那么多话，也跟我说说话吧。回来就是睡觉，搞得我们家好像宾馆一样。"

殷显坐到沙发，思忖片刻，问道："你想听什么？"

王结香反问："你想说什么？"

"我没什么想说的。"他端起那杯蜂蜜水，一口气喝完。

王结香问道："还要吗？"

殷显摇头。

他似乎无话可说，于是还是她来开口。

"很不可理喻吧？我让你一定要三点回家，不然要把你锁门口。你需要应酬，明明是为了工作为了赚钱，我却不能理解你，让你为难……可是，殷显，要我理解，你至少得说。你从来不谈，你预设我不会理解，但你其实连说都没说。"

殷显听着王结香的话，不知怎么地又开始走神。

他想到还有一些文件要在睡前看完，听到她说"为了工作为了赚钱"这句时，脑子里钝钝的，觉得也不尽然。

他的身体仿佛是上了发条，被压力催着往前走，有时间停下来休息的时候，像惯性一般，仍然不可控地回到受压力状态。

殷显的眼神瞥向家里的地毯。

它这么旧了，他想着：应该换一个新的。

"殷显……"王结香揉了揉胀痛的太阳穴，"你明白我的意思吗？"

殷显的目光投向她，好似真的不懂："有什么说的必要？"

王结香真的觉着没意思了。

他们是不适合的人，即便他们之间有爱情……其实她完全不确定到底有没有。

她笑着望向他，眼睛里没有爱，也没有恨。

她轻松坦然地说："是没什么好说的，那分手吧。当时我俩在一起，是为了搭伙过日子。现在条件好了，你走你的阳关道，我过我的独木桥。"

说完分手，他们仍在一个屋檐下住了两个星期。

王结香花了一个星期才找到房子。

第二周，她调休两天，整理东西准备搬走。

在厨房的橱柜，王结香偶然发现闲置很久的榨汁机。

胡萝卜汁，她已经很久没喝到。代替胡萝卜汁的，是冰箱里一整排殷显买的进口鱼油。她最近没怎么吃，他也不知道。

很多零零碎碎的玩意儿，是他们一起买的，没法拆成两半，她不要了，留下给他。

他送她的东西、她废弃不要的东西、情侣款的东西，他们共同的回忆全部装到一个箱子里。

王结香留了字条，让殷显处理。

这样整理过后，她的行李轻便了许多，一个人搬起来也不怎么费劲。

她走之前，在屋子里搜寻了一圈，看有没有什么遗漏的。

在书房的柜子顶层，她的指尖触到了一个冰冰凉凉的盒子。她想把它拿出来看一看，踮着脚，使劲地伸伸手，没想到把它碰了下来。

是个眼熟的铁罐。

它的外包装写着"奶酥酱"，字因为磨损有部分看得不太清楚。

铁罐砸到地板，它的盖子开了，里面的信纸也掉落在地。

王结香盯着那一张孤零零的信纸，有种奇怪的感觉涌上心头。

印象中，那个罐子沉甸甸的，装满了殷显笔友的来信。之前那么多封信，现下怎么只剩一张薄薄的纸了？

她从地板捡起唯一的信纸，将它抖开。

信中只有一行字，竟是她自己的字迹。

殷显，如果人生能重来一次就好了。太辛苦了，我们别再遇见了。

信的空白处像是还有其他字迹，它们被黑笔涂掉了。层层叠叠的黑色线条，紧密地缠绕着，错综复杂，又引人注目。

王结香合上信纸。

字，百分之百不可能认错，是自己的字迹。

可她一点没有写这行字的印象！这行字是什么意义呢？

她稍微动了脑，就有一阵突发的心悸袭来，咽了咽口水，不敢再深想。

"是无聊的恶作剧吧？"王结香喃喃自语，转移注意，"以前这个信，不是和一个叫阿儒的笔友写的吗，他写他的童年，写他小时候偷糖吃……"

她手在发抖，把信折好，匆忙塞回铁罐，再将它放到书柜的原位。

书柜被合上，柜门的玻璃映出一张失魂落魄的脸。

王结香看向那个自己。

十六岁的少女，凌乱的头发，哭红的眼睛。

她腮边挂着欲坠的泪水，对她说："如果人生能重来一次就好了……"

王结香心脏跳得快要从嗓子呕出来，手迅速地摸向自己的脸。

玻璃的倒映中，那个少年的自己忽然消失。

王结香用力地揉揉眼，她的样子居然又回来了。

玻璃里的自己，脸颊干燥，脸上并无泪水停留的痕迹。

"真是活见鬼了！"

王结香后背发凉，快步走出书房。

不再对这里多做留恋。

她拖起自己的行李箱，离开了公寓。

殷显一直不认为王结香会走。

这些年她始终在自己身边，围着他转来转去，黏得像块牛皮糖。

她留下要他处理的行李，全被他放回了原位。

他们的工作圈子没有交集，没有共同的朋友。

王结香搬出公寓，不再给他打电话发短信。

偌大的城市，她融入人群，像一滴水汇入海洋，他失去了她的消息。

一个月后，殷显路过王结香工作的百货大楼，她不在化妆品的柜台。

她提过有个要好的同事，叫倩倩，殷显根据胸牌找到那个售货员。

倩倩对他说："结香辞职半个月了，说是想换其他工作，所以她报了烘焙学校。"

殷显没听王结香说过这件事。

和殷显分手后，王结香找了处便宜的单人公寓。

不必等人到半夜，她的睡眠质量也并无显著提升。

失眠的原因，是关于对未来的焦虑。

之前，她的规划里只有殷显，未来跟他在一起就行，其他的都不重要。

回归单身，王结香慎重地考虑起自己的未来。

她想过什么样的生活？

她脑中闪过各种各样的幻想，剔除所有存在殷显的想象后，最终定格在一个画面——教她做蛋糕的老奶奶朝她露出的微笑。

每天被香喷喷的蛋糕香气包围，自己能做出美味蛋糕，吃到美味蛋糕，再把这种美妙分享给他人。

这就是她想要的生活！

王结香一拍床板，惊坐而起，凭着这股冲动，辞去了百货公司的工作。

她算了算，自己目前的存款是充足的。

虽然没有头绪要去哪里找她梦想中的工作，对于如何做蛋糕也完全没有基础，但是她莫名地觉得自己能行。

她报名上了烘焙学校，开始了为期两个月的烘焙技术学习。

两个月后，王结香已经会做各种面包和蛋糕了，成为一个厨艺满满的烘焙毕业生。

拿到学校颁发的证书，她和另外一起毕业的同学们一起下馆子庆祝。

在这次聚会时，有一个平时关系不错的男同学向王结香要了手机号。

隔天，男同学约她喝咖啡，她同意了。

不过，他约的地点比较尴尬。

咖啡店开在殷显上班公司的附近，王结香一到那个地方，就有种不祥的预感。

跟男同学愉快地喝完咖啡，两人一起走出来的时候，她在咖啡店门口看到了殷显的车。

不知道车里有没有人，她没仔细看，和男同学说笑着走开了。

当晚。

王结香接到了殷显的来电。

她想不通怎么会有他这种人，打电话又不说话。

反正他们分手了，她也没必要忍他。

"你不说话我挂了。"

殷显突然出声:"你找那么快吗?"

"啥?"王结香没懂。

"为什么那么快有了新男友,是不是之前就出轨。"

她气到当场掐掉他的电话。

这人真是太垃圾了!分手了还污蔑自己!

更过分的在后面。

这通电话之后,殷显有事没事就来找她,完全把她当成他的保姆。

"你把我那件蓝色的衬衫放哪儿了?"

王结香没好气:"问我做什么,你自己找。"

电话那边传来翻动衣架的哗哗声。

"我着急出门,你放哪儿了?"

她叹气:"深蓝还是浅蓝?"

"浅。"

王结香回忆了一下:"挂衬衫的那些架子找过了是吧?那你打开最左边的衣柜,中间的抽屉找一找,没有的话就是在右边抽屉。"

"找到了。"他话音刚落,也没道谢,利落地挂断电话。

隔天。

王结香吃着晚饭,殷显的电话来了。

接通后,他那儿有炒菜的声音。

"喂,肥肥,我在做菜。"

这个难听的外号她深恶痛绝,王结香的嗓门一瞬间大了起来:"你才肥肥,没事别给我打电话。"

殷显没管她的态度,继续说他要说的话。

"你的红烧肉是怎么做的?为什么我做的跟你的不一样?"

"去餐馆吧。"她不跟他磨叽,直接按下结束通话键。

过了两秒钟,手机又一次响了。

王结香放下筷子,对着他吼:"我让你去餐馆。"

殷显跟她不在一个频道,气定神闲地问她:"酱油要放多少?"

"不知道!"她语气烦躁,"你有多少肉?"

"一斤。"

"那放两大勺酱油。"

他开柜子找厨具:"哪种勺?"

"普通的勺。"

听那边没什么动静了，王结香挂掉电话。

殷显关了煤气灶。

橱柜里放着一台榨汁机，他凝望着它，久久回不过神。

他想起她最开始喝不惯胡萝卜汁，自己绞尽脑汁地想办法要她喝。

威胁她——你不喝今天不接你回家。

奖励她——你喝了我就你亲你一口。

次数多了，王结香会和他讨价还价，要他一整天管她叫"心肝小宝贝"，她才肯喝。

从城中村搬走那天，她抱着这台榨汁机不肯撒手。

她说它是全世界最好的榨汁机，她说她永远不会丢掉它。

殷显皱了皱眉。

他又拿起手机，给王结香发短信。

"榨汁机你要带走。"

她没回复。

等到第二天，殷显回到家，那台榨汁机仍在客厅的桌子上摆着。

他没忍住又拨了她的号码。

"你怎么没来拿榨汁机？钥匙在地毯下面，你不是知道吗？"

"殷显，你不用告诉我你家的钥匙放在哪里。"她的声音很理智，说的话也很绝情，"榨汁机是你买的，本来就是你的。"

他没输掉气势，他有他的道理。

"是你在用榨汁机，我不喝胡萝卜汁。"

"我也不喝了，"王结香顿了顿，"我的夜盲已经好多了。"

这算是他们近来最平静的一次对话，没有谁争抢着要先一步挂断，没有飞快的语速，没有人不耐烦。

她说完那句，他们都变得沉默。

沉默持续了五分钟，或者十分钟。

她说："我挂啦。"

榨汁机，最后又被殷显放回厨房的橱柜。

他不再频繁打电话找她，重新回到自己的职场。

有天他喝得有点多了，脚步虚浮地往家里走。

他口干得厉害，掏出钥匙开门，惦记着喝家里的蜂蜜水。

屋中没开灯，他恍惚了片刻。

路灯的光透过窗玻璃照进房子，他盯着那光，想起家中没人。

关门，走进黑屋子。

殷显慢慢地走，没有打开灯。

他走向他们的房间，推开房门，坐到床边，靠近她往日睡的那侧。

他手指摸着冰凉的被褥，瘦削的背一点点弯下去。

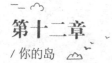

第十二章

/ 你的岛

从烘焙学校毕业，王结香立刻找到了合适的工作——在幼儿园给小朋友们做蛋糕。

这份工作稳定，且是她喜欢的，不需要太多人际交往。

目前阶段，她打算攒钱，提升做蛋糕的技术，慢慢地朝自己开家蛋糕店的目标迈进。

殷显把王结香当保姆用的次数越来越少，不过，每当她觉得他们不会再有联系时，他就会冷不丁地冒出来烦人一下。

之所以用"烦人"，是因为每次他找她都是出于一些奇奇怪怪的原因。

"肥肥，我们公司的冰红茶没人喝，你要不要喝？"

王结香无语。

"我是垃圾堆吗？没人喝的冰红茶为什么要我喝？"

他没解释啥理由，继续自说自话道："一瓶冰红茶三块钱，这边有三箱没人喝，你不喝就全部扔掉了。"

"啊？扔掉？"抠门的王结香见不得这种浪费钱的事，"那不是可惜了吗？"

"对，所以你要不要？"

她想了想："我在上班，没法拿。"

殷显爽快地给出解决方案："我今天早下班，我可以拿给你。"

话说到这份上，王结香不再推辞。

"行吧。"

"你在哪里？"

她告诉他自己工作的幼儿园地址。

王结香的上班时间是早晨六点到下午三点，她下班了，殷显还没来。

跟他分开几个月，她已经忘了，他口中的早下班和自己认为的早下班不是一个概念。

王结香搬了张凳子，坐在厨房门口玩手机，有个小男孩跑过来找她。

"姐姐，还有小面包吃吗？"

她抬眸，瞥向他的脸，当场愣住。

"王杰浩？"

比起她，弟弟长得更像妈妈，长睫毛，肉肉的嘴唇，秀气的眉毛，头顶有两个旋。他的眼睛大大的，总是提溜提溜地转，让人看得出他正打着坏主意。

王结香定睛一瞧，才意识到自己认错了人。

面前的小男孩和她弟弟长得有七八分相像，也难怪她看走了眼。

"姐姐，"男孩歪着脑袋看她，"你刚才是在叫我吗？"

她摇摇头："我认错了。"

小男孩一脸好奇："你把我认成谁了？"

"我老家有个弟弟，跟你长得挺像的……"

王结香离开家乡的那年，王杰浩正是他这个年纪。

"不过算起来，他应该比你大四五岁。"

"哦！"男孩伸出手，要和她交朋友，"姐姐，我叫许奇。"

王结香笑着握住他的手，上下晃了晃："你之前问我小面包是吗？没有了呢，等明天吃吧。"

许奇忽地站直身体，视线定在她的身后，叫道："园长！"

王结香不加防备，被他这幼儿园级别的骗术吸引了目光，转头瞧向背后。

后边啥也没有。

她回过神，许奇在她的眼皮子底下溜进了厨房。

"冲呀，这里有小面包！"随着许奇的一声喊，几个小朋友在厨房门口现身。

王结香来不及拦住许奇，这几个小孩也跟着他一起跑进了厨房。

"小朋友不可以进厨房，那盘面包是烤焦的，不能吃。"

她一手拎一个小娃娃，头疼得要死。

许奇不信她的话，狼吞虎咽地吃下自己找到的小面包。

他嚼了几口，小脸一皱，"呸呸"吐出面包，往地板吐口水。

王结香领着这一群小兔崽子，找到他们班的老师。

老师同样无奈："这几个是班上最调皮的小孩，他们去厨房搞破坏了？"

"许奇吃了一口烤坏的小面包，吐出来了，其他没什么，我回去收拾收拾。"王结香将小孩交给老师，先走一步。

把厨房弄干净，倒掉垃圾，殷显的电话也正好来了。

下午五点，他到达幼儿园。

殷显的车后座果真放着三大箱的冰红茶。

他问她："三箱，你怎么拎啊？"

"手提，前面几步路就是公交车站。"

殷显打开副驾驶的车门，说道："我送你回去。"

王结香看着被他开得很大的车门，觉得如果拒绝，似乎生分得太过刻意。于是她应了好，坐上车。

车内的交流，罕见的是殷显先挑起话题。

"你交男朋友没有？

王结香的语气冻得像吞了块冰："不关你的事吧。"

他没回嘴。

车开出去一段路，她说："你现在是不是下班了？你送我冰红茶，我请你吃饭。"

殷显看了看表："下次吧，时间比较紧，晚上还有酒局。"

也好，王结香心想，他要是答应的话，坐一桌吃饭又该没话说了。

他送她到家门口。

临下车前，王结香发自真心地劝他："以前在一起时，我说了，怕你嫌我烦，嫌我吵，现在我们分开，你再怎么嫌也无所谓了，我可以说了……注意身体，不想进医院的话，要规律饮食，别喝那么多。"

一语成谶。

次月一天的凌晨四点，王结香被一阵刺耳的来电铃声吵醒。

手机屏幕显示"殷显"，她生气地接起来，不知他大半夜发什么疯。

电话那头是个不熟悉的男声，语气火急火燎地向她求救："嫂、嫂子是吗！显哥进医院了，你快点来一趟吧。"

王结香赶到医院，殷显被推进手术室正在手术。

胃出血，万幸的是发现及时。

下属打电话叫救护车，把他送进了医院。

经过三小时的手术，躺在病床上的殷显被推出来。

王结香快步上前。

他处于昏迷状态，脸色苍白，嘴唇没有一点血色，搭在床单外的手连着输液管。

医生对她说，殷显没什么大碍了，再观察一段时间，如果情况稳定，可以转入普通病房。

她松了一口气，连忙向医生鞠躬道谢。

过了几小时。

殷显从剧痛中苏醒，首先看见的是放大的王结香的脸，她睁大眼睛在盯着自己看。

两人大眼瞪小眼的，就这么呆呆地看着对方。

她抿了抿唇，轻声问："你是傻了吗？"

殷显声音虚弱："没有你傻。"

"哇，你……"确认他恢复了神智，王结香退开半步，指着他的鼻子骂，"你差点死了你知不知道！我早说什么了，让你少喝，让你早睡，你听没听？你胃出血啊！胃出血是会死人的！"

殷显由着她骂。

她噼里啪啦地一口气说了一大串，末了，他不咸不淡回个"嗯"。

"你以为我说完了？不，我没说完！殷显，你还不到三十岁，这么折腾自己的身体，你是特别想死是吧？这回是胃出血，救回来了，你要是还不当回事，下回你要接着吐血对吗？打吊瓶、做手术，疼死你了，你特舒服对吗？"

王结香叉着腰，气焰高涨，整个人仿佛要骑到他头上。

殷显见她越说越起劲，出声打断她："王结香。"

他没管她叫肥肥，她不大适应。

"干吗？我说你的有错吗？"

殷显顶着那张苍白的脸，问她："你凭什么管我？"

"我不管你谁管你？"王结香拍着胸脯，理所当然道，"我是你的女朋友！"

他轻飘飘地瞥了她一眼："现在不是了吧。"

"……"

这是事实。

可她怎么可能现在承认自己多管闲事。

王结香硬着头皮，强装镇定地问："你有女朋友吗？"

他不假思索道："没。"

"没的话，有意愿者先到先得，我要做你女朋友。"

不等他拒绝，王结香单方面地宣布她的身份即时生效："好了，我现在又是你女朋友了，我可以管你。"

殷显挑眉："管我？那你会搬回来住？"

王结香做起女朋友是毫不含糊的："当然，你出院我就搬回……"

讲到这句，她才察觉出有哪里不对劲了。

"等会儿！"

她做出暂停的手势，要让脑子运转的速度跟上自己的语速。

"等会儿等会儿！"

王结香依靠回忆往日的悲惨经历，找回了出走的理智。

"我不做你女朋友。什么破女朋友，谁爱当谁当，我当你女朋友说话也不管用。你整天要工作，要应酬，你要什么女朋友？你都可以为工作献身了，女朋友算什么？我当你女朋友得被你气死，我当不了。"

殷显看着她，面容平静地说："我辞掉。"

她怀疑自己听错了："你说啥？"

他一字一句地告诉她："工作，我辞掉。我的手机给我。"

殷显没法大幅度动作。

他的手机在她旁边的床头柜放着。

王结香又不是第一天认识他，他有多看重工作，她最清楚，她一点也不相信。

她拿起他手机，递给他，说道："辞职，可笑。你这样收得了场吗？搞得跟真的一样。"

殷显低头，按着手机。

他好像确实是在打字，王结香不由得侧头看去。

"你在干吗？"

"发短信给公司。"他按下发送键，将手机屏幕反过来，让她看。

王结香夺走他的手机，从椅子上跳起来。

她仔仔细细地确认他发送的短信。

是真的……

殷显疯了吗？

他付出多少才坐到今天的位置啊，居然……

"肥肥。"他喊她。

王结香心神未定，脑中思绪纷扰。

她的眼睛望向他。

殷显对她笑："我想吃红烧肉。"

王结香坐回椅子，咽了咽口水，想说的话太多，一时不知从哪句开始讲。

"没红烧肉，你最近只能喝粥。"

"嗯。"

"以后，要禁酒禁辣，红烧肉我也不会再放辣椒了。"

"嗯。"

她将凳子搬近了一些,握住他的手,问道:"你身体难不难受?胃疼不疼?"

殷显点头。

王结香知道自己再也走不了。

因为他疼。

她什么都会为他做,因为他需要她。

这么久了,他第一次表露出需要她。

王结香逐渐知晓,殷显不那么好,跟他在一起不那么好,他们也不那么合适。

她摩挲着他的手指头,感知到她的心又一次为了他迅速地塌陷。

她是真的爱这个讨厌鬼。

她走不开的,没有办法。

殷显的身体养了足足三个月才养回来,他的恢复期王结香全权负责他的一日三餐。

他说从灯具公司辞职,是真的。

起初王结香以为,他辞职的原因是她的话起了效果。

在得知他有充足的创业前期准备,打算自己开公司之后,她总算看明白了,这人本来就是计划着要辞职的!

胃出血被送医院这事,给他提供了合情合理的辞职理由,公司那边对他的决定也表示体谅。

他当她的面发短信辞职,完全是她凑巧赶上他要发短信,有没有她根本关系不大。

殷显女朋友的身份已经被王结香自己要回来了,发现殷显确实很阴险,她这个女朋友,也只能继续当着。

她明确要他禁烟禁酒禁辣,规律三餐时间,这些殷显做到了。

不过自己创立公司,他的工作量和忙碌程度比起从前,只增不减。

殷显公司是做工程的,公司的起点非常保险地选择了他熟悉的灯具领域——市政照明工程。

从偏远乡镇到繁华大都市,都需要市政照明,譬如路灯、隧道灯、地下停车场,它们应该如何规划设计,它们的建造、维修、定期维护,这些殷显的公司都有涉猎。

而关于如何进入这个领域,殷显在上个公司积攒的人脉派上了用场。

王结香老早就知道他野心勃勃，工作能力出众。

殷显的公司刚起步，让他这时做个甩手掌柜是没可能的，她能够帮到他的事情不外乎是支持他，监督他正常作息，正常吃饭。

每天，她要早上班，他跟她同一时间起床，吃早餐。

殷显送她去幼儿园之后，再到自己的公司。他的午饭是王结香提前一天做好的，吃了饭他会给王结香发个短信汇报。

她下午三点下班，买菜回家做饭。殷显超过六点没回来，她就会带上饭菜去他的公司找他。

一天下来，王结香忙得像个陀螺。

在幼儿园烤面包本来是个清闲的工作，最近因为许奇，王结香每天多出不少事。

那个小男孩自从上次跟她搭上话后，便常常跑来厨房招惹她。

“姐姐，姐姐。”

他双脚悬空，双手扒拉住厨房外的窗户沿，露出他有两个旋的小脑袋，和她打招呼。

王结香怕他不小心摔下去，连忙摘了手套跑到窗户那儿，把窗子打开。

“你别调皮了，回班级上课。”

许奇探头探脑地观察着厨房里面：“姐姐，蛋糕什么时候做好？”

她的手伸出窗子，扶着他的手臂，说道：“你先从窗户下来。”

“我不要！”他嘻嘻笑，“我也想做蛋糕，我可以进去找你玩吗？”

王结香严肃地拒绝他：“不可以，小朋友不能进厨房，这里有很多危险的东西。”

许奇拿眼睛斜她：“既然危险，那你为什么待在厨房？”

“我是大人，我能回避危险。我在厨房是因为我在上班，你是小孩所以你要去上课。”

她跟他解释不通，他噘着嘴，一脸的不情愿。

王结香不再多费口舌，催他从这里离开：“许奇，你不回教室的话，我要喊你老师了。”

“哼！”他放开窗沿，脚稳稳地着地。

王结香见他没事，正要收回自己的手。

“嘭——”许奇忽地踮起脚，用力一推窗户，把她的手臂夹了个正着。

王结香表情一变，嘴里呼痛。

做了坏事的许奇脚底抹油，迅速开溜。

她打开窗，手臂被夹住的地方红了一块。

晚上殷显回家，闻到红花油的味道。

王结香抹了药在手臂淤青的部位，他问发生什么事，她跟他说了。

他卷起她的袖子，检查了她的伤势，眉头紧锁。

"下次你别理他，厨房窗户和门全锁了，别跟他说话。"

王结香扑到殷显怀里求安慰："呜，我手疼一天了。那孩子太皮了，让人没法安心，怎么会连性格都那么像我弟，我真是欠他们的。"

他拍拍她的后背："像你弟，那你更别理他。你有什么不安心的，去担心他干吗？你就是笨蛋猪脑子，爱当滥好人。"

她是向他诉苦的，又被他骂。

"我讨厌你，你尽会说我不好！

"谁是滥好人猪脑子啊？我聪明着呢！"

王结香气鼓鼓地脱离他的怀抱，自己躲角落疗伤。

王结香是个傻乎乎的热心肠，这件事除了她自己，跟她接触过的人无不知晓。

周末她休息在家，接到了一个陌生号码的来电。

电话接起来，那边的女人喊了她一声，而后便开始小声啜泣。

王结香竖起耳朵，听了声音半天，终于听出对方是多年没有联系的老乡姜冰冰。那时在理发店她俩有了隔阂，殷显带王结香讨回工资后，她就再没见过姜冰冰。姜冰冰试过各种办法找她，最后从姜冰冰城中村的房东那儿要到了她的电话号码。

"冰冰啊，你怎么了？"

虽然她们已经闹掰，但她听姜冰冰哭得那么惨，仍会替姜冰冰担心。

"结香，我完蛋了……他不要我，我有孩子了……结香，我没法活了……"姜冰冰哭得气若游丝。

王结香抱着手机，听得心惊胆战，忙问道："你人在哪儿？你说什么呢，千万别做傻事！"

姜冰冰不告诉她自己在哪里，只是拼命地哭，不断地和她道歉。

王结香急得像热锅上的蚂蚁。

"我们见面说好不好，你冷静下来。我去你那边找你行吗？你还在理发店上班吗？"

"你别来理发店。"姜冰冰这才报出了她家的地址。

王结香马不停蹄地打车赶到姜冰冰的家。

姜冰冰和五年前一样，跟其他人合租一个小公寓。不知是屋里还是姜冰冰身上，有种馊掉的气味。

王结香进屋看到姜冰冰，除了有些憔悴，其他看着没什么事，悬着的心总算放回了肚里。

一番询问之下，王结香才弄清楚发生的事。

姜冰冰跟她店里的理发师浩哥好上了，前些日子，她感觉身体不舒服，去诊所看医生，查出怀孕。姜冰冰要浩哥负责，他非但不认她是他女朋友，还说小孩不是他的。理发店的人全是和浩哥一伙的，眼看着孩子的月份大了，姜冰冰没钱堕胎，没钱养小孩，思来想去没有能帮她的人，于是打了王结香的电话。

"走，我们向他要个说法，哪能这么欺负你！"王结香牵起姜冰冰的手，带她出门去理发店找人。

姜冰冰不愿意进那个地方，她们坐出租车到理发店门口，姜冰冰不肯下车了。

王结香思索片刻，独自拉开了车门："那你在外面等我，也免得你情绪激动，动了胎气，我一会儿回来。"

姜冰冰神色犹豫："结香……"

王结香对她坚定道："没事的。"

再迈进这家理发店，王结香已没有了从前的害怕。

五年前，她是任人搓圆揉扁的乡下打工妹，怯怯地躲在殷显后面。

五年后，她冲在前面，推开店门，这里的人她完全不放在眼里。

那个叫浩哥的甚至没有认出王结香，五年过去，王结香的气质和外形都有了太大的变化。

王结香从他这里，听到了一个和姜冰冰不同版本的故事。

浩哥说他跟姜冰冰确实睡过几次，他没把这当回事，就他知道的，店里其他几个男的也跟姜冰冰纠缠不清。这几个月他都没碰姜冰冰，不可能认这个孩子，而且他已经结婚了，店里全部人包括姜冰冰都知道他有老婆有家庭。所以姜冰冰有心来讹他，却也不敢把事闹大。

谈到这个程度，王结香一个局外人，难以去评判事实的真相。

现在要解决的问题是这个孩子怎么办？

浩哥的态度依旧不配合："这孩子不是我的，有我什么事。孩子在她姜冰冰的肚子里，她想怎么样，与我无关。"

她问他："如果生下来做亲子鉴定，是你的呢？你会负责吗？"

"不可能是。"他死不肯松嘴。

"你想清楚，到时候做亲子鉴定，那就是一个活生生的孩子。你是孩子爸爸的话，不是一句'不可能'就能逃掉的。"

浩哥坐在店外抽掉了半包烟。

最后，他掏了三百块，亲手交给姜冰冰。

姜冰冰收了他的钱，没跟他说一句话。

姜冰冰摇上车窗，让出租车司机开车。车驶出理发店所在的那条街，王结香望见姜冰冰的侧脸有泪水淌下。

姜冰冰不像之前那样哭得背过气，声嘶力竭，现在是静静地流泪，紧抿的嘴角是压抑的向下的弧度。

王结香的手搭在姜冰冰的手背，轻轻地安抚。

"结香，"姜冰冰抓住她的手，脸上泪水没干，换上讨好的笑，"你能借我一笔钱吗？"

姜冰冰现在情况困难，即便她不说，王结香也会主动提的。

"好。"王结香立刻答应了。

把自己攒的钱借给姜冰冰这事，王结香没跟殷显说。

一星期后被他偶然发现她卡上少掉了一大笔钱，问清楚缘由后，他们又爆发了一次争吵。

"是我听错了吗？你倾囊相助的人是那个姜冰冰吗？那个你为她出头，她反而怪你，还让你丢了工作拿不到钱，她还和老板站在一边的姜冰冰吗？"

王结香干笑两声："都多久的事了，你怎么记得比我还清楚？"

"是，你不记得，"他阴阳怪气地讥讽，"猪脑子会记得什么事？猪脑子被人卖了还要替人数钱，一边数一边说她人很好的，她是我的朋友。"

王结香不服气："她确实是我朋友啊，以前我们上学时，常常结伴走路去学校，约好谁有自行车就要载对方。我从家乡到城里找她，她给了我一百块钱。我到理发店做洗头工，一开始什么都不会，她有教我，还带我去买衣服……"

他打断她："你是记得她的好了，记得清清楚楚，可她有记得你的好吗？她曾经怎么对你的？你有事时她不闻不问，好像不知道你过着什么样的生活。等她落难了，她懂得用各种方式来找你，你电话号码都能被她要到。你知道人家为什么偏偏找上你吗？因为你蠢。"

殷显讲的话实在太难听，王结香的嘴越来越扁。

"你的钱是攒了多久的？平时自己多花一毛钱都不舍得。那钱不是说要用来开蛋糕店吗？为了一个明显来占你便宜的老朋友，你的梦想就舍弃了是吗？"

"钱，她会还我的，"王结香梗着脖子，还在替姜冰冰说话，"你不了解她，她没你说的那么坏。"

殷显不明白："为什么你总要把人想得这么好？"

她反问他："为什么你总要把人想得这么坏？"

他们坐在沙发的两边，扭头不看对方。

气氛降到冰点。

王结香被他刚才的话伤到心，撇了撇嘴，说起气话："可能我们真的不适合在一起。当初，我脑子进水才会追你。"

殷显冷笑一声："怪我，是我有病，答应你在一起。"

她不可置信，他这句不是气话吧？语气完全不像！

王结香转头瞪他："你给我说清楚是什么意思。我们在一起五年，你现在说你后悔了是吗？"

"没后悔啊，"殷显保持笑容，嘴上不让一句，"多新鲜，人生有一段与猪共舞的经历。"

她拍案而起，再也忍不了他的人身攻击："你给我说清楚，谁是猪？"

直到最后，他牙尖嘴利道："谁问谁是。"

话不投机半句多。

王结香回房间，打算收拾行李。

"我跟你没得说了，我们还是暂时分开一下吧。"

殷显呛她："有什么好分开的？东西搬来搬去多麻烦，到最后你都要回来。"

他说的话完全正确！

因此王结香更加生气。

王结香离开家之后，开始下雨。

又到了一年的梅雨季。

窗玻璃上挂着雨珠，殷显看着王结香远走的背影。

王结香走得并不干脆利落，她带了太沉的行李。

他没有追上去。

吵过的架那么多次，他们心照不宣，这是其中不痛不痒的一次而已。

王结香东西收拾得像模像样，衣服、包包、日用品、她买的烘焙书，全部装进了行李箱。但她留下的公寓钥匙上，还挂着她最喜欢的兔子钥匙圈。

殷显知道她只会离开家很短的一阵子，不生气了就会回来。

他往她卡上存了钱，补上姜冰冰向她借的那钱。

天气预报说未来一周大到暴雨。

昨夜的雨下得特别大，王结香没怎么睡好，打着伞从自己的单人公寓出来坐公交车去幼儿园，车上播报着今年的雨水要比往年的多。

她心中有事，一早就觉得哪里不大舒服，却也说不出是哪里。

车外电闪雷鸣，王结香盯着天空中的一大团乌云发呆，一不留神，差点坐过了站。

她急匆匆跑下公交车，大风把她刚撑开的伞一下子掀得翻了过去。

幼儿园因为坏天气，取消了小朋友的户外活动，老师带着小同学在教室上音乐课和朗读课。

没有小朋友在庭院追逐打闹，园里比起平时安静了许多。

天一直是阴的，从早晨到下午厨房的灯始终开着。

教室传来叮叮咚咚的钢琴声，王结香揉着面团，做起小朋友下午吃的蛋糕。

"啊——"

孩童凌厉的尖叫声传来，让她瞬间清醒。

顺着声音的方向，王结香抬头看向窗外。厨房外的空地有一排铁栅栏，小男孩以攀爬的姿势被挂在了栅栏上面，身体不断地抽搐着。

是许奇！

王结香以最快的速度朝空地跑去。

屋外大雨倾盆。

乌压压的云，狂风迷住眼。

她迈进雨幕。

"肥肥。"殷显喊了王结香一声。

王结香顿住脚步，回过头。

豆大的雨点一滴滴地滚落，落在腮边，淋湿她的脸。

第一滴雨。

寂无人烟的田野，雨浸入泥里。

"跑啊，殷显。"她拽过他的手。

身后有追赶的坏人，他们拼命跑，跑进酣畅淋漓的大雨中，衣摆沾上溅起的泥点。

他这时四岁，笑起来有虎牙，头发短短的，淋了雨，脑袋上好似顶了只滚满露珠小刺猬。

"古诗叫什么名啊？"凉亭内躲雨，她支着脑袋问他。

小殷显对她道："《夜雨寄北》。"

于是，她教着他一字一句地背：

君问归期未有期，巴山夜雨涨秋池。

何当共剪西窗烛，却话巴山夜雨时。

第二滴雨。

雨水打在信纸上，字迹晕开。

烂糟糟的纸，潦潦草草的字，被打湿的那一行……

我没有家。

为什么呢？

十六岁的她盯着又破又旧的信纸苦恼，最终画了一个大房子，围住他的那行字。

就这样建立起了联系。

城市的陌生男孩，还有魔法一样即时出现的信。

你的城市在下雨？

是，一直在下雨。

收到了你的花，谢谢你。

他送来的雪糕，价格不便宜，她有些不好意思。

真的可以吃吗？

可以。

白白的雪糕仿佛奶做的豆腐，散发着冰凉的雾气。

第三滴雨。

雨珠沿着破洞的屋顶，滴进城中村的出租屋。

大水淹了他们的家，殷显和她挤在出租屋的破床上，守护着身后满床的杂物。

她半只手臂垂在床外，指尖敲打着床腿，凝视漫上来的水。

一条鱼游进了屋子。

黑黑的胖胖的鱼，不知道从哪儿来，不知道为什么误入了他们家。

尾巴和躯干灵活摆动着，它的腿贴着身体两侧，游得优哉游哉。

殷显说它是娃娃鱼。

虽然叫鱼，又不是鱼。

第四滴雨。

它回到了这年的雨季，从幼儿园的高空降落，融进空地的水洼。

水洼旁，被大风吹倒的电线杆压在铁栅栏上。

王结香看见了自己的结局。

她冒着雨，跑过去，想要抱起挂在栅栏上抽搐的许奇，却和他一起倒在了这场雨中，再也没有起来。

此后的时间，她仍然渴望回到殷显身边。

打不通他的电话，找不到他的人，她好不甘心。

即便来到"来我的岛"，看见"小兔岛"这个名字，她依旧没有想起，为什么他们最终没有和好。

是不是因为他一贯捉摸不定的怪脾气？

殷显同样对此保持缄默。

他变成兔子，等在永夜的岛上，不再有伤痛的记忆。

是他们想不起，或者刻意忘记。

殷显和王结香的故事终结在她二十三岁这年的雨季。

是她不好，她说的要一辈子在一起，到头来自己丢下他。

王结香试图抹掉脸上的雨水。

一道道水痕执着地爬过她的脸颊。

整个世界的大雨，怎么擦也擦不干净。

不救人就好了。

不救人，就不会死。

回头的话，就能回去，回到殷显的身边。

她走回屋檐下，回到亮着灯的厨房。

王结香克制不住地颤抖，她才二十三岁，这样死掉真的一点都不甘心。

她的目光投向窗外，那个小男孩已经发不出声音。

眼里的泪水失控地淌下，她拿起放在水池边的塑胶手套。

她不知道它是否绝缘，是否能承受得了那么高的电压。

她冲出厨房，冲向那个抽搐的小男孩。

事实证明，如果人生能重来一次的话。

他们会相遇、相识、相爱，住漏雨的出租屋，吃不新鲜的螃蟹。

他会帮她榨胡萝卜汁，她会帮他织一件太小的毛衣。

他们依然会吵架，吵很多次架。

他们会重蹈覆辙，完全地重演一遍在一起那五年。

王结香知道，殷显和她一样，也不后悔这五年。

可惜的是结局。

青黑色的栅栏，阴郁的天，一道惊雷落下。

王结香喊着小孩的名字。

他的身上是湿的，一动不动。

无数的不安全因素摆在面前，却没有时间能让王结香再犹豫下去。

她戴着手套的双手接触到他，托住那两只细细瘦瘦的胳膊，一把将他从铁栅栏抱起。

她没有触电！

王结香快速将许奇转移到屋檐下。

她把他放平在地上，一边高声喊人帮忙，一边检查他是否还有生命迹象。

呼吸停止，心跳尚存……

老师们听到她的喊声随即赶来。

有人帮忙急救，做人工呼吸；有人帮忙打电话；有人去栅栏那儿拉起警戒线。

十五分钟后。

救护车赶来，许奇恢复了呼吸，被送到医院。

王结香摘下塑胶手套，满头大汗……

她活下来了！

她做到了上一次没做到的事！

周围的所有人沉浸在救活小孩的喜悦中，王结香独自回到厨房，拿起手机。

她一头扎进雨中，往幼儿园的外面跑。

手机拨通了那串烂熟于心的电话号码。

谢天谢地，能通。

嘟声响起，她祈祷着要有人接。

街上的行人全是背景人的脸，也不知道跑到哪里会碰见结界。

王结香的脚步不停，前一脚踩进水坑，后一脚踏在水泥地。

向前，再向前，她彻底地跑出了这场湿漉漉的大雨。

电话那头终于接通。

"喂。"

"殷显！"她掩不住的喜悦。

他的语气带着昨天吵过架的生硬："嗯？"
"我们和好吧。"她说。
"好。"他答道。
王结香抬起袖子，抹掉脸上的雨水。
她停在道路中心，看向远方。
太阳出来了，天空中飘着朵朵白云。
"我现在去见你。"

雨过天晴。
接下来，都将是很好很好的天气。
王结香站在殷显的公司楼下等他。
阳光真充足，全世界是一片亮堂堂的新天地。
晒着太阳的王结香，忍不住闭上眼睛，身体仿佛浸在暖洋洋的阳光做的河水里。
她在小兔岛待得太久，已经太累太困了，非常想舒舒服服地睡个大懒觉。
手机响了，她望向屏幕。
是殷显的短信，他说他马上到了。
王结香小小地紧张，用手理了理自己的头发。
身后传来耳熟的脚步声，她一回眸。
沧海桑田。
她的恋人容颜老去。
他依然是浓眉薄唇，深邃的眼，脸上添了皱纹，眼窝微微凹陷。
他抱着那只她找了好久的兔子——有着又白又蓬的毛，黑眼珠，漂亮的双眼皮，眼周一圈的淡黄色像打了眼影的兔子。
"肥肥，"殷显笑得特别开心，"肥肥，我买兔子了。"
时光过去多久？
二十年，三十年？
她仍旧二十三岁，青春俏丽。
他已是中年，头发花白。
殷显穿着一身蓝白条纹的病号服，他将乖乖的兔子交给她。
王结香不愿意接。
她看着兔子，皱了皱眉，鼻子发酸。
他的报告上写的：抑郁症，心因性失忆。
他们的房子在岛上出现，她是他病的成因之一。

她宁愿他负心，好过见到他千疮百孔，数十载的岁月都没能将他的伤口治愈。

她道："你这是何苦呢？我已经和你分手了知道吗，我没死的话也会跟你分手。"

"我不信，我们总会和好，你总是会回来的，"他笑眯眯地看着她，表情特别自信，"每次你都说要走，可我知道，只要我一直等，你总会回来。"

"你怎么可能不回来，你总是……总是……"他的声音哽住，没说完这一句就问道，"你又为什么出现在这里？吃了那么多苦，要去好地方啊，结香。"

她的眼眶饱满热泪，向他挤出一个微笑："我以为我还没去过你的岛。"

殷显默默流泪。

几十年前的海边，海风吹过他的衣角，海浪哗啦啦涌向沙滩，海鸟盘旋于天空，喋喋不休地鸣叫。

灰心丧气的王结香一字一句地问他："殷显，你爱我吗？"

他沉默以对。

如今，跨过漫长的时光，他回来交给她兔子，交给她答案。

王结香抚着殷显的脸，替他擦掉眼泪。

曾经因为没听过"我爱你"遗憾，曾经因为没说过"我爱你"遗憾，但亲爱的，其实我们都懂，不必言语。

"殷显，纵然无法相伴过完此生，但感谢你，真真切切爱我一遍。"

兔子，她抱走了。

王结香心脏的位置，浮现一把钥匙。

透明的钥匙闪着光，晶莹璀璨。

整个世界的光亮，集中在她的身上，阳光环绕着她。

他意识到什么，连忙伸手，慌乱地牵住她。

她的皮肤、她的头发、她的睫毛、她浅浅的笑容间，有细小的光点在跳跃涌动。

随着她的透明，钥匙出现实体。

那是能让他走出去的钥匙，小兔岛的最后一把钥匙。

殷显摇头，他把她拽向自己怀里。

他的结香，他笨拙善良、怕黑爱哭的小姑娘，他最后仅有的真挚。

疼痛在胸中揪作一团，他不可能放开她。

"殷显……"他的结香轻声喊着他。

他死命地摇头："别走。"

他越想抱紧她，她消失得越快。

世界在盛光之中，逐渐坍塌于虚无。

王结香轻轻地吻了他的脸。

如果她的意识不在之后，这里再重置，他将永远也出不去了。

她趁着还能够触碰他的最后一刻，亲手取下钥匙，塞到他的掌心中。

"我不走，殷显。

"我在你的岛。"

这里是幻想中最美好地方的模样。

在那个又冷又饿的冬夜，王结香枕着殷显的手臂，听到了她此生最最向往的童话故事。

在未来，他送给她一座大大的岛。

岛上有数不尽的，她最喜欢的兔子。

她招招手，软软的兔子们就争先恐后跳入她的怀抱。

岛的中心是一座属于她的城堡。

城堡的热水暖气用之不尽，美味的饮料食物全天无限量供应。

她为此地驻足，她在此地消逝。

怀抱空了，殷显的泪水落向地面。

不过眨眼的一瞬间，结香、兔子、他和她五年，在他的面前通通不见了。

它们成为他脑中完整的记忆，而不再是残缺不全的碎片。

熹微的晨光洒向蔚蓝色的海和小岛。

泪水被土壤吸收。

殷显睁开眼。

他作为一只兔子回到了小兔岛。

粉色小包内装着钥匙，兔子背着包，在岛上走。

空旷的小岛上，唯一的建筑物是一家医院。

那是现实世界中帮助他进行治疗的医院。

他绕着圆形的岛一圈一圈地走，走过石板路，路过熄灭的路灯。岛的最北面，有一块样式普通的木牌，写着"小兔岛"三个大字。旁边有一粉一黄两盏蘑菇形状的灯，也不亮了。

长夜结束，小兔岛即将迎来白天。

殷显低头看了看他的背包……

他带着最后那一把钥匙，独自走进医院。

医院的重症监护室里，殷显找到躺在病床上戴着呼吸机的自己。

"她在我的岛。"

他轻声说着，选择相信。

小兔岛的太阳升起。

漫天红霞，海面亮光熠熠，岛上一派金光灿烂。

白色的兔子融化在阳光里，像冰雪的消融，重归于世间无瑕的宁静，不留下半点痕迹。

朝阳的光芒照进病房。

病床上的殷显动了动眼皮。

番外一

/ 催眠师

胡熠是一名资深的心理咨询师。

最近他手上有个特别棘手的病例，病人患有多年的解离性失忆，伴随严重的抑郁症。他有显赫的身份，像大多数的有钱有权的上流人士一样，对于心理治疗非常抵触，拖到不得不就医的程度，病人的生理和心理状况已经差到随时会危及生命。

团队尝试过对他药物治疗，效果不佳，医生和他进行多次心理会谈，依旧难以确诊病因。

病人被转到胡熠这边，被建议进行催眠治疗。

起初，病人是不赞成这个治疗方案的。

催眠需要催眠者和被催眠者互相信任，被催眠者要全程配合。

病人在心理会谈中表现出多种消极心理防卫机制，也显示他可能并不适用于催眠治疗。

但催眠不是医院给他的备用治疗选项，他的病到这个程度，其余治疗手法不奏效，催眠是目前唯一的手段来打破瓶颈的。

医生尚未确定病因，而找到病因是治病的关键。

胡熠向病人解释道："能够适用于疾病的认知行为治疗、创伤治疗、精神分析等，都属于因果治疗方法。简单来说，就是我们得知道原因才能解决原因造成的结果。"

病人在仔细地思考后，有了动摇："病因……所以，我无法记起的事，通过催眠能够找到它们？"

胡熠点头："催眠是进入你的潜意识维度。现实的你不记得的事，是因为被疾病罩上了一层纱。虽然现实的你无法记得，但那些事还会停留在你的潜意识世界中。"

病人问道："催眠后，我和你能去潜意识的世界，找到所有我忘记的东西？"

"并没有那么简单，"胡熠不敢把话说得太满，"首先，潜意识是未曾达到知觉状态的存在。即便在催眠成功的情况下，也是你的潜意识在那个维度进行活动，那个你并不知道自己正在被催眠；现实中的你我不能和'他'进行直接的对话。能获得多少有效信息，达到什么样的治疗效果，都是如今不能提前预设的；其次，还有催眠不成功的情况，潜意识世界的突发状况……"

病人打断他："不成功的情况多过于成功？"

"以医院目前对你的评估，是的。因此最终接不接受催眠治疗，取决于你自己。"

见病人神色犹豫，胡熠忍不住再多说了一句劝他。

"催眠的目的不仅是为了寻找疾病的症结所在，通过记忆回溯，我也有机会能够帮助你淡化创伤记忆，加强快乐的部分，降低抑郁情绪。"

这次的谈话结束。

胡熠跟病人道别，特地强调说："下次见。"

胡熠真心希望病人能接受治疗。

两人心知肚明，如果病人放弃治疗，以他的状况，也意味着他决定放弃他自己的生命。

一周后。

病人再次来到医院，告知胡熠他愿意被催眠。

由此，治疗正式开始。

潜意识是无比神秘的。

有人说，梦连接潜意识。

还有人说，人的灵魂连接潜意识。

催眠师通过催眠，为病人开辟了一条通往潜意识世界的道路。

病人的灵魂，或者说"意识"在潜意识的世界是如何的形态，是病人自己选择的。

那个"意识"能够被催眠师引导，像催眠师在外界牵着一根指引方向的绳。

可是，绳子并不是百分之百牢固的，意识有挣脱催眠师控制的可能。

为了避免病人的意识失控迷失，胡熠在催眠进行的前期，与他制定了两种代表催眠结束的唤醒方式。

方式一，强光唤醒，当潜意识世界的他感受到强光，意味着催眠结束。

这也是他们的常规唤醒方式；

方式二，特殊唤醒，当常规唤醒不奏效，胡熠在他的潜意识留了后门。胡熠会指引病人去潜意识世界的安全屋，那是病人自己构建、自己命名的最后一道避风港，催眠师将他们本次的治疗资料放在那里。

当"意识"看到资料，他会意识到这个世界的真实所在，由此醒来。就好比是一个人在光怪陆离的噩梦中迷失，忽然被点醒这里是梦境后，一切缠身的无解困惑就会瞬间变得清明。

这次的治疗，比胡熠以往经手的任何一次都要困难。

病人的病程过久，他的潜意识世界诡谲，就算是成功催眠也没能找到有效信息。

如果创伤记忆不存在于潜意识层面，那么要找回它们就需进入更深的一层——无意识世界。

这无疑会让催眠治疗变得更加复杂。

真实的病人和治疗师处于现实。潜意识的那层，受催眠的病人被系着一根无形的线和外层的治疗师连接，当病人方向混乱时，治疗师可以通过拉线微微牵引。

无意识的那层，就好比是过长的距离，线已经够不到了，治疗师能够干预的近乎为零，都得靠患者自己。

这样就有更大的风险，更大的难度。

因为病人选择信任他，选择接受治疗，所以胡熠没有放弃。

胡熠花了很长时间，通过研究心理会谈的资料，分析病人的空白记忆和疑似创伤的经历。

经过胡熠的帮助，它们被整理划分，在病人潜意识世界中形成了不同形态的"屋子"。

可惜，这么做又有新的问题。

病人在潜意识世界的形态是一只兔子。那只兔子拒绝靠近有创伤经历的屋子，他认为所有的屋子是"上锁"的。

胡熠试着构建出一个虚拟的向导，为兔子带路。可兔子对于虚拟的向导无法产生信任。这种不信任的排斥反应，数次中断了催眠，更别提带他去更深一层的屋子。

治疗进行到这儿，毫无推进的希望。

胡熠眼见着病人的病症日益加重。

奇迹出现在第 23 次催眠治疗，胡熠惊奇地发现，病人自己构建了一个新向导。

新向导不受控制，不会回应胡熠的指令，病人的意识被新向导指引。

胡熠立即意识到，这是有极高危险性的，于是他中止催眠，用强光唤醒了病人。

醒来的病人回忆催眠的体验，他感受到的是放松愉悦。

催眠停留于潜意识层面，病人虽无法描述自己的意识在那个世界的所见，但这次催眠得到的评价前所未有地好。

有正面反馈，治疗便有进行下去的必要。

胡熠抱着侥幸心态进行下一次催眠，万万没有想到出了大事。

病人的意识被新向导带着进了屋子，他不再回应治疗师的指令。这个情况胡熠是有预料到的，却不曾想，他的不回应持续了整整一个星期。

意识游走于无意识层面，身体靠着吊瓶输送营养……

按通俗的话讲，他成了活死人，脑子在活动，但失去对身体的控制。

那一周，胡熠承受着莫大的精神压力。

他从业生涯没有遇见过类似的病例，这种情况会导致多可怕的后果，他想都不敢想。

昏迷的病人随时可能因脑死或身体机能受损去世。他有严重的精神疾病，失去催眠师引导，无法规避潜意识和无意识的创伤部分。纵使他醒来，也大概率会陷入彻底的精神混乱。

胡熠能做的，是每日定时进行强光唤醒，期盼病人回应。

胡熠和病人都是幸运的。

第八天，病人被强光唤醒。

这次唤醒，无关胡熠的医术，只是恰巧患者的意识逗留于潜意识层面，所以唤醒奏效。

而胡熠担心的后遗症，竟然也没有发生。

病人清醒后的心理会谈，显示催眠的治疗效果达到。他能够回忆起幼年、童年、青年阶段不愉快的记忆，并且快乐记忆被加强，他的创伤开始被淡化。

他主动要求继续治疗。

胡熠判定风险过大，强烈不建议继续下去，但病人依旧坚持。

为保证病人的安全，本次催眠胡熠把目光首先放到了那个新向导身上。

怪的是，起初进入潜意识，根据"兔子"的反馈，新向导不在他的世界中。只是兔子还是如之前一样，不愿意接触剩余的两间房子。

在胡熠打算结束催眠之前，新向导忽然出现。

未等胡熠发出指令，新向导的突发举动激发了病人的痛苦。

病人坐在诊疗室的椅子上，上肢剧烈抽搐着。

此时病人的意识还没去到无意识层面，胡熠马上跟他沟通，进行安抚："调整呼吸，深呼吸。不管你看到的是什么，停下。"

病人的手呈现握东西的姿势，喃喃念着"照片"二字。

"重复我的话，开始执行，"胡熠引导着他，"深呼吸，把照片拿开。"

病人按照胡熠的话，来回调整三次呼吸后，停止了颤抖。

胡熠当机立断，启用强光唤醒，却没能奏效。

这意味着，患者再度进入了无意识世界。

头一次，胡熠意识到新向导不一定是"善"的。

病人的潜意识自我构建的人物，善恶皆有可能，胡熠之前判断的新向导一直偏向于"善"，因为它带来的结果总是好的。

但这次病人表现出的应激反应，让它有了"恶"的可能。

胡熠不间断地进行强光唤醒。

问题更严重了。

几小时后，他察觉到病人对他的指令有反应，强光却没能把病人唤醒。

这说明，病人回到潜意识，感到异常混乱，处于迷失的边界，新向导"恶"的可能性更大了。

于是，他询问："你身边的人是谁？"

病人摇头，紧紧闭着嘴。

"放松，去感受、去判断它是不是善良的，对你有没有恶意，"见病人似是警惕着什么，胡熠缓声道，"殷显，不用和它对话，你来回答我。"

"它是善良的，没有恶意的。"病人回答。

"你确定吗？"

病人说："我确定。"

当务之急，胡熠要让他离开催眠状态。

"你要尽快离开小兔岛。

"我帮不了你，你要靠自己。再不走会出不去，你的意识将永远游走于潜意识。"

最后的备选唤醒方案，胡熠一字一句交代他。

"还记得我们约定的吗，梦到醒不过来的噩梦，就去安全屋，找你在那儿留下的纸。"

病人嘴里模糊地喊着一个女孩的名字，大约在叫那个可疑的新向导。

胡熠记录下那三个字，抓紧对他唤醒。

"你藏好，去安全屋，记得别给她安全屋的纸。"

不知为什么，胡熠的指令加剧了病人的应激。

他抽搐复发，对唤醒与指令不再有反应。

又一次，他陷入了无意识世界。

番外二

/ 她的家

王结香死的那年，殷显二十九岁。

他在公司开会，手机铃声响起，是她的来电。

殷显接起电话，然后收到了她的死讯。

他帮她处理的后事。

她的死属于意外死亡，需要直系亲属办理手续遗体才可以火化。

殷显联系到姜冰冰，她带着他去到王结香的家乡。

进山的路颠簸，他坐在公交车上，看向窗外，绿色的山脉连绵不绝。

姜冰冰说，路是新修的，公交车是新通的，以前交通比这更糟，她们得走三小时的山路去上学。

大抵是触景生情了，姜冰冰一路絮絮叨叨，讲起她和结香儿时的生活有多快乐，她总去结香家玩，结香妈妈在世时会帮她们编辫子；她们会去小溪探险；结香家院子的枣很甜；结香爱种些花花草草；结香的学习成绩很好……

殷显没搭话。

姜冰冰神色哀伤，张口结香闭口结香。他对那些内容并不关心，路上一成不变的树和草反倒吸引了他的注意。

到达目的地。

殷显第一次接触王结香的家人。

知道她没了，她爸爸出去抽了根烟；她奶奶的面上毫无悲伤，平常得仿佛是听到家里死了只老鼠。

等她爸爸不在家了，奶奶那双小眼睛滴溜溜地转，揣着手过来问殷显："像她这种救人死的，应该能有钱赔给我们吧？"

他问："你想要多少钱？"

老人爬满皱眉的脸上挤出笑容，混浊的眼中放着精明的光："几百块总是要有的吧，死人了呢。"

殷显无心在她家多待。

她父亲抽烟回来，问殷显这些年结香过得怎么样。

殷显没回答。

殷显给他们留了一笔钱和自己的电话地址，让她父亲尽快办完手续把死亡证明给他。

回去的路上，经过田野，有一群小孩在田间玩耍。

姜冰冰认出其中一个孩子是王结香的弟弟王杰浩，她之前回老家时见过他。

上小学的小男生，长相可爱。他有一双和王结香类似，却比她更狭长的眼睛，头发理得非常短，远远看着，他圆润的脑袋像颗小土豆。

他和小伙伴在玩捉迷藏。

小孩们蹦啊跳啊，无拘无束地笑闹。

姜冰冰过去跟他说话。

王结香离乡的时候，王杰浩四岁，如今他已经对这个姐姐不太有印象了。

他不记得姐姐的名字，只记得奶奶这么总称呼王结香为"烂货"，所以他也跟着这么叫她。

姜冰冰连说"童言无忌"，转头便跟殷显打起圆场："他们家这样对结香，是因为她当初一声不吭去城里，这些年也没个音信，所以闹得不愉快。"

能有多不愉快呢？他想，她死了啊。

姜冰冰送殷显到村口。

她许久没回家乡，得在这儿待上几天再走。

殷显和她告了别，独自坐在村口等回城里的公交车。

夕阳西下，吃过了晚饭的人们在村口的老树下乘凉，小孩骑着自行车叮叮当当响铃路过。

这儿的人跟王结香讲话是一个口音的，他们扇着扇子，你一言我一语地聊着家长里短。

殷显出神地听，仿佛下一句就能听到某人也来插一句嘴。

他是平静地接受了她的离去的。

从接到通知，到办完繁杂的手续，找殡仪馆火化……他全程处理得有条不紊，一滴眼泪没掉。

殷显亲眼看着王结香的遗体被推进焚化炉。

她在里面烧，他在外面等。

等烧没了，工作人员通知他去领。

殷显领到一个白色的骨灰坛。

它是冰的、硬的，抱在怀里，汲取不到一丝的温暖。

她那么大一个人，烧完只剩那么小的一罐。

王结香的父亲后来找过他。

殷显拒绝把她交给她的家人，拒绝她被带回她的家乡。

他也不把她放在家里，而是在陵园的骨灰存放处，买了个格子。

王结香的骨灰坛被放在那儿，格子里的照片他放了他们在姻缘桥前照的那张。

殷显的脸和照片上的他一样臭。

她看着镜头，双眸弯作月牙，笑靥如花。

他敲了敲格子前的玻璃，问她："笑什么笑？"

殷显是气王结香的。

他觉得她傻透了，他气她为什么那么傻。

从小受她弟弟的委屈，还为一个像他的人死了，一点不值得。

"世上谁疼你啊？没人疼你，笨蛋……"

他又敲了敲玻璃。

她不理他，却还是笑。

照片中的她别着他送的卡通发卡，一脸的幸福，浑然未觉身边的他表情冷淡。她亲亲密密地挽着他的手臂，身体自然地向他倾斜。

在他们的身后明晃晃的"姻缘"二字，多么刺眼。

殷显大步流星地离开陵园。

此后二十余年，他没来看过她。

番外三

/ 结香花

从十人的小公司，发展为国际化的工程大公司，殷显花了十年。

他的四十岁，事业如日中天，拥有了大多数人艳羡的一切。身边不缺适合婚配的对象，但他没有成家，将全部精力投身于工作。

四十三岁这一年，他感觉自己的记性变差。

最初，他认为这是年龄、压力、疲惫导致的，就没当回事。

渐渐地，他开始认不出他的朋友、重要的合作伙伴、记不住工作资讯、无法说出前一阵子做过的事。

殷显内心深处感到压抑、恐慌，却没有停下休息，仍旧持续这样的状态每天去应对他的所有工作。

有一天，他醒来发现自己一身西装，没有穿鞋在马路上走。

关于他是如何换上衣服走到那里的，他完全没有印象。

接着，殷显的情况极速地恶化。

他没有办法正常上班，没有办法读书、识字、计算，到后来，连最基本的日常行为，诸如穿衣、起床、刷牙都出现了困难。

身边亲近的人让他寻求心理咨询，他不愿意。

公司交给了信得过的伙伴打理，他退居幕后。

殷显成天躲在家里，不再出门。

他像被关在了透明的玻璃罐子中，虽然看得到外界，但始终无法感知、无法融入它们。

这辈子自己埋头向前跑，为了什么呢，忽然全部想不起来。

友人为他送来陪伴他的宠物，有名贵的猫和犬、会说话鹦鹉、珍奇的乌龟、鱼、迷你的宠物猪……

殷显通通拒收。

直到某天，他主动去买了一只兔子。

是那种普普通通的家兔，白色的，毛蓬蓬的，脸又胖又傻。

他也说不清楚为什么，就只是觉得要养一只这样的兔子。

殷显管那只兔子叫肥肥，这个名字他很喜欢，是他一下子想到的。

因为肥肥的陪伴，他的精神状况好转了一些。

就这样浑浑噩噩活到四十七岁。

有天早上殷显起床，看见他养的兔子躺在它的窝里一动不动。

它死掉了。

猛然被一种刺痛击中，他无法描述是什么抽干了他的精神，总之，他彻底倒下了。

殷显被人送到医院。

他从生死线捡回一条命，随后，他被强烈建议进行心理治疗。

经过医生诊断，殷显被确诊解离性失忆，伴随抑郁症和回避型人格障碍。

心理医生最初尝试对殷显药物治疗，因他本身有长时间的精神病药物服用史，治疗效果不佳。

多次的心里会谈，医生还是难以确诊他的病因。殷显在谈话中，最常重复的一句话是："肥肥没了。"

肥肥，是他养的兔子。

它寿终正寝地死去，令他崩溃至此。

更多的深层次的创伤，殷显记不起，也说不出。

团队为了寻找疾病的病因，多番斟酌过后，建议他接受催眠治疗。

殷显知道，在他面前只有两条路，终结自己的生命，或者去试试这最后的希望。

催眠治疗，有可以预见的不顺利。

治疗师带领他进入潜意识的世界，在那里依然找不到有效的信息。治疗师认为，殷显的创伤记忆存在潜意识下一层的无意识的世界。

可是，潜意识形态的殷显拒绝进到无意识，拒绝访问曾经的创伤，就算治疗师费劲地为他构建带路的向导，他也不愿信任它。

治疗至此陷入瓶颈，殷显的病症日益加重。

他依赖酒精来麻痹疼痛，以求获得片刻精神的安宁。他不知道自己在找寻什么，醉酒之后，他将口香糖的包装叠成纸鹤，一笔一画地在它的翅膀写上字。

他写着写着，头痛欲裂，便将它揉作一团，丢进角落。

他什么都不记得……

转机出现在第 23 次的催眠治疗。

潜意识中出现了一个新向导，她坐着纸鹤，吵吵闹闹地从天而降。

年轻的小姑娘表情凶巴巴的，瞪着圆圆的眼，恶狠狠地告诉潜意识里的他，她是他的前女友，她叫王结香，她曾经被他欺负，至今非常生气，她一定要让他想起她。

然后，六间屋子，她横冲直撞，将它们的锁一一解开。

因为在无意识停留过久，殷显从最后一次的催眠中醒来时，已经作为植物人，在病床上躺了数月。

在他恢复语言能力之后，治疗师前来进行记录。

治疗师惊喜地发现，殷显缺失的记忆全部恢复。这意味着，后续只要跟进治疗，他有很大的概率不再犯病。

五十岁。

殷显过完了半生。

他恍然从一场大梦中苏醒，身体亏虚，望向镜子，才惊觉自己老了。

殷显结束心理治疗之后，走出医院。

他背着手走在大街上。年轻的小情侣从他身旁路过，他们贴得那么近，甜甜蜜蜜的，女孩的手被男孩揣进了外套的大兜里。

大地摆脱冬的冷气，已是春的季节。

殷显去了一趟陵园。

骨灰存放处，在许许多多的格子中，她占着其中小小的一格。

工作人员的清洁，使得她格子前的玻璃没有蒙尘。

泛黄的照片中，爱娇的小姑娘二十年如一日。

她依旧站在姻缘桥前等他来，眯起弯弯的笑眼。

殷显拿起照片，擦一擦她的脸，看了又看，缓慢地把相片贴在心间。

他记起她了。

记起她的名字，记起她喜欢兔子，记起她委屈地质问蛋炒饭为什么不能加辣椒，记起她快乐地握着兔子钥匙扣在家里转圈圈，记起初识的大雪天，她坐着超市门前的摇摇车，听到鲁冰花哭得那么伤心……

殷显想，结香是愿意回到家乡的。

她跌跌撞撞地逃出大山，可她心里还有一个地方装着它。她思念无拘无束的童年，思念她的妈妈，向往那份不曾完整给到她的、来自亲人的温暖。

于是，殷显第二次来到王结香的家乡。

这次，是带着她一起。

他没有开车，像之前一样坐的公交车。

山路修得平坦开阔，放眼望去，山间一派纯净的新绿。

村口的老树枝繁叶茂，树下有个抱着孩子的成年男人。

殷显走近了，男人跟他招手。

那是王结香的弟弟，王杰浩。

她的父亲和奶奶都不在了，她弟弟是她仅剩的近亲。

殷显来之前，想办法联系到他，跟他说明了自己的来意。

上一次，殷显见到王杰浩，他还是个小男孩。

如今，他都结婚，有他的小孩了。

殷显给王杰浩带了点礼物，王杰浩没客气地收下了。

结香被殷显葬在她妈妈墓的旁边。

她长眠的地方是个视野开阔的位置，能看见山，一整片连绵的翠绿的山。

殷显让王杰浩先走。

他坐在她的墓前，又陪了她一会儿。

走时，殷显记着下山的路。

他会常来看看她，一直到他再也走不动。

来时抱着坛子，现下怀中空落落的，殷显的脚步停在山脚，忍不住回眸，已经看不见她的墓碑。

他拖着病体，纵使走得慢吞吞的，还是累得气喘吁吁。

他找了一处树荫，坐下歇息。

山野间有春风拂过。

他抬眸，瞥见一丛开得很好的花。

走近去看，浅褐色的枝条上开着球状的花。那一团团的花，竟是由好多细小的花堆成的，小花们簇拥在一起，拼凑成一个暖洋洋的黄白色圆球。

他问过路的老人，这花叫什么。

老人说："它叫结香。"

"结香？"殷显愣了愣。

若干年前。

王结香为他织的那件圆领长袖毛衣，颜色是特别的烟波蓝，针脚规则又平整。他手指触到毛衣下摆的边沿，有一块小小的凸起，翻过来，内里藏了朵毛绒小花。

"要是，你不喜欢那个花，可以剪掉的。"

王结香局促地挠了挠头。

他问："这是什么花？"

她笑而不语……

若干年后。

王结香留在她的家乡。

殷显将一枝结香花带回了家。

结香花树，也叫梦树。

传说，将结香花放在枕下，它可以保佑你美梦成真，摆脱厄运，寻到有情人。

- 全文完 -